露丝的旅途

[美]唐纳德·麦凯格 著
凯岚 译

RUTH'S JOURNEY

by Donald McCaig

Ruth's Journey by Donald McCaig
Copyright © 2014 by Stephens Mitchell Trusts
ALL RIGHTS RESERVED
Simplified Chinese edition copyright © 2022 BEIJING ALPHA BOOKS CO., INC.
版贸核渝字（2020）第 016 号

图书在版编目（CIP）数据

露丝的旅途 /（美）唐纳德·麦凯格著；凯岚译. — 重庆：重庆出版社，2022.10
　书名原文：Ruth's Journey
　ISBN 978-7-229-16713-4

　Ⅰ.①露… Ⅱ.①唐…②凯… Ⅲ.①长篇小说—美国—现代 Ⅳ.①I712.45

中国版本图书馆CIP数据核字（2022）第070237号

露丝的旅途
LUSI DE LVTU

[美]唐纳德·麦凯格 著　凯岚 译

出　　品：华章同人
出版监制：徐宪江　秦　琥
责任编辑：王昌凤
特约编辑：王　靓
营销编辑：史青苗　刘晓艳
责任印制：杨　宁　白　珂
书籍设计：Moeder Lin

重庆出版集团
重庆出版社　出版
（重庆市南岸区南滨路162号1幢）
北京盛通印刷股份有限公司　印刷
重庆出版集团图书发行有限公司　发行
邮购电话：010-85869375
全国新华书店经销

开本：880mm×1230mm　1/32　印张：14　字数：289千
2023年1月第1版　2023年1月第1次印刷
定价：84.00元

如有印装质量问题，请致电023-61520678

版权所有，侵权必究。

主要人物

斯嘉丽·奥哈拉 / Scarlett O'Hara / 女主人公

瑞特·巴特勒 / Rhett Butler / 男主人公

(以下按照姓氏英文首字母排列)

宝琳·本奇利 / Pauline Benchley / 斯嘉丽的姨妈

伊丽莎白·巴特勒 / Elizabeth Butler / 瑞特的母亲

兰斯顿·巴特勒 / Langston Butler / 瑞特的父亲

韦斯利·埃文斯 / Wesley Evans / 索朗热的第二任丈夫

奥古斯丁·福尼耶 / Augustin Fornier / 索朗热的第一任丈夫

耶胡·格伦 / Jehu Glen / 露丝的丈夫

玛蒂娜·格伦 / Martine Glen / 露丝的女儿

露丝·格伦 / Ruth Glen / 斯嘉丽的嬷嬷

卡琳·奥哈拉 / Carreen O'Hara / 斯嘉丽的妹妹

埃伦·奥哈拉 / Ellen O'Hara / 斯嘉丽的母亲

杰拉尔德·奥哈拉 / Gerald O'Hara / 斯嘉丽的父亲

苏埃伦·奥哈拉 / Suellen O'Hara / 斯嘉丽的妹妹

弗朗西丝·拉瓦内尔 / Frances Ravanel / 露丝曾服侍过的女主人

杰克·拉瓦内尔 / Jack Ravanel / 弗朗西丝的丈夫

佩妮·拉瓦内尔 / Penny Ravanel / 弗朗西丝的女儿

尤拉莉·罗比拉德 / Eulalie Robillard / 斯嘉丽的姨妈

路易莎·罗比拉德 / Louisa Robillard / 皮埃尔的第一任妻子

菲利普·罗比拉德 / Philippe Robillard / 皮埃尔的堂弟(其子同名)

皮埃尔·罗比拉德 / Pierre Robillard / 斯嘉丽的外公

索朗热·罗比拉德 / Solange Robillard / 斯嘉丽的外婆

阿什利·威尔克斯 / Ashley Wilkes / 威尔克斯家的少爷

约翰·威尔克斯 / John Wilkes / 阿什利的父亲

梅兰妮·威尔克斯 / Melanie Wilkes / 阿什利的妻子

目录

第一部　圣多明戈　　　　　　　　　1

第二部　低地　　　　　　　　　　23

难民　　　　　　　　　　　　　　24
橘园　　　　　　　　　　　　　　76
你会连续射击吗　　　　　　　　　93
风度　　　　　　　　　　　　　108
你假装自己是谁，你就会变成谁　　149
去教堂的鞋子　　　　　　　　　186
玛蒂娜　　　　　　　　　　　　205
有利的关系　　　　　　　　　　247
预言的天赋　　　　　　　　　　266
神父、殉道者和其他圣徒的生活　　271
闭上心门　　　　　　　　　　　291

第三部　燧石河　297

我和波克是怎么被点着的　298
我和埃伦小姐是怎么把礼仪带到高地的　316
耶稣没有降临，但凯蒂小姐降生了　333
悼念　343
威尔克斯老爷是怎么回到家的　355
为什么绅士们都喜欢侧坐马鞍　368
我是如何成了叛徒的　378
凯蒂小姐是怎么成为斯嘉丽小姐的　390
斯嘉丽小姐是如何伤别人的心的　399
我们要脱离联邦　410
我是怎么遇到刽子手的儿子的　421
孩子在哪儿　432

致谢　442

第一部

圣多明戈

她的故事始于一个奇迹。这不是个非凡的奇迹,红海并未一分为二,拉撒路[1]也没有死而复生。她的奇迹是那种发生在日常生活中的,死里逃生的奇迹。

这个奇迹发生在一座富饶的小岛上。岛上的种植园主们叫它"安的列斯群岛[2]的明珠"。《费加罗的婚礼》[3]在巴黎开演三周后,在这个小岛的首都法兰西角[4]也上演了。岛上的种植园主、工头以及次子们控制着所有的糖和咖啡种植园,让富有的法国殖民者更加富有,连以前无足轻重的小航运商贩们都成了资产阶级。每年,这座岛屿创造的收入,比英国在北美所有的殖民地上创造的收入都多。

但这都是过去的事了。如今,肥沃的甘蔗地已经休耕,被厚重的黑色尘土掩埋;破损的、曾属于宏伟宅邸的地基从杂乱的荆棘丛下露出一角。

要是拿破仑手下的士兵们能小心一点且只取道大路的话,他们就还能在北部平原上晃荡,至少能到维勒纳夫那么远。他们的环形堡垒足够安全。

但当夜色降临时,他们便都会回到堡垒中安营扎寨,要不就

---

[1] 拉撒路(Lazarus)是《圣经·约翰福音》中记载的人物。他在病危时没等到耶稣赶来救治就死了,但耶稣一口断定他将复活,四天后拉撒路果然从山洞里走了出来。

[2] 安的列斯群岛(Antilles)为美洲加勒比海中的群岛。

[3] 法国戏剧家博马舍(Beaumarchais)创作的喜剧《费加罗的婚礼》于1784年4月27日在巴黎法兰西剧院首演。

[4] 海地角是海地共和国北部城市,是海地的第二大城,由法国人于1670年始建,原名法兰西角。当时名为圣多明戈,是这块殖民地的首府,1770年首府撤销,1791年曾发生奴隶暴动事件。

是回法兰西角。无论白天还是黑夜，群山都属于野猪、山羊、叛乱者和逃亡的黑奴们。

在奇迹发生的下午，那个将要成为这孩子的主人，甚至母亲的女人坐在窗前，越过首都破碎的屋顶和被封锁的法国舰队的桅顶，朝东望向风平浪静的天蓝色海湾，只因其他任何风景都让她看不到希望。索朗热·埃斯卡莱特·福尼耶面朝希望，就像鸢尾花坚定不移地面朝太阳。

索朗热尽管年轻，却并不美丽。两年前，在索朗热的婚礼上，即便身穿祖母的佛兰芒蕾丝礼服，戴着首饰，她也还是显得平平无奇。但那些瞥了索朗热两眼的人往往会不由自主地看上第三眼，视线流连在她高高的颧骨、冰冷的灰绿色眼睛、高卢人式的高傲的鼻子，以及那张欲说还休的嘴上。

那第二瞥揭示了这名年轻女子的孤独如何令她百毒不侵。

索朗热·埃斯卡莱特·福尼耶成长于圣马洛[1]——一个布列塔尼海岸上繁荣的港口。她了解她的家乡，说话时也总用双手比画着当地人特有的微妙手势。索朗热知道圣马洛的纺纱是由谁用什么羊毛编的。

在这里——在这座小岛上，索朗热·埃斯卡莱特·福尼耶只是个无足轻重的人——一个乡下来的新娘，没有有势力的巴黎

---

[1] 圣马洛（Saint Malo）是法国布列塔尼伊勒-维莱讷省的城市，也是布列塔尼半岛最热门的观光旅游目的地。

亲戚，嫁了个普普通通的上尉，他所在的部队还行将取消。索朗热不明白为什么会发生这些可怕的事情，她虽然责怪她的丈夫奥古斯丁，但更责怪自己：她怎么这么傻？

在圣马洛的资产阶级中，福尼耶家族"枝繁叶茂"，埃斯卡莱特家族则"令人敬畏"。亨利-保罗·福尼耶和索朗热的父亲查尔斯，希望通过联姻联合两个家族。亨利-保罗的纵帆船能运送埃斯卡莱特的制成品，而埃斯卡莱特的影响力能驯服贪婪的港口官员。每艘船都需要两个锚。

两位父亲礼貌而坦诚地评估了未来的新娘和新郎。因为，用另一句布列塔尼人的俗话来说："爱情与贫穷会打乱家庭的秩序。"

爱？在查尔斯·埃斯卡莱特的大女儿面前，年轻的奥古斯丁·福尼耶面红耳赤，哑口无言。即便索朗热面对她的追求者无动于衷，那也没关系。毫无疑问，索朗热最终也会像她之前的无数个女孩那样想明白的。

贫穷？父亲们讨论嫁妆时，仔细地权衡了儿子的前途和女儿丰厚的嫁妆。由于这桩婚事，奥古斯丁将会带来一个偏远种植园的百分之九十的股份（亨利-保罗保留了一些股份）：占地一百五十公顷的花园炼糖厂，外加一所大房子（"一座凡尔赛宫！"）；一座现代糖厂（"砂糖越白，价格越高，不是吗？"）；四十三个（"温顺、忠诚的"）年龄在十五岁到三十岁之间的农场工人；更不用说还有十二个正值生育年龄、子女众多的女奴，她们的孩子里说不定有些还能活下来充当劳动力。

亨利-保罗把每一季度的账目存档保存在法国国家银行里。

"一百二十欧！"查尔斯说。"不错。"他哼了一声，快速翻阅着纸张，停下来写了几笔，"非常可观。你有更新一点儿的账目吗？或许最近三年内的？"

亨利-保罗从口袋里拿出烟斗，想了想又放回去了："发生了些事儿。"

"正是如此，发生了些事儿……"

查尔斯·埃斯卡莱特知道不会有更新的账目了，但他还是忍不住问了一下。二十年前，当亨利-保罗抵押了两艘小型沿海纵帆船，买下了加勒比海一座岛上的糖料种植园时，还没有几个圣马洛人听说过那儿，查尔斯·埃斯卡莱特虽然没有大肆嘲笑，但对此略有微词。

当欧洲市场对糖的需求翻了两倍、三倍、四倍时，亨利-保罗的"目光短浅"就变成了"高瞻远瞩"。即便是最贫穷的家庭也一定要做果酱和蛋糕。没有哪里的土能比这小岛上的更适合种甘蔗，也没有哪个糖厂能提炼出比花园糖厂更洁白的糖。亨利-保罗买下种植园的第一年，他的工头们就报上了足以收回成本的利润。随后，亨利-保罗用这笔投资带来的利润将他的沿海船只扩张到八艘（这成了他长子里奥可继承的遗产）。福尼耶一家被邀请加入商人和运货人协会，在协会一年一度的舞会上，（喝了太多杯酒的）亨利-保罗拍了拍查尔斯·埃斯卡莱特的肩膀，用亲昵的"你"称呼了他。

这个不合时宜的"你"，正是查尔斯要看那本绝不会出现的账目的原因。

因为在那座丰饶的小岛上,忘恩负义的奴隶们已经开始反抗他们的合法所有者了。随着奴隶叛乱的扩大,大都市里的法国人独立地发动了一场他们自己的革命,还处决了他们的国王。革命政府,也就是那些不按规矩来的雅各宾党人(他们住在巴黎,可能连一肘长的种植园都不曾拥有),疯狂高喊着"自由!平等!博爱!"解放了每一个法国奴隶!

几年后,拿破仑·波拿巴控制了法国政府,小岛上的形势仍旧混乱而危险,显然已经无法继续盈利。一位自封的黑人总督想和法国政府保持联系(同时又把岛上最好的种植园分配给他的支持者),而其他反叛者对他的执政感到十分不满,开始自行侵吞种植园的土地。

查尔斯·埃斯卡莱特明白:要是真能盈利,亨利-保罗就不会把花园糖厂百分之九十的股份给他的儿子奥古斯丁了,但查尔斯露出最和蔼可亲的微笑,开了一瓶封于路易十六登基那年的雅文邑酒[1]。亨利-保罗对此很是感激。

喝第二杯酒时,亨利-保罗提到看索朗热的臀部和胸脯能生养出强壮的孩子,但他随即补充:"我的奥古斯丁在那个家里可当不了家。"

查尔斯摇晃着酒杯,尽情享受着雅文邑酒的香气:"奥古斯丁一直都需要指导。"

亨利-保罗沮丧地说:"他本可以当个好神父。"

---

[1] 原文为"Armagnac",雅文邑酒是法国最古老的白兰地酒,因该酒在波尔多的雅文邑产区生产而得名。

查尔斯哼了一声："他看着我女儿的时候可不像个神父！"

"可能某些神父会这样吧。"空气中立即充满了欢快友好的气氛。两人轻声笑起来，他们年轻时都是反圣职人士。查尔斯·埃斯卡莱特把软木塞塞回酒瓶，伸出手来："明天，继续？"

"你有空就行。"

奥古斯丁·福尼耶作为一名未来的女婿并非完全不合适，但要不是因为那家偏远的制糖厂和拿破仑本人的介入，他也不会被选上。

当查尔斯和亨利-保罗想让花园糖厂重归法国人所有时，拿破仑则想把小岛上的财富都运到法国，而不是让它们落到那些吵个不停的黑人的口袋里。这些黑人一直都是法国人的财产，直到雅各宾党人犯了个愚蠢的错误。而且，咄咄逼人的美国人已经在辽阔的路易斯安那州的中心城市新奥尔良附近四处试探，而驻扎在小岛上的强大的法国部队则会适时遏制美国人的野心。法国和英国人目前正和睦相处，海域开放着，拿破仑杰出的军队也几乎发挥不了什么作用。第一执政[1]把一支庞大的远征军托付给了他的妹夫——查尔斯·维克托·伊曼纽尔·勒克莱尔[2]将军。

经过与福尼耶的讨论后，查尔斯·埃斯卡莱特与圣马洛军事

---

1 指拿破仑。
2 查尔斯·勒克莱尔（Charles Victor Emmanuel Leclerc，1772—1802），拿破仑·波拿巴的妹妹保琳·波拿巴（瓜斯塔拉公爵夫人，又译波林·波拿巴或宝丽娜·波拿巴或帕乌利内·波拿巴）的丈夫。他是法国革命战争（1792—1799）中的主要将领，曾帮助拿破仑·波拿巴上台。

专家里卡德·德阿纽进行了面谈。里卡德在奥斯特里茨战役中失去了一条手臂后,便成了圣马洛的军事权威人士。里卡德深谋远虑地将一根手指放在鼻子边,感激地接受了埃斯卡莱特第二好的干邑[1]白兰地,宣布在勒克莱尔的远征军登陆并重新集结后会有三四次小规模战争,勒克莱尔会用绞刑教化民众,几周内一切就能恢复正常,根本用不了几个月。面对拿破仑麾下的老兵们操纵的法国枪炮,"黑人们会像图卢兹鹅一样逃跑"。

"然后……"

"哈,哈,然后战利品归胜者所有!"

这最后的预言和查尔斯·埃斯卡莱特的预感完全一致,那个晚上他焦躁不安,到了早餐桌上仍旧十分暴躁。当索朗热问她"亲爱的爸爸"出了什么事时,他回答得太过尖锐,索朗热盯着他就像在看着街上的一个疯子。

但没过多久,他的头脑便变得清晰了,他的责任也更加清楚了。现在只需要让亨利-保罗(果然是"你"!)理解目前的状况和机遇就行了。

奥古斯丁·福尼耶已和他年轻的候选新娘在长者的监视下度过了两个下午。尽管奥古斯丁对女人和位于渔民街二十四号福尼耶家高墙之外的生活知之甚少,但即便是奥古斯丁——在他平息了因爱而生的狂喜后——也知道他心爱的索朗热·埃斯卡莱特是个傲慢、冷漠又自私的乡下姑娘。但那又怎么样?爱情又

---

[1] 干邑原文为"cognac",法国干邑地区特产的白兰地酒。

不是记账。

他渴求她。她左眉旁的痣,位置堪称完美,"全能的主"[1]把她的乳房造得大小合适,刚好能轻放在奥古斯丁手中,她丰满的臀部的形状正好能让他紧抱住她。他想象着占有索朗热那胜利的时刻,想得他简直无法入眠,汗湿的床单凌乱不堪。婚姻能建立在欲望之上吗?奥古斯丁既不知道,也不关心。

索朗热觉得结婚将意味着她能对自己未嫁的姐妹们发号施令一周,以及和一个她觉得不错的男人一起在婚床上履行乏味的责任。责任就是责任,不是吗?她父亲一手操办了她的洗礼仪式、她为期十二年的学校教育,以及她现在的婚姻。在圣马洛,规矩就是这样的。

两家达成协议,二人成婚。借助高于最低利率两个点的银行贷款,又把糖厂作为担保,查尔斯·埃斯卡莱特给他的女婿在第五连买了个海军中尉的头衔。

奥古斯丁还是个男孩儿时性格就十分平和。当其他男孩儿挥舞着木剑时,奥古斯丁总担心有人会把他的眼睛捅穿。当那些男孩儿成为男人,他们的木剑变成佩剑时,那闪着光的钢刀则让奥古斯丁瑟瑟发抖,但他的岳父解释道:"你的能耐在花园糖厂呢,不是吗?等勒克莱尔将军平息了叛乱,我们的黑人恢复工作之后,花园糖厂是会回到它的合法所有者手中呢,还是会落到勒克莱尔最喜欢的一位军官手中?"

---

1 原文为法语。

查尔斯拍了拍奥古斯丁的背。"别担心,孩子。这事眨眼的工夫就结束了,还有,"他咳了一声,"我听说黑人女的都挺……原始的。"

奥古斯丁并未像想象中一样对拥有新娘一事感到十分兴奋。他想,大概"原始"也算不上是世界上最坏的事。

亨利-保罗把儿子被迫接受二元制夫妻财产协议[1]归咎于他"鲁莽的激情"。索朗热·埃斯卡莱特·福尼耶丰厚的嫁妆已经存进了法国银行——以索朗热的名义。

"我亲爱的朋友,"查尔斯宽慰着他的新亲家,"他们需要这笔钱重新修建制糖厂。今年年底之前,属于你的那百分之十就又开始盈利了。"

索朗热想她可能相当享受当个大种植园的女主人,而她的姐妹们对她这种痴心妄想感到恼怒。她将彬彬有礼,与人为善,即便不是那么漂亮(索朗热是个现实主义者),穿着也要非常非常考究。

每周日做完弥撒后,索朗热都会招待其他种植园主的妻子,用她祖母传下来的钴蓝色和金色的塞夫勒[2]茶具上茶。她会戴着她祖母的项链,在每个座位后面都安排一位仆人,给她的朋友们扇风。

---

[1] 二元制夫妻财产制指的是夫妻在结婚之后赚取到的绝大多数财产都会被算作是夫妻二人名下的,与此同时,法律也允许了夫妻可以在结婚之前或者关系持续时约定哪部分的财产属于双方共同所有、哪部分由个人拥有和使用。

[2] 法国塞夫勒瓷器由法国塞夫勒皇家瓷厂生产,是世界知名的瓷器。

这对新婚夫妇从布雷斯特登船,向西穿过波涛汹涌的冬季海面航行了四十二天。奥古斯丁的头衔为他们博得了一间和两个地位不高的未婚军官同住的狭窄船舱。他们只能假装听不到、看不见不可避免地会听到和看见的东西。地方太小,没法抱怨,索朗热只能勉强用眼神表达不满。

在一月二十九日早晨的一个伟大时刻,万事仿佛皆有可能。索朗热站在拥挤的甲板上看着眼前越来越近的小岛,把自己的小手塞进了丈夫手中。福尼耶眼中含泪,或许是因为她这甜蜜的依赖,但或许只是因为这缀着慵懒香气的海风。都是真的!这位军官兼种植园主和他的妻子呼吸着"安的列斯群岛的明珠"上充满希望的空气。

由于暴乱者已经移走了法兰西角港口所有的航标,勒克莱尔将军的远征军队,包括第五旅及它的新任上尉,只好沿着海岸航行以便找到适合登陆的地点,索朗热则独自一人待在狭小的船舱里。

在法国舰队等待勒克莱尔将军发动突袭之时,暴乱分子们在首府放了火,难闻的恶臭掩盖了微风的芳香。别管什么航标了!舰队听命驶入港口,把船停在码头。法国的登陆部队中有水手、海军陆战队士兵,还有像索朗热一样的平民,她挥着一把一点儿也不淑女的匕首,几百个黑人小孩围上来,一口一个"白人爸爸,白人爸爸"[1]地问候她。登陆部队开始掠夺战利品,索朗热征

---

[1] 原文为法语。

用了几个儿童,把福尼耶家的行李搬到了未受烈火侵袭的社区。

索朗热把匕首摆在膝盖上,坐在一座双层石屋的门廊里,一直歇到了晚上。当晚,勒克莱尔将军的军队抵达,也加入了掠夺。两天后,一名骄傲地蓄着掷弹兵式大八字胡的军官向索朗热报告说,没几座房子躲过了大火,所以她的这座要让给上级军官。

"不行。"

"夫人?"

"不行。虽然这座房子又小又脏,还破破烂烂的,但它必须留着。"

"夫人!"

"你会强行撵走一名法国种植园主的妻子吗?"之后,其他军官也徒劳地想要驱逐奥古斯丁的妻子,而奥古斯丁拒不露面。

拿破仑的计划取得了暂时的成功。许多岛民对法国派来平息暴乱的军队表示欢迎,总督的黑人军团中也有许多人加入了法国军队。他们重建房屋,覆上新修的屋顶,法兰西角在灰烬中获得了新生。勒克莱尔遣返了绝大多数法国舰队的士兵。许多叛军的指挥官转而忠于法国及其第一执政。那位自封的总督被引诱到了一次和平会议上,在那里被逮捕了。

福尼耶夫妇驾车出门视察他们的制糖厂。这是北部平原上一个雾蒙蒙的凉爽早晨,索朗热裹着一条羊毛披肩。北部平原依着巨大的莫尔内纳·让山脉,山上流下的大大小小的溪流挡住了他们的去路。

在小村庄里，安静瘦弱的孩子们偷瞄着福尼耶夫妇，野狗悄悄溜走了。有些被弃置的甘蔗地长成了灌木丛，有些则被分成了若干小园子和新自由民简陋的住处，还有一小部分种满了未收割的甘蔗。福尼耶夫妇驾车驶过潺潺溪流，又乘渡船穿过浑浊的北大河，河的两岸满是随着冬季洪水淤积的破烂树枝和树干。

在赛古尔岔道的南边，福尼耶夫妇望向他们未来的福地：花园制糖厂。

他们读过工头的报告，看过这片偏远而神秘的加勒比种植园的地契和规划图；而现在，他们穿过摇曳在头顶的高高的甘蔗林，在一条废弃小径上留下了实实在在的车辙。"香草，"索朗热轻声说，"它闻起来像香草。"

甘蔗沙沙摇晃着，林中可能藏着任何东西。车子驶上铺着鹅卵石的车道，来到阳光下时，福尼耶夫妇松了口气。车道前是一座双层的种植园房屋，即使在未被烧毁前，这房子也没有他们想象的那样宏伟。从上层的窗户向外看去，视线中满是蓝灰色的天空，天空里点缀着焦黑的房梁。打开房子的前门，碎石一股脑地涌出。

"噢。"索朗热说。

微弱的嗖嗖声可能是制糖厂里的黑人在未收割的甘蔗丛中逃窜的声音。"我们会把这里变得焕然一新。"奥古斯丁说。

索朗热一边问"你觉得我们真能行吗"，一边把手放在他的膝上。

是他们的。这座支离破碎的房子、烧毁的磨粉机和它们弯曲破损的轴、杆及齿轮——是他们的。未来的计划让两人兴奋不已。他们勘探了这座完好无损的黑人小村庄——是他们的。每个工人的住处都被一墙翠绿的、绳般交缠的仙人掌围绕着。奥古斯丁好奇地伸出手,随即又缩了回来吮了吮手指,索朗热咯咯直笑。每所住处的庭院都被狠狠轰炸和扫荡过。奥古斯丁避开碎石,踏进昏暗的室内。索朗热咳了起来。她丈夫的头几乎要碰到通风口了,这让她觉得好笑。破烂的地毯被卷在收集木薯粉的大篮子旁。灶台上的水壶底下沾满了发白的食物残渣。奥古斯丁想象着自己用光辉灿烂的法国文明教授黑人小孩们。他期待着他们的感激和喜悦。索朗热拿起一只成色尚可的瓷碗,但发现碗沿破了,于是把碗扔到一边。

这座小屋后面是一个得到精心照顾的花园,而种植园主的账目已经给这样的小园作了预警。劳工们会把精力全花在打理花园上,而不是干他们主人安排的活。作为经营者,奥古斯丁宣布了一个决定:"在干这些无足轻重的事之前……我们的黑人要先完成他们种植园里的工作!……"

索朗热心不在焉地想着他们能不能在城里也买座房子。

阳光微笑着照进了他们的生活,从现在直到永远。他们——仅凭他们两人——就能在这里干出一番事业。是他们的。奥古斯丁备感自豪。他会捉住那些行为不端的工人,把他们送回花园糖厂。糖厂不也是他们的家吗?像奥古斯丁一样,他们的生活不也在糖厂里吗?微风轻抚甘蔗林,甘蔗沙沙作响。多美好的声音啊!

"这房子……"他说,"这房子被烧了倒是件好事。它太小了,我不满意。"

索朗热说:"我们会造一座更好的。"

在自家无人打理的花园里,奥古斯丁把他的披风铺在玫瑰丛旁。每朵玫瑰都在低语着他们可能的未来:他们会有钱的,他们会过得很好,他们会受人喜爱,他们会自由自在、随心所欲。在如此美妙的爱与狂喜中,索朗热向奥古斯丁敞开了自己。

唉,在那位黑人总督被遣返回法国后,战斗激化了,乡村危机四伏。福尼耶夫妇再没能回到承载了诸多希望的糖料种植园。索朗热的丈夫不再谈论他当兵时做过的那些事。他获得了晋升。然后,他又一次晋升,但他并不为此感到自豪。他不再喜欢舞会或是剧院,哪怕最亲切诙谐的言谈也让他感到厌烦。福尼耶上尉不再出入社交场合。

黄热病也随着夏天来了。

在轻信的法国军官中流传着一种奇怪的理论:他们正在输给一种非自然的力量。许多年前,甚至早在雅各宾党人解放奴隶而拿破仑又派勒克莱尔重新奴役他们之前,一名巫毒教[1]的巫师在法兰西角的公共广场上被活活烧死。迷信的黑人们认为这个巫师可以把自己变成动物或者昆虫,因此谁也杀不死他。但是,哈哈,先生们,他的肥肉被烧出泡时和别的动物可没什么区别!虽然这巫毒教巫师的骨灰早已被从鹅卵石上擦净,但那年夏天

---

[1] 巫毒教,又称"伏都教",由拉丁文Voodoo音译而来。它源于非洲西部,是糅合祖先崇拜、万物有灵论、通灵术的原始宗教,有些像萨满教。

确实发生了异常的蚊虫感染以及第一次黄热病瘟疫。

黄热病愈演愈烈。病患喘着粗气要水喝，然后他的大脑就会像被一个壮汉挤压的水果那样被榨干。这倒霉的人神智清晰，如此，他最珍贵的幻觉就暴露出其一直是谎言的本质。

接着，停止了，安静了，舒缓了。黄热病离开了，头也不再抽动了。他喝了口冷水，躺了回去。好心人会擦拭掉他身上肮脏的汗液。很多患者勇敢地怀着希望。

但当瘟疫又一次袭来时，哪怕是那些最虔诚的人在看到病人们鼻子里流出黑色的血、嘴巴里吐出黑色的脏东西之后，也不再信上帝了。

上帝出于无可怀疑的好意，让奥古斯丁和索朗热幸免于难，但拿破仑绝大多数的远征兵都死得太快，来不及埋葬。虽然和手下的上万名士兵相比，查尔斯·维克托·伊曼纽尔·勒克莱尔将军下葬时更加隆重和体面，但他也不过和他们一样，已经是死人一个。

将军的妻子乘上最后一拨法国舰船中的一艘离开了小岛，因为英法和平条约签署一年后就被束之高阁，一支英国舰队还封锁了小岛。

当英国传来拿破仑把路易斯安那州的领土卖给美国人的消息后，岛上幸存的法国人明白了：拿破仑把他们也给卖了。

在罗尚博将军[1]接管被包围的法国军队后，一股狂热的愉悦

---

1 罗尚博将军（General Rochambeau, 1725—1807），又称"罗尚博伯爵"，是法国军官、军事家、法国元帅，以支援美国革命而知名。

情绪降临在了这座小岛的首都。那些被他们的国家和皇帝抛弃的军官、种植园主、他们的妻子,以及克里奥尔[1]情妇们在每晚的舞会上尽情嬉闹。虽然《费加罗的婚礼》已成回忆,但在剧院那向夜空大敞的残破屋顶下,大受欢迎的娱乐表演仍旧接连登台。蝙蝠从屋梁俯冲下来,在观众席上的女人之间引发一阵惊悸。

索朗热并非天生善于交际,可她心知肚明,在目前这种情形下,切断社交就和去死没什么两样。即便索朗热更愿意独自一人在海滩漫步,她还是忽略了这想法,转而去参加晚间舞会或者去剧院。奥古斯丁不再陪伴她以后,她忠诚的陪同便变成了亚历山大·布里索少校——这位军官大约比她大一岁,非常英俊。布里索少校是罗尚博将军的外甥,所以他能提供高于他军衔的护卫措施。尽管索朗热已经默许了他一定程度的自由,但他从未开口提过要求。

索朗热是个现实主义者。无论布里索少校是什么身份,她都对他的保护心怀感激。还在家里的时候,索朗热的愿望同每一个埃斯卡莱特家的人一样:一个小有成就、绝对忠诚的丈夫,有能力,有令人尊敬的地位。圣马洛的生活并不足以支撑她去面对街上的黄热病患者那未被埋葬、逐渐腐烂的尸体,以及喉咙里升起的那股恶心劲儿。她的想象中,并没有被围困的城市街道里四窜的呛人烟雾,或是本应属于他们却从来不敢到访的种植园。她丈

---

[1] 克里奥尔人(Creole),这个名称在16—18世纪时本来是指出生于美洲而双亲是西班牙人或者葡萄牙人的白种人,以区别于生于西班牙而迁往美洲的移民。此后,这个名称产生各种意义,因地区不同会有所不同甚或矛盾。

夫的眼神太奇怪了！她的丈夫，她的枕边人！

经历了二十八个月六天零十二个小时的地狱般的折磨，奥古斯丁·福尼耶上尉已经看了、做了些比噩梦还可怕的事。有太多次，奥古斯丁摒弃了他的仁慈，对可怜的恳求避而不听。他那平凡的法国人的食指扣下了扳机，他那笨拙的双手亲自调整了绞索。

他的妻子曾说："我们打败反叛者后，他们必须把一切回归原样。必须和以前一模一样！"

奥古斯丁附和着，只是他知道没有什么能重回原样了，一切都变了。

如他父亲所说，奥古斯丁本可以成为一名优秀的神父。但这些天里，他已经不知道他犯的哪些罪会让他下地狱了。

今天的巡逻任务愚蠢至极：追回一个叫若利的在逃奴隶，他是罗尚博将军的外甥亚历山大·布里索的贴身奴仆。追捕奴隶完全没道理，因为每天都有奴隶逃走，十几二十几个、成百上千个地逃走。

大概是因为若利偷走的那匹马吧。可能那匹马很值钱。奥古斯丁恭敬领命。士兵该做的事和刽子手该做的事没有太大区别。

出于某些原因，将军想取若利的脑袋。尽管人的脖颈很纤细，砍头也不是件容易的事。除非军刀砍得恰到好处，即砍在两节脊椎的交会点，否则刀刃就会卡在骨头里，血会从切断的颈动脉中喷涌而出，溅在白色的马裤上。

若利的马蹄印穿过废弃的咖啡种植园,沿着北部平原上方的山脉蜿蜒。

奥古斯丁和他手下的中士们骑着骡子。普通的士兵总会尽可能找时间喘口气。在遥远的圣马洛,现在该是秋天了——凉爽宜人的秋天。

蓝色的海洋仿佛温柔的誓言般亲切。海面之上,梯田从一列列咖啡树之间露出。英国舰队并未试图隐藏:三艘护卫舰(其实一艘就足够了)懒洋洋地来回行驶着——简直就像小孩的玩具。他们知道些什么?这些戴着眼镜的无聊英国军官,整天就在被毁了的法兰西角和赫然耸立在城市上空的莫尔内纳·让山上进行操练。奥古斯丁太嫉妒他们了。

山的倾角对于咖啡种植来说太过陡峭,车道逐渐狭窄,变成一条人行小道,最后变成岛上巨型啮齿动物和野猪走的小路。奥古斯丁下了骡子,牵着它继续向前。汗不断流进他眼睛里。他们又拉又爬,用脚踢,用刀砍,穿过像被拒绝的爱人似的紧贴在他们身上的灌木丛。一些士兵开始咒骂,另外一些喃喃地念着他们儿时学会的祈祷文。即便是最乐观的法国士兵也不相信能再回到法国了。每个人都知道自己必死无疑。有时他们会唱起一首欢乐的歌,赞颂死亡先生[1]是个多好的家伙。

是啊,死亡,但不是现在!只要露珠还攀在这异国他乡的树叶上,只要奇怪的昆虫还在庆祝着它们微不足道的生命,只要

---

[1] 原文为法语。

这不领情的太阳还在灼烧着他们的额头,死亡就不会在这个早晨降临。明天,死亡先生,我们将同你相会,如你所愿。但不是今天!

奥古斯丁·福尼耶的生活也许本该不同。只要命运女神向他微笑——只需一个羞怯的笑,命运女神会意的一眨眼……啊,那就不错!

之前在圣马洛,他竟觉得自己过得不快乐!多幼稚啊!真是个被宠坏的蠢孩子!确实,奥古斯丁的父亲很苛刻,但和其他自力更生的人比起来,他对儿子的要求有什么出格的地方吗?的确,奥古斯丁的未来不是很光明——他哥哥里奥会继承福尼耶航运公司,但奥古斯丁至少曾经前程远大!

他从前是多么快乐啊!

灌木丛划过奥古斯丁的外衣和剑带,把他的三角帽戳了下来,所以他得经常把帽子拿在手里。

一顶红帽子挂在荆棘树的尖刺上;一顶红帽子,正是那种雅各宾党人喜爱、拿破仑憎恨的"自由帽"。帽子的真丝斜纹绸对一个在逃贴身奴仆来说显得太高级了。或许索朗热可以用这料子做点儿更好的东西。

奥古斯丁爬上一处狭窄梯田上的空地。巡逻队出现时,一只被拴着的棕黑山羊大叫起来。

这座小屋的前门是一张地毯,大概是从某所大豪宅里拿来的。房顶的蕨叶上系着来自同一张地毯的布条。

巡逻队长把手指放到了步枪的扳机上，其他成员也照做了。

这里高出平原许多，天气非常凉爽。瀑布沿着长满苔藓的悬崖峭壁缓缓流下，落进一个洗衣盆大小的池塘。

山羊抱怨似的叫着，一只绿鹦鹉叽叽喳喳，声音像木槌敲击木头。一阵微风搔过奥古斯丁脖间的头发。能远离那血腥的冲突，这里一定很宜人，一定很安全。

门前的女孩儿才死去没多久，身上的血还未发黑。奥古斯丁没有看她的脸。他需要遗忘的面孔太多了。

奥古斯丁掏出枪。他猛地拉开地毯做的门，死亡的空气污浊了他的全身。在勇气消失之前，福尼耶上尉踏进了屋子。

一个老妇人的头被砍掉了一部分，婴儿的脑浆溅满了灶台，像红灰色的煤灰。婴儿紧握的小手好像某种小型袋类动物的爪子。"人不像人。"奥古斯丁沉思道。他茫然地想着这会是谁干的。在逃的黑奴？叛乱者？还是另一支巡逻队？

杀人凶手们四处翻找，把这房子掀了个底朝天，把这个贫穷人家为数不多的值钱物品洗劫一空。

奥古斯丁希望他脚下的这摊血还没有渗进他的靴帮里。血一旦溅上针脚，就擦不干净了。

掠夺者们已经搜寻、翻找、扔掉了很多东西，但翻倒的木薯粉篮却没有人动过。他们并没有把篮子翻过来瞧瞧——虽然这装木薯粉的篮子里可能正好就藏着他们想找的东西。这篮子谁也没碰过：像一个神气活现的家庭守护神。

奥古斯丁踢了那篮子一下，它滚到了角落里。

篮子里露出一个身体僵直、皮肤极其黝黑的女孩儿，年纪大概四五岁，赤身裸体地向他微笑。女孩儿的双脚沾满了鲜血，双膝亦是如此，或许是曾经跪在她惨遭屠杀的家人身旁。迎着奥古斯丁的视线，她把血淋淋的双手藏到身后，屈膝行礼。"小孩儿在哪里？"她用克里奥尔语说，接着用法语补充道，"欢迎来我家，先生们。我们的山羊海洛薇兹能产上好的奶。您听见海洛薇兹叫了吗？我很乐意为你们挤它的奶。"

奥古斯丁·福尼耶上尉看着眼前这一切，张大了嘴巴。那孩子又重复了一遍："您一定饿了。我可以为您挤它的奶。"奥古斯丁在胸前画了个十字。她的微笑充满了孩童活泼的魅力："您会带我走吗？"

他带她走了。

 第二部　低地

难民

当奥古斯丁把这个庄重而美丽的孩子推到索朗热面前时,天使们都屏息凝神,直到索朗热露出一个微笑。

多幸福的微笑啊!奥古斯丁愿意为这个微笑付出生命。

"你真完美,"索朗热说,"不是吗?"

孩子郑重地点了点头。

索朗热考虑了一会儿后说:"我们就叫你露丝。"

索朗热从来没想过要孩子。她接受生儿育女的责任(没能激发这种责任是奥古斯丁的问题)。只要有足够的乳母和用人来应对孩子带来的忙乱,索朗热也会养育福尼耶和埃斯卡莱特家族期盼已久的继承人。但在童年时期,当她的姐妹们愉快地对着眼神空洞的瓷娃娃指手画脚,给它们穿衣打扮时,索朗热只为自己穿衣打扮,并且只为自己的事儿着想。她觉得她的姐妹们太过心甘情愿地接受了原初诅咒中夏娃的使命。

露丝是完美的:她已经大到能照顾自己了,懂得感恩她的主人们而不过分向他们索求。她是那么百依百顺,让索朗热的生活都明朗了起来。她不像埃斯卡莱特家的孩子那样,是个让人又爱又恨的累赘,因为如果她让家里人失望,他们总可以把她卖掉。

索朗热给露丝穿衣打扮,就像她姐妹们对娃娃做的那样。尽管蕾丝很是稀缺,但露丝的衣裳上还是镶满了安特卫普[1]最好的蕾丝。露丝精致的丝绸帽子泛着棕色的光泽,像她眼睛的颜色。

露丝讲法语,索朗热便猜想她原来的家人中应该曾有人当过室内仆人。但索朗热从不过问:从她给露丝取名的那天起,她的露丝就像她亲生的一样。

一个静谧的夜晚,在索朗热关上窗户挡住晚风前,她看到露丝坐在窗前沉思着,俯瞰整座城市。在昏暗的、让人心生怜悯的灯光下,露丝不过是个小小的非洲黑人姑娘,和那片野蛮的大陆一样神秘,像那片大陆上的一位王后一样自信。

"露丝,亲爱的!"

"是的,夫人!"

能陪伴在索朗热身边,露丝的声音里立即充满了欢喜和感激。她非常钦佩那些索朗热自己都引以为傲的性格。露丝陪着她的女主人参加舞会、进剧院,她缩在角落里,直到索朗热准备启程回家。

露丝贴着她女主人的腿,静静地坐在地上,宽慰着索朗热幽

---

[1] 安特卫普(Antwerp),位于比利时西北部斯海尔德河畔,是比利时最大的港口和重要的工业城市,是欧洲著名文化中心。

暗的孤独。有时候索朗热觉得这孩子能看透她的心，一直抵达她热爱的圣马洛的海岸：那片布满岩石的海滩，和保护着居民们不受冬季风暴伤害的坚固海塘。

有露丝在身边，索朗热可以卸下所有防备。她可以害怕，可以哭泣，甚至能像个弱女子一样沉浸在祈祷中，坚信无论发生什么，一切最终都会平安无事。

索朗热会读些畅销小说。像那些年轻而敏感的小说家一样，索朗热明白，在这个现代的十九世纪里，已经遗失的东西要比剩下的更为珍贵，人类文明已经过了顶峰，今天和昨天没有什么差别。她的灵魂已经被平庸的人、平庸的对话和生活中无数的攻击给伤害和磨损了。在这座被围困的城市里，生活举步维艰，但其平淡乏味并未因性命之忧而稍减。

福尼耶上尉驻扎在城里最大的要塞维利埃堡。即便叛乱者百般尝试，他们仍然损伤惨重，没法从法军要塞密集的炮火中突围。福尼耶上尉有时待在要塞里，有时待在家里。即便在他离开家之后，他留下的苦涩之感仍旧在空气中久久不肯散去。要是当时索朗热没什么重要的事，她可能会安慰他。

在圣多明戈，没有什么是牢靠的。一切都苟延残喘，摇摇欲坠，或是已经被岛上积满尘土的葡萄藤吞噬了大半。

法国舰队不再试图突破英国海军中队。没有增援部队，不再有加农炮、步枪、军粮和火药，也不再有舞会。安的列斯群岛的明珠悄无声息地化作了明日黄花。爱国的老人们毫不让步地鼓吹战争，然而拿破仑的士兵们已经纷纷叛逃投敌，或仅仅是在苟延残喘。

随着管控权的削弱，法国人索性开始了饮宴狂欢：用一连串的舞会、剧院演出、音乐会和约会来抵抗家门口的叛军。军乐队为罗尚博将军的克里奥尔情妇演奏小夜曲，用一首流行民谣庆祝他又灌醉了手下的军官。

越过封锁线驶来的美国舰队卖出一箱箱的雪茄和香槟，载着罗尚博将军的战利品，在军队的命令下匆匆启程。浓烟从乡村地区滚滚而来，让整座城市都透不过气。直到黄昏时分，海风和蚊群的嗡鸣声才把烟雾驱散。下雨了。雨幕倾泻而下，溢满了水沟，驱赶着人和狗急忙去避雨。

索朗热不许露丝讲克里奥尔语："我们必须要坚持自己的文明，对吧？"当他们的厨子突然离开，奥古斯丁也找不到人替代时，露丝就帮忙煮鱼汤、炸车前草。索朗热则坐在一张高脚凳上，读书给她听。

高级军官将手下的人派去执行孤注一掷的任务，以安慰阵亡士兵的寡妇们。

在圣路易斯广场，罗尚博将军活活烧死了三名黑人。讽刺的是，剩下的人都被他在蒙特克里斯蒂湾的海滩上用十字架钉死了。

每个早晨，索朗热和露丝都会去海边散步。一天早上，码头上挤满了被锁链拴着的黑人。"夫人，我们是忠诚的法国殖民军。"一个黑人大喊。为什么要告诉她？

露丝想要说话，索朗热催她快走。

两艘护卫舰在这风和日丽的一天驶入海湾。三天后，潮退了,宽阔的白色海滩上凌乱地躺着溺亡的黑人们。带着金属味的死亡气息扑面而来,让索朗热倒吸了一口凉气。当索朗热向福尼耶上尉抱怨时,他疲惫却宽容的微笑是那么陌生:"你还能把他们怎么样呢,夫人?"

索朗热第一次对她的丈夫心生恐惧。

在那个一切都改变了的早晨,索朗热在露丝的哼唱声和咖啡的香气中醒来。

索朗热推开百叶窗,窗下散乱地站着一群垂头丧气的士兵。今天星期几?奥古斯丁今天会回来吗?叛军会打响最后一战吗?

露丝问:"夫人在想什么?"

自己究竟在想什么?她怎么会在什么都不想要的同时,感到如此的不满足?

索朗热抚着手中钴蓝色茶杯的金边。这些墙壁,她家中的墙壁,是赤裸的、未抹上灰泥的石头。用本地木材做成的百叶窗还未粉刷。露丝的双眼就像那些精巧的茶杯一样,深邃、复杂而又美丽。索朗热说:"我什么也没做。"

露丝也许本会问"你应该要做什么",但她没有问。

"我像一个愚蠢的业余水手,已经驶向了太深的水域。"

露丝也许本会出言纠正这个自我评价,但她没有。

"我们身陷险境了。"

露丝笑了笑。早晨的太阳在她头顶投射出光环。她说:"夫人会参加罗尚博将军的舞会吗?"

索朗热·福尼耶是查尔斯·埃斯卡莱特令人敬畏而精明能干的女儿。她为什么会读充满感伤主义的小说？

露丝说："将军的舞会将在船上举行。"

"他是故意想淹死他的宾客们吗？"

露丝脸上的表情消失了。她认识那些惨死的囚犯中的某个人吗？索朗热抿了一口咖啡。她不耐烦地示意后，露丝给她的咖啡加了点儿糖。

钴蓝色的茶杯放在粗糙的木板桌上。糖。咖啡。花园糖厂。安的列斯群岛的明珠。天气晴朗而凉爽。叛乱分子把一切都烧毁殆尽了吗？索朗热仿佛能嗅到这座岛屿残存的醉人芳香。它本该多么美丽啊！

"要去，"索朗热说，"我穿什么好？"

"那件绿色的巴里纱怎么样？"

索朗热手指抵着下巴："露丝，你会陪我去吗？"

露丝屈膝行礼："如您所愿。"

索朗热皱眉："可你自己的愿望是什么？"

"夫人的愿望就是我的愿望。"

"那好，今晚由你来保护我。"

"夫人？"

"没错，亲爱的。穿那件绿巴里纱最好。"

那天下午，当奥古斯丁回到家时，索朗热给了他一个猝不及防的吻。奥古斯丁解开剑带，重重地坐到床上伸开双腿，让露丝脱下他的靴子。

"可怜的,亲爱的奥古斯丁……"

他疑惑地皱了皱眉。

"你不是当士兵的料。我早该明白……"

"我是个士兵,是名军官……"

"是,奥古斯丁,我知道。你那件双排扣礼服还在我们的海上旅行箱里吗?"

奥古斯丁耸耸肩:"可能吧。我几个月没看见它了。"

"快把它找出来。"

"我们要去哪里吗?剧院?舞会?还是别的什么地方?你知道我讨厌那些娱乐活动。"

她抚上他的双唇:"我们要离开圣多明戈了,我亲爱的丈夫。"

"叫我上尉。"他笨拙地回答道。

"是,我的上尉。我不会忘记你这份荣耀。"

也许奥古斯丁本该再问问这是怎么回事,他们什么时候走,又为什么要走,但他已筋疲力尽,而且这件事也太过复杂。他扯下制服外套,还穿着袜子和马裤便一头栽进床里,嘟哝了几句后,打起鼾来。

他老了,索朗热想——丈夫布满皱纹的疲惫面容让她惊讶,但她很快便用自责打消了这过分脆弱的念头:我为什么卸下了肩上的责任?为什么一个福尼耶家的人能决定一个埃斯卡莱特家的人的命运?"歇息吧,我勇敢的上尉。很快,我们的麻烦就结束了。"

不，索朗热并不知道她要做什么。她无法描述心中对光明未来的汹涌渴望，无法描述使她双眼、双脚和指尖都兴奋得战栗的那件事。她只能确定一件事：他们必须逃离这座小岛。在这里他们一无所有，没有种植园也无地位可言，更没有日复一日的虚假的安全感。如果留下来，他们必死无疑。

行动之后索朗热自会知道自己该做什么。

把破烂陈旧、结满藤壶的赫米尼号从一艘摆着加农炮、蓄势待发的法国战舰改造成一座阿拉伯式皇宫的，完完全全是高卢人的智慧。红色、蓝色、绿色和金色的亚麻布在帆桁和转帆索上飘扬，一盆盆棕榈摆在炮甲板上，蜡烛和灯勉强照亮爱侣们藏身的角落。军乐队殷勤地高声吹奏；将军们头戴缀着羽毛的银头盔，和他们的克里奥尔情人碰杯；黑人们包着红蓝相间的头巾穿梭其中，盛满客人的酒杯。在后甲板上的棕榈林中，多纳西安·马利·约瑟夫·德·维默尔少将，维孔特·德·罗尚博问候着他的宾客。罗尚博将军向一位美国商船船长解释美国独立战争（罗尚博担任了他父亲的副官）："考德威尔船长，你真的相信康沃利斯将军[1]在约克城向华盛顿将军投降，然后战争就结束了，美国就独立了？你真这么想？啊，福尼耶太太，真是好久不见。我们上次一起游玩是什么时候的事了……去剧院那次吗？那场

---

[1] 指查尔斯·康沃利斯，英国军人、殖民地官员及政治家，1776年前往北美参加美国独立战争，1781年在约克镇战役大败后率大军投降，标志着英军在美国独立战争中大势已去。

没选好演员的莫里哀的戏？"

罗尚博将军拍了粉的脸颊上有一小块贴片，遮住了下疳[1]的症状。当他对索朗热行吻手礼时，索朗热抑制着想擦拭双手的冲动："我亲爱的将军。您站在我身旁，我都开始担心自己的德行了。"

罗尚博咯咯地笑了："亲爱的福尼耶太太，您真是太抬举我了。请允许我向您介绍考德威尔船长。考德威尔船长是波士顿人。这家伙大概是法兰西角唯一一个没被收买的人了。显然他的船是唯一一艘中立船只。"

罗尚博将军的笑就像他本人一样油腻："我都不用问他我最勇猛的军官之中有多少人想贿赂考德威尔船长，'就分我一间船舱吧，先生！'……'帆缆舱里的一小块儿地方。'……'统舱也行！'……船长，请别告诉我他们的名字，我不想让我的幻想破灭。"

这个美国船长耸了耸肩："人要是死了，钱也就没用了。"

罗尚博领着考德威尔船长去了蒙特克里斯蒂湾。海滩上的遗骸——也只有这些遗骸，能证明这里曾经发生过什么。罗尚博将军容光焕发。"对！太对了！"他拍了拍露丝的头，"多可爱的小孩儿……多可爱啊……"

索朗热后退了一点，将军又讲起了他的历史课："康沃利斯大人战败后十分恼火，连投降仪式都不愿去。所以，康沃利斯的

---

[1] 下疳（chancre），外科病症名。

副官挑了个合适的时机把他的剑给了我父亲罗尚博伯爵。英国人便向我们法国人投降了……"

那美国人大笑起来："那就是说，你父亲是我们第一任总统了。乔治·华盛顿知道这事吗？"

索朗热对露丝轻声耳语："四处看看。尽你所能多了解点儿东西。"露丝像一缕烟一样跑走了。

岛上的姑娘们热情而淳朴，却不怎么能让拿破仑的将军们满意。从一些不愉快的经验中可以得知，每一个迷人的克里奥尔姑娘都要么有个蹲大牢的兄弟，要么有个养着病孩的姐姐，要么父母中至少有一人上了年纪且付不起房租。这些黑皮肤的妖精们床上功夫有多好，身后拖着的麻烦就有多大。

索朗热平日的陪同布里索少校已经喝醉了。他四肢张开，瘫倒在主桅下，连自己擦得锃亮的骑兵头盔都几乎举不起来了。索朗热尽职地与追求者们调情，然而这些勇士们所见到的索朗热的活力（有些人觉得是欲望）只是她的不耐烦在作祟。索朗热明白自己想要什么，却不知如何得到。

敲诈勒索？在圣多明戈，谁不腐败呢？谁会关心X上校折磨和杀害了多少黑人？谁会关心Y将军向叛乱分子泄露了多少法军的计划？呸！D少校向敌军出售加农炮可谓是下作至极，可是，一有这种机会，哪个现实的人不会干出同样的事来？

最终，索朗热的追求者们选择另寻芳心。索朗热坐在她丝毫未动的香槟杯旁，靠着起锚机等待露丝带回她的秘密情报。月亮爬过夜空，军乐队的演奏散乱了起来，乐手纷纷放下了手中的乐器。笑声,玻璃碰撞的叮当声,咒骂声,一声尖叫,又一阵大笑。美国船长已经带着一位克里奥尔姑娘离开了。罗尚博将军消失在海军上将的舱位中。

露丝嚼着一块面包边,坐到了起锚机边上她的女主人身旁。她打了个嗝,又捂住嘴道了歉。

"怎么样?"

只要风向发生变化,英国封港舰被吹离驻地,考德威尔船长就准备载着一堆沉重的箱子(受罗尚博将军委托,据说藏着珍宝)以及一个装着军事报告和受宠军官们调动请求的官方邮包起航。这邮包由将军的私人信使——罗尚博的外甥亚历山大·布里索少校带着。

亚历山大是因为品行不端被送到殖民地的。虽然并非绝对无人知晓,但此事最好在一个小圈子——非常小的同伴的圈子——中进行。亚历山大过去太不谨慎了。而在这里,在这座对谋杀、虐待和强奸司空见惯的岛上,他再次轻率行事了。

"他是个同性恋。"露丝吃完了她的面包,舔着手指说。

"他当然是。布里索少校是唯一会礼貌对待女士的法国军官。"

"亚历山大让罗尚博将军蒙羞了。"

索朗热眨了眨眼:"有什么事竟能让罗尚博……"

"亚历山大和那个男孩儿——若利好上了。他爱若利,给若利那么多礼物,其他的军官们都笑他。亚历山大的舅舅发现了这事,想杀了若利,若利就跑了。若利不会回来了。最好别回来了。"

"若利……"

"亚历山大警告若利必须得跑。将军想吊死亚历山大,可他又不能处死自己的外甥。"

罗尚博将军的许多客人都喝得人事不省,只能靠着某样东西才能勉强站着,不断重复着第二天早晨无须再忆起的话。仆人们私吞了酒水,派对进行到这个阶段,行事稍微慎重一点的女士也早就该离开了。"两个,"露丝告诉索朗热,"将军今晚睡了两个。"她做了个鬼脸,补充道:"女人。"

希望在索朗热的心中翻腾,虽然并不是个成型的想法或是计划:"露丝,快回屋。我的行李箱里有一顶红色的丝质自由帽[1],和我其他的布料放在一起。拿来给我。快去!"

三名下级军官扯着嗓子在吼一首刺耳而下流的歌:"至少有十个天窗……"一名衣冠不整的上校和他的克里奥尔姑娘靠在一起,离开了烛火照亮的角落。罗尚博的一名护卫向索朗热抛了个媚眼,索朗热假装没看见。

希望越来越微弱。当露丝再次出现,把柔软的丝质小帽交到她手上时,索朗热几乎要放弃她疯狂的计划了。"夫人?"

露丝的出现让索朗热下定了决心:"到那儿去。去那个腿上放着头盔的军官那儿,叫醒他,把帽子给布里索少校,然后说

---

[1] 一种无檐锥形帽,原为古罗马被释放的奴隶所戴,19世纪时被用作自由的标志。

'若利'。"索朗热小心翼翼地——何其小心啊——把该做和该说的全部讲给露丝听。"啊，露丝，"索朗热说，"我把我们的性命都托付给你了。"

露丝反手握住索朗热的手，驱散了她的恐惧："一步步来，就像鸟筑巢那样。"

索朗热在左舷的一个小木屋里设下了她的陷阱。一盏小小的锡灯笼照亮了空香槟酒杯和窄床上皱巴巴的床单。她把被单翻过来弄松。无缘无故地，又把香槟酒杯塞进了抽屉里。

当她熄灭蜡烛时，蜡油使最近的那场性事残留的气味都变得甜蜜起来。索朗热脱下所有的衣服，关上灯笼，静静等待。她的眼睛一适应黑暗，便能看到月光透过舷窗照射在自己颤抖而赤裸的双臂上。

她听到门外传来脚步声，随即一声巨响，一个气喘吁吁的男人低语道："若利……"

门闩转了一下，索朗热赤身裸体，抱住了她的猎物。

几秒钟，又像是几辈子过后，将军跟在他外甥后面冲进来，大喊着："天哪，亚历山大！你和若利就等着和刽子手握手吧！"

灯火通明。其余军官跟着将军挤进船舱。索朗热倒吸一口气，像伊甸园里的夏娃般遮住了自己的裸体。"亚历山大！"将军也倒吸了一口气，"你？和这个女人？"

将军的圆脸上浮现出一抹淫笑，目光越过他外甥的双肩："亲爱的孩子！亲爱的孩子！我没有……别让我毁了你的——你的礼物。"

将军随从的目光同样猥琐。

索朗热提起长袍,紧紧抓住它遮掩自己光裸的身体:"亚历山大是我的……我的护卫。求您了,先生。一定不能让我丈夫知道。"

将军用手指抵住他笑嘻嘻的嘴:"寂静如坟墓。他什么都不会从我们这儿听到,是吗,先生们?"

一阵窃窃私语,几声低沉的笑。

将军出去时紧紧合上了门。

索朗热深吸一口气,打开了铁皮灯笼。她哼着小曲,从容地穿好衣服。

亚历山大伏在床上,双手抱住头。他在两腿间呕吐起来,双眼盯着这一片狼藉。索朗热打开舷窗,希望将军走时给舱门留了一条缝。她扣上衣领,整理好头发:"请原谅我的言辞,少校,但你真的太可笑了。"

他的双眼是如此困惑而悲伤,索朗热不忍直视。"若利?我以为你是……他的帽子,我给了他那顶帽子。若利……"

"毫无疑问,你的若利和叛军在一起很安全。没准他正在打我们法国人呢。先生,别试图去理解这一切。到了早上,你自会明白的。我能说今晚这张床并不比其他任何床差吗?"

"我爱他。"他抽泣着,哽咽着。

"啊,先生。你对我总是很好。"

露丝出现在门口,疑惑地看着索朗热。索朗热说"成了"[1],然后这孩子笑了。

甲板上,星星已经隐去,月亮悬在莫尔纳·让山之上。四处都是身着精致制服的下流军官。他们瘫在地上,像是战斗中的伤员。一个妓女正在掏胖上校的口袋,抬头瞪了一眼索朗热和露丝。

在两人回家的路上,晨曦照亮了海洋,海浪轻柔地拍打着海堤。索朗热把露丝的小手握在手里,捏了捏。

这天晚些时候,奥古斯丁和露丝收拾行李时,索朗热来到了罗尚博将军的司令部。不,她并不会谈论那件事。她要谈一件紧急的家庭事务。

索朗热经过罗尚博将军的副官身边,然后关上了门。他微笑着迎接她,那笑活像一头鳄鱼看着一具腐烂透了的尸体:"啊,夫人。很高兴见到你。福尼耶太太,你可能也许还要……告诉我,我外甥是你的护卫吗?"

"通常是的。"索朗热脸上恰如其分地现出一抹红晕,"他陪我去剧院。他跳舞跳得可好了。"

"马马虎虎吧。他……"

索朗热努力加深了脸上的红晕,害羞地说:"我是为了亲爱的亚历山大而来……"

---

[1] 原文为法语。

"啊，是的，的确。夫人，来点儿酒？"他走到餐具柜前，"烈点儿的酒？"

"哦，不，我的将军。昨晚……"她摸了摸太阳穴，脸抽动了一下，"啊，一个已婚的女人绝不该把爱情和酒混在一起。"

"福尼耶夫人，我们既不能创造也不能征服我们的欲望。直到昨晚之前——请原谅，我还以为亚历山大……真是个精力充沛的年轻人……年轻人嘛……喜欢尝试。为了找到真正的自我，不是吗？"

索朗热甜甜地笑了："将军，我必须听听您的意见。我是个已婚妇女，但始终在我脑海中挥之不去的却是另一个人……他的头发，他温柔的嘴唇，他多情的眼睛……"

要不是将军多年前就不会脸红了，他现在估计已经涨红了脸。相反，他咳嗽起来："如你所说，夫人，正如你所说。"

"我们是天生一对，"索朗热从她读过的感伤小说中搜寻着恰当的情感，"我们的爱命中注定。亚历山大和索朗热。我们的命运刻在星轨之中！"

罗尚博倒了一杯烈酒："毫无疑问。"

"将军，我的婚姻……一个福尼耶并不是一个埃斯卡莱特，更和一个罗尚博天差地别！"

将军点头承认了这一不言而喻的事实。

"我接受亚历山大的提议。可他太……超凡脱俗了。"

"亚历山大的……"

"我们需要护照。我们到达法国后，亚历山大和我将一同探寻我们的命运!"

"夫人,我只给老人和丑八怪护照。"

"将军,你是如此、如此对女人照顾有加。"

"福尼耶上尉怎么办?"

"我丈夫会接受他无法改变的事实的。"

"好吧。你可能已经听说,我外甥正在护送到巴黎的邮件。布里索少校需要助手。这样您满意吗,夫人?"

索朗热顿时潇洒地拍起手,把将军吓得缩了一下。

"夫人,如果您愿意的话。"将军喝光了酒杯里的酒,猛咳几声,用力把酒咽了下去。

"实在对不起,将军。亚历山大对您的尊重胜过所有人。但他已经被那些恶毒的诽谤深深所伤。如果让我在公开场合蒙羞就能驳倒那些谎言,那我也心满意足了。"

罗尚博揉了揉太阳穴,用炽热的眼神看着她。

"你已经达到了你的目标,夫人。你愿意冒这个险吗?"

"将军,我不明白你的意思。"

"夫人,你当然明白。"他又揉了揉太阳穴,"我曾以为你……平平无奇。现在,我很遗憾没能更多地了解你。不过,我会自娱自乐,想象一下你和亚历山大,正如你所说'命运刻在星轨中'。"

"将军,您在嘲笑我吗?"

他深深地鞠了一躬:"亲爱的——亲爱的福尼耶太太,我不敢。"

三天后，大风迫使英军舰队改变战略，坚守阵地。尽管考德威尔船长向索朗热保证，一准备出航时就会通知她，但索朗热和她的家人还是立刻登船了。索朗热担心在最后一刻会出现什么非常遗憾的差错。当布里索少校和他大涨的名声离开圣多明戈时，福尼耶一家也会离开。一只皮箱中放着他们的物品，柔软的布料包裹着蓝色和金色的塞夫勒茶具。索朗热的手提袋里藏着珠宝、几枚金路易和一把装满子弹的四发左轮手枪。她把她珍贵的嫁妆协议和存款证明缝在露丝的衬裙上。

到了早晨，英军的封港舰已被风吹向海面，地平线上已看不到他们的帆，但布里索少校直到十点才出现。士兵们把将军珍贵的箱子抬上船，然后集合起来清点人数。两名偷偷乘船的逃兵从躲藏处被拖了出来，接着船才离开。考德威尔船长有些焦虑，尽管官方中立，但美国船只载着法国人的战利品就像是披着合法外衣的赃物。

这一天，天气晴朗，空气无比清新。站在考德威尔船长身旁的布里索少校听见码头上的两声枪响，吓得缩了一下。"但愿上帝保佑。"他低声说。

船长催促着舵手满帆前进，随后看向他那位重要乘客："天气真好，先生。真不错。如果能继续保持这样的风，我们很快就能抵达。"

亚历山大伤感地笑了："再见，圣多明戈，被诅咒的岛屿。你的巫毒教巫师们已经诅咒了我们——我们所有人。"

船长不以为然："我是基督徒，先生。"

"是,他们也是。"

当小岛隐没入地平线时,缕缕薄烟正徘徊在看上去像种植园、城镇或十字路口的地方。那里有人在争吵、战斗和死亡。

亚历山大打了个寒战:"那些黑人……他们爱我们,也恨我们。我永远不会明白……"

"你已经完全摆脱了。"

"可我留下了太多东西。"

考德威尔船长咧嘴一笑:"你留下的比你想象中的更少。你看过你的住处了吗?"

"先生?"

当亚历山大走进他的船舱时,他吃惊地发现一个小女孩儿正在给一个他可能在什么地方见过的家伙准备早餐,旁边还有一个他记得太过清楚的女人。"夫人!"

"啊,看哪,奥古斯丁,这是我的情人——亚历山大,帅吗?"

听了这话的丈夫放下叉子,平静地打量着他的情敌:"日安,布里索少校。"

索朗热说:"亚历山大,你舅舅对一个人爱谁或不爱谁持有激烈的意见。我的诡计让你幸免于难,还恢复了你的——以及你家人的——名誉。"

亚历山大愤怒到说话都结巴了。为什么,为什么福尼耶夫人要插手他的事?

"先生,"索朗热扬扬得意地笑了,"我以牺牲自己的名誉为代价，换得你的好名声。我难道不值得你感谢吗？"

显然不。尽管风平浪静，天朗气清，这场航行仍然既尴尬又不怎么愉快。亚历山大生着闷气。奥古斯丁心情沮丧。索朗热的童年虽然是在船上度过的，这次她却晕船得厉害。露丝是水手们的最爱。他们用糖果无情地宠坏了她，还教她"美式"英语。一个魁梧的水手把她抬到主桅的顶端。

"我在水上晃来晃去，"她告诉索朗热，"我能看见整个世界。"

当他们在自由港着陆时，一艘迅捷的纵帆船正等待着亚历山大和他舅舅的战利品。亚历山大发话了："夫人，你是个可怕的女人。"

"不，先生，我是个'可敬的'女人。你的若利已经离开了你。你肯定能找到别的若利的。"

亚历山大打量着索朗热，直到她的目光开始动摇："无知总是残忍的。"

虽然考德威尔船长要起航去波士顿，但他会在佐治亚州的萨凡纳停留。他向福尼耶夫妇保证，这是一座繁荣的国际化城市，而且（他向露丝点点头）不像波士顿——这里的奴隶制是合法的。索朗热已经作了自己能承受的所有决定，奥古斯丁也帮不上忙。他们不得不在萨凡纳停一会儿。

而且，只要两个路易，福尼耶夫妇就能保住他们的舱位。考德威尔向他们保证这交易很划算。他带上船的爱尔兰移民要付更多的钱。

索朗热和露丝在后甲板上透气,不去管那些不那么幸运的乘客们的目光和正好能让她们听见的评论。索朗热怀疑奥古斯丁是否在岛上留下了什么非常重要的东西,但她没有问。她丈夫几乎不离开船舱。

在佛罗里达附近的浅水区,天气越来越糟,测深员日夜吟咏祷文。倾盆大雨浇在甲板和挤成一团的爱尔兰乘客身上。两个不幸的婴儿死了,被扔进了深海。

当他们向东北前进时,雨停了下来,但风依然凛冽。

当船接近三角洲时,船长降低了帆。萨凡纳河于此流入大西洋。"夫人,夫人,快来看!"露丝把索朗热拉到栏杆边,她自己则为了看得更清楚而爬上了栏杆。

"新世界。"一名魁梧的爱尔兰人脸上看不出任何兴致。

索朗热刚和奥古斯丁吵了一架,并不需要一名新同伴。"是。"[1]

那人浓密的脏发向后梳起,身上散发着代替了肥皂和水的海湾朗姆酒的强烈气味:"你是被黑鬼赶走的法国人之一吗?"

"我丈夫是种植园主。"

"真是份糟糕的辛苦活儿,天天弯腰锄地的。"

"福尼耶上尉是个种植园主,不是农场工。"

"叛军突然就打倒了他们的主人,甚至打倒了农场工。局势逆转得挺公平。"

"先生,你也是叛乱的受害者吗?"

---

1 原文为法语。

"是的，我和我哥哥，我们两个。"他笑了，他断了几颗牙，剩下的牙上则全是污渍，"你觉得系绞索的手是白的还是黑的，有关系吗？"

"先生，别吓着孩子，"索朗热说，"她对这些事情还一无所知。"

爱尔兰人端详着露丝："不，夫人，我想这孩子还是很了解的。"

一艘领航船撞翻了护栏；一名身穿油布雨衣的水手爬上绳梯和考德威尔船长交谈了几句，然后在舵手旁边坐下，双手抵在背后。

船轻松穿过隧道，通过一个河口。这地方布满了灌木丛生的岛屿和发白的沙洲。这里看起来一点儿也不像圣马洛。露丝把索朗热冰冷的手握在她温暖的手中。

不情愿的潮水把他们缓缓推入内陆河道——一边是从灰绿色的树上垂下来的幽灵般的苔藓，另一边是色彩鲜明的黄绿色盐沼。这片荒原直接为一个港湾让了路，从而大大小小的船只都停靠在这个港湾里，桅杆上方就是断崖上的这座美国城市。

奥古斯丁来到阳光下的甲板四处张望。

一座五层楼高的仓库正位于萨凡纳的断崖对面。仓库的楼梯蜿蜒曲折，似乎为它们所需要的空间而感到困窘。码头上到处都是手推车和货车，细长的起重机把货物从船上运到岸边，来回往复。

引航员在一片混乱中放下货物，匆忙爬下绳梯。新大陆的骗子们高喊着承诺："我要你们的丝绸，奉约沙法之命，我来买单！""英法的钞票缩水了！我手上有美国和佐治亚州的纸币！"但他漠不关心。

跳板放下后，移民们紧紧攥住自己微薄的财产，匆匆向他们的未来走去。一个身着白色背心、头戴礼帽的矮小男人走向索朗热认识的那位爱尔兰人："招工：装卸工、拖船工、伐木工，还有劳工。我们给爱尔兰人和自由的有色人种与白人同样的待遇。"

索朗热走上岸时，那魁梧的爱尔兰人放下包袱，侧耳倾听。他摇头表示拒绝，但是那个小个子仍然攥着他的衣袖。于是爱尔兰人一把将他推进了河里，又把他的礼帽扔了下去。

"伙计，向你致以基拉尼[1]式的问候。招工真是寒酸的工作啊。"

"丝绸、珠宝、黄金白银，还是来点儿便宜货？夫人，整个佐治亚州都不会有更公道的价格了。"

索朗热与他擦肩而过时说："肯定的，先生，那些最乐于帮助陌生人的人总是开最低的价钱。"

索朗热一家把他们的旅行箱提上三个台阶，就到了海湾街。这是一条宽阔的林荫大道，黑奴在这里把棉花捆和粗切木材卸到仓库里。

索朗热坐在一张木凳上擦着额头。在商贩的喧闹声中，上流人士快活地互相问候，在黑人和爱尔兰人中间漫步，仿佛他们不

---

[1] 原文为"Killarney"。基拉尼是位于爱尔兰西南部凯里郡的一个小镇。

存在似的。索朗热感觉到了自己的贫穷。

面向林荫大道的一些商店很繁忙，其他的则沉默如一声拒绝。一辆六匹马的运木车隆隆驶过，车轮发出吱吱声。一些有色人种着装体面，另一些人则穿着几乎不符合礼仪习俗的破烂衣服。海风吹过，海滨大道又焕发出生气。索朗热轻轻擦了擦额头上的汗。奥古斯丁脸色苍白，沉默不语，面色憔悴。奥古斯丁不能生病。不然要承受的事就太多了！索朗热用手肘顶了顶丈夫，他那抱怨的抗议让她松了一口气。

她派露丝去找个放债人。有色人种会知道谁的价格还算公道。她让奥古斯丁脱掉外套。他要像煮鸡蛋一样把自己闷死吗？

她丈夫的微笑在乞求着让她温柔些，然而索朗热一向不懂温柔。在这个艰苦而陌生的新国家里，温柔会阻碍她前进的步伐。

一阵马车的刹车声过后，两个车夫开始互相指责对方。最后，他俩从座位探身出来，热情地拍着对方的背，结束了这场大声的争吵。

索朗热感到异常孤独："奥古斯丁？"

"我在，亲爱的。"他过于熟悉而单调的声音传来。他这该死的绝望！

"没事。没关系了。"

奥古斯丁的确试着安慰索朗热。"亲爱的索朗热，多亏你的聪明才智，我们才能逃出地狱！"他苍白的嘴唇和翘起的眉毛似乎也对此深信不疑,"感谢上帝[1]……啊,他真是太仁慈了。"

这就是她嫁的那个男人吗?那座岛对他做了什么?

露丝带着一个上了年纪的黑人回来了。"夫人,米尼斯先生是个诚实的犹太绅士,"黑人告诉她,"他很乐意买你的珠宝和黄金,或者拿它们作抵押。"

"珠宝和黄金?"

"哦,是的,夫人。你的小黑孩儿,她说你带了很多宝贝。一大笔钱,哎呀呀。"

索朗热还没来得及解释这场误会,露丝就把奥古斯丁拽了起来。"来吧,奥古斯丁老爷,"她喊道,"你马上就又会快乐起来了。"

所罗门·米尼斯先生的住所位于雷诺兹广场,仆人把他们留在广场上,并向他们保证"米尼斯先生马上就到你们这儿来,是的先生——马上就到"。

在冬日早晨十点钟,他们见到了米尼斯先生。他胡子拉碴,里面穿着睡衣,外面套着长袍,脚穿拖鞋,可他买下了索朗热的丝绸——包括她那件绿色巴里纱的舞会礼服,还为她抵押的珠宝和那套钴蓝镶金的茶具付了一笔钱。索朗热可以收钱币或票据凭证。

"折价多少?"

"啊,不,不,不折价,夫人。这些钱今天在城里都能换成银子。美国银行在萨凡纳设立了一家分行,到了春天还会有一座银

---

[1] 原文为法语。

行大厦拔地而起。棉花贸易需要银行。"

索朗热手中的每一张票据上都有保证:"美国银行行长和经理承诺,在萨凡纳的所有办事处的存取款点都可向该银行行长F.A.皮肯斯或持票人支付二十美元。"

"真不错。"持票人索朗热说,她把票据和三个西班牙银币放在一起,完成了和米尼斯先生的典当交易。

黑仆小心翼翼地拿走了索朗热的贵重物品。米尼斯先生问起了圣多明戈的黑人叛军是否像报道中那样残暴,白人妇女是否遭受了……

索朗热说叛军的暴行过于残忍,数不胜数,无法言说,然而过去是过去,现在是现在,现在她和她的家人在萨凡纳停留,迫切需要住宿之地。

尽管难民和移民使得萨凡纳简陋的居住空间紧张不堪,甚至不少家庭已经在广场上安营扎寨,但米尼斯先生认识一个寡妇,她也许可以出租她马车房上面那个给车夫住的公寓。

那天下午,索朗热一家搬进了两间空荡荡的房间里,索朗热还雇了一个厨子。

贫穷的移民和有色人种仆人为了工作机会互相竞争,索朗热的厨子就是个例子,她被她的主人租到了"城里"。

既然奥古斯丁·福尼耶什么事都"做"不了,他就必须得"成为"谁。索朗热告诉丈夫,他是"一位杰出的殖民地种植园主:拿破仑最勇敢的战地军官之一"。

在鼓舞了丈夫的精神之后,索朗热和他做爱。在夕阳的余晖中，奥古斯丁陷入了深沉、满足的睡眠，而满头大汗、并未满足的索朗热则僵硬地躺在他身边。尽管露丝有规律的呼吸声从他们床脚的草席上传来，但索朗热觉得这孩子没有睡着。

如有必要，一个漂亮的女仆能卖个好价钱。确实，露丝喜欢她。确实，她也挺喜欢露丝，可有的事不得不做。亚历山大说她"无知"的时候，他是什么意思？索朗热·埃斯卡莱特·福尼耶究竟对什么无知？

第二天早上，奥古斯丁仍然在发出乏味的鼾声，还没醒过来。索朗热派露丝和厨子去了市场，自己则坐下来给亲爱的爸爸写信。太遥远了！她真的太想他了！

爸爸最爱的女儿遭受了多大的痛苦啊！花园糖厂是福尼耶家的骗局！她丈夫一点用也没有。如果没有她埃斯卡莱特式的机智，他们会被困在圣多明戈，任凭野蛮的叛军摆布！多亏了全能的上帝，他们到了萨凡纳，终于安全了。如果爸爸最爱的女儿那时知道现在会发生这些事，她永远都不会离开圣马洛！

索朗热没有在信里答应亲爱的爸爸会给他生个外孙，她没写这么多。她只是向亲爱的爸爸暗示，很快就会有个愉快的惊喜！她写道，她为自己典当的珠宝和钻蓝色茶杯伤心不已，但又把这句话刮掉了。亲爱的爸爸哪怕忍饥挨饿，也不会典当埃斯卡莱特家的宝贝吧！

在地球的这半边并没有给文明的法国人准备什么。她可以回家吗？

她擦了擦笔，盖上了墨水瓶。晨曦透过窗户倾泻而入。萨凡纳的鸟儿叽叽喳喳地叫着，山茶花摇曳着肥硕、丰满的花朵。索朗热摩挲了一下信纸，把它叠了起来。她对自己写的东西有点儿不太确定。也许……

麻烦来得如此之快，如此之多，简直令人困惑！

一种并不令人不快的疲惫感悄悄渗入她的骨头里；今天早上她很安全，美国的鸟儿争相鸣叫，仿佛想获得她的认可。

索朗热把咖啡豆碾碎，放入一个薄纱袋里，然后把开水倒进她的杯子里。浓郁的香气使她的鼻孔发痒。

她开始重新审视现状。他们身在美国，她、她的丈夫，还有那个几乎不被当作仆人的孩子。如果回到法国，他们的现实前途又将如何？可怜的奥古斯丁永远只是个次子，但在圣马洛，他却是个失去花园糖厂的次子，而索朗热明白，花园糖厂失去的时间越久，在每个人心中它的价值就越大。

黑人生活在非洲。如果露丝在圣马洛会怎样？当索朗热皮肤黝黑的伙伴成长为一个女人（索朗热不寒而栗地想），她又会怎么做？在法国，她没法卖掉露丝。

索朗热的大姐嫁给了一位议员，给埃斯卡莱特家生下了一个健康的外孙。她的二姐和一个骑兵订婚了，等到时机成熟，也会生出令人满意的后代。

而索朗热·福尼耶则是失败的次子的无后之妻，还带着一个不同寻常的黑皮肤女仆。

她喝了口咖啡，叫醒奥古斯丁，给他喂了一个面包卷和一个橘子，又拭去他外套上的灰尘。她恭维他的自尊心，坚称她的英雄就是个英雄。"勇敢的男人必须做他们该做的事。"她吻了吻他的脸颊,把他送向了世界。

当露丝和厨子回来时,二人正在用某种粗野的话聊天,但是索朗热表示了不满,露丝便温顺地请求原谅。

当天下午,索朗热步行到哈弗沙姆先生的家中,他的客厅充当了美国银行萨凡纳分行(直到真正的银行办公楼建起来)。樱桃色的壁板、绚丽的墙纸和优雅的天花板纹饰,与被塞进狭窄走廊里的大铁保险箱讽刺地形成了鲜明对比,那里曾是哈弗沙姆先生的管家的餐具室。

哈弗沙姆先生仔细研究了索朗热那封令人印象深刻的、经过公证的存款证明:"很好,夫人。请让您丈夫前来开户。"

索朗热于是把她的嫁妆协议放在了存款证明旁边。

哈弗沙姆先生对索朗热的动作置之不理。他像对一个孩子解释一样,对索朗热说,根据佐治亚州的法律,索朗热是个已婚女子,而一个已婚女子不能以自己的名义持有任何财产。他愉快地笑了笑:"一些开明的丈夫会迁就妻子。唉,我亲爱的妻子就全权管理着我们的家庭账户……"

索朗热打开协议,手指不耐烦地在上面敲了敲:"你懂法语吗?"

"夫人……"

"这证明了我有权根据宪法[1]以我自己的名义持有财产。由于

---

1 原文为法语。

这份协议是在我结婚之前由我丈夫自愿签订的，因此根据法国法律或任何文明国家的法律，我都是个独身女性——完全如同一位未婚女继承人或寡妇。如果你需要翻译，我可以给你安排一个。"

这位银行家扬起眉毛，有些惊讶却并无反对之意："夫人，不是每个美国人都是乡巴佬，我非常了解法国法律。"他把眼镜推回鼻子上，用一个硕大的放大镜仔细地看了看这份文件以及它的印章、签名和公证。他向后靠时，椅子嘎吱作响。"您的文件都整理好了。通常来说，我在预付您资金之前，手上必须有您法国账户余额的证明。"他从脚边的柳条筐里掏出一份《佐治亚公报》，打开船务登记册，"'赫米尼号'今天下午起航去阿姆斯特丹，它开得挺快。拿到证明的时间可能会在……差不多……九个星期内？"他起身鞠躬，"竭诚为您服务，夫人。欢迎来到萨凡纳。相信您会在这里获得成功的。"

尽管索朗热本想获得些如何将她的设想转化成现实的建议，但她没有继续追问这位银行家。在十一月苍白的阳光下，索朗热漫步于绿树成荫的宽阔沙地街道上，她因自己珍贵的存款证明被保存在哈弗沙姆先生坚固的保险箱里而感到欣慰。这种欣慰同时也夹杂着一个母亲发现孩子不在视线范围内时的忧虑。

萨凡纳有两个而非一个法国社区。一七八九年法国大革命后来到佐治亚的法国"流亡者"们带来了财富，但绝大多数"难民"都是从圣多明戈逃出来的穷光蛋，身上只带着衣服。

十二月，流亡者和难民们得到了和他们想象中的同样令人不安的消息。消息从码头一路奔向孤独的殖民者的小屋，奔向佐治亚州松树的阴影下，比最迅捷的马还要快。圣多明戈沦陷了！从此以后，安的列斯群岛的明珠变成了一颗黑珍珠！尽管法军在伤亡惨重的情况下坚决抵抗，叛乱分子还是攻破了保护着法兰西角的环形堡垒，并迫使罗尚博将军投降。法国军官和士兵们挤在腐烂的运输船上，最后都成了英国的战俘；留在码头上的伤员和病人在受苦数天后纷纷被淹死。胜利的叛乱分子将他们的国家改名为海地。

这般对法国自尊心的打击，对一个难民家庭来说反而是件好事。因为萨凡纳第二富有的法国人皮埃尔·罗比拉德为了彰显他的爱国主义精神，雇佣了福尼耶上尉——这名法国战败军队的英勇军官——作为他的办事员。尽管奥古斯丁的薪水不丰厚，但极为节省的家用和米尼斯先生所给的剩余的典当款，足以让福尼耶一家在索朗热的存款证明兑现前安然生活。

皮埃尔·罗比拉德作为一名法国葡萄酒、丝绸、纱和香水的进口商，已经在佐治亚州建立了口碑。拥有他的香水，仿佛能使得新富起来的低地贵妇们与她们的先驱者母亲的粗俗乡土气质区别开来。

皮埃尔的堂弟菲利普·罗比拉德比他还要富有，后者会说埃迪斯托语和马斯科吉印第安语，并且曾在与印第安人进行土地谈判期间协助佐治亚州议会——菲利普经常提到这一荣誉。罗比拉德表兄弟俩主宰了萨凡纳的社交季，人人都想收到他们一年一度的舞会的邀请函。

佐治亚州的本地人很欣赏法国的文明,却认为新公民太过文雅,有点太法国化了。法国女士的曲线在她们精致礼服的闪亮布料下清晰可辨,这在巴黎或法兰西角也许是极好的,但在佐治亚州,旅行者有时会在偏僻地区遇到充满敌意的印第安人,并且"大觉醒"[1]也促使许多人重新审视自己(和其他人)的罪恶本性,这就使得那些薄而不结实的衣服似乎显得鲁莽和不道德了。

除去这些温和的反对声,佐治亚的当地人对难民的困境还是抱以同情,施洗会的圣约翰天主教会也给难民们发放了救济金。

低地的种植园主们对圣多明戈叛乱各自怀有鲜明,甚至不同的意见。一些说奴隶受到了太严苛的对待,另一些则说对奴隶的管束不够严格。尽管每一个白皮肤的萨凡纳都在圣多明戈事件上对亨利[2]先生的名言"不自由,毋宁死"致敬,但他们觉得雅各宾人对自由的激情已经越了国界线。萨凡纳人质疑地看着法国黑人。他们不会被叛乱情绪传染吗?法国黑人身着华丽而挑逗的服装,一些甚至效仿白人,炫耀起了表袋和表链!那年春天,当未能逃出圣多明戈的白人惨遭屠杀的消息传来时,城中举行了多场弥撒来告慰死者的灵魂。一段时间里,法国黑人只穿着

---

[1] "大觉醒"(Great Awakening)指的是18世纪20年代至40年代在英国殖民时期的北美洲兴起的一场宗教复兴运动。

[2] 源于美国人帕特里克·亨利(1736—1799)1775年3月23日于殖民地弗吉尼亚州议会演讲中的最后一句:"Give me liberty or give me death."

朴素的周日礼拜服外出。

索朗热·福尼耶想念大海。她想念圣马洛的长廊,那里咸味的云雾浸湿她的脸颊,还能闻到海藻强烈的涩味。圣马洛的鹅卵石街道上曾出现过罗马人、中世纪僧侣和大胆的海盗。萨凡纳是如此年轻,并不比美国人为之过分骄傲的革命年长多少。一些人对拉法耶特[1]将军略有赞扬,但对于拒绝向约克镇被围困的英国人增援的法国舰队和攻入英国堡垒的法国军队,萨凡纳人显然一无所知:"当我们把我们的国家从英国的枷锁中解放出来时,你们是我们的盟友。难道不是吗?"

索朗热的"是"听上去像蛇发出的嘶嘶声。

法国为了支持这些忘恩负义的乡下人而破产了,而且,正因如此,挥霍无度的路易国王被斩首了。但那是彼时。和一些难民不同,索朗热没浪费精力去追悔,法国对忘恩负义的美国人的帮助到底有没有导致自己的殖民地——特别是圣多明戈——的反叛。

索朗热和哈弗沙姆先生兑换了最后两个金路易。尽管哈弗沙姆先生确信法兰西银行的确认书随时都会到——"我们必须耐心等待,夫人",但他以信托的身份无法预先垫款。这位迷人的夫人一定能理解他的立场。他怨恨汹涌的大西洋。几艘船只,包括一艘载着英国邮包的船只,都未能如期抵达,且很有可能会失

---

[1] 即拉法耶特侯爵(Marquis de Lafayette)。他是法国政治、军事人物,法国大革命时期君主立宪派代表人物,早年志愿参加美国独立战争,在约克镇战役中决定性地击败英军。

踪。索朗热的确认书不会在某艘英国船只上。绝对不会！不会！

当索朗热陪着厨子和露丝来到火炬市场大厦时，她周围全是黑人，而且他们正用低俗的语言喋喋不休。她被庞大的人群和其中涌动着的能量惊呆了。说英语！她想大喊。或者，如果你们必须说话，就说法语！仆人们没有权利进行主人听不懂的交谈。

市场上的女人们都听露丝的话，这种尊重让索朗热很恼火。白人们对露丝的称赞使孩子的主人感到高兴，就像欣赏纯种马的人也会称赞马的主人，但是市场上的女人们对露丝的奇怪的尊重并不会给索朗热带来任何好处。她这个主人仿佛不存在似的！

索朗热会说英语，但奥古斯丁不愿意学英语，还看不起美国人的生活方式。工作日结束后，他会和其他愤愤不平的难民们在一个酒馆里流连，那里的人讲法语，有人解读拿破仑的战役，还有很多人无休止地对第一执政未能拯救圣多明戈而感到无比遗憾。索朗热给她丈夫的新朋友们起了个绰号叫"法国之友"。

尽管奥古斯丁从来没有砍过甘蔗，事实上他也从未见过种甘蔗的场面，但他对殖民地农业进行了一番专业的论辩，就好像他短暂访问了花园糖厂以后，那里的作物就大丰收了。

奥古斯丁坚持认为，海地新政府将就花园糖厂对他进行补偿。（"他们从我们这里偷走的，不是吗？他们必须付出代价。"）为此，他还与法国驻新奥尔良领事进行了通信。

尽管露丝的英语是从集市和仆人宿舍学来的，但这孩子很快就能说个不停了。当奥古斯丁接待皮埃尔·罗比拉德的顾客并为拿破仑的胜利而自豪时，索朗热和露丝正探索着新世界。许多个早晨，就在炉火燃起第一缕刺鼻的浓烟时，索朗热和露丝已经漫步在萨凡纳美丽的法国广场上，分辨着哪些优雅的房子属于哪些显赫的家庭。（露丝是个优秀的间谍，她能去到任何地方，问任何问题。）这位法国妇人和她的黑人女仆拜访了附近一些地方，那里有工匠在工作，有动物正出售，仓库里装着木材和砖块。那个粗鲁的爱尔兰人和他的兄弟买了一辆牛车和一头瘦弱的、肋骨突出的牛，当起了车夫。那个爱尔兰人总是对着索朗热翘起帽檐，而索朗热总是不理他。

索朗热和露丝经常在河畔结束她们的漫步。在杂乱繁忙的码头上的一条荒芜的长廊下，讲着盖尔语[1]、伊博语[2]和克里奥尔语方言的工人把棉花包和靛蓝桶装上大小船只，并从船上卸下精美的货物和家具。

如果没有露丝，索朗热可能会被误认为是招揽码头工人和水手的化着妆的塞浦路斯人。这些人中有一些想和索朗热交好，但都被索朗热拒绝了。

之后，当周围出现了更多白人面孔时，两人便在一家小咖啡馆里消磨时光，喝着咖啡，吃着涂有图帕洛蜂蜜的饼干，露丝与每个人聊天。

她们回去的时候，家里往往只剩下奥古斯丁的早餐盘和残

---

[1] 苏格兰人和爱尔兰人的语言。
[2] 通行于尼日利亚的语言。

留的烟草味。索朗热换了一身行装，给露丝穿上做弥撒的衣服。有一次，她在早上六点半参加了一场为萨凡纳的拖网工人、装卸工和洗衣工举办的弥撒。那个爱尔兰人走上前来，丝毫不带"请勿见怪"的意思，询问索朗热在"新世界"中"过得"如何，还厚颜无耻地介绍了"我的兄弟安德鲁·奥哈拉和我的夫人玛莎"。尽管索朗热冷若冰霜地沉默着，那人却会就船上的那次短暂相识说下去。从那以后，索朗热和她的女仆就改为参加十点半的弥撒。如果六点半是爱尔兰弥撒，那么十点半就是社交活动。索朗热没有重复奥哈拉的错误，她只在别人向她点头的情况下才礼貌地点头，而且在仪式结束后的门厅里，她专注于她的弥撒书和念珠上，而身边的熟人们则用萨凡纳妇人们喜欢的那种热情洋溢的絮语叽叽喳喳地问候对方。当漂亮的女士们表示赞美时，露丝屈膝行礼，回答道："谢谢你，小姐。"索朗热则在一旁微笑。

十点三十分以后，上层人士们登上前往海湾街的马车，路程仅四分之一英里。索朗热和露丝则步行过去，静静地在这些比他们地位更高的人之中穿梭。如果不是因为种族限制，索朗热可能已经成为露丝的家庭教师，指导并提醒露丝这个或那个有趣的话题。

那些被索朗热忽视的女士反过来也忽视了她，她们忙着讨论昨晚的丑闻和所有日后有希望发生的诱人丑闻。她们对那些能彰显她们美德的事情特别感兴趣。

散步结束后，萨凡纳人纷纷乘车回家，午餐和小睡能使他们为晚上的聚会作好准备。

索朗热和露丝也回家了，但她们就这么待在家里了。索朗热不会让自己沉浸在焦虑中自暴自弃。（如果法兰西银行不配合，他们怎么办？如果她的珍贵文件被淹没在了汹涌的大西洋中呢？）虽然她从来没有给露丝标过价，但索朗热知道这个女孩比奥古斯丁几个月薪水还要值钱。沉闷和焦虑砰砰地互相击打着。索朗热等待着命运的安排。

索朗热对那些感伤派小说家失去了耐心，尽管在法兰西角时，他们曾是她要好的陪伴。为了提高英语水平，索朗热大声朗读华兹华斯的作品，当她读到"用你心的呼吸填满你的纸张"时，她和露丝都咯咯地笑起来。

四月的一个阴云密布的下午，没有船只进港，这一天的时间漫长得令索朗热无法忍受。她去了丈夫的办公地点。

大多数海湾街的建筑都是砖砌的，但一些摇摇欲坠的一层和两层板房在城市火灾和飓风中仍幸存下来了。在一个饱经风雨的阳台上，一位身穿长袍、头戴革命三角帽的白发老人向每一位路人点头致意。

罗比拉德先生的法国古典[1]百货商场挤在杂货店和药店之间。先前当索朗热经过这个地方时，她总是兴高采烈地挥手，以备里面有人正在看着她，但她从没有进去过。

在目前这样的场合，索朗热穿着适合职员妻子的乏味衣

---

[1] 原文为法文"L'Ancien Régime"，意为老秩序、旧传统，相对于法国大革命所建立的新的社会和政治体系而言。

服——由埃斯卡莱特高级定制裁缝修改过。

露丝可以等在外面。索朗热没有心情作太多复杂的解释，尽管身为一个职员的妻子她本应该这么做。

她停下来欣赏了一下法国古典百货商场的橱窗：提花丝绸盖在镀金的椅子上；靠在椅子上的金手杖头向后缩了一英寸，露出一把光亮而锋利的剑。一罐罐精致的润肤霜、软膏和药水围绕着一瓶瓶的凯歌牌香槟，旁边摆着一把红、白、蓝三色的大扇子。

当索朗热走进昏暗的室内时，一只铃铛开始叮当作响，有人问，夫人是不是来取新香水的。这些香水昨天才拆开包装，那人向她保证，这是约瑟芬皇后[1]和夫人们在杜伊勒里宫散步时喜欢的那种香味。

在一个摆满小玻璃瓶的祭坛前，索朗热向店员伸出她的手腕内侧，店员在上面滴了一滴珍贵的香水，说："它的气味不明显，但正如同它的名字晚香玉一样，它盛开得很晚。"

索朗热把手腕举到鼻子边，闻到了五月早晨的花香。

店员个子很高，秃顶，穿着皱褶亚麻衬衫，戴海军蓝领结。而且，他肤色黝黑；更确切地说，是灰黑色的，好像他的黑皮肤已经被过多的日光晒得褪色了。他讲的法语是索朗热的巴黎表亲们屈尊造访古色古香的圣马洛时会说的法语。索朗热向他自我介绍。

---

[1] 拿破仑的第一任皇后。

他深深地鞠了一躬:"奥古斯丁老爷一直在阻拦您的崇拜者接近您。我是尼希米,夫人,您谦卑而顺从的仆人。"他的第二次鞠躬比第一次鞠躬更深,更冒昧。

"我丈夫……"

"夫人,福尼耶上尉去见了罗比拉德老爷。他们看报纸——所有的报纸。"他摇头称赞这一看似不可能的成就。

这个黑人领着她穿过织物做的树、白金色家具和精心布置的葡萄酒箱之间的狭窄通道,来到一扇门前。没敲门,他就推开了门说:"今天,四月十四日,福尼耶夫人的盛情出席使我们深感荣幸。"

索朗热被领进一个狭窄的房间,高高的天花板下,雪茄烟雾缭绕。

这个黑人怎么敢管她!索朗热用冷冰冰的英语要把他打发走。

尼希米仿佛她没说过话似的,徘徊着没有走开,用先前同样的语言说:"福尼耶太太喜欢那瓶晚香玉香水。她真的挺喜欢它。"

"行了,尼希米。"奥古斯丁终于开口。

皮埃尔·罗比拉德站起身来,红润的脸上露出喜色:"您的到访让我们感到非常荣幸……非常荣幸。"他用老派的方式吻了吻索朗热的手。

这个办公室里几乎所有地方都被两张破烂的扶手椅、被店主堆得满满的书桌、未包装的箱子,以及一个你可能会在餐馆或咖啡馆看到的报纸架所占据。罗比拉德截住了她的目光,咯咯地笑了起来。"一些人是行动派,另一些人则认为他们本可以比那些行动派做得更好。虽然我为人类的邪恶行径着迷,但我太讲究了,没法出面阻挠。但是,"他戏剧性地停顿了一下,"我失礼了。"他自嘲道:"您不用坐下吗?我明白为什么福尼耶上尉不让我们接近你了,但我不会原谅他的。"

罗比拉德出色的法语解释了他为何能拥有能言善辩的仆人,但这并没有完全恢复索朗热的秩序感。她坐在他那张又深又舒服又破旧的扶手椅里。

在她拒绝了来一杯滋补酒后,罗比拉德先生说尼希米可以沏茶,她接受了,于是奥古斯丁离开去准备茶。

罗比拉德颤抖着双手,悲伤地嘲弄着:"哦,天哪,夫人别为此责骂我!"

"为此,先生?"

"是这样,是这样。夫人实在夸大了我的色欲。夫人已经告诫自己,在我身边,没有一个漂亮女人是安全的,而夫人,您甚至可以引诱一个圣人。"

这些惊人之语被他用一种如此愉悦而自满的方式讲出,索朗热不由笑了:"我理解你妻子的担心了,先生。"

"你理解吗?"

"如果我不是一个已婚妇女……"

他叹了口气:"唉,许多女人都如此啊。她们要么是奉行决斗法则的父亲们的掌上明珠,要么她们的兄弟能射穿扑克牌上的点,那些女士或是有情人,或是沉迷于修女似的装扮和习惯;

夫人，在萨凡纳的社交圈里，有抱负的花花公子屡屡受挫，寸步难行啊。那些背信弃义的英国人比我们法国人更了解这些事情。"Fais ce que tu voudras——做你想做的事——这类说法。"

"我丈夫不应该在房间里吗？"索朗热毫不在意地问。

罗比拉德握住她的手，他潮湿的手掌透出几分诚挚。"哦，亲爱的，我并无恶意。不过，"他伤心地补充说，"我的路易莎不这么认为。"他拍了拍手：："我受够了。在他不在的时候——他拒绝任何恭维——让我告诉你，我是多么幸运，能让福尼耶上尉为我服务。"

随后，他对奥古斯丁作出了索朗热所希望听到的评价。奥古斯丁是"拿破仑勇敢的上尉""圣多明戈叛乱中的英雄""一个真正的绅士"，索朗热的微笑渐渐隐去，"老于世故"。罗比拉德先生提到多年前他自己在皇帝手下服役的巨大荣誉，那时拿破仑皇帝还只是波拿巴中尉。"唉，我们没经历过战斗。"他的眉毛皱到了额头上，"曾经，哪里都没有战争。你能想象吗？"

作为一名流亡者，他长期居住在这个城市，有权发表一些意见。罗比拉德断言，福尼耶上尉的军事声誉将为他在萨凡纳社交圈中带来好处。"在我来到美国之前，我做梦也没想到会有这么多的上校和少校——甚至将军。"罗比拉德笑着说，"我呢？我只不过是个士兵。夫人，您勇敢的福尼耶上尉，谢谢您让我借用他。"

索朗热知道，如果他弯下腰来没那么困难，他一定会再次吻她的手。

在法国古典百货商场里,奥古斯丁为萨凡纳的众多上校、上尉和少校服务。有谁能比法国军官更适合挑选法国葡萄酒呢?而且,正如索朗热想象的那样,许多美国女人都非常娇气,不能由黑人来伺候。尽管如此,尼希米还是有他的用处。"他检查我们的发票,拆开包装,摆放货物。他展示商品的时候难道不是很巧妙吗?唉,"罗比拉德先生又说,"尼希米比我更了解我们的商品,尽管我不让他知道我们的秘密!"他用手指按在鼻子上比了个谨慎的手势,眨了眨眼:"福尼耶上尉和尼希米让皮埃尔·罗比拉德在他自己的地盘上显得多余了!"

索朗热的笑容从惊讶转为赞赏,再到惊讶。她当然没有打断他。她当然也没有问:如果奥古斯丁这么有价值,他不应该得到更好的薪水吗?相反,只要她能插上一句话,她就会回敬罗比拉德的恭维,并从中进一步了解他妻子的情况。"夫人,路易莎接受我的求婚,真算是下嫁!"索朗热对他女儿克拉拉的了解更多。皮埃尔·罗比拉德对女儿宠爱得很。

索朗热离开时,罗比拉德先生在她身上喷了点晚香玉香水,说他自己只是在"锦上添花"。

在门外,当女主人回到露丝身边时,露丝使劲地闻了闻,皱了皱鼻子。

人不能避免命运的逆转,但不必屈从,自然,索朗热没有屈从,但她却为父亲的信哭泣。她哭得如此伤心,连奥古斯丁都逃离了他们的公寓,与惺惺相惜的难民同伴们一起喝了太多杯酒。这通常是年轻丈夫会犯的错误。露丝就从不离开她那哭泣的女主人身边，她那双乌黑的眼睛充满了泪水，但她从不去打扰索朗热的悲伤。

查尔斯·埃斯卡莱特写道，索朗热亲爱的妈妈祈祷得把膝盖都磨坏了，还为她心爱的女儿做了两次弥撒。当妈妈读到叛军胜利的消息时，她直接晕倒了，还是被别人抬到床上的。查尔斯·埃斯卡莱特对女儿能逃脱叛军之掌万分感激，他甚至决定把先前借给奥古斯丁的钱的利息从百分之五减到百分之四。

他在信中告知女儿，圣马洛陷入了艰难时期。英国海盗船破坏了沿海航运，亨利-保罗·福尼耶也因为他们的掠夺而失去了三艘无害的商船。"这些英国海盗难道不能区分商船和战船吗？"

结果，福尼耶海上运输代理公司破产了。与此同时，奥古斯丁的弟弟里奥应征入伍，可能已随军到了西班牙。

尽管还没有到福尼耶家那样严重的困境（她父亲的满足感从信中溢了出来，就像一颗碎裂的薄荷糖一样刺鼻），但埃斯卡莱特家也已不同往日。埃斯卡莱特家的进出口业务减少了，而且，由于圣马洛的经济不景气，一些贷款还没有偿还，几笔投资也失败了。

毫无疑问，他孝顺的女儿会明白，现在家里正需要以前给她的那些钱。虽然英国人破坏了和平的贸易，但他们也为战争制造了盈利的机会。查尔斯·埃斯卡莱特正在谈判租一座砖房。这座曾经的仓库可以改成一个制服工厂。依照这个计划，他去了法兰西银行，但银行通知这位惊讶的父亲，根据《拿破仑法典》，他女儿的存款证明只能由他女儿自己转让，而且索朗热·埃斯卡莱特·福尼耶已经把这些钱汇到了美国!

她和奥古斯丁必须马上回家。任何中立的美国船只,无论是开往荷兰的还是比利时的,都会经过英国。一旦他们上了岸,邮车就可以把他们在四天内送到圣马洛。现在还有一些人,那些他不必提及姓名的坏家伙,正在仓库里"像松露猎犬一样嗅来嗅去"。尽管查尔斯·埃斯卡莱特自诩眼光远大,但其他商人也可能会对制服的需求得出类似的结论。她父亲对于亲爱的索朗热和亲爱的奥古斯丁不能买头等舱的船票感到遗憾,但二等舱并不比一等舱晚靠岸,而且家里的每一分钱都应该能省则省。

查尔斯·埃斯卡莱特在信的结尾表达了作为父亲的满意和爱意。他的附言中流露出了自信,他觉得索朗热是一个孝顺的女儿,一定会理解的。

她确实完全理解,所以她立即起身去找哈弗沙姆先生询问法兰西银行的核实情况。

哈弗沙姆先生对自己的无能深感不安,但他什么也不知道。他什么也没听说。那天晚上吃晚饭时,他如释重负地向哈弗沙姆太太坦白说,好在惹福尼耶太太生气的人并不是他。

索朗热写了许多信,但一封都没有寄出去。她父亲会怎么做呢!圣马洛聪明的律师们会建议他做什么?

《佐治亚州公报》在该报办公室外一张贴出来,她就仔细阅读了航运新闻。其他早起的人有可能会占了她的位置,但他们意识到这位美丽的法国女人对到达船只的兴趣胜过了他们中的任何一个。索朗热在码头上花了许多时间,她甚至能通过航路判断抵达的船只是由哪个领航员掌舵的。她和哈弗沙姆先生的记账员一起等着新的邮件投到信箱里,那时这位先生才刚来到楼下开始新的一天。

"如果由我决定,夫人……"他一边翻阅信件一边说,"要不是因为费城对银行的每一个分支机构都施加了严格的限制,我向你保证,我一定会避免这些烦琐的手续。"

索朗热露出一个僵硬而几乎不可见的微笑。

不是她的。不是她的。不是她的。银行家微微皱着眉头拿开了最后一个信封,但他对露丝笑了笑:"你的女仆真是个活泼的孩子。你不觉得孩提时期是黑人最好的时候吗?"

露丝在市场上找到了一些便宜货,索朗热打发走厨子后,露丝便开始下厨做一些菜。

一天晚上,奥古斯丁喝得比平时都多,他邀请他的朋友蒙特龙伯爵分享家中的糙豆、米饭和秋葵。即使这个满身灰尘的老人被福尼耶家的饭菜冒犯了,他至少也很有礼貌地吃完了所有的食物,甚至还留了一些第二天吃。伯爵详细地描述了他的显赫家族。当索朗热承认她对这些令人敬畏的家伙一无所知时,他说:"啊,你是圣马洛人,对吧?"

虽然伯爵一句话也没对露丝说,但他一直热切地看着她,最后她只好离开了房间。

索朗热敦促丈夫节约开支,因为他们的钱几乎全花光了。奥古斯丁说,他的朋友们给他买酒,所以他也得给他们买。"我是个军人,"他告诉她,"不是神父。"

一天早晨,当一艘挂着荷兰国旗的三桅船放下跳板时,露丝正盘腿坐在护栏上,哼着歌。这时她的哼唱声突然停止,索朗热转过身来。罗比拉德太太在码头干什么?

"啊,福尼耶太太,原来你一直待在这里啊。我们在散步的时候都没见到你。天哪,这些黑人,这些爱尔兰人,这些,呃……航海人员。"

"亲爱的罗比拉德太太,但愿你没有特意在找我们。"

"不,不,我碰巧路过……"

"你在等包裹吗?一批货?"

"哦,完全不是。"路易莎·罗比拉德笑了,"尼希米会去等。"

索朗热礼貌地笑了笑,罗比拉德太太慢慢开启了谈话的正题。

"我经常在十点半的聚会注意到你。我亲爱的朋友安东尼娅·塞维耶说我们很久以前一定认识,但我告诉安东尼娅,我们并不认识。"

露丝冲下码头,码头上有位很令人喜欢的领航员正拿着糖等她。

"你不觉得,经过这么久的'几乎'认识之后,我们可以略过正式的介绍?"

索朗热其实更喜欢能正式地彼此介绍,但那艘荷兰三桅船上肯定没有她的核实文件,而且昨晚她告诉奥古斯丁钱实在不够用,不管是否是士兵,他对他的法国朋友一定得吝啬一点了。"当然,夫人。我非常高兴认识你。"

"你真是太好了。"(意思是:"你当然得高兴。你丈夫是我们的雇员。")

索朗热回答道:"福尼耶上尉对罗比拉德先生评价可高了——'一位老派的绅士'。"

当露丝回来时,她的注意力被一大块黑蔗糖吸引了。

"皮埃尔很喜欢你。"而路易莎的笑容里可并没有多少喜欢,"原因很容易看出。"

"您比我更加清楚,罗比拉德先生是一位和蔼可亲的可敬绅士。"

"毫无疑问。"

考虑到这女人有一双水汪汪的眼睛和马一样的下巴,索朗热认为罗比拉德的妻子有理由感到嫉妒。

"我丈夫说福尼耶上尉曾和拿破仑一起服役?"

"夫人,我相信只有元帅们能和拿破仑一起服役。福尼耶上尉是在皇帝手下服役。"

"在欧洲战争的时候?"

"奥古斯丁·福尼耶受命于圣多明戈的危急关头,以非凡的勇气赢得了上尉一职。他本可以晋升少校,但就在那时,法国政府背叛了圣多明戈。"

"天哪!如果来我们这儿的记账员是一位少校,亲爱的皮埃尔一定会感到非常自豪的。"

索朗热算了算,如果没有奥古斯丁的薪水,他们还能活多少天。"我们的种植园——花园糖厂,拥有岛上最好、最深的土壤。

福尼耶上尉在勒克莱尔将军手下服役。"

"那个可怜的绅士,死在了离家那么远的地方。"

"一名伟大的军官……"

罗比拉德夫人换了个话题:"多漂亮的孩子。"

露丝屈膝行礼。

"你多大了?"

又一次屈膝行礼:"大概六岁,太太。可能七岁。"

"好吧,好吧。好吧,好吧。"

罗比尔德太太伸着脖子,在这肮脏的码头上方的长廊里寻找着一张熟悉的面孔。尽管她没有发现她的朋友,她还是挥手示意,好像看到了熟人。

当她转头看向索朗热时,她的下巴像船头一样突出:"你几乎就和我愚蠢的丈夫说的一样迷人了。"

想起奥古斯丁现在正囊中羞涩,索朗热控制住了自己:"您太好了。"

"令人开心的小家伙,太令人愉快了。你不会偷你主人的东西吧,露丝?"

"不,夫人。"

"说英语,孩子。这是一种粗俗的语言,但你只能说英语。"

五月里灿烂的一天,松软的白玉兰花飘落在鹅卵石上,载着索朗热的存款证明的船开了进来。这是一艘不起眼的、不太适合航海的小帆船,它在布鲁日收了邮件,在煤船点被刮掉了桅杆,差点就被淹没,几乎被抛弃。

索朗热喉咙发紧,吞咽一下都生疼。如果船沉了怎么办?他们会怎么样?

但是有了足够的证明来满足一丝不苟的美国银行,福尼耶太太的账户开通了,并且她通过返程邮件给查尔斯·埃斯卡莱特寄去了一封简短的回复。

福尼耶一家搬到了一个不时髦的社区的一幢不时髦的房子里。索朗热直接用现金买下的。

她父亲的随后一封信更富策略。法兰西银行通知查尔斯·埃斯卡莱特,他女儿的嫁妆现在正存在美国银行。真令人惊奇!他都不知道美国有银行!

索朗热娘家的情况一如既往。她父亲租了那家工厂,但需要现金雇用工人。裁缝和设计师都有,军队应该会下大订单。他会从男式马裤开始。做男式马裤是能盈利的。

经过美国银行公证的信用转让必须在即将到期前完成。和预期一样,查尔斯·埃斯卡莱特提供了女儿的银行家所需要的文件。奥古斯丁也有一处需要签字的地方。尽管根据《拿破仑法典》,丈夫的签名是不必要的,但谁知道统治着美国人的是什么原始法律呢?

如果她愿意,她可以亲自递送文件。她的姐妹们和亲爱的妈妈都很想念她!

当索朗热啜泣着把信和文件撕成条时,露丝高声唱了一首怪诞的哀歌。福尼耶夫妇终于成了美国人。

哈弗沙姆先生谨慎而紧闭的嘴不知怎么就透露了福尼耶家情况好转的消息。福尼耶夫妇收到了一些无足轻重的请柬，尽是洗礼、花园聚会之类的。

作为新晋的美国人，福尼耶上尉和夫人必须参加萨凡纳的盛宴：华盛顿的生日舞会。（门票一美元。不许学徒进入。）

在冷餐会上，罗比拉德太太想知道福尼耶太太是否认识安东尼娅·塞维耶。

"她不是你的好朋友吗？"索朗热随意地问道。以前，她和这个女人讲每句话之前都必须仔细措辞。索朗热把一块饼干放在盘子里的甜菜和鸡腿之间。

"你们几乎没有什么共同点。"路易莎的笑声并不刺耳，"但是每个人都认识安东尼娅，你也一定要认识她。"

"我很荣幸能认识她。"索朗热选了三种甜点，忽略了一块凹凸不平的马卡龙[1]，她舔了舔食指，"告诉我，亲爱的罗比拉德太太，所有的美国聚会都像今天这样乏味吗？"

"只有爱国主义者举办的那些会这样。你必须得叫我路易莎。唉，美国人的爱国主义总是搞得很粗野，被布满飞蛾的彩旗裹得严严实实的。"路易莎抬起头来，"我听说你们的圣多明戈舞会……非常……风流。"

"差不多，非常风流。"

---

[1] 马卡龙，又称作玛卡龙、法式小圆饼，是一种用蛋白、杏仁粉、白砂糖和糖霜制作，并夹有水果酱或奶油的法式甜点。

"啊。"路易莎无视了野猪肉,转而挑了一小片鸭肉。"安东尼娅因为她的厨子而非常沮丧。我们总在聊那位厨子做的虾和玉米碴子粥,在我们中间非常有名。唉,安东尼娅拒绝了给厨子付八百美元。一个厨子竟然要八百美元。"路易莎做了个鬼脸,"这日子啊,这日子啊。"

"我从来没有在塞维耶家吃过饭,所以我无法评价她的玉米碴子粥,但毫无疑问,她家的玉米碴子粥肯定值得最高的赞扬。"

"安东尼娅打算邀请你和亲爱的福尼耶上尉参加今年的花园聚会。我真是不明白,为什么刀叉总是要放在餐点前面而不是后面,明明大家这时都端着满满一盘子食物,正需要用它们。"路易莎停了一下,想强调些什么,"唉,亲爱的福尼耶太太,你和我今年都不会尝到那个玉米碴子粥了,因为安东妮娅取消了她的花园聚会!厨子不愿去市场!她坚决拒绝了!安东尼娅已经采取了强硬措施。"罗比拉德夫人像甩鞭子一样甩了一下手腕:"但是没有用。这些天都是她的车夫在帮她采购!熟透了的水果,未熟的蔬菜,还有一切太昂贵的东西。我可以坐在你旁边吗?"

"当然可以。"索朗热给她腾出了地方。

"你知道他们有多迷信。"

"嗯。"

"厨子有个疯狂的想法,认为你的那个女仆(是叫露丝吗?)——我不知道——一直用'邪恶的眼睛'盯着她。厨子说露丝'能看见东西'——不管那是什么意思。她声称那个孩子是一个巫毒女祭司。"路易莎笑得活像只破裂的铃铛,"当然,都是胡说八道。尽管如此……"

"这当然是胡说八道。"索朗热的语气比她应该表现的激烈了一点。如果索朗热什么也不知道，罗比拉德太太得意的微笑就会暗示出她正准备酝酿那危险的胡言乱语。

一名巫毒女祭司。

第二天早上十点半过后，迷人的福尼耶夫人亲手把一个刚靠岸的西班牙人送来的最新报纸，送到了法国古典百货商场，并且在适当的时机，向一位非常高贵的绅士提出了一个小小的要求。

当一个人习惯了被奉承的时候，抵御奉承就容易得多，而皮埃尔·罗比拉德在家里并没有得到多少奉承。

"我为你做任何事都行，亲爱的。"他答应道，吻了吻索朗热的手。

事实证明，"任何事"是一件虽不寻常但并未被禁止的事。虽然皮埃尔本人并不是教友（正如他后来向愤怒的妻子保证的那样），但他是一个宽容的人，而且通往救赎的道路必然有很多条。

因此，在索朗热到达美国十八个月后的一个可爱的四月早晨，一个面容严肃、皮肤黝黑的孩子，穿着一件饰有佛兰芒花边的白色连衣裙，站在圣约翰的祭坛前接受了洗礼。她就是露丝。

而笑容可掬的皮埃尔·罗比拉德则是孩子的教父。

橘园

露丝轻声唱道：

橘子树，

长呀长呀长呀长。

橘子树，橘子树，长呀长呀长呀长，

橘子树。

后妈不是真妈妈，

橘子树……

罗比拉德家橘园里的香味像是肉桂或是肉豆蔻，果实害羞地垂挂在锐利的叶子后面。孩子心不在焉地哼着歌，用指尖抚摸着一个金色和绿色相间的球体。在新建成的大厦南面有一座狭窄的、用砖和玻璃盖的音乐室，里面隐约传出舞曲。由于路易莎·罗比拉德的年轻的英国建筑师不了解萨凡纳的风俗习惯，这间安静的冥想室正面对着仆人的院子——从白天到黄昏，洗衣、屠宰和熨烫都在那里完成。在这个宁静的夜晚，橘园的玻璃窗外一片漆黑，只有马车房点着的灯笼照亮了客人的漆面站台，以及马车夫的雪茄烟燃烧着的微弱的火光。

索朗热坐在石凳上，扇着扇子。

虽然福尼耶夫妇的经济状况改善了，他们也购买了房子并重新雇用了厨子，但索朗热明白（并经常提醒丈夫）钱不是从树上长出来的，连美国的树也不会长钱。在家养一辆马车和一个车夫都是不必要的开支。福尼耶夫妇是坐出租马车来参加舞会的。

索朗热对今晚的表现很满意：她说了她应该说的，更重要的是，不该说的话她是否一个字也没提？索朗热·埃斯卡莱特·福尼耶将会在这个令人费解、过于民主的新世界里崛起。

管弦乐队试着演奏了一首活泼的快板，索朗热朝露丝笑了笑："孩子，我们离天堂很近了。"

孩子挠着脖子。"是的，太太，我想是的。"她没有看索朗热的眼睛，"那个蒙特龙伯爵，他在这里？"

"我没看见他。"

"他和奥古斯丁老爷，是朋友吗？"

"他们比拿破仑还要法国化。"索朗热咯咯地笑着，试图拉这孩子过来，但露丝正仔细地端详着一个橘子，好像她从来没见过橘子一样，"他想买我？"

"亲爱的孩子，是什么让你这么想的？"

露丝耸了耸肩。下一刻她又说道："我哪儿也不去。我想和你在一起。"

"如果你还这么无聊，你可以去给其他仆人帮忙。去帮尼希米吧。"

"尼希米不需要我。"

"总有人需要你！"索朗热朝着音乐走去。

鉴于菲利普·罗比拉德是个过着单身生活的单身汉，罗比拉德堂兄弟的圣诞舞会将在皮埃尔和路易莎的家里举行。在路易莎的威胁下，菲利普没有邀请他的印第安人朋友。为了补偿自己长久以来不够殷勤的待客之道，他一直守在潘趣酒碗旁，直到被人扶上马车。菲利普和他的新朋友福尼耶上尉还没有达到无话不谈的状态，两人只探讨了对马斯科吉印第安人、埃迪斯托印第安人和圣多明戈的法国种植园的诸多不公正待遇。他们深入分析这些不公正之处，对此大加谴责，又在畅饮中遗忘一切。

新宅邸的最后一批工人四天前离开了，是被焦急的仆人挥舞着扫帚、拖把和掸子赶出去的。皮埃尔、路易莎和他们的女儿克拉拉只在新家住了两个晚上。

路易莎对此非常自豪，而皮埃尔则（默默地）怀疑，在那些年轻英国建筑师并不罕见的地方，这位年轻的英国建筑师是否还敢这样大胆。

在萨凡纳的传统之家（萨凡纳盒子）里，相邻的绘图室和休息室可以打开连成一个舞厅。在罗比拉德家的房子里，这些房间被一个中央大厅和楼梯隔开，在那里可以听到音乐家的乐声，但看不见他们。这样一来，客人们也都自我隔开了。舞者、戒酒者和老人们占据了正式的客厅，而年轻人、社会地位较低的人和嗜酒成性的人则聚集在休息室里，这里的粉色帷幔和彩绘丘比特原本是用来取悦正在喝下午茶的淑女的。路易莎为了庆祝社交季，不顾建筑师的强烈反对，用冬青树勾勒出了弓形窗的轮廓，并在帷幔上悬挂槲寄生。这一违规行为激怒了这位年轻的英国人，他和他的赞助人吵了一架，然后跺着脚走了出去，喊道："这不再是我的作品了。我不负责了！"

路易莎原本觉得，这英国人的出席会使他的作品增光添彩，而作为他的赞助人，他的声望也完全依附于她。结果，没过多久，路易莎就不同寻常地退让了，仆人们移走了令人讨厌的绿叶，而尼希米被派去追赶那英国人。

唉，尼希米回来了，却没有带回猎物："他不想回来，太太。这人喝醉了，还讲着什么话。"

"什么话？"

"他说你和罗比拉德大人，你们是'非利士人'。"尼希米不解地说，"和《圣经》里的非利士人一样？"

她那有才的、非常规的、富有想象力的建筑师，不在了。路易莎让人重新安装了假日绿叶，并告诉她的朋友她让那条小狗离开了。

没有他，晚会也一样精彩。壁灯和枝形吊灯上闪闪发光的蜡烛被墙壁和穿衣镜子放大，它们的火焰在潘趣酒碗的水晶边上跳舞。用潘趣酒开启那晚的派对，对一个浸信会的人来说已经很温和了，但是在许多愉快的绅士把自己带的酒都倒进酒碗里后，这种方式就显得离经叛道了起来。

奥哈拉兄弟的运输生意非常兴隆，他们购买了一艘商船，专门经营廉价马具、劣质马车装备、去年的干草和脏燕麦。"这是一个有利可图的小地方。"詹姆斯·奥哈拉告诉任何一个愿意听他说话的人。

早些时候，奥哈拉曾提醒福尼耶上尉他们是乘坐同一艘船抵达的，这意味着他们在新世界有着平等的机会。现在看看他们。奥哈拉把手指伸进他的吊裤带里。

奥古斯丁用法语回答了他。

奥哈拉咧嘴一笑，用盖尔语咒骂上尉是个傻瓜。

当这场新潮的沙龙舞会开场时，奥哈拉和其他人纷纷为了舞伴而放弃了潘趣酒碗。

"法国舞。"奥古斯丁斟满了他的杯子。

菲利普说："不像美国人，我们法国人总是公平对待印第安人。"

"我们种植园主对黑人一直都很好！法国人为他们错误的理想主义付出了多大的代价。"

不管这种情绪意味着什么，菲利普和奥古斯丁都为这一点而欣然碰杯。

音乐家们穿上了他们最时髦的服饰，露出大大的笑容，身边的小毛线帽可以接受白人赠送的小硬币。

尼希米从起居室里走了出来，托盘里摇摇晃晃地堆着脏玻璃杯。他对露丝说："还有很多，孩子。能拿多少拿多少，别摔碎了。"

露丝双手抱在胸前:"我不是仆人。"

"孩子,你见识太少了,不懂自己的斤两。"

会客室更宽敞一点,沙龙舞区域被划出来,越来越多勇敢的萨凡纳人——带着笑声和道歉——跳着陌生的舞步。

皮埃尔·罗比拉德介绍了一个年轻人:"啊,福尼耶太太。这是我的朋友韦斯利·埃文斯,你可能从他过于严肃的装束中猜出来,他是个北方佬,是从康涅狄格州来找我们的。韦斯利是伊莱·惠特尼先生不可缺少的家务总管。他和我将成为棉花贸易的合作伙伴——代理人——他比我更了解这项工作。不过,我也会尽力了解的。我会尽力的。我担心我的新事业会加重福尼耶上尉的负担。这好兄弟在哪里?他不跳舞?"

"他和你聪明的堂弟菲利普正在解决印第安人的问题。"

皮埃尔的笑容更明显了:"就像吱吱作响的车轴一样,那工作需要润滑。"

路易莎出现在了她丈夫身边:"啊,美丽的福尼耶太太和她那可爱的女仆。蒙特龙伯爵提到过她。"

那位先生在房间的另一边,被离开房间的舞者们挡住了。"福尼耶太太,很高兴你今晚能和我们在一起。圣诞节是个特别的日子,不是吗?我亲爱的皮埃尔,"她紧紧地挽着他的胳膊,"生怕我们的新家不能准备好,但是我们一直在整日整夜地忙活。"

"尼希米……"皮埃尔开口说。

他的妻子拍了拍他的嘴:"亲爱的,别再说你的黑人了。你的确宠坏了他。我已经提出下一支舞跳小步舞。皮埃尔和我跟某些一辈子都出不了名的建筑师可不同,我们珍视'久经检验的真实'。"

当他的妻子把他拖走时,这位主人在他的肩上挥舞着手指。

那北方佬对索朗热咧嘴一笑:"罗比拉德夫人很严肃。"

"夫人很危险。"索朗热说出了真心话,自己也吃了一惊。

"那我们应该害怕地颤抖吗?我们要建造防御吗?"

索朗热伸出手臂:"事实上,北方佬先生,我宁愿跳舞。"

埃文斯是个瘦弱的、过早秃顶的人。索朗热很快就知道,他二十八岁。和惠特尼一起来到这个低地地区,惠特尼的轧棉机能让短绒棉盈利,且正在申请独家生产许可证。

"不幸的是,赛勒斯的发明,"北方佬透露说,"虽然很聪明,但太简单了。任何一个半吊子技工看一眼也能知道怎么操作这机器,能懂这背后的原理。轧棉并不需要特殊工具,也不需要昂贵的'特殊'工艺。我担心我朋友的轧棉机会让其他人比他自己赚得更多。"

"你想成为那些有钱人中的一员吗?"

"夫人,我已经是了。你知道该怎么做吗?"

"先生,我是法国人。或者曾经是法国人。我现在还没决定我是哪国人。"

"做美国人很容易。最容易了。"

"是,但是……"她做了个鬼脸说,"塞维耶太太今晚简直活力四射。"

在詹姆斯·奥哈拉的怀抱里,这位女士的"舞步"应该被形容为"被抛来抛去"。

"我想奥哈拉先生比我更熟悉里尔舞。"

索朗热和韦斯利跳完了这些舞步,二人都十分满意。音乐停了,韦斯利鞠躬问道:"我能给你拿点儿酒吗?"

"先生,你已经醉得够呛了。我为我的贞操担心。"

他咧嘴一笑,脸上露出喜色:"我不能保证我不会为此而努力。"

"先生!我是已婚之妇。"

他把她引下楼来:"我非常失望。那么,这个漂亮的孩子是谁?"

"露丝,给埃文斯大人看看你的礼仪。"

她敷衍地行了个屈膝礼:"太太,那个讨厌的伯爵总拿眼珠子盯着我。"

"那有什么?"

"他是个奴隶投机商!"

韦斯利皱了皱眉:"的确有些关于蒙特龙伯爵的……不愉快的……谣言,福尼耶夫人。他在查尔斯顿的社交圈里不怎么受欢迎。"

"露丝,你很安全。把你的老爷叫来。他和埃文斯先生应该认识一下彼此。"

"回来的时候给我们带杯潘趣酒吧。福尼耶夫人——我可以叫你索朗热吗?"

索朗热习惯和节奏较慢的人相处。虽然她觉得她的马已经把嚼子咬在了嘴里，但她的兴奋多于警觉。"人太多了……"她说，"这里是不是有点儿热？"

"我相信我们能找到一个……嗯……更凉快的地方。"

索朗热接过话头："这是一幢'不寻常'的房子。我听说他们已经处理掉必需品了。"

韦斯利清了清嗓子："这一原则几个世纪以来早就为人所知。水从阁楼流进抽水马桶，再到地下室。罗马人知道怎么做。"

"罗马人太……太先进了，你不觉得吗？"

"罗马人，是的……"

露丝聚精会神地咬着下唇，平衡着两个满满的酒杯："老爷说他不来，夫人。他说他在了解那些'高贵的野蛮人'。"

"谢谢你，露丝。你可以走了。"

露丝皱眉："我去哪，太太？"

"别的地方。埃文斯先生，你去看过橘园吗？"

露丝忧心忡忡地看着他们离开。"我要去哪里？"她低声说。

在宁静的橘园里，那些勤劳的音乐家们仿佛远在千里之外。"虽然有点不好意思，我还是得承认，我很期待今晚的到来，埃文斯先生，如果康涅狄格州的社交圈像萨凡纳那样乏味……"

"我觉得比萨凡纳更糟。糟糕太多了。我们北方佬都不太确定我们是否应该被娱乐逗乐。"他刚摘下来的可能正是露丝之前端详过的果子。

"我丈夫说蒙特龙伯爵是一个'真正的法国人'，但他没有提到伯爵在做哪一行。这工作一定是有利可图的。在非洲，难道还不能只花五十美元就买一个值八百美元的农场工人？"

"夫人是个商人？"韦斯利把果皮扔到种树的木盆里。

"我是一位淑女，先生。"她拒绝了他递上的一瓣橘子，"这些树是罗比拉德从佛罗里达州运来的。"

"我不反对任何合法的贸易，而且根据我们的宪法，在一八〇八年之前，奴隶劳动都是合法的。奴隶贸易使少数人富裕，但让更多的人破产。首先你要买船，然后你必须雇用一位经验丰富的船长——一位与新英格兰关系密切的人，他会在那里购买交易的货物。在西非，他则会把这些货物换成那些粗暴、不守规矩、不健康又叛逆的东西，这些人一到美国就会割破他的喉咙。为了获利，船长的甲板之间必须尽可能多地携带货物，这就不可避免地会引发疾病，预计得带来百分之二十到三十的损失。船长还必须避开海岸上的海盗和深海上的英国海军。你也知道，大西洋可不是个磨坊，奴隶船也不比向另一个方向运送传教士的船只更能抵御风暴。"

"先生，奴隶制度对于生产甘蔗很有必要。大米和棉花也一样。"

韦斯利耸耸肩："可能吧。但我不想做奴隶，我敢说你也不想当奴隶。"

"露丝很乐意做我的仆人。"

"啊。"

"她是一个好奇的孩子，有时她似乎……很神秘？"

他咧嘴一笑:"但她肯定不想接近伯爵。"

索朗热最后接过的那瓣橘子是炙热的,而且非常、非常甜美。

"冒昧了。"韦斯利拿出手帕,擦了擦她下巴上的果汁。

路易莎和皮埃尔吵架了。忘乎所以的皮埃尔告诉她(好像路易莎没有注意到人们对于她家"翻新"的窃笑声一样),哈弗沙姆先生问他们是否处理了他们的夜壶。路易莎几乎想大哭一场,于是她反击了哈弗沙姆先生众所周知的错误,更别提他还帮了福尼耶太太,这人的丈夫并不比路易莎更像一个种植园主!而且,索朗热还和那个皮肤非常黝黑的孩子维持着"非同寻常"(此处重音强调)的关系。而皮埃尔(是的,路易莎挚爱的丈夫)一个心软,就不顾他自己(和路易莎)坚定的卫理公会教义,在圣约翰圣坛前接受了这个黑人小孩作为他的教女。要是皮埃尔在那个特殊的场合到圣约翰圣殿里去找了他的朋友,他就不会见到那个对罗比拉德的夜壶感到非常、非常好奇的哈弗沙姆先生!

他妻子需要喘口气,于是皮埃尔·罗比拉德便邀请女儿克拉拉共舞一曲,自己也重拾了一贯的幽默感。

不幸的是,他喜气洋洋的脸使他愤怒的妻子更加生气了:"夜壶!教女!真是!"

露丝溜进了橘子园:"我们很快就能回家了,是吗?"

"别着急,亲爱的。请给我们再来一杯酒。"

露丝很不情愿地把他们的酒杯拿了起来。

"走吧,孩子!你可以走了!"

他们单独相处的时候,韦斯利·埃文斯又继续说:"做生意就是把资本投入到风险最小、收益最大的地方。啊,但我忘了,作为一个淑女,你不适合做肮脏的生意。"

"我是个淑女,先生,但不是傻瓜。"

"是的。"他靠近了一点,"你可能知道,企业扩张的资金很难找到。皮埃尔是一个很好的人,但是,作为一个合伙人,他缺少——我该怎么说——激情。你可能会觉得这对一个商人来说是一个奇怪的词。"

"我在哈弗沙姆先生那儿的资金有百分之六的股息。"

"很值得称赞,我相信,"停顿了一会儿后,韦斯利补充道,"你可以做得更好。"

路易莎的朋友安东尼娅·塞维耶从来没办法向路易莎否认任何事情,而可爱的詹姆斯·奥哈拉的那位朴实妻子,整个晚上都在和她唇枪舌箭。谁能说得准呢?那妻子是爱尔兰人,那"枪"可能会变成真的!安东尼娅只好让她的朋友路易莎炫耀她新家的装修,而且她当然得承认,路易莎的抽水马桶的确很有趣!这个新世纪还会带来什么?"你坐在这玩意儿上面?"

"首先,亲爱的,你得把盖子掀开。"她的朋友把铰链盖立了起来。

安东尼娅打量着这个座位和它中间那个圆形的洞:"你坐在那上面?"

"这是个舒服的座位。就像钱一样舒适。完全一样。"

"然后?……"

"然后,我亲爱的,就顺其自然了。如你所见,粗梳羊毛可用于……呃……"

"然后……"

"把用过的羊毛扔到这个装置里,然后……"

路易莎从头顶上一个漆过的木箱里拽出一条铁链,一股雷鸣般的水流在装置中旋转。

"但它去哪儿了?"

"我们在地下室有个水箱。"

塞维耶太太用手抵着嘴:"路易莎,你真是很……非传统。"

可能这并不是最令人愉快的措辞。路易莎眼里涌现出泪水:"那……那个忘恩负义的英国人。我们给了他他在美国的第一笔佣金。我们家就是展现他本事的舞台。简单的礼仪……普通的礼仪……我本来以为他今晚至少会来短暂地露个面!"

"我想这个,呃……东西真是太棒了。路易莎,我真羡慕你。我多么希望我有你的勇气!"

"嗯,好。你想试试吗?"

安东尼娅用扇子掩住嘴咯咯地笑:"如果我是你的话,亲爱的路易莎……唉,但我不过只是安东尼娅。你肯定为你羞怯的朋友们准备了一些便桶。"

路易莎叹了口气："在图书室后面的小房间里。"

女士们走了出去，进入客厅。客厅里充斥着厚厚的雪茄烟雾，把路易莎的眼睛熏出了眼泪。绅士们嘴巴大张，躺在双人椅上打鼾。毫无疑问，有些人到了早上也还会在这里。

一座高大的落地钟敲响了一点的钟声。安东尼娅忍住了哈欠。

福尼耶上尉和皮埃尔的堂弟菲利普仍在潘趣酒碗旁徘徊，好像它可能会跑掉似的。当晚的潘趣酒来自路易莎母亲的食谱：略带粉红色，有柑橘的芬芳。现在，酒已经变成了深棕色，它越来越浅，散发出烈酒的臭味。

管弦乐队实在是太……精力充沛了！路易莎听到一个男人的叫喊。哦，天哪！爱尔兰人请他们跳吉格舞了吗？

"罗比拉德家的圣诞舞会，"路易莎·罗比拉德提醒她的朋友，"是整个萨凡纳——不，整个佐治亚州——的标杆！"

"当然，亲爱的。"安东尼娅叹了口气，"我们都很感激。"

福尼耶上尉指导着垂头丧气的菲利浦辨认"好土壤，La Bonne Terre"。上尉捏碎了指间看不见的泥土。

上了年纪的老夫人们把她们的丈夫叫来，向路易莎道谢。

那个皮肤非常黑的女仆——皮埃尔的教女——盘腿坐在靠窗的座位上，身子被窗帘半遮着。

那是她的靠窗座位！皮埃尔的教女！

路易莎闻了闻空气，尽管她本会被这一比较吓一跳，她仍然像一只捕食的狼一样闻着。

"可怜人,"路易莎说,显然是在自言自语,"要是他知道就好了。"

天色已晚,安东尼娅开始头疼:"哪个'可怜人',亲爱的?菲利普?"

"别犯傻。当然不是菲利普。"

她们走进大厅,音乐家疲倦而亢奋地演奏着。"噢,年轻真好。"路易莎说。

"谁?哪个'可怜人'?"

"呃。"

"福尼耶太太的小女佣真迷人。"

"嗯。"

"不难理解为什么亲爱的皮埃尔同意……"她用手捂住嘴,"亲爱的路易莎,你和他意见一致,不是吗?"

这个教女,那个英国建筑师,荒唐的抽水马桶——一切,所有的一切都是皮埃尔的错。"可怜的福尼耶上尉。"

"什么?福尼耶上尉?"

路易莎悲伤而意味深长地摇了摇头,对许多现代婚姻的不幸表示遗憾。

"我丈夫的生意合伙人是个北方佬。怎么能指望他懂得我们的生活方式?萨凡纳的生活方式——如此正确可靠。"

安东尼娅吃了一惊,但她太高兴了,抑制不住她的微笑:"天哪!当然,你的意思不会是……"

"我真是无论如何都想不到他们可能会在哪里。也许在图书室。也许他们是很棒的读者。亲爱的安东尼娅，你要保证你不会说出去一个字。"

安东尼娅的脊梁僵硬得像糖雕："路易莎！难道我不是谨言慎行的典范吗？"

路易莎拍了拍她朋友的胳膊。"当然，亲爱的，你当然是。可怜的福尼耶上尉！从美丽的种植园里被赶出来——福尼耶家真是有钱可烧——现在弄成了这样！坐在靠窗位置上的那个无辜的孩子，她是否看到了，"露易莎压低了嗓门，"普通孩子不该看到的东西？"

她的朋友咯咯地笑了："小孩子可不是最好的陪护！"

当安东尼娅开始在其他妻子中间周旋时，路易莎·罗比拉德感到一阵后悔的痛苦，但这种痛苦她可以忍受。

奥古斯丁觉得有人在盯着他。他无意中听到了一些评论。

不可能是因为酒。士兵们——拿破仑的军官们——应该喝酒！他放弃了勺子，直接把杯子浸在棕色的酒桶里盛酒，递给他的新朋友菲利普。菲利普可能看到了，也可能没看到。他突然沉重地坐到了椅子上，张着嘴，头向后仰着。尼希米派人去请菲利普的车夫。

现在那个该死的孩子在扯他的袖子："老爷，我把太太叫来，我们回家吧。"

"让她见鬼去吧。"奥古斯丁听到自己说。

"老爷，我们现在就回家。"

"谁才是主人?"他问失去知觉的菲利普,"谁是这里的主人?"

尽管克拉拉已经大到可以自己上床睡觉了,她的父母仍在楼上陪着她。

"当我们的孩子长大了,我们会多怀念这些温柔的时刻啊。"路易莎拉着丈夫的手说。

皮埃尔紧握着她的手,庆幸这场争吵终于结束了。但是,当他们的橘园闹出大麻烦时,这两位主人却无力阻止。

合格证 连续射击吗

QUALIFIED CERTIFICATE

我认为亨利·埃文斯是个胆小鬼和懦夫。

奥古斯丁·福尼耶上尉的挑战书出现在一月二日出版的《哥伦布博物馆和萨凡纳广告商》上。福尼耶的助手蒙特龙伯爵在贩卖奴隶、赛马会和种马配种的广告的中间刊登了这份挑战书。当伯爵回到冈恩酒馆时，那里的常客们都吵着想知道细节——北方佬的那些朋友当时是否颜面尽失？伯爵照例严厉地回答说，关乎荣誉的事情可不是庸俗的娱乐活动。

冈恩酒馆是法国难民的最爱，萨凡纳人给它起了一个绰号叫"雅克兄弟"。而在佐治亚州出生和长大的威廉·冈恩也已经习惯了他的"法式"生活。大部分"雅克兄弟"的常客都和福尼耶上尉一样，是圣多明戈难民，只有少数几个是移民。而蒙特龙伯爵，据一些模糊的证据可知，是跟随拉法叶将军来到这片海岸上的。伯爵靠贩卖来历不明的年轻高黄马来维持生计。他非常小心地提防投毒者，而且会在天黑之后避开某些街区走。他从未踏上过码头。

虽然伯爵从未提到拉法叶将军,但法国的爱国者喜欢问他:"谁是更伟大的将军?拿破仑还是拉法叶?"

"只有上帝才知道。"

伯爵的沉默清楚地证明了他的洞察力。虽然有一些诽谤者提到了查尔斯顿的丑闻,但他们对此也都知之甚少,而且,无论如何,这件事已经被彻底掩盖了。

在威廉·冈恩的酒馆里,法国的每一次胜利都受到热烈的庆祝。在野蛮、冷漠和非法兰西的美国,这些胜利维持了难民们的自豪感。如果不是因为可恨的英军的包围,每一个"雅克兄弟"的常客都会回到法国参军的。

拿破仑的胜利也深受土生土长的萨凡纳人的欢迎,因为英军的包围干扰了萨凡纳当地的商业活动,英国人也总爱骚扰美国水手。

圣诞节前的几天,发生了一场大战的消息传到了萨凡纳。起初只是谣言,后来则是一些道听途说的消息,最后变成了浪潮般涌来的东拼西凑的信息。最早的报道说普鲁士人打败了法国人,许多人因此愁眉不展,纷纷借酒消愁。随后的报道——不到二十四小时就传来——则重新斟满了这些人的酒杯,他们为拿破仑的胜利干杯。第二次战役和拿破仑第二次胜利的消息直到新年才传到萨凡纳,但那时"雅克兄弟"已经深陷自己的丑闻之中。福尼耶上尉(一个好人,如果世上真有好人的话)发现他的妻子(一位从前名声极好的法国女士)被一个叫韦斯利·埃文斯的新来的北方佬折服了。在皮埃尔·罗比拉德举行的圣诞舞会上，上尉猝不及防地在这位绅士的新橘园里撞上了这两人，而这地点和场合简直让这桩丑闻变得更有料了。虽然皮埃尔·罗比拉德从未踏足过"雅克兄弟"，但他在那里受到众人的爱戴。当罗比拉德一家与佐治亚州州长米利奇共进晚餐时，萨凡纳的法国社区也在夕阳的余晖下跟着沾了光。

尽管他们对皮埃尔、他令人印象深刻的新家，以及他的橘园表示了完全的认可，但"雅克兄弟"的顾客们并不喜欢菲利普堂兄弟俩，因为他俩对那些异教徒原始人的支持似乎使其他法国人显得十分粗心，而且十分多愁善感。

奥古斯丁本人几乎不记得那晚发生了什么事——他只记得一些支离破碎的画面。索朗热和美国佬坐得太近了，这事他记得。他觉得他们当时应该都好好穿着衣服。他记得他们三个都在大喊大叫。他记得露丝用手捂着脸。他脸上挨了刺痛的一击：他完全记得那一击。那一击，那真实可感的拳脚相加，把本来可能只是一场酒后的口舌之争上升为了一件关乎荣誉的事。

圣诞舞会结束后的第二天早上，奥古斯丁直到中午才起床，他呕吐完，洗了脸，冒险去了"雅克兄弟"，在那儿，他被一堆错误的道听途说包围了。奥古斯丁不知道该想些什么，也不知道到底发生了什么。他耸了耸肩："埃文斯没有伤害我。他只是一个北方佬，不懂我们的生活方式。"

"雅克兄弟"的客人们对此有两种看法：一种认为奥古斯丁对此等侮辱的毫不介意"很高尚"，而另一种则认为那使得奥古斯丁面颊发红的一击简直打在了所有法国人的脸上。

同情者和被冒犯者都请奥古斯丁喝了酒。他回家晚了,醉醺醺地走到餐具柜前,不顾露丝悲伤的表情,给自己倒了一杯。"你也这样?即便是你?"他问道。

"老爷,"露丝严肃地说,从索朗热的书中抽出一小册,"请读给我听。"

奥古斯丁用高亢而含糊的声音念道:

> 我曾有过一阵奇异的激情,
>
> 现在向你坦陈,
>
> 但仅在爱人的耳畔,
>
> 曾经的激情再临。
>
> 每天当我爱的她,
>
> 鲜活如六月的玫瑰,
>
> 踏着明月的银辉,
>
> 我决心走向她的小屋。

他合上书。"我不喜欢诗歌。"他打了个嗝,喉咙里涌上了一股灼热的液体,那威士忌刺痛了他的鼻腔,清洗着他的喉咙。

"太太也不再给我读了。"孩子伤心地说。

一句"好吧,那你自己读啊"在奥古斯丁的舌尖上盘旋着。为什么这孩子不识字?她并不像其他黑鬼那么蠢。

索朗热走进房间时,她的眼睛正盯着酒杯,于是奥古斯丁把它喝光了。"噢，"他妻子说，"你回来了。"

他挺直了身子："显然。"

"你晚上过得愉快吗？"

奥古斯丁试着去想她可能会感兴趣的事情："法国政府要求海地人赔偿。"

索朗热叹了口气。

"我们会得到糖厂的补偿。"

"真的吗？"

他们没有讨论橘园的事，奥古斯丁是因为他不记得了，索朗热是因为她知道自己行为不慎，但她拒绝为此感到内疚。

露丝说："太太，可以念书给我听吗？"

"现在不行。"

"那个市场上的女孩——那个卖橘子的女孩——说蒙特龙伯爵很偏袒她们。还说伯爵问起我来。问起我，主人。"

"睡觉去吧，孩子。"

"我很高兴住在这里，和你和上尉在一起。我真是个幸运的小黑孩。是的，我就是！"

"奥古斯丁，"索朗热甜甜地问道，"你知道我们能从那份神奇的赔款里拿到多少吗？我的意思是，正式地拿到？不算你和你的酒友们认真讨论的数额？"

"怎么拿？"

"啊，是的。这就是问题所在。"

奥古斯丁又倒了一杯酒，递给妻子，结果只得到对方冷冰冰的蔑视。

露丝说:"我努力让你们高兴!你们就是我唯一的家人。"

一阵颤抖沿着奥古斯丁的膝盖爬上了他的身体。他全身战栗,几乎说不出话来:"我是个笑……笑……笑柄。被戴了顶可怜的绿……绿……绿帽子。"

"太太!太太!"露丝哭了,"我打开窗户。这里太,太热了!"

"我当然乐于接受韦斯利·埃文斯的关心,"奥古斯丁·福尼耶的妻子冷淡地说,"至少他是个男子汉。"

第二天中午,韦斯利·埃文斯正在罗比拉德和埃文斯的仓库里给棉花分级,这时他的生意合伙人出现了,衣着和表情一样严肃。皮埃尔把一个桃花心木盒子放在韦斯利的桌子上。

韦斯利正在告诉一个高地来的种植园主为什么他的棉花被分到了差等。"如果你觉得你的棉花能获得更好的等级,"韦斯利说,"你可以去找找其他代理商。"

"已经试着找过了。"种植园主回答说。"我只是想着你今天大概不会一直盯着麻雀。"[1]他摘下帽子,使劲挠着头皮,"我差点儿忘了你是个北方佬。"

韦斯利感到困惑:"所以呢?"

"你们北方佬一秒钟都不会把眼睛从麻雀身上移开。我想还是接受你提的价吧。"

---

[1] 来源于《圣经·马太福音》:"两个麻雀,不是卖一分银子吗?若是你们的父不许,一个也不能掉在地上。就是你们的头发,也都被数过了。所以不要惧怕。你们比许多麻雀还贵重。"

韦斯利数着钱,而种植园主的黑奴正在卸下他的庄稼。

当那人的马车嘎嘎作响地驶远后,韦斯利转向皮埃尔问道:"那到底是怎么回事?"

"那正是我来的原因。"皮埃尔从大衣里拿出一份叠起的《广告商》。

"我没时间看新闻。"韦斯利说,"所有迟收的种植园主都来了。他们一定会把棉花在地里放很长一段时间,然后还想着用最高价卖出去。"

罗比拉德轻敲着广告,把报纸推到他面前。

"到底怎么回事?"

"我不能当你的助手。"

"当我的助手?什么的助手?因为我牵了索朗热太太的手——还被她喝醉了的丈夫大骂一顿,直到我一耳光把他打清醒了?这没什么的,都是小事。来吧,皮埃尔。我太忙了,没时间和你瞎扯。"

"显然那位勇敢的上尉没那么忙。"

韦斯利是从他的生意合伙人的声音中听出了一丝满足感吗?"决斗?他希望我和他决斗?我们再也不决斗了。"

"啊,那么是我们无知的佐治亚州人搞错了!不久以前,就在纽约城外,美国的中心地带,副总统亚伦·伯尔在一次决斗中杀死了亚历山大·汉密尔顿。"

"我们不决斗了。决斗已经不再是我们的传统。"韦斯利摆弄了一下他的帽檐,样子就像一个忙碌的棉花商人。

"好吧，我的朋友。这是我们的传统。一个无视公开挑战的绅士就……就……就不再是个绅士了。"

韦斯利笑了："我什么时候假装成我是一个绅士了？"

他的生意合伙人悲伤地看着他："不管你怎样贬低低地的风俗习惯，亲爱的韦斯利，我们都会因此受苦的。我们合作关系期间，愿意与我们做生意的种植园主会越来越少。既然他们完全可以把庄稼卖给一个绅士，为什么他们还要选择卖给一个胆小鬼呢？"

"耶稣基督啊。耶——稣！"韦斯利把帽子扔到没有扫过的仓库地板上。

皮埃尔·罗比拉德很满意他的生意合伙人明白了他的意思，接着说："这是我们的做事方式，韦斯利。你们北方佬样样都在行，哪怕再给我们一千年，我们佐治亚州人也发明不了轧棉机，但我们佐治亚州人敢想敢做，热情好客，面对错误谦逊有礼，而且大部分时候还很和平。当想追求我亲爱的女儿克拉拉的年轻绅士来拜访我时，我必须问他：'你会连续射击吗？'"

韦斯利把手放在他的生意合伙人的肩上："罗比拉德先生，你真让我吃惊。你真是个有才的人。"

"不，先生。我不过曾是伟大的拿破仑手下的一个士兵而已，现在我也只是个普通的商人。"

那个桃花心木盒子里装着一对朴实无华、不加雕饰的手枪。皮埃尔用手指划过一支稍微上过油的枪管："它们已经杀了五个人。"

"噢。"

"马农，制枪的那个人，被指控乱开枪——对着火眼金睛也发现不了的东西扣动扳机。这些手枪来自马农在伦敦的工作室。它们配备了触发器，最微弱的触碰就能发射。我恳求你，除非你想开枪，否则别摸扳机。"皮埃尔总结道，"我不能当你的助手，你不能和福尼耶上尉作对。因为蒙特龙伯爵在替福尼耶做事。"

韦斯利大声呻吟了一声。

"你的助手必须是同层次的绅士。"

"我在萨凡纳人生地不熟，几乎没有熟人。"

"当然。助手是关键。你的助手和伯爵会安排好一切，到那天他们会处理好……这事。如果你当天身体不适，你的助手可以替你战斗。如果你'露出白羽毛'[1]，他就有权当场阻止你。"皮埃尔笑了。"规则就是如此。"他咳嗽了一下，"韦斯利，我自作主张。"

"你已经请人代我行事了。"

"是的，亲爱的孩子。我的堂弟菲利普或许举止古怪，但不可否认，他是个绅士。没有人会反对你的选择。我堂弟以前从来没有担任过这种光荣的身份，但我会训练他的，相信我。虽然我不能支持你与福尼耶上尉作对，但我会指导菲利普的。"

"那个红种印第安人的菲利普？"

皮埃尔脸红了："当然，他是我们的红发兄弟的学生。"

---

[1] "用白羽毛羞辱懦夫"是英国的一种传统做法。

"耶稣基督啊。"韦斯利捡起帽子,在腿上拍了拍,然后把帽子攥成一团再次扔掉。

奥古斯丁享受着水手在海上待了几个月后回家的幸福。他不再四处奔波,在他的一生中,一切第一次按部就班地进行。在他发出挑战书之后,一片肃穆的寂静笼罩着他,只有辛酸或充满爱意的话语才能穿透。

露丝对待他仿佛像对待蛛丝,跟着他从一个房间走到另一个房间,好像如果不被人看管,他就会消失。当他和索朗热做爱时(这是很自然的,也是对的),他能感觉到露丝正在卧室门外看着他们。

这位受了委屈的丈夫不记得橘园里的那一幕,也不记得他妻子和北方佬之间有多么暧昧。就算曾经有过,现在也不重要了。

索朗热从不费心解释,但奇怪的是,她现在似乎第一次爱上了她的丈夫。奥古斯丁不能毁了这份运气。

在那个约定的早晨,奥古斯丁在妻子身边醒来,听到门外车轮的嘎吱声和马车的叮当声。一匹马喷了喷鼻子。他妻子的身体温暖如新生。他开始抚摸她,但手上并没有继续。他昨晚睡觉前刮了胡子。他的一边脸颊,那挨了著名一击的脸颊,感觉上和另一边并没有什么不同。

他悄悄地起身,穿上他最好的衬衫——他参加圣诞舞会时穿的那件褶边亚麻布的。衬衫上,酒渍已被清除,衣料熨得笔挺。

奥古斯丁想知道，人们离世后还会剩下些什么。他想象着一块石头被抛入池塘，向外抛掷的波浪，逐渐减小，相互交织，拍打着岸边，趋于平静。

"向你致敬，玛丽，请吧，女王……万岁玛丽……"他能够学会用英语祈祷吗？他从圣多明戈幸存下来了，很多人都没有。也许上帝对奥古斯丁·福尼耶有什么旨意吗？奥古斯丁耸耸肩。上帝啊！

从索朗热加快的呼吸中，奥古斯丁知道她醒了，但他任凭她假装。他的孤独是如此怡人，而他们俩还有什么话可说呢？她的爱让他感到温暖。他不敢奢求这么多……他穿上了露丝昨晚乞求让她擦亮的那双靴子，以及他去法国古典百货商场工作时穿的那件双排扣长大衣。在穿衣镜前，他把三角领结系成一个饱满而华丽的蝴蝶结。

露丝在门廊上等着。她那双坚定的棕色眼睛使奥古斯丁脊背发抖。他把手放在她的头上，透过她的头发感受她身体的温暖："我不会离开很久。"

露丝用毫不动摇的凝视回应他："我会向你祈祷的。"

奥古斯丁走进潮湿的沙街升起的薄雾中，沉思着——向我祈祷？但是蒙特龙伯爵催着他上马车。

"你在自寻死路。"奥古斯丁劝告说。伯爵把手塞进了袖子里。

他们从城外向西驶出，来到犹太公墓，这是决斗者们最喜欢的地方：黑墙高耸，位置偏僻，他们相信那些本会提出异议的犹太人现在应该没话说了。

在他们到达后不久,车夫下车开门时,另一辆马车在旁边停了下来。它漆过的门上有一枚艳丽的蓝绿色徽章,车顶上绘着同样颜色的蛇形纹路,装饰着白色羽毛,不及灵车上的黑色羽毛可怖。

"菲利普的印第安特色。"蒙特龙伯爵说。

奥古斯丁把冻僵的双手夹在大腿之间。

三位绅士从印第安马车里下来了。菲利浦·罗比拉德的黄磷火柴闪烁着亮光,跳动的光点在奥古斯丁的眼里游动着。

"抱歉。"伯爵走开去和他的同伴商议。那位医生看上去就像他的黑公文包一样冷淡而难以靠近。奥古斯丁对韦斯利笑了笑,对方伤心地摇了摇头。

奥古斯丁的手是冰冷的。他这样怎么去扣动扳机?

奥古斯丁走进墓地,坟冢靠着南墙。显然这些希伯来人并不信墓碑。

作为被挑战的一方,埃文斯和他的助手选择了武器和地点。现在,伯爵问奥古斯丁他想保持多远的距离。

"我没想过……"

"你枪法好吗?"

"不太好。"

"那就十五步吧。你可能会射偏,但他也可能会。菲利普向我保证过埃文斯不是神枪手。"

"上帝啊。"

"你们轮流开枪,之后,要是你们中的某一个不能继续了,你们的名誉就安全了。要是流血了可以道歉。"

"该埃文斯道歉。"

"当然是埃文斯道歉。他那一击已经冒犯了你。"

当助手们为决斗人选择手枪时,冉冉升起的太阳给墓地高墙的黑边绘上了金色。多美啊!

蒙特龙说:"在你们准备好开火之前,不要把手指放在扳机上。你们举起手枪的时候,要瞄准对方的腰部,再扣动扳机。"

"哦。简直轻而易举。"

手枪在奥古斯丁手中像是一个铅块。

在菲利普嘶哑的指导下,两人背靠背站在一起,几乎能碰到彼此。奥古斯丁能感觉到埃文斯的体温。他们的枪托几乎靠在一起,这使奥古斯丁感到困惑,直到他意识到他的对手是个左撇子。不知为什么这个细节让他想哭。

一步,两步,三步……每一步都至关重要,仿佛是什么大人物的步伐。奥古斯丁走向灰褐色的新坟堆。发黑的花蜷曲在泥土之上。

"转身。先生们,转身开火!"

奥古斯丁转过身来,笑了。男人真蠢!真蠢!他举起枪,因为埃文斯也举起了他的枪。埃文斯看起来比奥古斯丁记忆中还要矮小。奥古斯丁还没把枪举至水平,埃文斯的手枪就冒出一股白烟,但并无爆炸声。伯爵喊道:"失火也算作开枪!福尼耶上尉,你可以开火了!"

奥古斯丁仍然对这荒谬的事情笑着,把他的枪口指向天空。扳机很轻,似乎自己就能引爆。枪声比他预料的要大,手枪猛地一声打向他掌心的纹路。

几秒钟之后,奥古斯丁透过一阵仁慈的轻烟注视着他的敌人。好家伙!勇敢的家伙!两名助手向奥古斯丁走过来。伯爵问道:"埃文斯确实打了你,对吗?"

奥古斯丁困惑地回答说:"他牵了我妻子的手。"

"那不是问题。他打了你没有?"伯爵薄薄的嘴唇发青,"那我们继续。除非埃文斯先生同意接受你用手杖打他,不然你们必须再交火。"

"什么?"奥古斯丁皱着眉头,用力得让他头疼。

伯爵仿佛在和一个孩子解释:"在决斗法则下,任何绅士都不能打别人。他打了你,福尼耶上尉——那一击是不可饶恕的侮辱。"

菲利普的脸因汗水而发亮:"埃文斯先生对自己在橘园的行为深感遗憾,但不同意被手杖打。"

用手杖打他?为什么奥古斯丁要用手杖打他?他对这个家伙没有任何敌意。奥古斯丁摇了摇头,但伯爵很坚决。"上尉,既然你是个绅士,你就一定要开枪。"他耸耸肩,"不一定要造成致命伤。流血总是能满足荣誉。"

助手们重新给手枪装弹,奥古斯丁则观察了一下崭新的犹太墓穴,想知道那些腐烂的花朵是什么品种。

菲利普重新装好子弹,表情严肃,夸张地做着哪怕是最小的手部动作。他不会再犯错了。奥古斯丁忍不住笑了。每个人都对菲利普微笑。菲利普从未注意，而那些人也从没有冒犯之意。

奥古斯丁坐在坟边的石头上，埃文斯靠在墙上填充他的烟斗。一支雪茄！雪茄的味道肯定好极了，但奥古斯丁的手抖得太厉害了，没法点上一支。

奥古斯丁的思绪游离到了日常琐碎中。他必须让尼希米改变商店橱窗的陈列方式。他需要新袜子。今天早上之后，他会请"雅克兄弟"的每个人都喝一杯。索朗热可不敢反对！就这一次，她难道就不能迁就他一次吗？

助手们装备好手枪后，两人严肃地握了握手。埃文斯在一阵火花中敲了敲烟斗。

我们的生命就像火花。

决斗者们被告知要站在他们以前开过枪的地方，手枪要放在他们身边。命令一下，他们就会同时举起手枪，沿着长长的看不见的枪管瞄准，然后开火。

"埃文斯可能不会开枪。"奥古斯丁将枪举至一臂远。他感到自己渺小、肮脏、疲倦。

风度

就在他枪杀了奥古斯丁·福尼耶上尉的同一周，韦斯利·埃文斯以每磅十九美分的价格买进了中档棉花。两年后，在韦斯利和寡妇福尼耶的婚礼上，一磅中档棉花只能卖出十美分了。萨凡纳人把如此低价和随之而来的艰难时期都归咎于杰斐逊总统的政策。他禁止所有美国商品，甚至棉花，运往法国和英国。尽管这两个交战的国家都侵犯了美国的中立地位，但给成千上万美国海员留下深刻印象的英国，是更加堂而皇之的侵犯者。英国商船夺走了美国人的贸易机会。虽然可以搞搞走私活动，新英格兰的工厂起到了一定的拉动作用，萨凡纳的棉花制造商们还是遇到了麻烦。

索朗热从来没有想过奥古斯丁会被杀；她从来没有想过这个结果。愚蠢的男人——像奥古斯丁这样的——在关乎荣誉的事务上受到羞辱后，或是道歉，或是，在最坏的情况下，勇敢地受点轻伤。装腔作势，男人就是这样！在她内心深处，索朗热可能觉得有勇敢的男人为她而战很是浪漫，就像那些她不再费心去读的精巧而敏感的小说里所写的那样。

那个可怕的早晨，菲利普的马车把奥古斯丁的遗体运回了家。露丝尖叫着冲了过去。索朗热命令她别叫，请你别叫，别叫，但露丝没有停。

菲利普尴尬地致以哀悼之意。蒙特龙伯爵向寡妇保证，决斗是正常进行的，各自的名誉也恢复了。"不会有意外的麻烦的，夫人。您尽管放心。"露丝风一样地跑上了街，消失了。索朗热嘴巴发干，喉咙生疼。

皮埃尔·罗比拉德，或者说尼希米，处理了所有事务。索朗热去了他们告诉她的地方，坐在圣约翰教堂的前排长椅上。露丝没有回家。路易莎和克拉拉身体不适，遗憾地不能出席。显然，萨凡纳社交圈里的许多人也同样不安。许多"雅克兄弟"的常客出席了葬礼，奥哈拉夫妇也出现了，但是没有人跟随着灵车从教堂走向墓地。

在葬礼过去的第三天，也许是第四天早上，蒙特龙伯爵带着热情的敬意前来拜访。

"你很了解我丈夫？"

蒙特龙伯爵告诉索朗热，她的福尼耶上尉是个勇敢的"老派"绅士，优雅得就像一只正解开一团毛线的猫。蒙特龙当然得这么说。他无意冒昧打扰，但在当下的情况下（她的丈夫曾是法国古典百货商场的记账员，不是吗？），伯爵希望为寡妇福尼耶提供切实的帮助。他正在做些买卖。福尼耶夫人的女仆。她叫什么？

索朗热说不出露丝的名字。叫出这个名字，会带出比她想得更多的含义。她摇了摇头："不，先生。她现在不在。"

当蒙特龙微笑时,索朗热真希望她什么也没说。她逃走了吗?他能打听一下吗?他认识几个可靠的奴隶猎人。肆无忌惮的猎人有时会在不通知奴隶主人的情况下捕捉并出售逃跑的奴隶。女士们无法彻底理解一些男人的谎言……

索朗热鼓足勇气说:"她没有逃跑。我不会让你替我打听的。"

"当然不了,夫人。我不会假设……"

对话继续着,但索朗热一把伯爵送出家门,她就去见了尼希米。

露丝曾在集市上露面,但似乎没有人知道她晚上睡在哪里。是的,他会问的。是的,他会很谨慎的。那个伯爵,没错,就是他。

第二天早上,也许是第三天早上,韦斯利的仆人送来了这封信:

亲爱的索朗热:

请接受我诚挚的歉意。你丈夫比我勇敢得多。

在这件可怕的事发生之前,我对南方的风俗一无所知。

现在我愿意付出任何代价来维持这种无知!

我知道你是一个明事理的贤惠女人。我相信你会忽略那些流言蜚语的,毕竟它们只会让那些议论你的人蒙羞,而非你这样无可指摘的女士!

我不能来拜访你,这一点你一定也明白,但我非常愿意为你提供物质上的帮助。尼希米是个可靠的中间人。

和你一样,我哀悼福尼耶上尉。他在本可以开枪打死我时停了火。

你忠实的仆人,韦斯利·罗伯特·埃文斯

萨凡纳人的闲言碎语落到了索朗热头上。埃文斯先生是被挑战的一方,而且,佐治亚州的每个孩子都知道:北方佬们的判断力不行。是已故上尉的妻子无耻的行为"播下了悲剧的种子"(安东尼娅·塞维耶开心地这么说),而太太团则怀疑(她们下流地眨着眼)除此之外她还"播"下了什么别的"种子"。

萨凡纳的上流人士们认为索朗热鼓动了她丈夫去参加那场致命挑战,好给她的北方佬情夫让路。

与之形成鲜明对比的是,开枪的韦斯利·埃文斯得到了赞许。但韦斯利自己却鄙视这些赞美之词,要是情况不那么特殊,而韦斯利又不是一个精神错乱的北方佬的话,那挑战书可能根本就不会发出来。不受欢迎的恭维让步于赞赏的点头、脱帽和会心的眼神。韦斯利埋头工作。低地的所有船主和种植园主很快就认识他了。R&E办公室的灯笼燃到深夜。

当旅馆的搬运工发现蒙特龙伯爵死在了他自己的房间里时,没有人感到惊讶。起初,从死者痛苦的面部表情来看,警察怀疑他是被毒死的。但值班的主管确定伯爵那天晚上没有吃晚饭,只吃了一个自己剥的橘子。

露丝回家时,索朗热问:"你当时知道奥古斯丁快要死了吗?"

露丝不愿看她的眼睛:"我看到了一些迹象。"

"你去哪儿了?"

"我得出去喘口气,"她激烈地重复着,"我得喘口气!"她用冰冷的指尖碰了碰女主人的脸颊:"你要嫁给那个男人。是的,你会。宁愿做被诅咒的自己,不做虚伪的别人。"

当索朗热嫁给韦斯利时，安东尼娅·塞维耶在恰当的时机声称，她嫁给他是为了表示她对所谓体面的蔑视。而在此后几年里，索朗热自己也接受了这个观点，因为她不能承认——没有一个有教养的圣马洛小姐，当然也没有一个埃斯卡莱特家的女人愿意承认——当她和韦斯利逃离婚宴，跌倒在他们的婚床上时，一阵无法解释的紧迫感让她双膝发软。

索朗热的第二任丈夫和她一样精明果断，但韦斯利发现了其中的幽默之处。"当上帝从天上往下看的时候，"他说，"他看到了一个蚁丘，在那里，富有蚂蚁和仆人蚂蚁看上去没什么区别。"

"一分钱就是一分钱，"索朗热嗤之以鼻，"无论在蚁丘还是天堂。"

他们结婚两年零九个月后，韦斯利·埃文斯太太生下了一个健康的女儿，宝琳。许多萨凡纳的年轻人来参加了婴儿的洗礼仪式和随后在埃文斯家举行的招待会。他们对上个世纪的上流社会所珍视的那些陈旧丑闻并不怎么感兴趣。

当索朗热建议露丝做宝琳的嬷嬷时，韦斯利表示了反对："每一个南方孩子都必须要有嬷嬷吗？"

"嬷嬷的存在可以解放南方女人去宠爱她们的丈夫。"索朗热歪嘴，露出一个埃斯卡莱特家绝不会允许的微笑。

韦斯利清了清嗓子："露丝太年轻了。"

"有色人种比白人成熟得快。露丝是个女人了，不是个孩子。"

"我觉得我认识的人里没一个像她一样。经历过这么多大风大浪，好的和坏的时光……我们迷人的露丝却永远带着微笑。"

"你反对吗?"

"我真希望能知道露丝到底在想什么。"

"听我说,亲爱的。你不会知道的。"

露丝自然地接过了抚养孩子的责任,而宝琳的母亲则宠爱着她的丈夫。双方都很满意。

在("该死的!")禁运被废除后,韦斯利预计棉花贸易会蓬勃发展,但英国和美国的政治局势阻碍了棉花的出口,直到一八一二年,美国终于向英国宣战。英国人简直不敢相信美国不再是他们的殖民地了。

路易莎·罗比拉德和她的女儿克拉拉在八月的第一个星期病倒了,并于一八一二年九月八日下葬。彻底崩溃的皮埃尔把他那半R&E棉花工厂卖给了他的搭档。多亏了韦斯利自愿签署的婚前协议,索朗热仍然等同于一个未婚女子,但她只犹豫了不到二十四小时,就买下了皮埃尔的股份。

受到英国舰队的封锁,萨凡纳一直萎靡不振,直到安德鲁·杰克逊[1]在马蹄湾击败了英国的印度盟军,不久后,又在新奥尔良击败了英国的正规军。根特条约结束了战争,也解除了封锁。教堂钟声又响起,中档棉花涨到了三十美分一磅。

在萨凡纳,锤子和锯子的响声接连不断,海湾街上挤满了载着棉花和木材的货车,上流社会的妇女们在詹姆逊广场上散步。

---

[1] 美国第七任总统,新奥尔良之役的战争英雄。

奥哈拉兄弟扩大了他们的商业活动，当詹姆斯·奥哈拉买下一辆马车时，没有任何人发出嘲笑。当韦斯利提出要返还索朗热在R&E棉花生产商的投资时，索朗热笑了。"给我盖一座哈弗沙姆夫妇会羡慕的房子吧，"她说，"要粉色的。"

"粉色的？"

她紧绷着嘴，露出一个韦斯利太过熟悉的表情。

"那就粉色吧，"他做了个鬼脸，"真要粉色？"

尽管犹太人墓地后面有一片松林，新的房屋也在那里拔地而起，但上流社会人士仍然在城里造房子。韦斯利在奥格尔索普广场买了两栋破旧的木板房，并把它们都拆掉了。

当露丝问"韦斯利老爷，你为什么要毁坏这么好的房子"时，韦斯利回答："这样我们才能比别人强。"

"别人是谁？"

宝琳曾是一个安静的婴儿，现在已经长成了一个温顺而听话的孩子。即使到了蹒跚学步的时候，她的相貌也平平无奇，虽然露丝从来都不这么认为。露丝睡在孩子的婴儿床旁边的一张简陋的小床上，为她驱散噩梦。

年轻的嬷嬷露丝穿着简单的蓝色直筒连衣裙，戴着一条朴素的格子头巾。她是雷诺兹广场最年轻的嬷嬷，总是昂着头不说话，除非有人跟她搭话。婴儿时期的宝琳总是很干净，穿着得体而适应天气的衣服。到了宝琳蹒跚学步时，她整洁得几乎像上过浆一样。年长的嬷嬷们接受了这位年轻的法国黑人女孩，并向她敞开了心扉。抚养米妮家孩子的瑟瑞斯嬷嬷特别喜欢露丝嬷嬷。

把一块布放在融化的牛油里加热以防绞痛。

玉米壳茶治疗粉刺疹。

如果孩子长寄生虫的话,唐菖蒲会很有用。

孩子不哭的时候,就是在反着来,就有点不对劲。

小宝琳的父亲在太阳向河面洒下银辉前,就到了R&E棉花厂,一直工作到点灯工下班为止。

埃文斯夫妇和女儿一起吃了晚饭,并监督她做睡前祷告。因为韦斯利是循道宗信徒,索朗热、露丝和宝琳参加弥撒时就不必带上他。

索朗热指导了粉色房子的建造。除了新颖的颜色,索朗热还想要一个传统的"萨凡纳盒子",并聘请了哈弗沙姆先生推荐的老建筑商。约翰·詹姆逊造了十几个"盒子",并且(正如哈弗沙姆所说的那样)"几十年前就名声大噪,不会搞砸的。他总是深思熟虑"。

约翰·詹姆逊是个闷闷不乐的小个子,他正为埃文斯家的两片土地烦恼,因为那里比邻近的土地低,所以水必须排到埃文斯的地下室。"这是低地,夫人,"他提醒索朗热,"水,到处都是水,就像科尔里奇先生喜欢说的那样。"

詹姆逊承认新英式半地下室的确很时髦,但传统的柱基——没有地下室,夫人——已经用了很多年了!夫人可能不知道她喜欢的砖包层很贵。非常贵。詹姆逊可以给她看看有多少木包层能在飓风中保持完好!阁楼蓄水池?天哪!但夫人怎么可能懂建筑力学呢?萨凡纳的女士们太精致了,不应该考虑这种"实际"的事情。如何在三十英尺高的半空中支撑这样的装置?一千加仑的水箱?女士,一品脱一磅,世界就这样。[1]是的,詹姆逊先生知道罗比拉德家有这样一个蓄水池——还有一些非常不寻常的管道。罗比拉德太太——愿上帝保佑她安息,夫人——已经尝过鲜了。也许夫人还没有听说罗比拉德家楼上卧室的石膏被漏水弄坏了?你的嬷嬷露丝要住在育婴室旁边的房间?詹姆逊先生从来没听说过这样的安排,并认为它不恰当,虽然他无意提出批评。众所周知,嬷嬷们睡在孩子们床边的一张简陋小床上。环形楼梯,夫人?可以肯定的是,环形楼梯是传统的,但是萨凡纳的楼梯建造大师雅各布·贝洛丝已经去世两年了,而这个低地乡村的唯一一位大师在查尔斯顿工作。查尔斯顿的楼梯建造工是个(詹姆逊压低了声音)"自由的黑人"。

"要是有必要,你去雇佣一只企鹅也行。反正我必须要造我的环形楼梯。"

詹姆逊先生沮丧地摇摇头:"夫人,我不知道能不能说服耶胡·格伦……"

"去问他。先生,发挥你的魅力吧。"

詹姆逊先生早就不觉得自己拥有这种能力了。他大吃一惊。

索朗热克制住她的不耐烦:"你只能试试了。"

---

[1] 英语俗语。

"虽然格伦是一个机械大师,"詹姆逊坚持说,"但据说他……很难搞。"

"嗯。"

詹姆逊先生同意了,是的,粉色房子可以在春天动工。

尽管詹姆逊有诸多顾虑,他们还是铺设了一片干涸的地基,纵梁横跨英式地下室。阁楼的蓄水池底铺了两层,工人们不紧不慢地施展着他们的技能。虽然有许多工人参与建造,但粉红房子以及马车房(现在是施工人的商店)似乎也要到八月才能建好。

如果粉色房子建好了,埃文斯夫妇就会举办圣诞舞会。

索朗热敦促詹姆逊先生去和粉刷工、细木工和玻璃工交涉。还有,他有没有叫来查尔斯顿的楼梯工,买没买做栏杆用的红木?

詹姆逊先生有一个习惯,即在砂浆养护了六十天,排水沟挂上三天之后,才开始装修,但还是有一小队工人带着石膏模具、刨子、凿子和虫胶来到了马车房。

九月一个晴朗的下午,玫瑰虚弱地耷拉着,露丝把宝琳带到了工地上。工人们的忙碌和诙谐使她着迷。爱尔兰人、自由的黑人和"在城里"雇佣的奴隶一起愉快地并肩工作。

在有朝一日会挂上马车门的大窗框里,露丝把宝琳放到了一块锯床上。"你看,小家伙,男人们在干活。看那个人。天哪,我从没见过这么小的锯。像娃娃用的!你看到男人们在洗衣服吗?"

一个咖啡色皮肤的工人正在调整木架。

"你!"一个爱尔兰人喊道,"把你的黑手从我的模板上拿开!"

许多工人都有一双特大的手,但这个咖啡色皮肤的人的手却又细又滑,像老爷的手。他没理爱尔兰人的话,继续干活。

"我的天哪!你在干什么?"

"这不行,麦昆,"深皮肤的人回答,"这一定是相切的。你这个角度太陡了。"

那金发碧眼、脸上长斑的男人把他宽厚的手掌背到臀部:"你有什么资格对我的工作说三道四?"

咖啡色皮肤的男人直起腰来,好像这个问题很值得回答似的:"我跟着雅各布·贝洛丝当了十二年学徒,他是桑树公园、罗宾逊大厦和布莱克大宅舞厅的楼梯设计师,而我是这里的楼梯建造大师。你得照我说的做,否则就滚吧!"

"好吧!好吧!詹姆逊先生!詹姆逊先生,先生,这里需要你!"

锯停了,工人们静静地放下了工具,工头绕过停滞的工程走过来。与此同时,那个咖啡色皮肤的男人弯下腰来,放上量角器,在一块板上画出一道弧线。

詹姆逊一只手抓着自己的头发,说:"这是干吗?这是干吗?我们就不能和和气气地一起工作吗?"

"詹姆逊先生,这个黑鬼在命令我。这个无礼的黑鬼。"

咖啡肤色的男人无动于衷地画了第二道弧线,好像他身处另一个房间里似的。露丝听到了他的铅笔画在木头上的声音。

一个工人放了个屁,他的同伴捶了一下他的胳膊。

詹姆逊露出一个模棱两可的微笑："格伦先生？"

"先生？"转身前，他把铅笔放在了工具旁边。

"麦昆，这里——"

"'这个工人值得雇用'，詹姆逊先生。是这样吗？麦昆不按我说的做，他带来的麻烦比他能提供的价值多了去了。"

"耶胡——"

"詹姆逊先生，萨凡纳有很多男人需要工作。我需要照我说的去做的人，而不是和我顶嘴的人。"

"这个黑鬼——"

詹姆逊打开钱包数着硬币："你的工资。"

"你让一个白人——"

"麦昆先生，我需要一个楼梯工。耶胡·格伦受过英国式的训练：低地最好的训练。"

"好吧。那我就是……婊子养的！"

麦昆大概在楼梯工弯腰工作时挑起了一阵混乱，但其他人钳住了他的胳膊，麦昆只能向锯末吐一口痰泄愤。耶胡没有抬头。

露丝低声说："你看见没，宝琳宝贝？你敢相信我们看到了什么吗？"

楼梯工侧耳倾听詹姆逊的轻声训诫，但并没有停下手中的事情。詹姆逊也许想多说些什么，但他转向了其他人："今天是安息日吗？如果不是，那也许你们应该继续工作。"

回家时，露丝哼着一首很久以前在什么地方听过的曲子。第二天早上，在雷诺兹广场，瑟瑞斯嬷嬷听见了，皱起眉头说："别哼反叛之歌。"

"反叛之歌?"露丝问。

"别哼这种歌!"

露丝皱了皱眉。

瑟瑞斯嬷嬷低声说:"你难道不知道你哼的是海地的起义之歌吗?白老爷们讨厌听到这首歌。"

那天下午,在一把阳伞的遮蔽下,宝琳在马车房外面打着盹。

耶胡·格伦是露丝见过的最美丽的人。这个人是在哪里出生的,到底是什么塑造了他?他的动作轻巧迅捷,一点也不拖泥带水。他的木刨子下面刮出层层刨花,阳光也给他的胳膊染上了一层金色。当他剃掉手臂上的汗毛来测试凿子的刀刃时,露丝真想哭:"小心!别伤到自己!"她想知道耶胡对每一把锋利的刀片进行大张旗鼓的测试,是否意味着他知道她在这里,就像她知道他在这里一样。

第二天和第三天,露丝又去了。有一次耶胡在房子里时,她碰到了一块刨子刀片,割破了拇指。她猛地把拇指伸进嘴里,吮吸着温热而甜美的鲜血。

还有一次,她把一卷樱桃木塞进围裙里。那晚,淡淡的樱桃木的辛香充满了她的小床。

其他嬷嬷们把她们的孩子们带到了正修建中的豪宅里。大一点的孩子们用废弃的木材搭着堡垒和舰队。

瑟瑞斯嬷嬷听说过那个自由的黑人楼梯工,说:"他爸爸是个白人,给自己买了个漂亮的女仆,没多久,事情就都发生了。

婴儿长大以后,格伦把他放了出来,并把他交给一个英国人当学徒,在查尔斯顿造大房子。英国人死了之后,耶胡就自力更生了。他觉得自己很了不起。"

露丝笑了笑:"的确。"

"那男孩太穷了,为了半分钱就能弯腰求饶。睡在马车房的长凳上,因为他太穷了,租不起自己的房间。"

"他很实际的,存着钱准备结婚呢。"

"姑娘,天黑后你不要溜到马车屋去。"

"我从来没对那个男人说过什么,瑟瑞斯嬷嬷。一个字都没说过。"

索朗热觉得韦斯利工作太久、太辛苦了。十月的一个晚上,她在吃晚饭时这样说道。她还觉得他喝太多酒了,但这一点她没提。

韦斯利用手摁住眼睛:"所有这些新的代理商和买家,他们自然都需要'见我'或者'给我买杯威士忌',或者'坐下来(哈,哈)听我的意见',学习一门我懂但他们不懂的生意。高地种植园主全是些新手,净开些谁都盈利不了的价钱。"

"也许你应该少做一点。把你的职责分点给别人。"

"在这么繁荣的时候,任何值得雇佣的人都只会为自己考虑。"

她改变了话题:"我们的小嬷嬷被你的楼梯工迷住了。"

他放松下来:"他不是我的,亲爱的。如果我在街上看到他,我也不认识他。他也许是詹姆逊的,或者,既然你当家了,我想他就是你的了。"

"耶胡是个自由黑人,而且算得上是属于他自己的。"

他耸耸肩:"露丝多大了?十五岁还是多少?要是她愿意,她年龄已经够了,可以结婚了。"

"还没到那地步。她现在整天都在想着那个男人,仅此而已。"

"那就到时候再说吧。"他举起酒杯,"再过两年的好时光,我就有钱能让你和宝琳过好日子了。"

"只有宝琳?"

他皱了皱眉:"什么……"

"你又要当爸爸了,亲爱的。如果你不先把自己累死的话。"

他伸出胳膊:"亲爱的,我亲爱的索朗热。我们上楼去庆祝吧。"

露丝和宝琳开始在马车房吃晚饭,那里的泥瓦匠正在准备模具,耶胡·格伦组装着他的圆形楼梯。

一天下午,当其他人都在房子里忙碌的时候,露丝踮着脚走近耶胡,近到她能闻到他的汗味。

楼梯工并没有从他正在打磨的栏杆上抬起头来:"低级技工找不到赚钱的活路。那个人不比小偷强。"

"哦。"露丝退后。

又有一天,露丝把他们的饭筐递给耶胡。"吃点吧,"她催促道,"我们有很多。"

耶胡毫无表情地从她精心装饰的篮子里拿了一块奶酪和一

个苹果。他一边吃一边走进屋子,对着泥灰工发了发牢骚,因为脚手架挡住他的路了。

耶胡连续三天接过露丝递来的食物时都在埋头工作,一句谢谢也不说。到了第四天,一个慵懒的星期六,他把篮子还给了她:"你是谁,姑娘?"

露丝说:"你是法国黑人吗?"

"在圣多明戈时我还是个婴儿。"

"嗯。"

下一个星期一,尘埃飘浮在马车房的阳光下,宝琳正张着嘴打盹。耶胡把夹钳拧紧,把胶合件放在工作台上。"跟我说说,姑娘,"他说,"詹姆逊每天都付给我一美元。我对那人而言有什么价值?"

"耶胡……"

"我是值一块钱,还是一块钱都不值?"

"值一块钱,我看。"

他的笑容几乎不能点亮他的脸。"工人们想,如果那人付一美元,他们就值一美元。但是为什么詹姆逊会花钱雇不值这些钱的人?我给詹姆逊做的事情比他付我的工资值钱多了!他为什么不自己动手呢?因为这些额外的钱都流向了资本。"

"我不觉得……"

"你当然不觉得,当然不觉得。你不用担心没钱。仆人不用担心钱,但自由人要担心。的确。"

耶胡谈起"资本家"就像在谈"上帝"或"美利坚合众国"一

样。他形容"资本"就像老爷们形容一位美丽的女士或一匹快马一样。耶胡有四百七十一美元的资本。他有凿子和刨子,还有曲尺、铅锤和他自己做的胡桃木工具箱。他打开天鹅绒衬里的抽屉,好像每个抽屉都有名字一样。那个工具箱放在他的工作台上,每天晚上他做的最后一件事就是把它擦干净。摸着一个完美的鸠尾榫接头,耶胡告诉露丝:"你想成为'大师'[1],你就必须要做出一件杰作。"

耶胡的钱就在哈弗沙姆先生的保险箱里,在那里没有人能偷走它,不久之后,他就会像詹姆逊先生一样,用自己的资本当一个建筑商。他"在城里"雇佣黑人,他们的工作报酬更低,也不像自由黑人或爱尔兰人那样爱顶嘴。成本越低,他收的价钱就越低,白人自然就不得不雇用他。

耶胡噘起嘴唇:"维西牧师说我的想法行不通。维西说白人永远不会让黑人上位。他们害怕。告诉我,姑娘,你认为白人害怕我们吗?"

"当然。"露丝脱口而出,把自己都吓了一跳。她捂住了嘴。

耶胡对此不以为然:"好吧,他们并不怕。没有一个黑人拥有陆军、海军或者大炮。也没有黑人能拥有白人,这点我确定。"

下班后和星期天下午,自由黑人和爱尔兰人们在码头上的水手酒馆里喝酒,但耶胡从不和他们一起去。他对露丝说:"人不能守住自己的资本,就会永远一文不值。"

---

[1] 此处"大师"也有"老爷"的意思。

露丝是耶胡在萨凡纳唯一的朋友，而据他说查尔斯顿也只有维西一个朋友。丹麦·维西从前"只是个粗糙的木匠，你不知道吗"，他不是个大师技工，但他是个很好的传教士。"他的舌头简直像是着了火，是的，他真是这样。当他布道的时候，你能感觉到地狱的热度！"

露丝这辈子第一次梦想着和索朗热以外的人一起生活。但她不能这么做。索朗热怀着另一个孩子，她将会是两个孩子的露丝嬷嬷。事情就是这样。

露丝想知道如果她被雇去做嬷嬷会挣多少钱。如果必须付钱，索朗热是会想要一个嬷嬷，还是会选择自己照顾孩子？

耶胡的梦和他自己一样美丽。查尔斯顿像法老一样富有，而像耶胡这样的人。啊，像耶胡这样的人可以像他的朋友丹麦一样开自己的店。

尽管詹姆逊先生极度焦虑，一直在让工人赶工，但到了十二月的第二个星期，粉色房子还是没有修完，索朗热从纽约订购的家具也还没有到达码头。韦斯利似乎松了一口气："圣诞舞会本会是一笔非常大的开销。"

"开销？"索朗热皱了皱眉，"韦斯利……"

"就我而言，我很感激我们不用再费心了。"

"只是今年。"

"当然，亲爱的。今年。"

二十年来，萨凡纳的夫人们一直把符合条件的女儿们推给单身的菲利普·罗比拉德。一些被拒绝的人宣称，任何能抗拒如此美丽、优雅、合适的女孩的男人一定有点与众不同，这种平淡的描述暗示了很多东西。

但是，在没有事先宣布的情况下，富有的菲利普却突然娶了一个马斯科吉女人，那人据说是蛮族的公主。那些女儿没被看上的夫人们认为她最好是个公主。

没有上流社会的人参加婚礼，只有堂兄皮埃尔和几个马斯科吉的亲戚被邀请参加。婚礼结束后，大家又回到皮埃尔家里喝雪利酒，而马斯科吉人显然很不习惯这样。当尼希米帮助其他人坐上菲利普的马车返回他们的营地时，其中一个人吐在了皮埃尔的玫瑰花丛里。

第二天，皮埃尔开了一个不够谨慎的玩笑，说"怕我的头发掉光"，这个笑话在萨凡纳最好的休息室里——用夸张的模仿——被详细阐述了一遍。安东尼娅·塞维耶坚持说，在菲利普·罗比拉德夫妇举行基督教婚礼之前，他们在马斯科吉已经进行了一次异教徒的仪式。

人们对马斯科吉公主的好奇心非常强烈，并且，尽管罗比拉德夫人的礼盒里堆满了名片，但她从来不"在家"。

皮埃尔·罗比拉德声称，他堂弟的新娘是一个相当有魅力的女人，虽然其他人表现出了极强的兴趣，他却从不详细说明这一点。"菲利普是个快乐的人。最后，我亲爱的亲戚们也和他'气味相投'。"

在中断了十年之后，罗比拉德家的圣诞舞会成了一个传奇，一种"老萨凡纳"的象征。那时,每位女士都很亲切,每位绅士都闪耀着光芒。当埃文斯家的邀请未能实现,而罗比拉德家的实现了时,萨凡纳人并不感到失望。请柬是由菲利普和皮埃尔签署的,在表亲的签名下面是一团潦草的曲线,它可能是一种马斯科吉的鸟,但没人知道到底是哪种鸟。

自从二十年前他母亲的葬礼宴会以来,萨凡纳的主要公民都没有去过菲利普的豪宅。每个人都渴望看到这位马斯科吉公主对她的新家做了些什么改变。多愁善感的人希望它能恢复到革命时期的宏伟,当时它曾是豪将军的总部。

在愉快的期待中,绅士们的马车被重新粉刷过,金光闪闪的珠宝从保险箱中取了出来,萨凡纳的裁缝师们手指酸痛,用最时髦的巴黎图案缝制舞会礼服。每个会客厅里都有好奇和猜测;二者都不满足,但二者都旺盛强烈。

索朗热把他们的请柬交给了她丈夫:"她也许是位公主,但她的书法简直糟透了。小孩都写得比她好。"

"迈克尔斯医生怎么说?你现在身子这么弱,能参加舞会吗?"

索朗热噘着嘴:"他说我会生一个健康快乐的孩子。他主张我多运动。现在已经不是黑暗时代了,你知道的。"

韦斯利听进去了吗?这些天他对索朗热太疏远了:"最近公司很忙,种植园主……"

"亲爱的韦斯利!"她用两只手托着他的脸,"现在可是圣诞节！"

"之后还有华盛顿生日舞会，一群该死的爱国者互相敬酒，然后……"

"我们就不能享受享受吗？"

他屈服了："亲爱的，我们当然可以……"

菲利普·罗比拉德的木结构房子坐落在布劳顿和阿伯科恩大街的北角。两次飓风和一场全市范围的火灾摧毁了萨凡纳大部分的框架房屋，这座房子却在遭到猛击、烈火和摧残后幸存了下来。这个街区与时尚无关，菲利普的母亲过世时，连她最忠实的朋友都希望菲利普找到一个更好的房子。

马车从八点起开始到达。点燃的火炬照亮了指引着马车的仆从们，他们正帮助老年客人登上菲利普家陡峭的黄色石阶。双重门被门后大厅的光照得明亮，连尼希米的面容也变得难以辨认了，他问候着刚到的客人，并把他们领到菲利普粗暴的马斯科吉车夫那里，后者把他们的外套一把抓了过去。"晚上好，索朗热小姐，韦斯利老爷。"尼希米说，"我们尽了最大努力。确实如此。"

菲利普的单身住所并没有变得女性化。年长的客人回忆起了二十年前颜色更加鲜艳的客厅墙纸。年轻的女士羡慕她们的长辈，因为他们的视力很弱，不能辨认出在又高又黑的檐口里到底住着什么。

女士们在家具的腿上发现了一根拖把上的线，但她们在坐下前擦拭椅子时，并没有说什么。

香脂、槲寄生和冬青缠绕在椅子扶手上，枝形吊灯上垂下一大串西班牙苔藓。

安东尼娅·塞维耶想："苔藓对野蛮人来说难道不是神圣的吗？"

客厅里摆满了菲利普父母的上世纪的家具，菲利普（他喝的酒已经超过了理智允许的量）向大家介绍他的公主。"这是我亲爱的妻子，奥萨纳吉。哈弗沙姆太太，奥萨纳吉。"他咯咯地笑了，"像我一样叫她奥萨吧。"

那女人修剪过的头发很黑，很有光泽。她那件讲究的舞会礼服应该是为身材苗条的女士缝制的。奥萨轻快地转着眼睛，笑容像是被印在脸上一样。

"马斯科吉人是佐治亚州的第一批公民。他们有八支……也许是九支家族，这个取决于我们怎么看。"

"菲利普，这太有趣了。罗比拉德太太，你一定要给我们仔细讲讲。"

"好的。"奥萨说，但她并没有说下去。

于是她的客人们都去做自己的事了。

菲利普已经禁止了那种乏味、老式、令人愉快而熟悉的小步舞曲，当他的音乐家们开始演奏新的（有些人说是不雅的）华尔兹时，菲利普和他的新娘在地板上轻捷地舞蹈着，完全没有听到扇子背后的窃窃私语，也没有看到不友善的挤眉弄眼。

皮埃尔尽了一个表亲的职责，一个接一个地与寡妇和老处女们跳舞。一些生活也曾十分体面的女士们在自助餐桌旁流连忘返。她们挑剔的姐妹们则躲在一旁,虽然皮埃尔保证过在秋葵浓汤的深红色面糊下面没有藏着任何野蛮人的美味佳肴。

尽管如此,强劲的潘趣酒还是鼓舞了人们的精神。他们虽然必须一边跳一边学这些华尔兹舞步,还必须得面对沉默的马斯科吉女主人和冷酷的车夫,但菲利普的客人们很快也都开始感受到了一点圣诞的气氛。他们想见公主吗?好吧,现在他们见到了。不妨好好利用机会。哈弗沙姆和塞维耶夫妇混在一起,明尼斯和奥哈拉夫妇混在一起。

他们的仆人们则在地下室庆祝。瑟瑞斯嬷嬷已经指派安提戈涅嬷嬷来照看婴儿室里的孩子们,马车夫们还挑了一个不爱交际的家伙看着他们的马。

越过砖砌的角落和烛光的缝隙,在一个高高的壁炉边就是厨房。一只水壶欢快地鸣叫着。皮埃尔·罗比拉德已经把一桶马德拉酒托付给尼希米。瑟瑞斯嬷嬷坐在一张长木板桌子的头上,用一双鹰眼看着正在尽职的尼希米,要是有铁皮杯要被斟上酒,她就会点点头,要是酒杯太满,她又会咳嗽一下表示不同意。

马德拉酒的分发者对自己倒并不吝啬,她向露丝追问耶胡的事和一些私事,但露丝不愿向任何人坦白。瑟瑞斯嬷嬷知道年轻小姑娘是什么样的,嘟囔着:"我自己曾经就是那样。"

"求你了,瑟瑞斯嬷嬷!"

"我们都一样,孩子;我们所有女人都需要爱。"

露丝嬷嬷逃到婴儿室去了,宝琳正在那里盖一座塔楼,其他孩子则在认真地拆着搭出来的东西。安提戈涅嬷嬷摆摆手,表示不用她来:"我就和孩子们待在这里。我更喜欢孩子,而不是大人。"

露丝希望瑟瑞斯嬷嬷的好奇心会转移到别人的秘密上,但嬷嬷喝着玛德拉酒,回想着她少女时代的记忆,又开始向露丝问东问西了:"那个耶胡很精明。总有一天,他挣的钱能养活他的妻子和孩子。可能他还会买栋房子。"

"可能吧。"

瑟瑞斯嬷嬷笑了笑,好像终于说到了她想讲的地方:"耶胡提起过维西吗?维西牧师?"

"他说他是个坚定的基督徒。"

"嗯哼。嗯哼。维西和耶胡一样都是自由黑人。他中了查尔斯顿的彩票,给自己赎了身。他说是上帝给了他彩票号码。维西,"瑟瑞斯嬷嬷压低了声音,"他……"

"他什么?我每天早上都去做弥撒。我和宝琳一起去的。"

"亲爱的,维西可不是天主教徒。他只是说他支持黑人!"

露丝对她的长者露出一个顺从的微笑。

瑟瑞斯嬷嬷皱了皱眉:"我不知道,孩子。我就是不知道。这事让我很担心。"她给露丝倒了半杯马德拉酒。

"我不喝酒。"

"那你该出发了。这世界上的好东西并没有那么多。孩子,一个好男人的爱,"她戳了戳露丝的肋骨,"还有这个。有时候我觉得它最好。当然,它离我手边最近。"

露丝不喜欢玛德拉酒的味道,于是当瑟瑞斯嬷嬷没在看着她时,她就放下了杯子。其他嬷嬷们继续在大笑。如果她们的孩子需要她们怎么办?

韦斯利老爷红光满面,跟哈弗沙姆老爷和皮埃尔老爷笑成一团。索朗热太太和安东尼娅太太亲密地讲着话,好像她俩一直都是好朋友。露丝拽着索朗热太太的袖子:"我们现在走吗,夫人?小宝琳要回家了。"

"今天是圣诞节,孩子。一年中我总能有一个晚上可以忘记我的责任吧。"

露丝想不出索朗热太太有什么责任需要忘记。"我会和宝琳小姐待在一起。"她说。在婴儿室陈旧的双人沙发上,两个昏昏欲睡的孩子依偎在安提戈涅嬷嬷的身旁。安提戈涅嬷嬷睁开一只眼睛慢慢眨了眨。

露丝坐在角落里,背靠着温暖的烟囱砖,断断续续地睡着,每次有太太进来看孩子时,她都会醒来。当露丝被尼希米摇醒的时候,她口干舌燥,眼皮底下像进了沙子。

尼希米在门厅里把睡着的宝琳递给露丝。皮埃尔·罗比拉德向他堂弟的客人道了晚安,因为菲利普已经完成不了这件事了。"埃文斯太太,您能屈尊出席真是太好了。您和韦斯利为我们的小宴会增色了不少,菲利普很高兴。"他低声说,"菲利普说埃文斯夫妇是'萨凡纳上流社会的精华'。"

索朗热之前就听到过皮埃尔对其他人说过同样令人愉悦的恭维话,她笑了:"我们的女主人呢?"

皮埃尔环顾四周:"也许她在……"

当索朗热回到客厅时，两个醉汉睡在椅子上，一个留着胡子的家伙蜷在角落里，向他的仆人抗议道："我不走。我要睡在这里。"

罗比拉德太太的半截手腕都伸到了秋葵浓汤里，面粉糊顺着她的舞会礼服滴了下来。她好像掉了什么东西到汤碗里——虾？香肠？她竭力想睁开眼睛。

"啊，"索朗热对女孩说，"啊，你……"索朗热摸了摸自己的孕肚："我也是。"

奥萨冲动地抓住索朗热的手。"我们谈谈？"她说，"我们谈谈？"

索朗热忍住擦去手上的油脂的冲动，侧耳倾听。她们——两位准妈妈——聊了十分钟，直到奥萨停止颤抖，眼神也平静下来。当索朗热说她必须走了时，好客的奥萨在大汤盆里舀了一碗汤并递给了她的客人。索朗热小心翼翼地用手指挑出了一只灰褐色的虾，尽力表现出享受它的滋味的样子。奥萨笑了。

"我们都是难民，"索朗热告诉她，"萨凡纳是个残忍的地方。"她用桌布擦了擦手指："难民必须变成另一个人的样子。"

露丝把宝琳抱上马车。因为韦斯利喝醉了，索朗热就把宝琳放在前排座位上，露丝则爬到马车夫旁边。露丝不累，一点也不累。冬夜的星星是那么明亮。

第二天早上，房子里冷飕飕的，直到露丝嬷嬷在客厅里生起了火。厨子做了燕麦粥。索朗热打着呵欠下楼。她的头发蓬乱，脸也没洗，昨晚的妆容脏得简直像——露丝没有咯咯笑——印第安人打仗前涂在脸上的颜料。索朗热把露丝的燕麦粥据为己有,还要了咖啡——"在里面煮点菊苣"——以及晨报。

喝第二杯咖啡时,索朗热哼了一声,轻敲了一下报纸上的黑边广告。"亲爱的上帝之母啊。"她难以置信地摇了摇头。

她大声朗读着海地总统刊登的广告,向愿意移民的美国自由黑人工匠提供免费土地:"哦,天哪!天哪,露丝!难道你和你的楼梯工要去海地吗?"

露丝笑了:"不,谢谢你,夫人。我是露丝·福尼耶嬷嬷。我是美国人。"

索朗热揉了揉她的额头。"是的,我想你是的。"她把报纸折起,放在一边,"她很聪明,你知道的。"

"罗比拉德小姐?"

"她没有医生。她手下的人里没有——反正不是我们那种医生。菲利普帮不了什么忙。我应该请迈克尔斯医生去给她看看。"

她突然转向露丝:"你看人有多残忍?多残忍啊?奥萨是萨凡纳最富有的法国人的妻子。可是今天早上,你看那些贵妇人在喝茶和吃烤面包时都是怎么笑她的!奥萨公主。'可怜的,可怜的奥萨公主。粗俗的印第安佬!'"她拂去额头上的一缕头发,"我亲爱的宝琳。当她到了奥萨的年纪时应该怎么办?她会不会不合拍,性情古怪,成为大家嘲弄的对象?还是说,我的女儿会有幸成为那些颐指气使的幸运儿之一?"

露丝告诉她的女主人:"瑟瑞斯嬷嬷说我们都需要爱。爱是一切的开始和结束。"

索朗热把额头埋进双手："瑟瑞斯嬷嬷！瑟瑞斯嬷嬷！好品味和好举止的源泉！哦，天哪。哦，天哪！"

"太太，还有什么——"

"宝琳不会做仆人的，露丝。她不会去照顾其他女人的孩子。她会嫁给一个有能力或者有前途的人。我的宝琳和，"索朗热温柔地抚摸着她的肚子，"这个小家伙将在他们的同龄人中快乐地生活，懂得文明带来的好处，救济那些不那么幸运的人。宝琳必须做她自己，但她又不能太引人注目——像可怜的奥萨一样，像我刚到达这些海岸时那样。人们会说：'可怜的女人！又一个"悲惨"的圣多明戈难民！'他们在我拿到钱之前一直在窃窃私语。"

"但是，夫人，你总是与众不同。"

索朗热用一个手势挥散了这句恭维话。"嬷嬷，我必须告诉你上流社会的规矩——不对，戒律。"她低下头，好像在祈祷。"要成为一个人，"她思考着措辞，"一个人必须首先表现得像一个人。奥萨的父亲是个君王。因此，他的举止、穿着和言语也像他那些野蛮的臣民所期望的那样。你明白吗？"

"我从来没见过君……我没见过这样的人，夫人。"

"啊，你见过。当韦斯利摇摇晃晃地下楼时，他看起来不像是一个君王，但在他外出去办事之前，他就会装扮成一个君王。哈弗沙姆先生——穿着他非常昂贵、非常朴素的黑色西装的时候——就是一位君主。而皮埃尔·罗比拉德，尽管他言行举止非常守旧——但他也是。他们是君王，因为他们符合我们对君王的认知。作为宝琳的老师，你必须注意那些区分年轻淑女和普通女人或者说,"她的脸颊抽动了一下,"妓女或荡妇的标志。这些区别非常重要。那些有教养的幸运儿是可以通过他们的言行举止来区分的。"

"'举止',太太?"尽管露丝不理解这是什么,但她会注意并服从的。

索朗热太精明了,她绝不会忽视一个明显的事实。一位显赫的棉花生产商,也是塞维耶父亲这边的堂兄,被发现死在他的办公室里。他把砒霜溶在一瓶上好的陈年波旁酒里,自杀了。他的中高档棉花卖四分钱一磅——如果有人买的话。一个完美无缺又听话的农场工,只要四百美元就可以买到,只有去年的价钱的一半。河岸上堆满了遗弃的棉花,就像许多正在腐烂的雪堆,高地的种植园主卖不出去,只好回家了。

也许是因为她不想去想那些雪堆,索朗热开始给宝琳(当她的娃娃或小猫不需要她注意时,她会倾听)和露丝读书。露丝被这本小小的礼仪书里自信的禁令给迷住了。

"淑女不谈论自己。只让别人赞美她。"

"如果她做了什么特别的事呢?"

"'通过询问,其他人可能就会了解我们的成就。'宝琳,你必须避免使用流行语。'你信我'就是个明显的流行语。'简而言之'总是预示着一通长篇大论。'不加吹嘘地说'肯定紧跟着一大堆自吹自擂。"

每逢冬日下雨,宝琳都待在家里,露丝就拿出礼仪书。

"如果一位女士听到了不雅的话,她必须立即打断,斥责说话者。如果不能阻止他,女士可以随时离开,保持她的尊严。如果不雅的内容仅仅是无礼的话,年轻女士的陪护也可以出面调解。"

诸如此类。

韦斯利和家人一起吃过了饭,期间对索朗热和宝琳很是温柔,但随后,他回到办公室睡觉,开玩笑说他的出现"把法警们都吓走了"。

露丝睡得很不好。太多雾气笼罩着这个家庭,还有太多灵魂的喧闹声。

索朗热不屈不挠地继续指导她们,好像好举止可以提高纺织厂为棉花支付的价格,并把棉花堆从长廊上拖走似的。"淑女必须变换她的着装,以免闲人把他们对她衣服的描述和她本人混淆,以此来取乐。在着装方面,社会总是对那些不急于追随时尚,却总能比地位更高的女人穿得更时髦的女人赞不绝口。"

"你是说她要穿得跟其他女人一样。"

"没错。'年轻女士的衣服必须在形式和装饰上适度,以免她的追求者断定她爱好奢华。'"

吃晚饭时,韦斯利说:"哈弗沙姆正在申请贷款。这不是他的主意。他就是费城的勤杂工。但无论如何这都是个他妈的耻辱。"

"美国银行不应该放贷吗?我的意思是,鼓励商业活动。"

韦斯利露出一个会意而苦涩的笑："六个月前，任何一个能在阳光下投下阴影的人都有资格申请贷款。'先生，你就需要这些吗？'一个人的好名声和信誉毫无意义。银行会资助那些愚笨的、欺骗老实人的家伙。现在银行想让那些蠢货还清欠款，但他们还不起，于是他们的灾难现在就变成了我们的灾难。"

第二天早上，索朗热解释了为什么未婚淑女不能吃太多："不能让别人觉得她胃口太大。"

"如果她饿了怎么办？"

"一个女孩也许有食欲。的确，她会有食欲，但她一定不能承认。追求者不认为体面的女孩应该有胃口，只有鲁莽的女孩才会纠正他们这种观点。"

索朗热认为，在这艰难时期，奥哈拉一家的繁荣就是一个客观的例子："审慎，露丝，是女士最有力的工具。"

宝琳没有多加注意，但露丝是一个积极的学生。她通常都是自己想办法解决问题，让别人来教她是一种难得的乐趣。

韦斯利新年的时候没有去粉红屋。

当索朗热告诉詹姆逊先生放弃建造工作时，他表示反对，说还有六十天就能完成了。

"我可以最后付你一笔账，"索朗热说，"但不会再有了。"

詹姆逊告诉她，阁楼的蓄水池虽然安装好了，但还没有用铅垂线校准过，护墙板也没有固定在中央大厅。环形楼梯没有栏杆和扶手，也没上清漆。总之，粉红屋还没完成。

索朗热笑了："如你所说，先生，但我们已经没有办法完成它了。"

詹姆逊先生气愤地开了口。他问她是否考虑过他召集的工人，像他一样的人也有家庭要养活。

"当情况好转时，你可以重新召集他们。"她说。

这次怀孕比索朗热第一次怀孕更加难受，春雨常常让她无法踏出家门。一个阴天，索朗热参观了粉红屋，工人们正在拆除脚手架，耶胡在一辆破旧的货车上堆放木材。阴郁笼罩着索朗热，她突然瘫倒在了一个钉子桶上，挣扎着想恢复清醒。

当她睁开眼睛时，耶胡站在她面前："您想要水吗，太太？我能做点什么？"

"不，不。"

"詹姆逊先生不会回来了。你要我叫韦斯利老爷来吗？"

"不，我没事。头晕，仅此而已。"

他扶她起来。她的背好疼。当这一切结束时，她会多么高兴啊。

耶胡清了清嗓子："我一直想和您谈谈，太太。关于那个女孩，露丝。"

"不是现在，"索朗热说，"现在不行。"

三天后，星期天的早晨，在教堂钟声的喧嚣声中，尼希米站在门廊前，手里拿着帽子，脸上带着索朗热从未见过的表情。他憋着一个他不想传达的消息。在他坦白后，他把索朗热扶进了家里。索朗热昏了过去。

从比他高出四十英尺的步道看,韦斯利就像一只死了的黑鸟,披着斗篷的翅膀张开在潮湿的鹅卵石上。一只撞上了窗户玻璃,又扑腾着摔到脚下的码头上的黑鸟。

"地太滑了,夫人。"尼希米为韦斯利的坠落辩解,"大家走路几乎都脚不沾地。地上都是湿的烂棉花和车轴润滑油。"

一堆毫无价值的东西杂乱地堆在人行道、楼梯、排水沟里,到处都是。河水咆哮着,把肮脏的污水溅到码头上。韦斯利从来没有这么安静过。周围安静地围着的人都不像韦斯利现在那么安静。韦斯利的活力去哪儿了?索朗热在自己身上画着十字。卫理公会教徒能上天堂吗?她从没想过。

"为什么会这样?"

"没人看见,太太。"

一个旁观者在步道上看见了索朗热和尼希米,于是圆圈散开,让这位新寡妇能看得更清楚。索朗热开始发抖,并在颤抖停止时感到由衷的感激。

"太太,您想?……"

这些楼梯,这些码头,她走过了多少次,却没有注意到海鸥的尖叫声有多么大、多么刺耳。索朗热松开扶手时,手阵阵发疼。

人们摘下帽子,低语着,窸窸窣窣地走到一边。韦斯利可怜的脑袋不自然地转了过来,头发已经垂到了眼睛上。他的脸颊躺在一摊黑色的液体上。

过了一会儿,尼希米拉住她的胳膊。露丝会怎么想?可怜的宝琳呢？还有，寡妇索朗热又是谁？她绝望地抓住尼希米体贴的手臂。

皮埃尔的新马车把索朗热、宝琳和露丝送到了卫理公会教堂。也许是在皮埃尔的指引下，他们经过了阿伯科恩街，菲利普·罗比拉德的前门上松软的绉纹徽章悼念着奥萨的死胎。那里没有天主教葬礼。有人说孩子已经被马斯科吉人埋了。

皮埃尔雇了棺材制造工，在葬礼开始前，分发了一些丧礼用品：女士戴黑色小手套，男士戴黑色手帕。前来悼念的有皮埃尔的朋友和商人，索朗热几乎不认识他们。长椅上，身穿黑衣的菲利普和奥萨靠在一起。奥哈拉一家站在教堂后方。

索朗热的思绪从祭坛上的鲜花，游移到牧师的天鹅绒长袍，再到蜂蜡蜡烛的香味。她无法想象明天会发生什么。韦斯利和索朗热：他们的现在已变成了过去。

在墓前，她给了宝琳一朵玫瑰，让她放在她父亲的棺材上，露丝在花丛中放了一件用蓝布包着的东西。索朗热把沙土撒到棺材上。

天空是西班牙苔藓的颜色。

回到皮埃尔的马车里，刚晒黑的皮革和牛脚油的臭味让索朗热感到恶心。她咽了口口水。她丧服上打结的黑色蕾丝像锚索一样延展在她鼓起的小腹上。

在皮埃尔的家里，她认识的和不认识的男人和女人拍着索朗热毫无血色的手，表示哀悼。她为什么要相信他们？他们的爱人还活着！至少奥哈拉兄弟没有提出要碰碰她："很抱歉给您添麻烦了，夫人。"

喝酒的人喝了酒，饿了的人排在自助餐台旁。菲利浦目瞪口呆：他对死胎的悲痛被取代了。有两个客人穿着全套丧服；其他人戴着丧服带，还有一些绅士在翻领上戴着哀悼徽章。安东尼娅·塞维耶拥抱了她。安东尼娅最近是不是失去了一个妹妹？那些来悼念她的韦斯利的人们就像层层叠叠的岬角，倾覆着心爱的人，坠入大海。尼希米给她的白兰地尝起来就像水。

露丝给宝琳喂着蛋糕，保护她不因为大人们动情的哀悼而哭泣。

索朗热的眼睛湿润了。

她该怎么办？怎么办？她总是这样。总得做什么。她总是会做些什么。

一切都模糊不清。她为什么看不透那该死的雾？

她抓住了皮埃尔·罗比拉德的胳膊："皮埃尔，亲爱的皮埃尔。你必须帮我。我必须把生意卖掉。"

他拍了拍她的手："好，亲爱的索朗热。"

"很快我就会需要钱。韦斯利走了……"

"可怜的韦斯利，我亲爱的，亲爱的朋友。"皮埃尔啜泣着，从袖子里掏出一块大号的手帕。索朗热伸出她那只空荡荡的手。

"皮埃尔。你必须帮我卖掉韦斯利的生意。"

"啊，亲爱的。哦，我亲爱的……"

索朗热克制住了安慰他的冲动。皮埃尔是那么无助。哈弗沙姆先生致以哀悼。他的妻子站在门口，等着他一起走。哈弗沙姆太太不是戴着哀悼胸针吗？一位最受欢迎的表亲？索朗热听到了一些什么……

哈弗沙姆先生面色如铁灰，他曾经丰满的脸颊像猎犬一样垂在颧骨上。他双眼通红，红得让人觉得那一定很疼。

"你能来真是太好了。"索朗热说。

他们走后，索朗热问皮埃尔："哈弗沙姆太太的表弟？"

"约翰·怀特莫尔，是的。约翰是杰克逊将军的志愿者之一。他的战伤……"

"我们都是哀悼者，这里的每个人都是……"

这一想法让皮埃尔又落下泪来。

"你亲爱的路易莎，还有宝贝的克拉拉。你一定很想念他们。"

"哦，是的！我太想她们了！"

"皮埃尔，我必须卖掉我们的房子。我要搬进粉红屋。"

"什么？"他擦了擦眼睛。

"我负担不起两套房子。"

"天哪。天哪，索朗热，但你的粉色房子还没完工！"

"水管没完工，但我活了一辈子都没有用到水管，不是还过得好好的。"

"卧室呢？"

"没完工，但是屋顶是新的，外部完整，门窗都安装好了。啊，我甚至有一个漂亮的桃花心木圆形楼梯。无论如何，有一部分……"

于是他们都为失去的爱人而哭泣,为甜蜜的梦想化为乌有而哭泣。

第二天一大早,尼希米就带着马车和奥哈拉家的人来了,帮索朗热搬到粉红屋里去。她、露丝和宝琳骑着拉着第一批货的马,宝琳在空荡荡的大房间里跑了个遍,把悲伤忘得一干二净。

奥哈拉家的人把沙发和助手安排在客厅里。这间未完工的客厅将是索朗热的卧室,露丝和宝琳将共用原本是韦斯利办公室的小房间。

"韦斯利老爷,他现在在笑,"露丝说,"看到宝琳和我在这里!"

"在笑!"索朗热愤怒了,"你这话是什么意思?"

"哦,韦斯利老爷喜欢把事情分开。他只在办公室里研究他的生意。现在我们也要在韦斯利老爷的生意里打鼾了。"露丝笑着说。

"你怎么知道韦斯利怎么——从前怎么想的?"

露丝走到一个被磕磕碰碰地抬进来的玻璃瓷柜前,心不在焉地回答说:"哦,我常和他说话。也和奥古斯丁老爷说话。""小心点!那个玻璃杯!"她对奥哈拉的人说,她的眼睛闪了一下,"他们关心你,太太。你的两个丈夫都在照顾你。"

索朗热感到眼角有一滴晶莹的泪水,以及预示着后续将有一阵剧烈头痛的寂静。她咽下这点苦涩。索朗热做出很高兴的样子。她说:"我们在这里会很快乐的。我卖掉另一套房子后,我们会过得很好的。"

露丝打破了咒语,带着她一贯的欢欣回答说:"是的,太太。我相信你会的。你一直都过得好,以后也会的。"她向奥哈拉家的男人们挥了挥手指:"小心点。那可不是你的东西,如果你搞砸了,你就没工钱了。"

索朗热熟悉的家具在大得多的房间里飘荡着,她的地毯像是黄松地板上的岛屿。她突然想,我们在这里会很快乐。这个想法不请自来,于是她眨了眨眼睛,命令奥哈拉的人把她的四柱床(她的床而不是他们的床)移到另一面墙边上。

露丝把宝琳带去睡午觉了。

过了一会儿,索朗热坐在那张床上,思绪互相追逐着。这时露丝心烦意乱地回来了。

"又怎么了?"

"夫人。你得到马车房来。请您过去。"

"但是……"

"有人想找你谈谈。在马车房等你。"

"待会儿,露丝。我需要休息。不管是谁,告诉他等会儿再来。"

"他不行!他要走了!"

索朗热看见两个闪着光的露丝并排站在一起,分开又重叠。她担心自己会呕吐。

"好吧。如果真这么重要的话。给我拿杯水来。"

露丝照吩咐去端水了,索朗热则去了马车房。空荡荡的门框晃动着。未洗过的窗户发出可怕的光。

耶胡·格伦在空荡荡的工作台上磨凿子。刮擦，打磨，刮擦，打磨，刮擦，打磨。他把油滴在石头上。

"你为什么在这里？詹姆逊先生没给你钱吗？"

突然，耶胡猛地转过身来，又猛地把帽子摘了下来："对不起，太太，我没听见您叫我。这些凿子是谢菲尔德的钢制凿子，得有人照管。"他抚摸着一根木杆。

索朗热想尖叫。她舔了舔干燥的嘴唇，说："你在这儿的活干完了。"

"是的，太太。你要是想把楼梯修完就叫我回来。只需要两个星期。"

"现在不行。"

"是的，太太，我知道。楼梯可以随时完工。你需要，我就来。"

"耶胡，我不舒服，你得走了。现在。"

"埃文斯太太，我不能走，我得告诉你我的提议。我已经等了一整天。"

"你的提议……它……它可以再等等。"

"不，太太，它不能再等了。我已经把马车装好，买了骡子，准备出发了。我昨天就准备好了。"

索朗热感到手背发凉。露丝端了水过来。她把玻璃杯举到嘴边，咽了口水。

"我买了詹姆逊先生不需要的木材。在查尔斯顿买胡桃木和樱桃木要花很多钱。"耶胡对这个惊人的事实摇了摇头,"詹姆逊先生的销售账单就在这里。"

索朗热看到他从背心口袋里拿出的一张纸上的字迹。她认出了詹姆逊先生的签名。

"关于埃文斯老爷,我很抱歉。他,"耶胡想找一个词,"他人很好。"

"是的。"

耶胡把帽子戴在头上,又把它摘了下来,好像他的手背叛了他似的。

露丝说:"耶胡……"

"我要娶露丝小姐。"

索朗热闭上了眼睛,但当她感到头晕时,又睁开了眼睛:"你想跳扫帚[1],但是露丝是我的仆人,而你是自由黑人,等你回到城里时,我们可以再解决这些困难。"

"我不会回来了。"随后,耶胡意气风发地说,"直到詹姆逊先生叫我来。非常漂亮的楼梯,夫人。只差两个星期。"

索朗热把空杯子递给露丝。"待会儿,"她说,"晚点再来。"

"我们不是要跳扫帚,夫人。我和露丝要在教堂结婚。站在大家面前。至死方休。"

"那是不可能的。露丝是我的……露丝是属于我的。"

他的眼神是那么热烈,那么坚定!耶胡的脸模糊了,但索朗

---

[1] "跳扫帚"指非正式结婚。

热能听到他的声音,仿佛从水下传来:"我手艺很好。"

索朗热傻傻地想:"哦,你的手艺很好。"

"但我不会说漂亮话。"

索朗热想:"确实。"

他说:"我可以买下露丝。我有钱。"

露丝在她身边小声说:"去吧,耶胡。给夫人看你的钱。"

露丝——她的露丝——仿佛只是一团形状,一团黑而模糊的形状。索朗热需要一个阴凉的地方。粉红屋的窗户没有窗帘。房子里没有能让她躺下的昏暗房间。"明天,我明天再考虑这个问题。"

"埃文斯太太,这几场雨下了以后河水也涨潮了,我要走了。不管露丝跟不跟我一起。露丝说我今天应该准备好钱。"

他从腰带上解开一个皮包,放在长凳上,仔细数了数十美元的纸币,还有八叠五美元的。他蹲下身去看每一堆一模一样的钞票,每堆都不多也不少。"去年可能还得给五百元,但现在价格下跌了,四百这个价格也挺公平了。就在昨天晚上,有个像露丝这样的女孩——虽然不那么迷人——在卖场卖了三百元。四百会更公平。"

索朗热低声说:"露丝?"

露丝使劲捏她的手:"您对我很好,夫人。我会想念您和宝琳的。我要走了。我想做耶胡·格伦太太。"

索朗热吼道:"但是谁来照顾我呢?"

你假装自己是谁，你就会变成谁

当日出给沼泽草地镀上一层金光时，一个身材魁梧的咖色皮肤男人和一个皮肤很黑的女人从古老的国王公路离开了萨凡纳。女人坐在一辆破旧马车里的工具箱上，一旁是奇长的樱桃木、胡桃木和桃花心木。男人则牵着一头年迈的骡子，骡子走得不情不愿。

露丝惊叹于春天的花朵，偷窥的小青蛙，呱呱叫的大青蛙，还有那些在蒲公英和燕麦草上飞来飞去的鸟儿。露丝知道它们的感受，因为这和她自己的感受如出一辙！

国王公路不适合国王通行，它是一条狭窄的沙道，中间点缀着贝壳，小溪流过的地方铺着木板或原木。有时，耶胡不得不卷起裤腿，拖着那头嘶嘶叫的骡子涉水而行。

他们移到路的边缘让步，来的是几辆马车，还有几位骑手，以及由二十二名黑人组成的一队奴隶，他们排成一列纵队，拴在奴隶投机商后面。投机商打着瞌睡，被车夫叫醒了。车夫是个壮硕的黑人，长鞭放在肩膀上。黑人们没有看到露丝和耶胡，也没有看到沼泽鸟或蒲草。他们只看见了投机商的马摇晃着臀部，还有自己前面那个黑人的背影。他们的脚在沙子里唰唰作响，链子叮叮当当，有人的呼吸声响亮而急促，还有人在呜咽。

他们经过后，春光似乎也消失了，露丝好一阵子没看四周。她听到了他们的骡子那咚咚的蹄声和未上油的车轴发出的令人厌烦、毫无变化的吱吱声。天空已经变得灰暗，沼泽一路延伸到平坦的地平线处，飞鸟正在杀戮和吞食一切它们能吃到的生物。露丝打了个寒战，裹紧了她的披肩。

他们一直走到黄昏才停下来，分享了一块面包和一大块硬奶酪。耶胡解开了骡子的缰绳，捆住它的双腿，随后二人便在马车下睡下了。耶胡太累了，说不动话，而露丝则是因为太过害怕。一句话说错了，任何事情都有可能发生！任何事！她搂着耶胡的背，把膝盖贴在他背部的凹处，睡着了。

第二天中午，两位旅行者来到了皇家港湾的宽阔地带。远处的一个点最终变成了黄色三角帆下的一艘渡船。摆渡人在船头的椅子上对两个打着赤膊的黑人大喊，他们撕破的裤子对庄重的着装嗤之以鼻。摆渡人把一根樱桃梗吐到水里，舵手松开船舵，把船固定在浮动船坞上。

船长迅捷地上岸要求出示证件。"去年给我抓住了四个想逃的。"他用手指抚摸着耶胡的解放证书。"抓到能干活的赏五十，家奴三十，她的小崽子二十。当然，"那人阴郁地承认，"我得和捕奴人分，但总归还是赚来的钱。没有人想要那个逃跑的老黑奴，所以他就死在我手上了。奴隶逃跑的时候要谨慎，免得被抓回去后主人不要他们了。姑娘,你也被解放了?"

他端详着露丝的卖身契。"呵。你现在也是个主人了?耶胡·格伦老爷?"摆渡人咯咯地笑起来,"这里是抓逃跑黑鬼的好地方。一百英里内唯一能穿越皇家港湾的地方,除非你能像鱼一样游过去。"他对这句熟悉的话语很满意,又重复道:"像鱼一样!"

耶胡脸上风平浪静,但他的眼睛始终没有离开船长拿着那些珍贵文件的手,它们证明了他和露丝在这个无情的世界上到底是谁。最后,摆渡人漫不经心地把它们卷起来,推回给耶胡。耶胡把每张纸都按照原来的折痕重新折好,一张张叠起放进他的油皮钱包,然后把钱包塞回他皮背心的内袋里,紧挨着他跳动的心脏。他说:"我和小姐需要您载上一程,老爷。您收多少钱?"

船长摸了摸下巴,考虑着:"每人十美分。你的马车和骡子算两个位子。"

"大人,那可是半天的工资。"

那人笑了笑:"我说过了。距离下一个渡口还有百里呢。"

一个红发牲畜贩带着二十头黑黝黝的阿利夏牛从萨凡纳方向走来,身后跟着一阵扬起的尘土。

船长熟稔地跟牲畜贩打着招呼。"今天挺平静的,汤姆。"他说,"不像上次。"

"老爷……"耶胡说。

"我送完老汤姆就回来找你们。"他笑着说,"只要你能付我四十五美分。"

"哦,我有钱。老爷,只是船上现在还有很多空位……"

船长咯咯地笑了起来。"是啊,是啊。但这些该死的埃尔郡乳牛需要特——殊——照——顾。"他哈哈大笑,但红发牲畜商似乎很尴尬。

牛儿们低下头,好像对光滑的木地板很不满意,但架不住牲畜商举着鞭子东抽西抽,它们很快就上了船。

帆旋转着,被风刮来刮去,年轻的黑人从船柱上翻下系船索,小跑着来到船舵边,两人都等到水流掠过船只,才咕噜咕噜地转起船舵设定航向。

渡船渐行渐远,耶胡靠在马车上歇息。露丝把手搭到他的肩膀上,耶胡说:"让我歇会儿。"

他们分享了一片面包。他们让骡子出来吃草。他们等待着太阳向萨凡纳进军,再浸入沼泽地里。一大群蚊子不知从哪里冒出来。叫声尖锐的沼泽鸟正大快朵颐。

一辆载着黑衣车夫和一个女人的双轮单座轻马车出现了。露丝猜想他是个牧师。车夫一直没有说话,而当女人说话时,她则把身子前倾,低声细语。也许,露丝想,他不是传教士。也许他们在逃跑!这个想法让她很高兴。一个衣着破旧的农夫牵着两头用绳子拴好的小猪走了过来。农夫靠在牧师的马车上,这两个白人开始交谈。

当渡船接近他们的岸边时,耶胡随意地投去了一个眼神,看看有没有可能取代他们的旅客,但他没有对露丝说什么。虽然露丝自己也观察了一会儿，但她也没有说什么。摆渡人咬了咬耶胡的银币，然后把他们领上船，就跟在牧师、农夫和他的小猪后面。风很轻，船漂了好一阵子，三角帆才灌满。

耶胡和那些衣衫褴褛的黑人一起待在船尾。一个年长一点的人对耶胡说的话咯咯地笑了起来。传教士和那个女人交谈着。一只猪崽打着鼻息，哼哼唧唧地叫着。年轻的黑人掌舵，老者搂着膝盖打瞌睡。西岸变成了平坦的一条线，而东岸则慢慢清晰起来。

当他们的马车吱吱呀呀地驶上干地时，太阳看上去就像一条黄色的带子。"你现在到卡罗来纳州了。"耶胡说。

"和佐治亚州一样。"露丝说。一样的棕榈树，一样的活橡树，一样的沙土，一样的发蔫的苔藓。

在一座低矮的建筑里，烛火透过贝点旅馆的窗户闪闪发光。传教士把他的衣服交给一个黑人男孩，然后把女人送进屋里。农夫带着小猪蹒跚着上路。耶胡绕到后面，厨子说他们可以花十美分睡在谷仓里，再加上五美分的饲料钱。两美分可以买一碗火腿和豆子。他们把碗放在中间，一人一勺地分享着。最后一口，耶胡让露丝吃了。

厨子打开厨房门的时候，一只夜鹰在灯火映照中扑了过来。一阵锅子的哗啦声。有人在里面说着什么。

耶胡解开骡子的缰绳，把它赶到有干草和水的地方。昏暗的光线从没有裂缝的木头之间透出来。骡子对着水桶喷着鼻息。

没有迹象表明以前曾有黑人在这里睡过，但这也没什么。黑人们没法拥有什么能留在这里的东西。耶胡把他的工具和工具箱搬进了马厩。他把他们的毯子铺在从马槽里滚出来的干草上。他脱下衬衫。在微弱的灯光下，他的皮肤像湿润的钢铁一样闪闪发光。

耶胡看着露丝："你现在是我的了。我想对你做什么就做什么。"

她迎向他的笑容。

她说："哦，老爷。别这么对我！我从前从来没有了解过男人。"

当他的手解开她的衣服时，她说："哦，老爷。"

当他进入她时，她说："是，老爷。"

查尔斯顿就像萨凡纳，但它更富裕，更繁忙，更黑暗。这座城市横亘在阿什利河和库珀河交汇处的狭窄半岛上，船只在这里停靠、出坞、扬帆、起浪，做着所有大船和小船应该做的事情。查尔斯顿的城镇房屋比萨凡纳的大，但是，除了白点之外，查尔斯顿没有其他有用的公共公园或广场。主干道由北向南延伸，位于半岛顶端的白点几乎是查尔斯顿唯一白人多于黑人的地方，因为黑人被禁止入内。查尔斯顿的白人老爷比萨凡纳的老爷更嚣张，藤条或长鞭也用得更熟练。

明事理的白人奴隶主可以把不听话的仆人送到劳改所受鞭打。由于工场以前是糖库，所以他们被送去"拿点糖"。

耶胡卖掉了他的木材、马车和骡子，在安森街附近一个米厂的仓库后面租了一个两间房的棚子。每个房间里都有一扇没有玻璃或百叶窗的窗户能让微风吹进来。一天中最热的时候,屋顶正好被树荫笼罩。露丝让耶胡把鞋脱在木地板外面。她已经把木地板擦洗得像玻璃一般光滑,像漂过一样洁白。她把门框和窗台刷成蓝色,这样鬼魂就过不来了。她还挂上橡树苔、黄酸模和鬼臼果来增添空气的香味(并使耶胡的心思集中在这香味代表的女人身上)。日落时分,当微风从河面上吹来时,他们吃着米饭、豆子或炒青菜,有时还加点咸猪肉。耶胡喜欢喝杯威士忌,只喝一杯,但露丝从没喝过。这本是个能让他们说点话的机会,可两人并没有说太多。

耶胡的工作多到做不完。他建造的楼梯和橱柜为他赢得了声誉,虽然他的顾客都夸赞耶胡是"英国人的学徒"。

耶胡把他的大部分资本都花在了买露丝上。有时他在想,自己是不是应该少出点钱。

"我对你来说值多少钱?"

"我没这个意思。钱能生钱,如果你用得好的话。"

"我从来没见过钱做什么事。这十美分,它就躺在那里。十美分,快起来扫我的地。你不起来?你不扫吗?我想我得自己扫地了。"

"资本,"耶胡讲道,"让人自由。有了足够的钱,我们每天晚上都能吃肉。是钱租给了你这个地方。"

她傻笑着爬到他的腿上:"我来了。"

露丝在市场的一个摊位上找了一份卖农产品的工作。她忘记了童年学过的语言,却没有忘记如何去讨价还价。

当她把自己的微薄收入交给耶胡时，耶胡说："我们都假装你是耶胡的奴隶，但到底谁是谁的奴隶，我们都心知肚明，不是吗，姑娘？"

查尔斯顿大多数浅色皮肤的自由黑人都在圣菲利普圣公会与白人一起做礼拜。他们的布朗会入会费是五十美元，同时还要交纳后续的会费。有些人拥有奴隶，少数富有的布朗人则拥有十几个奴隶。

像大多数黑人一样，耶胡和露丝定期前往北端牛巷的非洲卫理公会圣公会教堂。那是一幢新的大建筑，里里外外都粉刷一新；你可不想把你星期天最好的衣服蹭到任何一面墙上，因为绿色的木材还在透过白墙漏出松脂。长椅没有后背，讲台也没有装饰，但耶胡·格伦用最好的樱桃木做了前门，传道人莫里斯·布朗牧师会用一把大铁钥匙打开或锁住它。

布朗牧师在听从主的召唤，北上费城接受指示被授予圣职之前，一直是一个自由黑人靴匠。布朗的教会欣欣向荣，见证了许多场婚礼、葬礼和祝福仪式，还为不能读经的仆人开设了圣经研究班，为他们的孩子们开办主日学校。

非洲教会由自由黑人和著名的手艺人建立，它证明了黑人完全可以通过今世的进步，在来世获得平等。

非洲教会是低地地区唯一一个黑人可以在没有白人在场的情况下聚会的地方，也是唯一一扇他们可以锁上的门。布朗社和牛巷教会是这座两万三千人的繁华港口城市中黑人社会的两极。

露丝的教会朋友珍珠开玩笑说："你有你想拥有的，我也有我想拥有的。"这话有一定的道理。珍珠的小脸藏在她的手帕下，她像个男孩一样，身材上下平直。她出生在拉瓦内尔种植园，"那时候他们还在种槐蓝植物。那时候还没有稻谷，你知道"。这个家仆的女儿最终自己也成了家仆。"拉瓦内尔太太，她不喜欢镇上。"珍珠告诉露丝，"但拉瓦内尔上校喜欢。所以我们主要到城里去。拉瓦内尔上校的马很出名！"

拉瓦内尔夫人需要一位嬷嬷来照顾她小佩妮，但她不想买："如果嬷嬷不好怎么办？好嬷嬷可不是每天都会出现在奴隶市场的。如果夫人买来的嬷嬷说她什么都能做，却什么都做不了，那夫人怎么办？得把她卖掉，还有，佩妮小姐怎么办？"

"你为什么不当嬷嬷？"

"因为我不喜欢小孩。小孩烦死了！"

"为什么和我说这个？"

"因为拉瓦内尔夫人，她想雇个嬷嬷。她可以炒任何不够格的嬷嬷鱿鱼，这比卖掉一个嬷嬷省事多了。你之前不是当过嬷嬷吗？"

露丝笑了："在我成为格伦夫人之前，我是露丝嬷嬷。"

"你还不是格伦夫人。"珍珠笑着说，"你还活在罪中。"

"只是暂时不是。"露丝纠正道。

弗朗西丝·拉瓦内尔在珍珠的推荐下雇了露丝。佩内洛普（佩妮）·拉瓦内尔当时只有两岁，而且"很麻烦"，但露丝很喜欢这个孩子。"你和我没有什么不同，亲爱的。除了我们自己，我们谁的话也不听。"露丝告诉她。这句话虽然对露丝来说不是真的，但对佩妮小姐来说却无比真实。

耶胡对露丝的新工作并不完全满意:"你又成了仆人!"

"你每天工作都能赚两美元。拉瓦内尔夫人付给我五十美分。要是我们一直像之前那样吃饭,付房租,不买威士忌也不买烟……"她停了一下。

"继续啊。"

"我们可以靠我的工资过日子,你的工资可以当资本。"

"那教堂呢?"

"每个星期天收五美分。"

"让我想想。"

露丝知道他把该想的都已经想好了。

拉瓦内尔上校曾在安德鲁·杰克逊麾下参加过马蹄湾战役,虽然杰克上校从不韬光养晦,但他也不曾以此自夸。大多数低地的种植园主都躲过了战争,作为少数几个低地的英雄之一,杰克曾被邀请参加立法机构的竞选。

他一笑置之:"你不会想要一个和我一样懂马的参议员的。他可能会就这么骑着马飞驰而去的。"

当贝内特州长亲自提出请求时,杰克上校对他说:"我们像在肉铺杀猪一样宰了那些印第安人。我不认为屠杀使我有资格制定法律。"

杰克的妻子弗朗西丝经常主动缓和上校的情绪和口吻,所以詹姆斯·佩蒂格鲁说:"太可惜了,弗朗西丝不能代替杰克参加立法机构的竞选。"他这句话成功地打了个圆场。

杰克的拒绝和他对"肉铺"的蔑视侵蚀了他的英雄主义所带来的善意,他再也没有被要求参加竞选。

但杰克并不在意,他最开心的还是骑马、训马、赌马、买马或赛马,有人说:"杰克·拉瓦内尔唯一喜欢的人类就是他的妻子。"还有人说:"杰克很幸运,他的妻子是弗朗西丝。"

弗朗西丝是那种幸运的人,她可以披上尊严,也可以把它丢掉,就像她换帽子一样容易。她在圣菲利普家或海湾街长廊上的完美举止,都在丈夫粗鲁的、溺爱的笑话中化为少女的笑声,她会在仆人们不注意时,允许杰克狡黠地爱抚她。

露丝给耶胡喂了两个鸡蛋、燕麦粥和昨天剩的一点面包后,走到拉瓦内尔镇的房子里去给小佩妮小姐穿衣服、喂饭。中午,趁着孩子午睡,露丝就给耶胡送来餐篮。在香喷喷的刨花和刺鼻的蹄胶味中,耶胡吃着他的奶酪和苹果,而露丝却在想,上帝怎会如此祝福她。

有一天,当耶胡擦了擦嘴,拿起他的工具时,露丝告诉他,孩子出生时,她想成为一个已婚妇女。

"为什么……"耶胡说,"我……孩子?"他一把抱起露丝,但只搂住了躯干,避开她的宝贝肚皮。

耶胡请丹麦·维西在婚礼上为他们站台。几十年前,丹麦曾是维西船长的船舱男孩(有人在私下里说,这个英俊的男孩可不止如此),但维西把他卖给了一个圣多明戈的种植园主。到达种植园后,这个男孩身上爆发了"坠落病":打滚、咆哮、吐沫、吐痰、猛烈地咬人。种植园主实在受不了了,将他送回船上,并要求全额退款。

尽管有这段不吉利的插曲,男孩还是重新获得了船长的信任,学会了阅读,最终成了船长的办事员。船长退役后,在东湾建了一家船用杂货店,丹麦·维西便开始履行白人经理的职责。"一八八四年,"耶胡兴致勃勃地说道,"一八八四,上帝告诉了丹麦中奖的彩票号码。姑娘,你知道丹麦赢了多少钱吗?"

听过这个故事的露丝乖乖地问:"他赢了多少钱?"

"一千五百美元。"

"有这么多?"

"丹麦给自己赎了身。没有人可以操纵丹麦·维西了。丹麦·维西让他自己自由了。"

"维西的妻子,苏珊,她自由了吗?他的孩子们呢?"

"丹麦可以住在任何地方,"耶胡说,"世界上的任何地方。去利比里亚、海地或加拿大……可以离开低地,去费城。费城没有奴隶。"

"他妻子和孩子也去吗?"

"不,他们不去。丹麦不会走,因为他不想走。他们一家都不会走,因为他们不能走!"

这位高大、黝黑的六十岁木匠每周二和周五晚上都在家里讲授圣经研究。

牛巷教堂的受命传道人莫里斯·布朗牧师,和耶胡一样有着棕色皮肤。梳在他的光头后面的头发就算在没有风的时候也直立着。布朗有点耳聋,有时他虽然礼貌地点了头,但其实他根本没听到别人说了什么。布朗那双温和的基督徒的眼睛总是在盯着充满爱意的新约,而维西,布朗的非官方同行,却很少偏离更加严厉的旧约。

奴隶主们,哪怕是那些不信任任何黑人聚会的保守的主人,都觉得布朗没有威胁性,并且作为基督徒,他们也希望能在天堂见到这位传道人和他们的其他仆人,在那里奴隶主们可能会需要他们。

满面笑容的布朗牧师为耶胡·格伦夫妇主持了婚礼,在他的会众面前,请求上帝保佑他们的结合。露丝从未想过自己会如此幸福。她觉得自己像羽毛一样轻飘飘的。

露丝的蓝色直筒连衣裙很宽松,这样她的肚子就不会在她结婚之前就那么明显,而耶胡穿着一件杰克上校不要的花纹礼服和一顶被马踩过的礼帽,很有楼梯建造大师的风范。露丝用拉瓦内尔夫人给她的婚礼钱给耶胡买了条白色亚麻围巾。

在她身旁的祭坛上,珍珠紧紧攥着耶胡用一枚西班牙银币铸成的结婚戒指。丹麦·维西像歌利亚[1]一样站在耶胡一边。珍珠把戒指递给耶胡,耶胡把戒指戴在露丝的手指上后(太重了!),布朗牧师宣布他们完婚,耶胡可以亲吻露丝了。耶胡亲了她后,丹麦·维西说:"这个男人和他的妻子,他们是一体的,上帝希望他们保持一体。无论是黑人、自由黑人,还是奴隶主,都不能拆散他们。"

---

1 《圣经》中著名的巨人。

布朗牧师并不是唯一一个给丹麦·维西空间的成年男人。这人的灰发被剪得很短，但他的体型和满脸的灰色胡子使他看起来就像亚伯拉罕或扫罗王，或者《圣经》里的其他统治者。当维西走近时，一些白人会径直穿过街道，而不是为他让路。

当格伦先生和夫人从过道上走下时，伏都教徒古拉·杰克拍着手，围着他们跳舞，喊道："上帝让他们合二为一。神灵保佑他们的结合。神灵浇灌爱的结晶！"

夫妻俩停了下来，古拉·杰克晃着他的脑袋瓜。他对着露丝晃了晃头，眼睛一亮："你是谁，女人？你是谁的？"

露丝紧紧抓住耶胡的胳膊："我现在是他的。你没听说吗？"

露丝仿佛回答了一个他不曾提出过的问题似的，古拉·杰克仍旧直勾勾地盯着她，直到乡亲们都开始不安起来。布朗牧师说："杰克！够了！"

杰克突然说："女人，你知道我在说什么吗！你和神灵都知道。"然后他呼啸而去。

耶胡捏着露丝的手，准备把她带回家。

维西在他们的耳边小声说："古拉·杰克，他有能力，但没什么判断力。"

耶胡和露丝笑了。维西拍了拍耶胡的肩膀，用全场人都能听到的音量说："你结交了个好人。耶胡，他的棕皮肤足够让他加入布朗会，但耶胡，他本质上和我一样黑。"

他的目光掠过他的听众们："布朗会的人，他们可失去的东西太多了。"

露丝说:"丹麦,你为什么要在我的婚礼上讲这些?"

丹麦发出大男人粗犷的笑声,但并没有持续多久:"棕色皮肤的人希望融入白人社会。遵从白人的习俗,参与白人的生意,和白人一起去圣菲利普教堂。他们都在阁楼里——所有的黑人都是——但我的天哪,为什么要大惊小怪呢?为什么要反对他们结婚,证明他们对耶稣的爱呢?他们也不反对拥有几个黑人。因为他们拥有的是黑人,不是棕色皮肤的人。棕色皮肤的人总有一天会褪去这暗沉的肤色,变得像雪一样白。"

耶胡对这个人说的一切都点头称是,于是露丝用力捅了捅他的手臂,提醒他为什么他们要来这里。从余光中,露丝看到布朗牧师几乎像溜走一样离开了。

于是她离开了丈夫和他的朋友们,来到她的女性朋友珍珠面前,珍珠(小心翼翼地)拥抱了她,夸露丝是有史以来最美丽的新娘,露丝笑了,因为她知道这是真的。

珍珠把露丝介绍给了托马斯·波诺,这人的脸和手已经被海盐和天气磨得粗糙。他露出闪闪发光的笑容。

"我以前在市场上见过你。你就是那个渔夫!"

"主要是捕牡蛎,但我的确也知道扁鱼喜欢藏在哪里。我也见过你,露丝小姐。很难忽视你这样的女孩。"

"托马斯!"珍珠警告道,然后咯咯地笑起来,"托马斯装得很不羁,但实际上可温顺了。"

"你是唯一一个驯服了我的人。"托马斯保证道。

珍珠说:"看看你,格伦夫人。你现在是这样的身份了。"

"我一直都是露丝。我不记得我从前是谁了。"

丝丝缕缕的云彩点缀着阴沉的天空,黑人们在牛巷教堂外的院子里吃着点心。格伦先生和夫人坐在托马斯·波诺和珍珠身旁的凳子上。

"耶胡,"露丝低声说,"我觉得自己是那么重要。好像我是个女王什么的。"

"托马斯,你不打算介绍介绍我吗?"

这个粗犷的男孩比露丝小一岁左右。他有着棕色的皮肤,非常俊美。

"这孩子叫赫拉克勒斯。他总觉得自己是个骑手。"

"'觉得',渔夫?"男孩怀疑地挑了挑眉,嘴角露出一丝微笑,"总有一天我会赢得赛马会的赌注,你看好了!"

"我只看到有个黑鬼把自己看得太高了。"

"那是当然。那是当然!姑娘,现在我们已经正式认识了,我建议你不要再和那个木匠结婚了,跟我走吧。去北方寻找我们的财富。"

露丝忍不住笑起来:"我今天刚结婚!你不觉得我可以多保持一会儿已婚身份吗?"

"我给你一个星期的时间。"赫拉克勒斯朝空中竖起一根手指,"到时候我来接你!"

黑人们穿着熨烫得一尘不染的礼拜服,祝贺这对年轻人以基督教的方式建立家庭,祈祷这对夫妇能有好运,他们的孩子能活过婴儿期，不被卖掉，以安慰他们的晚年。这就是他们的单纯和智识为耶胡和露丝·格伦许下的愿望；他们祈求上帝会眷顾他们。

有时，当布朗牧师在牛巷教堂后面坐着讲耶稣的爱和大忍耐，以及即将到来的永生的奖赏时，守夜的官员们就坐在牛巷教堂后面。但没有白人来参加丹麦·维西的圣经研究班。

耶胡和露丝结婚三周后，珍珠跟着她的朋友走出了丹麦·维西在牛街的住处。露丝用手给自己扇着风，说："查尔斯顿难道就没有凉快过吗？我都能把这空气切成布丁了。"

"亲爱的，天不热。是你自己的原因。"

"嗯哼。要是我没有……这该死的天，热得我都没法思考了！"

"房子里的确很热。"

"他一直在说什么摩西[1]。摩西！摩西！摩西！上帝，我真希望我会识字！那个老摩西跟黑人有什么关系？天主教徒有玛利亚照拂，伏都教徒也有神灵照拂。为什么他要去信摩西，一天到晚都念着摩西！"

"丹麦是个好牧师。"

"哦，他是。但有时我在想，他为什么不买下他的妻子，然后把全家带到北方去？为什么他不多为他家人着想？我想他除了摩西，什么也不关心！"

---

[1] 摩西是《圣经》中以色列人的民族领袖，他带领以色列人摆脱了埃及人的奴役。

珍珠转移了话题："孩子什么时候出生？"

"等这姑娘想被生出来的时候！你什么时候结婚？"

"姑娘？"

"姑娘。你和托马斯什么时候结婚？"

"只要托马斯攒了够钱买下我就行。拉瓦内尔夫人愿意用两百块的价格放我走。"

"两百美元？"

"她本来又说她会亲自放了我，不要钱，但是杰克上校，他的米没挑干净，卖了个很差的价钱，然后他又去给自己买了一匹快马，花了不少钱。"

"拉瓦内尔夫人是个好人。"

"上校也不坏，"珍珠坦言，"除了在他喝酒的时候。当太太不在家而杰克上校又在喝酒时，我就在门闩下放一把椅子垫着。弗朗西丝小姐对他动手动脚的时候，我每次都想笑。战争英雄，步兵上校，被那个姑娘上下其手。杰克上校像个小男孩一样低着头。我们回屋去吧。老摩西伤害不了任何人。他已经死了很久了。"

露丝说："我想到了那些埃及人。他们和摩西的子民没什么不同。也许有些人和摩西的女人上了床，也许有些以色列人和法老的女人上了床。但死神让法老的心变硬了，所以法老不能让摩西的人走。他不能，因为上帝不允许！上帝让法老的心变硬，又派蝗虫和瘟疫来，最后把埃及人的长子们和法老的儿子都杀了。于是心痛的法老放走了摩西。法老很高兴能摆脱他们。但是上帝又让法老的心硬了起来，派兵追赶他们。他们就一直跑，直到来到被摩西一分为二的那片海域。一边是水墙，另一边还是水墙。将军他说'前进'！手下就听从了。所以他们在两面水墙之间奋力前进，尽管他们的马很害怕，还打着响鼻。我本来应该为以色列人平安到达另一边而高兴。但有时候，珍珠，我的感受就和那些埃及人一样。就像那些水墙会冲向我一样。"[1]

"你害怕生孩子。"

"是啊，从来没生过。"

"我也没有。但如果女人不生孩子，你和我就不会呼吸到这空气了，这厚重到能做个布丁的空气。"

露丝哈哈大笑，于是他们又回到了圣经研究室，面对丹麦·维西，还有摩西。

与大多数查尔斯顿的上层人士不同，拉瓦内尔夫妇整个夏天都待在闷热的查尔斯顿，不过，杰克采取了常识性的预防措施。从太阳落山到日出，他都从来不踏入他的种植园。每个人都知道黄热病总在夜间肆虐。

拉瓦内尔家里有一个厨子，但没有管家和马车夫，弗朗西丝的年轻朋友埃莉诺·鲍德温·珀伊尔劝弗朗西丝多买些仆人。"哎呀，"埃莉诺说，"你这样怎么有空娱乐呢？"

年轻的珀伊尔夫人坚信她继承的财富并不是造物主青睐的

---

[1] 故事出自《圣经·出埃及记》。摩西带领以色列人来到红海，用牧羊杖将红海一分为二，于是以色列人都安全地过去了。但当埃及人追上来时，摩西又让红海合上了，吞没了前来追捕以色列人的埃及人。

标志。这是他赞赏的证明。

"娱乐？"弗朗西丝叹了口气，"我们经常在赛马俱乐部度过周六，远比我希望的要多。亲爱的埃莉诺，一匹快马的成本远远高于雇佣一位骑师。"

埃莉诺的丈夫卡瑟卡特写诗，《查尔斯顿信使报》曾发表过几首他给妻子的颂歌（他颇具品位地把妻子塑造成了希腊罗马女神）。这些诗让埃莉诺脸红，她"几乎连看都不看一眼"，尽管她能背诵任何一首。

卡瑟卡特有时会戴着鲜艳的紫色围巾出现，他对自己量身定做的查尔斯顿游骑兵民兵制服非常自豪，每次社交聚会都穿着它。珀伊尔夫人——虽然目前还没有孩子——对养育孩子颇有洞见，当仆人把佩妮小姐带进休息室逗拉瓦内尔夫人的朋友们开心时，她向露丝分享了她的心得。露丝点头笑着："是的，珀伊尔太太。"

埃莉诺小姐发表完一番激情四射的结论后，终于离开了，尽管弗朗西丝说："亲爱的埃莉诺，我们难道这么快就没法享受你的陪伴了吗？"弗朗西丝把门关上后，露丝靠在门上，叹了口气："我必须提醒自己：埃莉诺本意是好的。"

露丝控制不住自己的笑声，这笑声感染了佩妮，然后又感染了她的母亲，三个人笑得手都拍到了嘴边。

一月份，稻谷卖完以后，种植园给黑奴们发放了一年的衣物配给，又让他们享受了一天的圣诞狂欢。他们的主人来到城里，参加美国最欢乐的社交季节。赛马俱乐部和圣塞西莉亚协会的舞会被大人物们的夜宴所包围，有时在同一个晚上会有两三场同时进行。阴谋、重燃的争斗、威士忌和低级趣味的流言蜚语，很容易成为关乎荣誉的事件。除了星期天之外，每天都有赛马，"毁人不倦"的赌局也自然是少不了的。

耶胡发愁了。那些能负担得起他工资的人都在聚会。他们家中客人来来往往，忙得不可开交，没有哪个大人物会欢迎一个工人必要的打扰。在牺牲了一些尊严后，耶胡找到了一份日间工作，在阿什利河码头上卸木材，工资和"在城里"差不多，每天五十美分。

那位虚弱的米德尔顿木匠，槐蓝植物种植者和参加过革命战争的爱国者很少离开他国王街上的房子。二月下旬，在种植户们回到种植园进行春耕后，他雇了耶胡来更换房子的椅栏和护墙板。

露丝身子太重了，对她来说，把耶胡的饭桶送到巴特勒家已经是件很辛苦的事，弗朗西丝·拉瓦内尔建议耶胡在孩子出生前可以自己带饭。

"可是，太太，"露丝说，"我喜欢看他吃饭。"

就在那个星期六的晚上，耶胡刚回家，露丝正在摆放他们星期天礼拜的衣服。突然，她弯着腰，呻吟着说："宝宝要来了。"

耶胡一直在想着今晚要在牛巷教堂演讲的费城传道人。他眨了眨眼，打量着妻子。露丝浑身湿漉漉的，像把自己尿湿了一样。"噢。"耶胡说。但他很快跑到街上叫了一辆马车，不一会儿，耶胡·格伦就敲响了拉瓦内尔家厨房的门。头顶的百叶窗打开了，珍珠探出头来。当她看到是谁的时候,她拍了拍手,嗒嗒地走下楼去。耶胡把露丝抱上楼,放到珍珠的床上。

"把破布放下来,让我躺在上面。"露丝低声说,"我羊水破了。"

"别担心,亲爱的,"珍珠说,"我们有肥皂。"

弗朗西丝小姐派耶胡去巴特勒家找接生婆多莉(也有人说她是伏都女祭司)。在马车上,耶胡想了一些他想问的问题,但多莉敏捷的动作让他最终还是没有问出来。

珍珠的小房间里挤满了女人,她们把这位楼梯建造大师当成一件笨重的、不必要的家具。

珍珠说:"你站在这里干什么?你想在你女人号叫的时候碍手碍脚的吗?"

露丝说:"耶胡,去参加你的教堂礼拜吧,你一直想去的。我没事。有弗朗西丝小姐、珍珠和多莉照顾我。"

耶胡本想留下来,但当他离开那间满是女人的房间时,他感到非常自由。

露丝的脸颊和额头上闪着汗水。多莉把嘴靠近露丝的耳朵:"你能看到东西,对吗?"

"有时候。"她喘息着说。

"有时候我也能看到他们。宝宝会没事的。"

"我相信你。但我怕。"

"当然。谁都怕。"

所有的女人都在祈祷,虽然弗朗西丝·拉瓦内尔不太确定她和这些黑人女人们是否在对着同一个神灵祈祷。她们等待着。拉瓦内尔太太织着她的刺绣篮子,珍珠注视着那枚细细的缝衣针每一次的上下翻飞。珍珠希望自己的手指不要那么粗,她觉得只有白人女士的巧手才能缝出细密的针脚。拉瓦内尔太太只是微笑。

当黎明前单调的灰色光线从小窗渗入时,女人们给露丝洗了澡,在她的腹部和疼痛的乳房上擦了油,给她盖上干净的、打了补丁的亚麻布单。多数时候,她们聊的是市场上的多种多样的时令农产品和鱼的品质。但有时她们的对话也会偏离安全的话题。珍珠不太谨慎地提到了那场可怕的事故:"就在会议街,那个星期六晚上,那么晚,差点就不是星期六,而是安息日的早晨了!"当时,醉醺醺的年轻奴隶主威廉·比驾着马踩到了他的贴身仆人赫克托尔。

"可怕的悲剧。"拉瓦内尔小姐把这件事归入"天灾",这反应比珍珠想得还要快。珍珠的强烈意见还没有表达出来。

她们扶着蹲在夜壶上的露丝,之后珍珠把夜壶拿到院子里如厕的地方。弗朗西丝·拉瓦内尔读着蕴藉的赞美诗,多莉也在背诵着她记得的赞美诗。天色渐渐亮了,他们听到厨子在厨房里拨弄的声音,还有她把壁炉点起来时的嗖嗖声。珍珠下楼去取热茶。茶壶的壶嘴尖断了,倒茶时茶水滴滴答答。拉瓦内尔太太拿了带柄的杯子。当露丝的乳房热了起来,发硬发痛时,多莉就把她的奶挤到碗里。他们给露丝洗了脸,把她托起来,让她喝水。她们给她一根皮筋,让她在疼痛难忍时咬住,并给她擦汗。当婴儿的头冒出来的时候,多莉轻轻地拽着,直到能把手指勾进她的腋窝里,然后婴儿就急急地出来了。珍珠瞪大了眼睛。多莉清理了婴儿的小嘴,擦了擦她的鼻子。婴儿红红的胸口像气球一样胀起,喊出愤怒的哇哇声,女人们都觉得这声音美妙绝伦。多莉剪断了脐带,用蓝色的碎棉布包好,拉瓦内尔太太则擦干净了婴儿迷茫的红脸。小宝贝挥舞着拳头,皱起了脸。多莉把她放在露丝的乳头上,并把露丝的乳头塞进她的嘴里,于是,一股近乎第一次呼吸的强烈震动在婴儿身上涌动:她的第一次哺乳。

珍珠和多莉以及拉瓦内尔太太都像傻子一样笑了起来。露丝的笑容疲惫而安详。"我想到了一个名字,"她说,"她就叫玛蒂娜。玛蒂娜宝贝。"

当珍珠和拉瓦内尔太太走进院子里时,太阳已经升得很高了,洗衣女郎在院子里搅动着一个热气腾腾的大锅,一个马房男孩在训斥一匹他正喂养着的马。珍珠把瘦弱的胳膊举过头顶,伸了个懒腰。

拉瓦内尔太太说:"上校明天就该回家了。也许我们会拥有一两匹新马。"她扭过头去,敲了敲脖子,然后舒展着手指:"佩妮会想知道我到哪儿去了。珍珠,请你去接露丝的丈夫。多莉回家后,你和他可以照顾露丝。今天有时间的话,给我换一下床单。"

"是,太太。"

弗朗西丝·拉瓦内尔抱着自己:"上帝的甜蜜。"

"是啊,夫人。"

女主人走后,珍珠想寻找玛蒂娜的哭声,但孩子很安静。珍珠的兴奋劲在她疲惫的身体上嗡嗡作响。她急于把这个消息告诉耶胡。在这个柔和安静的星期天早晨,街上的黑人太少了,他们很警惕,所以珍珠自己也变得很警惕。她拦住了一个认识的女人,问:"我整晚都在接生。这是怎么了?"

她们快速交换细节后,珍珠打听到了昨晚近九点,礼拜刚刚开始时,看守如何从耶胡的樱桃木门闯进牛巷教堂,逮捕了所有人。虽然有一项城市法令禁止在日落和日出之间举行黑人的集会,但它并没有被执行过。来访的费城传教士、布朗牧师、丹麦·维西、耶胡·格伦和其他一百四十个人都被关进了工棚里。

"哦,我的天。"珍珠说着,匆匆赶回了拉瓦内尔家。她尽可能拖延了一会儿,才终于告诉露丝她丈夫正在监狱里。

查尔斯顿市议会判处布朗牧师和四位自由黑人长老"要么进劳改所一个月,要么离开本州"。布朗和维西选择了监狱。费城来的传道人则被驱逐回费城。包括耶胡·格伦在内的十名教徒被判处交纳五美元或接受十下鞭打。耶胡对鞭刑人说:"我刚有了女儿,花不起五块钱。"

"嗯哼。"鞭刑人说着,解开了他的鞭子。

在他们的传道人被释放之前,周日上午的礼拜都由执事主持。等到耶胡休养完毕,能够再次工作了,他就会去修理教堂的门。

一切都恢复了正常,查尔斯顿享受了一个安静的夏天。天气晴朗的周日下午,格伦一家乘着托马斯·波诺的小艇逃离了城市的炎热。虽然小艇上弥漫着浓浓的鱼腥味,但有玛蒂娜在怀里,露丝还是觉得这次出行颇为庄重。小艇滑过树皮船、木船、帆船和其他各种类型的船,其中有些船还曾漂洋过海。水流将他们带到下游,他们见到了托马斯·波诺的白人父亲留给他的财产。托马斯·波诺对他那半亩岩石地十分骄傲,就像那是奴隶主的私有地一样。在他绑好绳子后,托马斯扶着耶胡、露丝和珍珠上了他的码头。"欢迎来到我的家。"他每次都这么说。

托马斯目前住在渔夫棚屋里,但他还有一座更大的住所正在修建中。这四个朋友把牡蛎壳烧掉,碾碎后再和沙子、水混合,做成小屋波纹起伏的墙。"这房子能住一百年,"托马斯夸口说,"风、潮汐和飓风都不能把波诺家的房子吹倒。"

"一百年,"露丝说,"想象不了这么久。"

"我的楼梯……"耶胡开始了,但露丝闪闪发光的笑容使他的吹嘘变成了一抹微笑。当她的父母工作和欢笑的时候,玛蒂娜就躺在棕榈树下耶胡做的精美摇篮里。玛蒂娜是个叽叽喳喳、使人安心的孩子。

耶胡的鞭痕在他青筋暴起的背上形成阶梯状。"这是耶胡·格伦身上唯一白色的部分。"他开玩笑说。

中午,露丝做了青菜,珍珠做了一块面包,再配上托马斯捕鱼的收获。吃完饭后,他们在慵懒的午后结伴而行。托马斯和珍珠溜进了新房子后面的小树林,而露丝和耶胡则坐在托马斯的码头上,在清凉的水面上晃着双脚,淡泊而平静的船帆在查尔斯顿港进进出出。

"你有想过在别的地方生活吗？"露丝问道。

"除了这里之外，我在别的地方都没有姓名。只有低地的建筑商听说过耶胡·格伦。"

露丝说："我不明白那些白人为什么能把孩子交给嬷嬷带。没有什么能比孩子更可爱了。"

"因为孩子还不是老爷。孩子太小了，挥不动那长鞭。"

耶胡话音刚落，原本灿烂的太阳落到了云层背后。

工作日，露丝提着耶胡的饭桶去巴特勒家，还带着玛蒂娜让孩子她爸欣赏。

老米德尔顿的侄子兰斯顿·巴特勒会在米德尔顿去世后当上主人，监督种植园和镇上大部分事务。如果由兰斯顿决定，他绝不会用高薪请一个工匠把"完全合适的"松木护墙板扯掉，换上嵌着洪都拉斯桃花心木护墙板的"非常昂贵的"樱桃木镶板。他的叔叔米德尔顿实在是"异想天开"。

耶胡、露丝和玛蒂娜经常和赫拉克勒斯坐在院子里翻过来的桶上一起吃饭。赫拉克勒斯是米德尔顿的儿子，但从没有人这么称呼他。他的母亲在孩子断奶后就被卖掉了——有人说去了佐治亚，有人说去了阿拉巴马。"兰斯顿老爷，他希望那个老头子死掉。他叔叔还在呼吸的每一天都是白白浪费的一天。兰斯顿就是这么认为的。如果我是米德尔顿老爷，"赫拉克勒斯压低了声音，"我想我一定小心对待兰斯顿给我吃的所有东西。"他向他的听众们眨了眨他那双最无辜的大眼睛："如果你明白我的意思。"

仆人们能看到我们没有向他们隐瞒的东西，因为如果我们一定要隐瞒我们的秘密，仆人就不会成为我们的下级，做符合他们身份的事。赫拉克勒斯坦率地描述了兰斯顿·巴特勒的雄心壮志，如果一个同等级别的白人像赫拉克勒斯一样知道得那么多，老爷一定会很担心。

"兰斯顿老爷要把我们搞得天翻地覆，米德尔顿老爷喜欢花钱。但兰斯顿老爷只喜欢花钱买马，他和杰克上校不一样。杰克上校喜欢马，而兰斯顿老爷，他买马只是因为低地的绅士们都这么干。"

兰斯顿·巴特勒讨厌他叔叔的挥霍无度和对他们在阿什利河的种植园布劳顿的忽视。兰斯顿想扩大水稻生产，但当他提出要购买相邻的拉瓦内尔种植园时，杰克上校问："你叔叔米德尔顿知道这些计划吗？"

米德尔顿不知道——这一点杰克非常清楚，但不得不承认，杰克很享受兰斯顿的不快。赫拉克勒斯说："白人贪婪。他们自己原本是黑心肠，但贪婪把他们给漂白了。"

耶胡表示同意："兰斯顿老爷问，这些木头多少钱？你打算怎么处理剩下的木头？所以我把所有不值钱的废料都堆在一起，他想怎么处理就怎么处理。"

赫拉克勒斯笑了："厨子可以用他那上好的樱桃木做晚饭。"

露丝说："男人总是说这个那个怎么骗他，你能看出来他是个骗子。他就像个蝎子一样，总在摇着尾巴发出警告。"

"姑娘?"赫拉克勒斯笑了笑,"是谁把这些想法灌进你漂亮的脑袋里的?"

"你讲话怎么这么轻佻?"

"我就这样。他们不让我去管砂糖,因为我知道怎么和马讲话。"

露丝以为赫拉克勒斯只是在耀武扬威,就像每个年轻漂亮的男人一样。但是耶胡吃醋了,所以他们就不在院子里吃饭了。

兰斯顿·巴特勒老爷原谅了赫拉克勒斯的轻佻,却从耶胡身上觉察到了一些他不喜欢的东西。他仔细而怀疑地检查了耶胡的工作。"这个房间以后是女士们使用的。"

"是的,先生。"(耶胡讨厌称呼任何男人为老爷。)

"她们不会抱怨工人做工差,但我会。"年轻的巴特勒老爷跪在地上,沿着护墙板拖着脚步,敲打涂着似乎稍有光泽的清漆之处,并试图用手指甲去抠椅子栏杆的底部。他站了起来,拍打着自己的裤膝。呼,呼,呼。巴特勒的笑容让耶胡想问:"你想从我这里得到什么?为什么要找我麻烦?"但他当然不能问。

"你的工作几乎和爱尔兰人一样好。"

耶胡忍不住开口了:"黑人也想抬头做人。"

兰斯顿老爷对着这个和他同龄的成年男子笑了笑,他是个高手,能做巴特勒做不到的工作,还是一个有妻子、孩子以及好名声的人。他的笑容是要让耶胡知道,万一兰斯顿·巴特勒把他打倒——也许是用壁炉里的拨火棍;那拨火棍离他的手那么近——或者是拿起手枪把他打死,他需要承担的唯一后果只有镶木地板上乱七八糟的血迹，以及把一个死黑鬼的尸体拖到街上的不便。

尽管巴特勒笑得很可怕，耶胡还是舔了舔嘴唇，重复道："黑人也想抬头做人。"耶胡的话无人回应，于是他又开玩笑说："至少抬得和爱尔兰人一样高。"

后来，当耶胡提起那次谈话时，露丝打了个寒战："你不能耍滑头，耶胡。你不是他叔叔的私生子，你对马也没什么研究。你是我和玛蒂娜的一切。"

耶胡晃了晃口袋里的硬币。"人家给我钱了，不是吗？"他问，"公平公正。"

托马斯·波诺从拉瓦内尔夫人手中买下珍珠后，珍珠仍然为她以前的女主人工作，每天二十五美分。

布朗牧师为珍珠和托马斯举行了婚礼，弗朗西丝·拉瓦内尔也参加了仪式，但没有留下来参加庆典。

从法律上解放奴隶并不容易，但拉瓦内尔上校帮助托马斯·波诺解放了他的新娘。当珍珠问耶胡为什么不解放露丝时，耶胡开玩笑说："不能消耗我的资本。"

在将近一个月的时间里，露丝拒绝和他缠绵，直到她自己的需求让这拒绝变得不可能。

鉴于移民和解放使得本州的自由黑人和黑白混血儿人数快速增长，立法机构有必要限制奴隶解放……因此，尊敬的参议院和众议院于州议会上决定，若无立法机关法案批准，不得解放奴隶。

> 南卡罗来纳州议会，一八二〇年十二月二十日

在会议大街上，赫拉克勒斯把这个坏消息告诉了露丝。他身后的马车正往后退，愤怒的车夫们都在大喊大叫。赫拉克勒斯摘下帽子，这一回他没有试图和露丝调情。玛蒂娜问："妈妈病了吗？"

那天晚上吃晚餐时气氛十分沉默。在去丹麦·维西家上圣经课的路上，露丝没有说话。耶胡伸手去抓她的手，却被她甩开了。维西的小木屋里很安静。没有黑人在外面逗留，只有古拉·杰克在门廊上吹着口哨。

"夜色不错。"耶胡说。

"只要守夜人不来。"杰克晃动着浓密而滑稽的眉毛，"看哪，妈妈。神灵们一直在找你。"

露丝定了定神，走了过去。门框和窗户上都挂着毯子，房间里挤满了人。耶胡和露丝在房间的最后找到了一块空地。这里又挤又热，让人透不过气。

丹麦·维西的《圣经》被撑在凳子上，维西正在默读，嘴唇一张一合。露丝很奇怪，为什么有些人读书的时候嘴唇会动，而有些人却不会。

一些人戴着帽子或手帕。一些人的头光秃秃的，有些很有光泽，有些则十分暗淡、毛发稀疏，有的是灰色，有的是黑色。露丝想：那些不自由的人永远都得不到自由了。

她正思考着,丹麦·维西用手指了指他的位置,随后开口道:"看哪,主的日子到了,那战利品应当分在你们中间。"他用像做苦力的人一样粗的食指敲着这一页:"你以为撒查利亚是在跟我们这些黑鬼说话吗?你以为上帝会往下看,看黑鬼有多少战利品?不,他不是在跟我们说话,他是在跟奴隶主说话。'看哪,主的日子来了。'你们要怎么准备迎接那一天?你们是要碍事,还是要帮忙?'看哪,主的日子来了……'"

尽管室内的空气燥热而污浊,露丝还是感到一股寒意从她的肩膀上渗下来。主的日子。

丹麦·维西浏览着《圣经》,用食指描摹着句子。"看哪。"他低声说。

房间里非常安静,他的话音在他们中间游荡,就像一位老朋友:"告诉我,兄弟们……你们中多少人会在街上给老爷们鞠躬?多少人?"

有人低下了头,有人看向别处。"所以,你们都不给主人们鞠躬?"他舔了舔嘴唇,"这是事实吗?现在,你我都知道白老爷们都是残忍的酒鬼,是搞通奸的人,是不信神的人。你我都知道他们就是这样。可你们还是向他们鞠躬,因为——我估计——他们比你们强。嗯。"他在思考中把食指抵在下巴上。"可怜啊!黑人比通奸者、不信教者和残忍的酒鬼还要差。我看你们都该死。你们永远都走在一条诅咒之路上。"嘲弄般的惊讶在他那张难看的黑脸上一闪而过,"耶稣基督,他救了老爷们,却一点也不关心你。

"你在街上遇到的那个老爷,他是注意到了你的鞠躬示意,还是只是从你身边走过,好像你是一根拴马柱或者泥里的一块马粪?

"举起你们的手吧。有多少人会鞠躬?你们都会后退多少步给老爷们让路?"

玛蒂娜在露丝的怀里扭动起来。

"上帝最讨厌的就是骗子!"

众人纷纷低下头,仿佛他们和自己举起的手毫无关系。

维西又表现出一阵嘲弄般的惊讶:"怎么,你们大多数人都是这样。好吧,好吧……"他笑得像一个温柔的长辈。他默读着,嘴唇上下开合,手指点着文字,然后才抬起头来,显然对自己家里有这么多人感到惊讶:"你们这些'黑人绅士'里有多少人装傻充愣,像主人让你们挤的那头老奶牛一样?有多少女人曾经翻着白眼叹气说'老爷,我只是个黑姑娘,这个太难懂了'?"

人们喃喃自语,哼哼唧唧,仿佛置身于蜂巢中的蜜蜂,大声地扇着翅膀。

"你们中多少人教你们的孩子说:'主人问你事情的时候,你要垂下眼睛,看着你的脚趾头。如果你知道答案,就说。如果不知道,也要回答!因为不回答而被鞭打的黑鬼比因为受到误解的还多。'你们告诉你们的孩子:'不要抬头看那个白人,不管他做什么,都不要乱说话。'你们当中有多少人这么说过?"

他摘下眼镜,揉了揉鼻梁:"妈妈和爸爸们,你们有几个人这么说过?"

托马斯·波诺起身说:"如果不这么做的话,孩子们会受伤的。"

"啊,波诺先生。很高兴听到你对《圣经》作出的解释。不过你说得对,老爷,他有奴隶,有枪,有工厂,还有长鞭先生。但'看哪,主的日子就要来了',波诺先生。看哪……"

他握住他的大拳头,盯着它:"我做木匠很久了。我知道如何挂铅垂线,怎么检查平面是否水平。那个棕色皮肤的黑鬼,耶胡·格伦,他是低地最好的楼梯工,比白人还要好。你知道,他知道,白人也知道——为什么耶胡要在街上鞠躬?

"你听说过托马斯·杰斐逊[1]——当总统的白老爷吗?嗯,他就是。他是美国所有地方的总统。上周我在比老爷的广场上工作,因为他的墙从里到外都烂了。白人木匠在墙里铺设排水管,在墙里而不是墙外!托马斯·杰斐逊就是这么做的。我敢打赌,托马斯·杰斐逊的墙也会烂掉。没有哪个乡下的低贱的黑鬼木匠会这么笨,把排水管装在墙里,水管被堵住了,你就没法把它拔掉。只有白人才做得出这种事!"他沉痛地摇了摇头,"有时候,我觉得老爷们应该向我们鞠躬才对。"

房间后方渐渐传来笑声,但这笑声在维西试图使其安静前就被咽下去了:"我本来想把水管拆掉,好把它布局在外面,这样如果它堵住了,人就能去处理。但是老比老爷的仆人阿基米德——你们都知道他:那个棕色皮肤的人,一直去那个圣菲利普

---

[1] 美国第三任总统,《美国独立宣言》的起草人之一。

公会，这个阿基米德对我大惊小怪。他说：'你不能这么做。既然白人都把它放在那儿，那就一定是对的。'"

"难道白人铺的水管就不会漏吗？"

"上帝啊！"

"阿基米德，他出身和我们都一样。他第一次学到知识是在他妈妈的膝上。后来老爷们告诉他这，告诉他那。老爷们告诉他，'你什么都不知道'，谁和主人争论，谁就会被枪顶着，被赶到工厂去，被长鞭抽！"

他停了下来，仿佛手握真理一般低语道："老爷们不一定就是对的！奴隶的身份丝毫不影响你成为一个人！"

维西抬眼看了看低矮的木天花板，仿佛他不是在和他们说话，不是在和房间里的任何人说话："我不会为了任何一个白人踏上大街。你知道我不会的。因为我曾经被派去'尝尝糖'。因为我曾经感受过那条老鞭。

"但我不傻，也不懒，也不是个孩子。我是个正值壮年的男人。"他轻蔑地笑了，"嗯，或许已经稍稍过了壮年了。"

一些人对维西的自嘲发出轻笑，一些挤在一起的人挪了挪位置，一个老人咳嗽了一声。

维西伸出食指，像摩西举着权杖一般，说："你不能通过假装一个男孩来成为一个男孩。你不能假装比白人愚蠢，因为这样你就比他们实际上还要愚蠢。你假装自己是谁，你就会变成谁。

"在大街上向老爷鞠躬的黑鬼，装傻的黑鬼，忘了自己是谁的黑鬼，就是奴隶。"他合上了他的《圣经》，"他活该是个奴隶！"

他在寂静中低声说:"主的日子就在眼前。"

听众们三三两两地溜了出去。在拐角处,托马斯·波诺抓住了耶胡的袖子:"我们必须假装。我们不装,就会被鞭打或者承担更糟的后果。有时我简直觉得丹麦·维西想害死我们。"

露丝觉得耶胡回答他时颇有些自命不凡,他说:"你假装自己是谁,你就会变成谁。"

托马斯·波诺松开耶胡的袖子,打量着他的脸,然后慢慢地、毫不愤怒地点了点头。波诺夫妇再也没有回到研经班和牛巷教堂,格伦夫妇也再也没有坐托马斯的小艇出过海或和他们一起吃过饭。波诺夫妇不靠他们的帮助,自己完成了他们的屋子。星期天教堂集会结束后,耶胡、露丝和玛蒂娜在河岸上吃着饭。他们从来没有在白点吃过饭,那里只有白人才能去。

那年冬天的社交季令人失望。钱紧,米价又低。拉瓦内尔夫妇给露丝的工作也减少了。尽管弗朗西丝·拉瓦内尔向珀伊尔太太推荐了她,但经过长时间的面谈,珀伊尔太太就露丝该如何节约费用的问题提出了建议。"不必每顿晚餐都吃牛肉,"她建议道,"袜子破了也可以补。"虽然米德尔顿曾要求耶胡起草翻修布劳顿农舍的计划,耶胡也花了几个星期的时间来做,但兰斯顿·巴特勒决定反对这个项目。由于工程还没有开始,他没有支付任何费用。当耶胡表示反对时,年轻的巴特勒告诉他,如果他不再发牢骚,等米价恢复正常后,他可能会重新雇用他。

失去工作就意味着上更多的圣经课,于是耶胡经常要到午夜以后才回家。守夜人见多了圣经班的人，跟他们也算认识了，没有要求查看他们的通行证。

赫拉克勒斯没有去。"那个维西，他给我讲了太多的道理。"他对露丝说，"他说的是对的，但也是错的。再说，我也要和我的马一起训练了。它肯定会是个健将。"

"赫拉克勒斯……"露丝想谈谈这件事。

"我是说这匹马驹，它很特别。它和我，我们是天生的双胞胎。"

二月，珍珠迎来了她的分娩期。露丝、多莉和拉瓦内尔夫人负责接生，但珍珠的孩子才出生几小时就死了。露丝和珍珠的亲密关系也随着这个可怜的小东西逝去了。珍珠离开了拉瓦内尔家，搬到她河对岸的小木屋去了。从那以后，露丝几乎再也没有见过波诺一家。

深夜的圣经研读班实在让玛蒂娜无法忍受，于是露丝和她也就不去了。

参加的女人不多，露丝是最后一个。耶胡松了一口气。他说："学《圣经》是男人的事。"

当耶胡晚归时，露丝总是假装自己没被吵醒。她假装没有听到耶胡在另一个房间里踱步和嘀咕的声音。

但她很庆幸丈夫回来了，这打破了那个她熟悉的梦，梦里她蹲在木薯篮子里，鲜血渗透了编织的纹路。

去教堂的鞋子

太阳高挂在空中,较为优质的农产品已经卖出,摊主们正在装货,准备回家。

露丝看中了被早先的买主忽略的一个形状饱满的山药。有时,好的农产品会被那些更差的给挡住;有时,则是摊主自己把上好的山药藏得太久了。露丝买的山药上既没有斑点,也没有齿痕。它被挖得很好。

"你最好快点下定决心。"摊主的手推车里已经堆满了空篮子,"都已经日落了,我还没到家呢。"

"那个又小又没成熟的山药多少钱?"露丝第三次问道。

"五美分。"

"我可以用五美分买到更好的。"

摊主打了个哈欠,拍了拍她的嘴。她把一篮子没卖出去的辣椒放在一个空篮子上。

"现在日子不好过,小姐,"露丝说,"我男人从圣诞节前起就没有工作了。我最多只有两美分来买你的山药。"

女人抿着嘴，拒绝与露丝的眼睛对视。她把三棵没卖出去的卷心菜放在辣椒篮子里，用手重新拢了拢，让辣椒堆在最上面，又往篮子里加了两个成色不太好的山药："我得把这车菜推回家，天亮前再推回来。这山药到了明天也和今天一样好。但在早上，好的山药能卖十美分。我家里有孩子，还有个饥饿的男人。你不买山药，我说不准就自己煮了！"

露丝摸着围裙口袋里的硬币。她想象着自己把山药煮熟，给耶胡和玛蒂娜切成丁，自己则吃皮和粘连的部分。她太想要那个山药了。

所以，当人们开始叫喊时，露丝没有转身。只是叫喊声而已。但一声尖叫让她猛地转过头来。尖叫声是她一直有所预感的"可怕之事"。"可怕之事"来了！"可怕之事"今天来了！

"可怕之事"是一个白人骑手，在马厩之间的过道上全力奔跑。他的马跳过一辆手推车时，马蹄把车绊了一下。那手推车被踢倒了，红薯撒在鹅卵石上转个不停，四处滚动。黑人们飞快地奔向安全地带。一头骡子猛地跳起，踢着马车厢，哐当哐当，车上的牲畜商用力扯着骡子的缰绳。

骑马那人一手抓着马鬃，一手拿着马刀，直奔露丝而去，好像她正是他要找的人。就在最后一刻，他把脚后跟踩进马镫里，拖住缰绳，他那匹肥硕的白马放松臀部，停了下来，但险些没刹住车。那白人男孩骑着一匹肥硕的白马。马儿汗流浃背，骑手的眼睛瞪得大大的，但眼神涣散。"嗬！"他高亢的尖叫声似乎要裂开一样，"嗬！回到你们的主人那里去！嗬！这是贝内特州长的命令!"

他绿色的查尔斯顿游骑兵夹克扣错了一个扣子,剑腰带上的鸟柄手枪也险些就要离巢。"回到你们的主人那里去!"他又叫道,"在街上发现的任何黑鬼都将视为捕捉对象!"他站在马镫上,将剑挥过头顶。

露丝的胃猛地翻腾起来,但她露出了笑容:"珀伊尔老爷,您最近怎么样?"

卡瑟卡特·珀伊尔瞪着眼睛,仿佛他的秘密被出卖了。

"老爷,我是露丝,佩妮·拉瓦内尔小姐的嬷嬷。"

他没有听到。也许他听不到。他的双眼漫无目的地转动着。他白色的指节握住一把明亮的马刀的刀柄,这刀渴望着撕扯肉身。他用可怕而单调的声音问露丝:"你为什么想杀我们?"

"杀你们,老爷?我几乎不认识您。"

"我一直是个好主人。"卡瑟卡特坚定地说,"我从来,从来没有派仆人去'尝过糖'。从来没有过。我从来没有强迫过任何一个黑鬼小姐。"汗水在他脸颊上闪闪发光。他那弯弯的剑尖像蛇的舌头一样轻轻颤动着。露丝感到后背一阵空虚,仿佛一阵凉风吹过。那个摊主已经丢下了她的手推车,消失了。

露丝不敢把目光从这个年轻的民兵身上移开。他那匹肥硕的马下脚可不太谨慎,但露丝不敢向后退。

"嗬!"卡瑟卡特·珀伊尔对着空荡荡的集市喊道,"回到你们的主人那里去!"

轮车翻倒在地。一头无主的骡子把车拖到一边,开始啃食洒落的豆子。棕榈树的叶子在热浪中耷拉着。

汗水从露丝的腋窝里流出来,又冰冷地从她身侧流下。"今天早上遇到什么麻烦了吗,卡瑟卡特老爷?"她朗声问道。

"麻烦!你他妈说得对!"(条件反射般地)"请原谅我的语言。"他拔剑出鞘,深深地、颤抖地吸了一口气,随后引用了一句诗:"一个士兵为了他想象中的花环冒死……"他的手指在扣错的外套上游走。"回到你主人身边吧。"他平静地说。

"拉瓦内尔夫人?"

"谁?去你那该死的女主人身边,不管她是谁。任何在街上被发现的黑鬼都要对……要负责任。"他解开一颗纽扣,又重新扣上。

"您得从头开始,老爷。"露丝说。他看着她,不懂她在说什么。

"我是说扣子。您得一次一颗,从下往上扣。"她伸出手,拿起那颗肥大的山药,塞进围裙里。"这是我花钱买的。"露丝撒谎说,"这是我的山药。"

"山药。"他说。过了一会儿,他自言自语道:"在今天,在这孤独的壮丽中,一颗山药……"

"老爷?"

"诗歌。崇高的拜伦被一个卑微的查尔斯顿打油诗人玷污了。"

"老爷,您不用害怕,我不会伤害您的。"

卡瑟卡特理了理脑海中混乱的思绪:"你?伤害我?'我们

看到的不过是梦境里的梦境'？去吧。我的耐心是有限度的。"

露丝把围裙塞进腰部，以最快的速度冲过小镇。她不是唯一一个在奔跑的人。黑人和白人都逃离了公共场所。有鞍有辔的马被拖进马厩，马车后面的门关着，百叶窗被拉上，家门上了两道锁。

山药可以养活她的家人，露丝还有两个便士和一个十美分硬币。她忍着一股强烈的、想把山药丢掉的冲动。是的，她偷了它，但那个摊主不会再回来了。她丢下了她的手推车，不是吗？露丝本可以偷更多的东西，但她并没有。她拐进了安森街。围裙口袋里的山药像砖头一样沉重。

她不会说出"可怕之事"的名字。神灵们已经警告过她，"可怕之事"要来了，但她并没有听进去。现在她喃喃地说："我们就像以前一样姑且度日。"但她的嘴却干得像干瘪的骨头。

露丝在门前犹豫了一下。这可是她自己的家门！阳光把门框周围的蓝色油漆晒得开裂，碎片也剥落了。她为什么没想起来重新粉刷一番？她压抑着哽咽，把额头靠在温暖而粗糙的木头上。

她的手在门闩旁游移。露丝这辈子最怕的就是打开自家的前门。"可怕之事"就在里面等着。阳光透过窗户，在远处的墙上形成一个黄白相间的长方形。耶胡背对着墙角坐着，头低到了手心里。玛蒂娜被夹在父亲的双膝之间。

当她的目光与她丈夫的相遇时，露丝想要退缩。她的泪水喷涌而出。

"我们这些黑人,"耶胡梦呓般地说道,"可以自由地出门。想想吧,亲爱的。我能开我自己的店。也许还会雇一个学徒。海地的有钱人也得有楼梯,你不知道吗?再也不用因为他是白人,我是黑人而对谁鞠躬了。白人和黑人,大家都一样。好工人有好报,懒人就失败。"耶胡停了下来,以丹麦·维西那般令人熟悉的语气说:"我们能自由地出门了。"

"哦,耶胡,"露丝说,"但你本就是自由的。"

"黑人所谓的自由并不是自由。我们要像摩西一样站起来,像上诺亚方舟一样上船,驶向海地。所有的有色人种,不管皮肤是黑色还是棕褐色,都将获得自由。看哪,主的日子来了……"

"你杀了谁?"露丝低声问道。

"和法老一样的奴隶主:法老不会让摩西的人走的。"

"拉瓦内尔太太?杰克上校?"

"我知道兰斯顿·巴特勒睡在哪里。"

露丝匆忙把他们的锅、叉子和勺子、铁皮杯、玛蒂娜的另一件衣服、耶胡的教会外套和她的教会用鞋放在她卷好系好的毯子上。"你背着玛蒂娜。得把你的工具留下。"

"不!"耶胡喊道,"我花了六年时间收集这些工具,我不会丢下它们。"

"但我们肯定不会离开玛蒂娜!"

当玛蒂娜开始呜咽的时候,露丝吻了一下她的头顶,说:"亲爱的,你真可怜。爸爸一定没有照顾好你。"

耶胡的眼里空荡荡的,仿佛不知道露丝是谁。

露丝勉强笑了笑:"亲爱的,我们得走了,我们得离开查尔斯顿。我们得逃跑!"

"可是,露丝,"他耐心地解释道,"我们跑不了。古拉·杰克刚才来过。有人通知了老爷们,他们叫来了民兵,还有守城门的那些人。丹麦,他想跑,但跑不掉了。我们被抓住了,露丝,他们已经抓到我们了。"

她想对着他的脸扇一巴掌。"你根本没去过海地。可我去过!"她找到一条干净的尿布,"亲爱的,我来给你换尿布,然后我们就去吃好吃的山药。"

露丝用柔和一些的声音说:"你这是以卵击石,耶胡。你已经自由了。为什么还要这么做呢?"

她爱的男人回答道:"我假装不下去了。"

星期天,他们没有去教堂。露丝在家煮了点马麦。耶胡吃不下,于是她把他的那碗留着,准备等到之后吃。耶胡磨着他的凿子和刨子刀片。玛蒂娜害怕地抱紧妈妈,热得浑身是汗。玛蒂娜终于开始打瞌睡后,露丝走到了镇上;她是街上唯一的黑人。即便民兵们怀疑地注视着她,但露丝垂下眼睛快步走过,他们便没有阻止她。她穿过一条熟悉的小巷,进入拉瓦内尔的院子后,呼吸都变得轻松了起来。她敲了敲后门。

也许他们没有听到。她敲得更响了。

过了很久,门内传来脚步声、沙沙声和金属的咔嚓声。"谁在那里?"

"是我，露丝，杰克上校。我想问您点事。"

门只开了一条缝，只够让杰克上校用那双布满血丝的眼睛打量她。当他确定露丝是一个人来的时候，他打开门，放下了手枪的击铁："露丝。"

"我需要和您谈谈。"

"嗯？谈什么？"

"我觉得您知道。"

"不，我并不'觉得'我知道。有人告诉我，我的仆人们策划了一场暴动。我相信他们计划在我们的床上谋杀我们。也许你已经听说了一些什么？"

露丝麻木地点点头，低下头准备接受他的责备。上校却叹了口气，摇了摇头，把她领进了屋："该死的蠢货们。看在上帝的分上，他们在想些什么？"

靴室里挤满了猎装夹克和马靴，闻上去有一股皮革敷料的味道。杰克上校从扁酒瓶里喝了一口酒，对着露丝吞云吐雾。"只要知道的人不止一个，秘密就不再是秘密了。"他说，语气就像在教导一个孩子。

"会发生……"

"哦，他们会被绞死的。毫无疑问。他们不能谋杀主人，你知道的。现在弗朗西丝和佩妮都不敢出门，而我去任何地方都要带着手枪。我家厨子的父亲贾罗德在战时曾经是我的男仆。但现在我把厨子锁在她的房间里，我自己吃罐头饼干。我们能相信谁呢，露丝？谁？你为什么会在这里？任何黑人在这里游荡都是不安全的……"杰克上校倒吸了一口气,"亲爱的上帝,可别是你家的耶胡……"

"杰克上校……"

他举手示意露丝安静:"你不能这样做。请你不要说出任何你不想让法官听到的话。"

"但是,上校……"

"露丝,你是个好嬷嬷。弗朗西丝对你赞不绝口。是的,我知道,我知道……但是不要让我陷于这种境地……不能让我陷于这样的境地……"

"杰克老爷,我该怎么办?"

杰克上校又喝了一口酒,擦了擦瓶口,然后把酒瓶递给露丝:"这是我知道的最好的解药。"

露丝眨了眨眼:"我发过誓,老爷。我要保持节制。"

"大麦比弥尔顿[1]还懂上帝的行事方式……露丝,我很抱歉,如果……不!还是别告诉我了。我无能为力,我也不想知道!"他露出了一个歪斜的笑容,"既然你都来了,你能不能?……佩妮已经被吓得魂飞魄散了……"

在闷热的起居室里,小佩妮跑到露丝身边,紧紧抱住她的腿。百叶窗被闩上了,窗帘也拉上了,房间里弥漫着一股臭味,闻起来就像一个满得快溢出来的夜壶。每张椅子上都堆满了衣服,有脏的,也有干净的,杰克上校的剑带和火枪都摆在桌子上。

---

[1] 英国17世纪的大诗人,著有《失乐园》等。

弗朗西丝·拉瓦内尔的眼睛哭得通红。

"我的耶胡……"

杰克上校厉声打断了她："别说了。"

"我……"

"你，露丝？肯定不是你！"弗朗西丝倒吸了一口气。

"不，夫人，我没有……不，我什么也不知道。"她哭着说，"他从没告诉过我！"露丝的食指无意识地捻起了佩妮的一小卷头发。

"他们不是基督徒吗？"弗朗西丝小姐说，"我告诉杰克他们是基督徒，他们不会……这么多白人在炎热的月份离开了小镇。比一家去了南边的松林，我的表兄妹在北卡罗来纳州的岩桌，好多朋友都走了。你认为预谋者算准了他们会在这段时间离开吗？多么聪明！谁会想到一个不识字的黑人能策划出这样的阴谋？或者甚至是想到要这样做？难道他们的阴谋不是从那座基督教教堂开始的吗？我觉得他们只是在努力发善心：如果他们在大多数白人都不在查尔斯顿的时候起义，他们就能少……少杀一些人。"

"夫人……"

"你认识罗拉吗，贝内特州长的罗拉？"

"不认识。我是说，我在教堂里见过他，但我们从没说过话。"

"罗拉为贝内特州长服务。要是由杰克做主的话，我们的社交生活除了赛马场和赛马俱乐部，就什么都没有了，但有时我确实喜欢出去，亲爱的杰克也同意我去。罗拉曾在贝内特州长的晚宴上为我服务。'多吃点火腿，拉瓦内尔夫人，你一直喜欢吃这个。'贝内特州长很喜欢罗拉，他把罗拉当成是贝内特家族的一员！罗拉被捕后，他承认了自己的身份。显然……"拉瓦内尔女主人皱起了眉头，"显然罗拉很喜欢州长，因为他说他做不到亲手杀死州长。他应该会让另一个参加密谋的人去杀他。"

拉瓦内尔夫妇惊呆了。他们根本无法想象这么一桩事。

露丝低声说："我从来没有……"

弗朗西丝用手帕擦干露丝脸颊上的泪水，说："我正怀着我的第二个孩子。我没有告诉你是因为……因为……你从没怀疑过吗？"

"没有，夫人。"

"我已经流产两次了。我很想给佩妮生一个妹妹或者弟弟，好陪她玩。我想知道是谁被派来谋杀我和佩妮的。"

"是，夫人。"露丝的手毫无生气地垂在身旁，佩妮把大拇指放进嘴里，开始哭泣。

七月二日，彼得·波亚斯、内德·贝内特、罗拉·贝内特、贝托·贝内特、丹麦·维西和杰斯·布莱克伍德被处以绞刑。

日子一天天过去了。漫长的日子一天天过去了。露丝卖掉了她的结婚戒指以换取食物。玛蒂娜既没有哭闹，也没有大惊小怪。他们不上街了。他们低声细语。

耶胡告诉露丝："有些男人永远也不知道他们天生适合做什么。我很幸运。"露丝去了另一个房间，这样他就看不到她哭泣的模样。

耶胡和露丝从未提起希望这一太过脆弱的话题，但他们已经开始重拾信心了。

虽然民兵还在街上巡逻，牛巷教堂也被锁了，但河边的种植园又开始工作了。主干闸门已经升起，水稻被淹在水中，以利于芽苗的生长。集市重新开放了，尽管街上还有查尔斯顿巡警在巡逻，而黑人们被买进和卖出，并不做停留。

星期二，他们来找露丝的丈夫。门锁着，但他们还是一脚踹了进来，穿过蓝色的门框，仿佛它并不重要似的。七个白人，拿着刀剑和手枪，防着一个手无寸铁的黑人。他们的领头问道："耶胡·格伦？"

"耶胡·格伦，楼梯工。"

"我们他妈的为什么要在乎这个？"

耶胡抬起头，在那个骄傲的瞬间，他又是她的耶胡了："因为我就是干这个的。"

当他们带走她的爸爸时，玛蒂娜无助地抽泣着，露丝觉得自己的心都要碎了。"你得微笑，"她说，"如果你笑了，世界会对你更好。你得把你的真实感受藏起来，孩子。如果你不笑，他们就会杀了你。"

那天晚上，当月亮高高挂在天空时，露丝丢下睡着的玛蒂娜，溜过查尔斯顿来到巴特勒家的院子。马厩里的马儿打着鼾，或是抖动着蹄子。露丝在狭窄的楼梯上吱吱呀呀地打开一扇门，爬入黑暗中。

被月光照亮的上层阁楼里挤满了睡在草席上的男人。"赫拉克勒斯？"她低声说。

离她最近的一个人坐了起来，胸膛在月光下闪闪发光。"天哪，该死，"他抱怨道，"现在女的都能进来了！"说完，他又咕哝着躺了回去。

一个人影变成了赫拉克勒斯，除了腰上缠着的一块破布外，他一丝不挂："该死，姑娘。"

"我……"

"我听说耶胡的事了。我很抱歉。"

"他只是想……"

赫拉克勒斯厉声说："我们都想！"

她向睡着的人点了点头："请吧。"

他跟着她下到月色笼罩的院子里。她在赫拉克勒斯的脸上搜寻着那个无礼男孩的模样，但他已经消失了。"我没有东西可以给你，露丝。你得把耶胡的工具卖掉……"

"耶胡回家后会需要这些工具。"

赫拉克勒斯用嘴唇吹了一口气，说："我藏了两块钱。我去取。"

当他嗵嗵地四处走动时，有人抱怨道："在这种鬼地方谁能睡得着啊？"

另一个声音说："把那该死的门关上。夜晚的空气会让人生热病的。"

当赫拉克勒斯再次下楼的时候,他穿上了一条破烂的裤子。"你听说什么了吗?"露丝问道。

"他们绞死了维西牧师,还有彼得·波亚斯……"

"我知道。大家都知道。你听说了什么?"

赫拉克勒斯顿了一下。"白人们很害怕。他们不知道谁是支持维西的,谁不是。他们很害怕。兰斯顿老爷,他睡觉时把手枪放在床边。他跟我说过手枪的事,让我警告那些想杀他的黑鬼。"出乎意料地,赫拉克勒斯露出了男孩般的笑容,"我说,我们谁也不想杀巴特勒老爷。我们这些心满意足的黑鬼。"

"你听到了什么?"露丝重复道。

"在糖厂里,他们问还有谁和维西是一伙的。大多数人都不说话。维西一言不发。彼得·波亚斯也什么都没说,尽管他们把他抽得站都站不起来。而古拉·杰克,他们想听什么,他就说什么。"

空气又闷又热。一只夜莺叫了起来。萤火虫闪烁着毫无生气的微光。

赫拉克勒斯说:"也许他们会卖掉一些黑人,而不是吊死他们。兰斯顿老爷说,吊死黑人和吊死钱没什么区别。"

"他们在想什么?他们肯定没想过我的玛蒂娜,也没想过他们的妻子和孩子。肯定没有。"

赫拉克勒斯耸了耸肩:"我,我喜欢马。"

七月十二日，杰克（古拉·杰克）·普理查德和蒙第·格尔被处以绞刑。

露丝不知道自己是不是还敢穿鞋。她那双去教堂穿的普通鞋子就像星期天的早晨一样朴素，但是……

她小小的木头十字架——她知道她最好不要戴那个。这些天，查尔斯顿对于黑人来说不是一个适合做基督徒的地方。

许多奴隶主都对他们的奴隶信奉基督教感到不舒服。是的，他们希望他们从异教徒的迷信中解脱出来，而作为经常忏悔的新教徒，奴隶主们相信每个基督徒都应该能够阅读他们的《圣经》，但一个识字的黑人很危险。

少数虔诚的种植园主克服了他们的恐惧，但大多数人满足于向文盲传教。圣保罗的传教文本挺受欢迎："仆人们，要顺从你们的主人，按着肉体，怀着恐惧和震颤，一心一意，像对待基督一样。"

鼓励布朗牧师继续运作牛巷教堂的费城人是（正如《查尔斯顿信使报》所指出的那样）"慈善而心胸开阔的白人神职人员，他们在我们的黑人中激起了不满和反抗的精神"。当那座牛巷教堂被拆毁时，低地的奴隶主们松了一口气。

在世态没有那么可怕的时候，露丝的教堂鞋（和她的十字架）本象征着巴特勒老爷所期望的那种温顺。虽然她无法擦掉她的黑肤色，但至少擦洗的动作证明了她想这样做的意图。露丝的白色上衣被浆得像木板一样硬，她的格子手帕一尘不染。她赤着脚，穿着一条鼠褐色的连衣裙。带玛蒂娜来是件很冒险的事——万一这孩子闹起来怎么办?但孩子总能召唤神的慈悲,而露丝唯一的希望就是慈悲。不管兰斯顿·巴特勒老爷这几天有没有一丝怜悯的念头。不管之前已经发生了什么!现在只需要在乎以后会发生什么!

黑人不能给其他黑人作证,只能指控他们。虽然维西的大部分同谋者都保持沉默,但古拉·杰克并不是唯一一个为了躲避刽子手而指认别人的人。

露丝对这些人的恨意比对那些绞死维西、今天早上就会对耶胡进行审判的人更深。

既然露丝不能在法庭上作证,那她就在法庭外作证吧!玛蒂娜被擦洗得干干净净,头发也梳成了整齐的辫子。白人认为穿着漂亮衣服的黑人是无礼的,但玛蒂娜魅力四射。白人可以把一个黑人抽得血肉模糊,却可以被他的孩子迷住。

她们就在巴特勒家前门的会议大街上等着。玛蒂娜坐在路边摆弄着她的布娃娃笨笨。昨天,露丝无意中听到玛蒂娜警告娃娃说:"笨笨,要听话!坏黑鬼会被吊死!"

尽管早晨的太阳炙烤着天空,砖砌的人行道却仍然保有夜晚的凉爽。在镇上的房子里,仆人们蹑手蹑脚地从一个房间走到另一个房间,关上阳光直射的百叶窗,打开阴暗处的那些,断断续续地享受着凉爽。如果没有我们,白人们会怎么办呢?露丝想知道。如果我们不在这里,谁来打开和关闭这些百叶窗呢?

他很快就会来的。他不会迟到的。有头有脸的老爷们会等候兰斯顿的叔叔米德尔顿,但他那未被承认的侄子必须得准时到。

露丝不认为他会记得她,虽然她经常带着耶胡的餐桶出现在他家。她不能去想耶胡,否则她就会开始哭泣。

玛蒂娜对着她的娃娃唱歌:"啦,啦,啦。"露丝觉得自己的灵魂仿佛已经干成了一粒麦穗。

巴特勒如此迅速地出现了,就好像他一直在那里一样。一眨眼,露丝的猎物就到了!"玛蒂娜,"她的女儿把拇指伸进嘴里,"别犯傻。"

年轻的老爷穿着保守的华服和灰色紧身长裤。他看了看手表。

赫拉克勒斯说过他会迟到五分钟。他那时亲了亲露丝的额头:"我在为赛马会的比赛训练瓦伦丁,我是唯一能驾驭那匹马的人。兰斯顿老爷想打败杰克上校的马。他会认为我是故意迟到的,但他不会在比赛前鞭打我。如果他赢了,他就会忘了那条老长鞭的。要是他输了,那不管我为你做了什么,我都会被抽一顿。"赫拉克勒斯耸了耸肩:"我给你五分钟时间,露丝。好好用吧。"

当露丝挡在他面前时,兰斯顿·巴特勒的视线直接越过了她,好像她只是块玻璃。露丝大声说:"巴特勒老爷!"

见他不作答,她飞快地说道:"巴特勒老爷,我是露丝,耶胡·格伦的妻子。我估计你不记得我了,耶胡装修你的起居室的时候,我一直在给他送饭。巴特勒老爷,您今天要在法庭上审判我的耶胡。"

他的眼神像蛇一样冷漠而平淡。他上下打量着她，皱起了眉头。他皱眉是因为她赤着脚吗？

露丝哀求道："耶胡·格伦是个好丈夫，老爷。他是玛蒂娜的爸爸。耶胡想做正确的事，但那个维西……那个维西……"露丝厌恶地摇了摇头："维西把耶胡搞疯了。我的耶胡，他怕那个老头子怕得要死。"

年轻的老爷咔嚓一声关上了手表，朝着他的马车会出现的方向张望。

"你知道我的耶胡，老爷。他帮你做护墙板。他给你的种植园房子做过建造计划。我的耶胡是个值钱的黑鬼，老爷。如果你把耶胡卖掉，我相信他能卖七百，也许是八百美元。我知道他做错了。我不是要你放他一马。不，先生，不，先生。但他值八百块钱，老爷。这就是我想求你的，老爷。把他卖了吧。别让八百块钱白白浪费了。"

巴特勒老爷伸手托起露丝的下巴，仿佛被她的哀求所打动。他坚定的蓝眼睛灼灼地盯着露丝那双恐惧的棕色眼睛。"如果我出庭迟到了，我就会因为你碍了我的事抽你一顿。"他用轻柔的嗓音说出了露丝听过的最沉重的话语。尽管阳光灼烧着她的肩膀，他的声音还是让她浑身发冷。

露丝背后一阵哗啦作响，是赫拉克勒斯的马车到了。"快起来，你们这些混账！"好像赫拉克勒斯在因为马儿让他迟到而生气一样。

露丝绝望地扶起玛蒂娜，仿佛她这活生生的孩子是个有力的论据。"她爱她爸爸,"她乞求道,"她的爸爸就是她的全部。"

玛蒂娜被吓得一言不发。随后她哭了起来。

年轻的巴特勒老爷那张苍白的脸上泛起了恶心的表情。"如果你的丈夫有价值,"他说,"想想看,你比他的价值要高多少:一个能生养的女人,身边就有个证明。"

露丝吸了口气。兰斯顿·巴特勒把脚踏在台阶上,抬头看了一眼,让赫拉克勒斯知道他没有被骗。

他关上门,低头对露丝微笑。"你丈夫——耶胡?他不是想抬头做人吗?"他点了点头,"我相信我们可以给他安排上。"

马车离开时,兰斯顿·巴特勒在轻声笑着。

此后的几年里,露丝一直在想,她那时候到底该说些什么才能让事情有所转机。或许她应该穿上她那双去教堂的鞋子。

玛蒂娜

七月二十六日，明戈·哈斯、洛特·福雷斯特、乔·乔尔、朱利叶斯·福雷斯特、汤姆·拉塞尔、斯玛特·安德森、约翰·罗伯逊、波利多·法布尔、巴克斯·哈米特、迪克·西姆斯、法罗·汤普森、杰米·克莱门特、杰里·科恩、迪安·米切尔、杰克·珀塞尔、贝利斯尔·叶茨、纳弗尔·叶茨、亚当·叶茨、耶胡·格伦、查尔斯·比林斯、杰克·麦克尼尔、凯撒·史密斯、雅各布·斯塔格和汤姆·斯科特被处以绞刑。

"我们被拆散了，亲爱的。没办法。"露丝告诉玛蒂娜。她的女儿穿着露丝拥有的最好的破布，她那亮晶晶的头发用绿色的丝带编成了辫子。这丝带是昨晚露丝在奴隶监狱里用她的晚餐换来的。"你真漂亮，孩子。"露丝提议说，"得让他们看看你有多漂亮。我的玛蒂娜。他们会像我一样爱你的。新的女主人会用爱把你淹没的。"

露丝和她的孩子以及其他奴隶一起在交易中心楼梯旁的木质平台上等待着。交易中心正是查尔斯顿的海关和邮局。马匹将在奴隶之后被拍卖。各种各样的商品——铰链、马鞍、手摇谷物磨、小工具和两个鲜绿色的门架——将被最后出售。

在耶胡被绞死的当天早晨,看守礼貌地敲响了露丝破旧的蓝色房门。谨慎的查尔斯顿当局想要补偿开支,他们没收了耶胡的工具、奴隶和孩子。他的刨子、凿子和测量工具都被卖给了一个建筑商,而耶胡的人力资本则被送到工场进行拍卖。

露丝向玛蒂娜隐瞒了父亲的命运,但每当她疲惫地闭上眼睛时,都会想象她父亲会遭遇到什么。

当局决心要开展一场惩戒性的绞刑,但由于绞刑架不能同时容纳二十四个人,犯人们被带到了一八一二年那座保护城市免受英国人侵袭的长石墙前。二十四根麻绳被吊在这堵墙后,随后被判刑的人在墙前登上矮凳。当刽子手调整绞索时,不同人种的人喧闹地挤压着民兵。刽子手把凳子一脚踢开后,下坠的力量不足以折断脖子,于是这二十四个人挣扎了起来。大多数人像跳舞似的,又踢又扭,剧烈抽搐着。巴克斯·汉米特抬起膝盖,试图缩短他的痛苦,刽子手打发走了最后几个游荡着的观众。杰米·克莱门特的小儿子西塞罗想跑到父亲身边,但被民兵的马踢了一脚,当天晚上就死了。

露丝的拍卖师是一位穿着亚麻大衣、戴着一尘不染的宽边帽的大胡子先生,他一边浏览着拍卖文件,一边让买主和好奇闲逛的人检验他的商品。在一位种植园主的要求下,一个年轻的黑人原地慢跑,旋转手臂,蹲下跳跃,以表示自己适合田间工作。露丝身旁的棕皮肤年轻女人露出她的牙齿,转过来又转过去。当一个年轻的伙计让她掀开内衣时,拍卖师打断了他:"孩子,你买吗?还是只是想免费看上一眼?"

拍卖师叠好文件,清了清嗓子,开始吆喝:"这个小子肯定能给你们赚点钱!那可是M-U-N-Y[1]:钱!这孩子会种地、除草、收割、脱粒。他来自安德森种植园,所以他对卡罗来纳金稻米无所不知!"

露丝感受不到任何东西。不像地狱,这一天终究会结束的。

那个有着一双适合种田的手的浅色皮肤年轻女子被卖掉后,拍卖师的助手把露丝和玛蒂娜拉上了拍卖台。虽然露丝曾经属于福尼耶家族、埃文斯家族和耶胡,但她又并不真正属于他们。她一直是露丝或露丝嬷嬷,这和属于某人不一样。现在她整个人都被简化了。

就在离露丝和她女儿二十英尺远的地方,一位种植园主走进了交易所。他将检查一份清单,提交一份契约;也许他还有一封信要邮寄。他没有注意到她们。如果露丝叫一声,他可能会被吓一跳或恼羞成怒,然后继续做他的事。露丝、耶胡、她心爱的玛蒂娜:他们都是怎样存在于这个世界上的?如果他们在别人的眼里什么也不是,那他们能在上帝的心里占据一个小小的、不起眼的位置吗?

拍卖师继续说道:"先生们,请大家注意了。我有一个家仆要出售!二十年来,她健康状况良好,是一位经验丰富的嬷嬷

---

[1] muny的发音和钱的英文发音相同。

和女佣，遵纪守法，勤勤恳恳。先生们，她一个冒犯的词都不会讲！她从没生过病，养了一个五岁的孩子。孩子养得很好，身上没有伤疤，也没有疮疤，她能生能养。单卖或者一对都行！一对多少钱？两百五十美元；很好，先生，两百五十美元起拍。斯摩尔斯先生出价两百五十美元。真的，先生们，她很划算。就两百五十美元吗？看看这双眼睛，看看她笔直的四肢。要我说，两百六十美元？想象一下这个年轻的女人，呃，打扫你的房间。"

一阵心照不宣的笑声。

"这位先生，我听见了！两百六，现在是两百六十美元。有两百七十五吗？先生们，如果要我卖掉一个这样的小姐的话，肯定得卖五百美元啊！现在！两百八十美元就能买到低地最好的嬷嬷？想一想，让她来服侍的话，你们亲爱的妻子们会怎样感谢你们啊！"

他强调最后这句话的时候，场下重新响起了心照不宣的笑声，有些基督徒认为这笑声的内涵十分低俗。

"难道我要以二百八十美元卖出吗？三百美元。谢谢您，先生，我们有三百……"

一个乡下人走了出来，说："她是维西手下的魔鬼。她丈夫上周二被绞死了。这荡妇一直躺在他身边，谋划着割断白人的喉咙！她，她丈夫，还有撒旦维西。先生，你认为我的妻子会感谢我把这条毒蛇放到我们无辜的孩子那雪白的胸脯上吗？"

在人群后方，一群欢快的骑手过来了。比起拍卖会，他们对欢乐的友情更感兴趣。其中一人喝空了他的酒瓶；另一个人紧紧地抓住他的马鞍作为预防措施。

拍卖师对那个乡下人厉声道:"先生!如果您愿意的话!现在出价三百……"

"出价你个头!"那个出高价的人喊道,"你从没说过她是维西的人!"

"先生,我已经拍卖了四十名扯上那桩事,却仍旧忠心耿耿的仆人。所有人都经过了彻底的检查,以证明他们对维西的阴谋一无所知。他们自力更生——从不参加叛乱——我们的黑奴们都快乐而讲礼貌。这个女人曾在萨凡纳和查尔斯顿为上流家庭服务。她可不是犹大!维西的阴谋没有女人参与。她们怎么可能参与?女人不是弱者吗?"

出价三百美元的竞拍者背过身去,走了。一个新来的骑手跳下马,从靴子里抖出一块鹅卵石,而他的朋友们则对他提出建议。

拍卖师以前也遇到过这种"维西反对"。他抿了抿嘴:"女人,转过身去,脱掉你的衬衫。"

露丝的衬衫滑了下来,轻得像一阵最微弱的风。面朝她站着的奴隶们盯着自己的脚。

"你们看,她背上有什么疤痕吗?"拍卖师问,"她被鞭打过吗?没有!我告诉你为什么。因为虽然她的男人是个叛乱者,但这个女人知道自己的地位!转过来。"

小伙子们咯咯地笑了起来。有人发出一阵狂笑。

"从观赏性来说,这姑娘也许还不够白,但老练的绅士们告诉过我，在黑夜里是看不到黑皮肤的。之前卖到三百块钱。现在我重新开始。这个年轻的黑姑娘，还带个小孩。有人出两百五十美元吗？两百五十美元？有人出价吗？"

"我给你四十块钱买那个小崽子。"那个多管闲事的乡巴佬说，"我家厨子的小孩没了，我烦死她一天天的抱怨了。"

"好，四十美元。后面那位先生。你出四十五美元吗？那就四十吧。卖给十六号。先生，我的助手穆伦先生会收下您的钱，并为您提供销售单据。"

露丝的手已经完全麻木了，所以当玛蒂娜的手从她手中被扯出来时，她毫无知觉。她没有听到玛蒂娜的哀号。她没有看着她离开。她的原则是：但凡她没有触摸到的、没有听到的、没有看到的、没有感觉到的，都不是真的。

一瞬间的漆黑，几秒钟死亡般的麻木，一颗永远伤痕累累的心；这就是全部。

一个白人喊道："都中午了，史密斯先生！我是来买马的。什么时候能见到那该死的马？"

"耐心点，杰克。我要先卖完黑鬼，才能卖马。"

"搞什么鬼！搞什么鬼！"杰克上校下了马，向人群走去，"史密斯，你个坏透了的狗娘养的……露丝！天哪，是你！这他妈到底是怎么回事？"

露丝低声说："玛蒂娜。"

"好吧，我真该死。我真该死。弗朗西丝知道这件事吗？"

露丝摇了摇头。

杰克打开他的皮夹，翻着钱。

"史密斯，我的信用度怎么样？"

"杰克……"

"我还欠你多少钱？"

"你还没付那匹海湾母马的钱呢，记得吗？前腿是白色的那匹。还有你十二月买的那匹黑马。杰克，你我都知道，你偷了那匹马。"

杰克用手指戳了戳自己的胸口："偷了一匹马？史密斯，你是说杰克·拉瓦内尔是个偷马贼？"

杰克的朋友们都笑了，那个牵着杰克的马的家伙自告奋勇地说："你还真是，杰克。你还真是。"

经过一番对话后，事情清楚了：杰克的信用度已经不够他接着贷款了，除非收到补款，或者在某些稻田上记录留置权，在这种情况下，奴隶、马匹和一般商品的拍卖商史密斯公司将心甘情愿，不，应该是将很乐意恢复他的信用。

"弗朗西丝会杀了我的。"杰克说。

露丝不知道他们有多少话好说，又为什么说了这么多话。

杰克上校再三恳求他骑马的伙伴们。他提到了弗朗西丝的名字。

通常情况下，杰克东拼西凑的二百一十七美元是买不到一个带着孩子的年轻女人的，但这个女人有污点，奴隶市场供大于求，拍卖师想继续做生意，而孩子又已经被单独出售了。

七十年前，杰克·拉瓦内尔的曾祖父纳撒尼尔把鹿皮贸易的利润投入到阿什利河边种植槐蓝植物的土地上。杰克的祖父约西亚十八岁时在一次决斗中丧生，他的弟弟威廉开始在拉瓦内尔的土地上种植水稻，并在河对岸的高地上潦草地建起了一座柏树农舍。卡罗来纳黄金很轻，方便运输，而且可以永久保存。拿破仑和惠灵顿的军需官们把钱投到了低地的建设中，新贵种植园主们在那里给自己的马车镀上金，并拆除了祖辈们的工棚，建起了佐治亚风格的"种植园别墅"。但拉瓦内尔夫妇住在沿河路与河之间的那座潦草而过时的柏树农舍，很是满足，那里藏在悬崖的后坡下，因此暴风雨得以呼啸而过不伤害他们。当杰克和他的马友们在城里狂欢的时候，弗朗西丝更喜欢待在那里，就像她说的，她能听到鸟儿和白蚁的歌唱。家里的房间里摆满了欢快的小玩意儿，餐厅的墙上挂着印第安克里克岛样式的挂毯，绘满了鲜艳的红色、绿色和橙色图案。虽然在河对岸的杰克的稻田里有十八个全职和兼职家仆在劳作着，住在家里的却只有厨子和露丝嬷嬷。杰克的马房男仆和骑师睡在一个十二栏马厩旁的附楼里。

杰克上校对种植这件事既不热心也不细心，他对待黑人就像他身边有白人民兵在场一样。结果，黑人们在杰克的眼皮子底下工作得很好，但在主人不在的时候，他们就自己打理花园，打猎，钓鱼。杰克的朋友们推荐了一些监工，但一个太松懈，另一个又太严格，没有一个监工能坚持干上一两个月。

由于杰克经常外出买马，弗朗西丝和她的女儿佩妮便成了彼此最好的伙伴。

当杰克带着露丝骑在马背上赶回家时,头疼把他的眼睛扯得发紧,露丝的脸色灰暗得像洗拖把的水。她苍白的微笑可怕极了。

"我们又买了一个仆人,"杰克说,"我知道,我知道我不该这么做,但我怎么忍心看着露丝被卖给别人呢?"

"卖给别人?卖?卖去哪里……你当然不能了,亲爱的杰克。进来吧,露丝,你累坏了。"

佩妮匆匆忙忙地跑出来迎接她的嬷嬷和她的朋友玛蒂娜。她把大拇指塞进嘴里。

"真是座好房子。"露丝挤出一句话。

"不过是个破地方罢了,但这是自己家。"当弗朗西丝向丈夫投去疑惑的目光时,杰克用皱眉警告她不要问起玛蒂娜。

露丝呆呆地坐在前廊的秋千椅上,直到佩妮走过来坐到了她嬷嬷的腿上。过了很久后,露丝抬手摸了摸她的头发。

那天晚上,佩妮跪在她的床边,祈祷玛蒂娜能过得好,过得快乐。露丝狠狠地盯着她,眼神中却又透出温柔。弗朗西丝看不下去了。

早上,杰克去了博福特,那里可能有个寡妇在卖她丈夫的马。

到了周末,露丝能睡着了,有时一次能睡三十分钟。

杰克有足够的勇气面对子弹,但他却无法面对这件事。于是拉瓦内尔上校不出差时,他就待在城里。

露丝对弗朗西丝的要求言听计从,她与她那件斑驳的棕色连衣裙和破旧的绿色手帕几乎融为了一体。弗朗西丝经常会抬起头,想着露丝是什么时候进的房间,又在那里坐了多久。

露丝不想和任何人说话,当弗朗西丝试图交谈时,露丝那虚弱的笑容就像一床毯子一般熄灭了沟通的火焰。只有佩妮在床边祈祷时会提到玛蒂娜。虽然两个大人都没说什么,但如果有一天晚上佩妮忘记了祈祷,她们都会注意到。

热病对低地的新移民来说往往是致命的。土生土长的白人和黑人——后者的祖先在非洲时就见识过热病——感染这种疾病时往往症状较轻。他们都曾得过这种病,有一天早上,佩妮下不了床,额头烧得火辣辣的,弗朗西丝便觉得她只要经受两三天的痛苦,热度就能退去了。

露丝给她灌了点奎宁树皮茶和萝卜叶煎剂,三天下来,佩妮的病情有所好转。第二天,弗朗西丝本以为佩妮能下床了,但她女儿却抱怨自己头痛,随后又发起了烧。到了晚上,孩子变得非常虚弱,大人们不得不把她抱到夜壶上。

弗兰西丝派人去找杰克和医生。医生说:"发烧对孩子来说特别危险。"他说的这事每个低地的父母都知道。

佩妮躺在床上,烧得滚烫。她的母亲、露丝和杰克轮流用凉布擦拭着她的身体。

在陪着孩子度过了一个漫长的夜晚后,杰克发现露丝面无表情地坐在厨房里,他突然爆发了:"你是个正值盛年的女人,你不能就这样放弃。弗朗西丝需要你,露丝。"

露丝的眼神浑浊而平淡。

"该死的!"杰克低声喊道,"佩妮需要你!"

露丝露出了她那熟悉的、可怕的笑容:"哦,杰克上校。很多人都需要我。"

佩妮的父母和露丝日夜守在佩妮的床边,如果他们的祈祷没有治愈这个孩子,那么总有什么东西做到了,因为到了十二月,脸色苍白的佩妮·拉瓦内尔小姐享受了一个安静的圣诞,玩着一匹新的摇摇马,她给它起名叫加比。

杰克回到镇上参加赛马比赛,兰斯顿·巴特勒的瓦伦丁击败了最受欢迎的马,巴特勒把瓦伦丁的驯马师带到了俱乐部,詹姆斯·佩蒂格鲁向他敬酒:"黑人比我们更了解马,因为黑人具有动物的天性。"赫拉克勒斯在社交上并不如鱼得水。一个黑人,即便是个爱开玩笑的驯马师,也会让老爷们感到不舒服。巴特勒老爷让他的仆人回到了马厩。

杰克回到他的种植园种地,在房子里碍手碍脚。他对弗朗西丝说,他觉得自己像是"这里多余的奶头"。

"如果你多花点时间'在这儿',也许你会是一个更有用的帮手。"

弗朗西丝和杰克一起笑了起来。

他搂着妻子的脖子,说:"我们家的气氛从来没有这么阴郁过。为什么我们这么不高兴?是因为露丝吗?"

"露丝来我们这里还不到一年。她做的事总是比我要求的还多,而且从不抱怨。佩妮很喜欢她。我们的女儿每天晚上都会给露丝读书。"

"是的,但是……"

"我们的朋友们吊死了她的丈夫,卖掉了她的孩子。"

杰克耸了耸肩,说:"维西会谋杀查尔斯顿的所有白人。他也会谋杀佩妮和你。"

"玛蒂娜呢?"

"夫人,那确实令人遗憾,但世事总是如此。"他递给弗朗西丝一杯雪利酒,她拒绝了酒,也拒绝了丈夫的温存。

春天的大雨让阿什利河上涨的河水冲出了河岸。堤坝被冲垮了,主干道的闸门也被冲走了。杰克工作得筋疲力尽,直到他听说一匹弗吉尼亚种马在一英里内比瓦伦丁快了六秒。他又坚持干了三天维修工作。因为他知道要是他走了,种植园里未完成的工作只会一直处于未完成状态。

佩妮不肯让露丝好好待着:"露丝,你看到那些鸭子了吗?为什么它们会排成V字飞行?""露丝,如果加比是一匹真马,它的速度会有多快?我当然知道他不是一匹真马,傻瓜!"

就像她小的时候母亲给她念书那样,在她祷告之前,佩妮也给床边沉默的黑女人念着书。

米恩维尔农夫是小玛格丽和她弟弟汤米的父亲,多年来他一直是个有钱人。他有一个大农场,不错的麦田、羊群,还有很多钱。可是好运背弃了他,他变得很穷。他不得不找人借钱给他,以支付房子的租金,以及在农场工作的仆人的工资。

可怜的农夫的境况越来越糟。当到了他应该还钱的时候,他却无力偿还。他很快就不得不卖掉他的农场;但即便如此他的钱也不够,所以他发现自己的处境比以往任何时候都要糟糕。

他去了另一个村子,带着妻子和两个小孩子离开了。不过,虽然这样他就可以逃避追逐,但对于这个没落的人来说,他所要承受的麻烦和需要照看的事情实在是太多了。他病倒了,又为妻子和孩子们操碎了心,以致病情越来越严重,没几天就死了。他的妻子受不了失去她深爱的丈夫,也病倒了,三天后就死了。

于是,玛格丽和汤米就孤零零地被留在了这个世界上,既没有父母来爱他们,也没有人照顾他们。他们的父母被安葬在同一个坟墓里,现在除了住在天边的孤儿之父,似乎已经没有人去怜悯和照顾这些无家可归的孩子了。

佩妮在床上蜷缩得深了一些,说:"嬷嬷,上帝怎么会让这样的事情发生!"

一时间,嬷嬷说不出话来:"这只是一本书,亲爱的。人们把各种从没发生过的事情都写进了书里。"

"但它们可能会发生,不是吗?"

就像背诵着一首已经快被遗忘的诗一般,露丝低声说:"你真漂亮,孩子……他们会看到你有多漂亮……他们会像我一样爱你。"

一阵沉默之后,佩妮果断地合上了书。"吻我吧,嬷嬷。让我做个好梦。"她说。

弗朗西丝四处打听,但她得知玛蒂娜并没有被卖到一个有教养的家庭里。显然,玛蒂娜的买家是一位与低地亲属圈毫无关系的内地农民。

八月的一个中午,弗朗西丝的打听有了结果。鸣鸟喘息着,没有哪片树荫凉快到可以让它们乘凉。弗朗西丝的汗水滴到了信上,这信是她母亲那边的一个三表姐或者四表妹写的,她送来了最诚挚的问候,并希望有一天他们能从沉闷的内地农庄动身,到她经常听说的这个宏伟而邪恶的城市来看看。汗水模糊了墨迹,弗朗西丝把信放在藤桌上,旁边是她的茶杯。弗朗西丝还没来得及决定,露丝便来到了门廊上,说:"佩妮在小睡。"

弗朗西丝直直地看着她仆人的眼睛。她摸着那封信。

露丝的目光附在那张折叠的纸上,仿佛那是基督临终前的承诺:"玛蒂娜……"

她已经在弗朗西丝·拉瓦内尔的脸上得到了答案:"哦,我知道的,夫人。我知道我的玛蒂娜已经死了。没有妈妈的孩子是活不长的。孩子们都急着要回天堂,只有他们的妈妈才能把他们留在这里。"

当弗朗西丝站起来想拥抱她时,露丝抬起了手。"不,夫人,"她说,"我不需要什么。我什么都不需要。"

"露丝,我……"

"是的,夫人。我非常感谢您。我们俩都是。"

那个夏天剩余的日子里,老农舍宽阔好客的门廊上总笼罩着密不透风的热气和忧伤。

有一天早晨,弗朗西丝还穿着睡袍,一阵热闹的招呼声传来,原来是巡警们把杰克逃跑的骑师汉姆给送回来了,还盼着用五十美元的赏金好好喝上一杯。恼怒的弗朗西丝既付了钱又端来了酒。他们喝完第二杯白兰地后,哈哈大笑着友好地提出要用铁链锁住逃跑的人。也许他们应该送他去"尝尝糖"?

"我不觉得有这个必要。"

巡警们骑着马走进了灼热的阳光里。"为什么,汉姆?"弗朗西丝问道,"我们对你还不好吗?"

"我觉得好。"

"那到底是为什么?该死的!你回答我!"

"巴特勒老爷,他把我的玛莎卖到南方去了。还不告诉我她要去哪。"

两个月前,汉姆和布劳顿种植园的一个仆人喜结连理。"老爷说玛莎'活泼可爱',所以就把她卖了。随您怎么处置我,鞭打我、卖掉我或者其他什么都行。我已经心碎了,我想死。"

弗朗西丝听不下去了:"你怎么敢认为只有你一个人的心碎了!"

杰克买了四匹田纳西州的马,然后卖了它来盈利。他不知道自己干吗要操心稻米。他又不是什么该死的种植园主。是的,他明天一早就会去种植园。是的,他要雇一个好的监工。是的,他知道他有一些树干做的门还需要修理。是的，他会和兰斯顿谈谈汉姆的女人："我会和他谈的。这不会改变他的想法，但我会和他谈谈。"

"也许你能把玛莎买下来。"

杰克嗤之以鼻："兰斯顿会开比她本身还要高的价格。比奴隶投机商报的价还要高。我们可不能继续为仆人的事烦恼了。"

"没错，杰克，但要是你找到了一匹顶好的马时，你一定会想要一个骑师来骑它。"

于是杰克买下了玛莎，汉姆答应他下一场比赛一定会赢，一定。杰克可以相信他。

露丝依然一直在微笑。她瘦得骨头凸起，乳房也慢慢缩小，最后几乎消失了。她走起路来的样子好像每一步都让她痛苦，但她始终笑着。她用死人一样的声音说着最欢快的话。女主人和她的仆人像陌生人一样同住在一间房子里。她们心照不宣地行动，两人都不必遇到对方。终于有一天，弗朗西丝失去了耐心："露丝，你必须吃点东西。你需要体力。佩妮也需要你。"

露丝带着她那欢快而可怕的笑容说："不然怎么样，太太？你要送我去"尝尝糖"？小姐，我的牵挂都在彼岸。我很寂寞。"

杰克还在北乔治亚州的某个地方时，佩妮又发烧了。医生说"年轻人身体都能抗"，又说"这真是非同寻常"。汉姆开车把弗朗西丝送到布劳顿种植园，她在那发现多莉正在医务室里做护理。弗朗西丝很直率："露丝嬷嬷想寻死。"

"上帝想带走露丝嬷嬷了？"

"我想……我想我们得问问他。"

多莉不耐烦地说："不，太太。我们问神灵，这样他们就能帮我们问上帝了。他们会替我们干涉。"

弗朗西丝觉得多莉的意思是交涉，但也许不是："你能不能？……"

多莉壮着胆子说："我是个好基督徒，小姐。我不听信任何魔法。"

"我的佩妮……我……"弗朗西丝说着，仿佛别人，或是什么神灵在替她说话，"如果露丝死了，我的女儿也会死。我知道这是事实。"

最后，多莉叹了口气，说她会尽力而为。

汉姆驾车送她进城去买东西和借东西，二人直到天黑才回来。多莉胳膊下塞着一个神秘的面粉袋，发出刺鼻的气味。她问弗朗西丝："您想帮忙吗？"

这个牙齿稀疏的笑眯眯的女人让弗朗西丝·拉瓦内尔的新教灵魂感到一丝寒意。

"我需要有人来帮忙。"

"啊，为什么不叫汉姆？你的……你自己的人。"

"汉姆。"她把这人打发走了，"汉姆想要爱情魔药。这是他唯一想要的东西。把他的妻子变成个傻子。"

在汉姆并不傻的妻子玛莎关上两个女人身后的门后，有时会在圣诞节喝上一杯雪利酒的弗朗西丝把杰克上校从肯塔基州带来的黑甜威士忌斟满了一个酒杯。

喝到第二杯时,她已经听不见门后奇怪的声音了。作为一个基督徒,她不愿去想,既不去想那歌声,也不去想那吟咏,更不去想那里传出的好几种声音。

她走到佩妮的卧室,在女儿身边的椅子上睡着了。

早晨的阳光把河边的雾气染成了粉红色,一束光线射入了老农舍的窗户。弗朗西丝猛然惊醒,摸了摸女儿冰凉的额头。佩妮的蓝眼睛睁得大大的。"妈妈?水?"弗朗西丝从床头的罐子里倒出一点水,喂佩妮喝下。

"我做了一个特别奇怪的梦……"佩妮说,"可我记不起来了……"

一滴泪水顺着弗朗西丝的脸颊流了下来。

她帮女儿穿上一件干净的睡衣。"呼。"佩妮傻笑着说,"我闻起来好臭!"

弗朗西丝打开百叶窗,让河风吹进来。"我很感激。"她说。

佩妮做了个鬼脸:"你为什么为这事感激呀?"

"等会儿就给你洗澡。"

弗朗西丝拿了一壶茶上楼,敲了敲露丝的门。她听到门里传来一阵窸窸窣窣的声音。一阵咕哝声。一双脚踩在了地板上。

多莉的衬衫被扯了出来,辫子也是散的。她的脸色很柔和,仿佛刚花了一整夜缠绵。在她身后,窗帘和百叶窗都拉着,房间很暗。墙上的壁灯上挂着些奇怪的东西,多莉身上散发着刺鼻的麝香味。弗朗西丝分不清露丝的床上躺着的是一个女人还是两个女人。"新的一天,不是吗?"多莉宣布,"小姐,你叫汉姆送我回家吗?我累得走不动了。"

"露丝呢?"

"哦,露丝,她就差说个再见了。我们不能不说再见就放他们走。给我的茶吗?"

多莉接过茶,关上了门。弗朗西丝扶着佩妮走到门廊里,厨子给佩妮端来了燕麦粥,她吃得津津有味,好像世界上没有比这还要美味的东西了。

他们盯着早晨的天空看了一两个小时。什么景色也没有逃过他们的眼睛,一分钟也没有。

汉姆搭上多莉,把她送回了家。

露丝出来了。她揉了揉眼睛,像经历了一晚最深沉而幸福的睡眠:"嘿,佩妮小姐。你感觉怎么样?"

"我觉得很虚弱。"

"我也很虚弱。但我现在可以照顾你了。"

"露丝,你要吃早餐吗?"

露丝点了点头:"佩妮小姐?"

"我一口也吃不下了!"佩妮自豪地宣布。

但当露丝吃着饭的时候,佩妮依然和她坐在一起。门外,驳船正把没筛过的大米运到河边的扬场。鸟鸣声点缀着船夫们庄严的吟唱。

"这一切都太平庸了。"弗朗西丝说。

"平平又庸庸。"露丝回答说,又拿起了一个玉米饼。

"什么？……"

"在我这一生中，神灵们一直在追问我，可我一直在逃避他们。我不是非洲人，我是在圣约翰浸礼会天主教堂受洗的。"

"我不知道……"

"我从没喜欢过古拉·杰克，但多莉把杰克找来跟我说话了。杰克不想让我在天上指挥其他的神灵。所以我得在这儿待上一段时间。"

"那，感谢上帝召来杰克。"

"古拉·杰克的灵魂也没比他本人好多少。"露丝吸了一口气，"我想只要孩子们需要我，我就会活下去。嬷嬷应该做她该做的事。"

高昂的米价让富有的种植园主和没那么有钱的种植园主的钱包都鼓了起来。杰克买了三匹马，一匹接着一匹，都开出了最高的价钱。但是，尽管汉姆尽了最大的努力，每匹马都在它们本该夺冠的时候屈居第二。

杰克想买下赫拉克勒斯，因为他训练过一些曾经击败过他的马，为此，他花了好几个小时听老米德尔顿·巴特勒回忆随南卡罗来纳州代表团参加制宪会议的情形。"我很荣幸成为一名将奴隶制保留在美国宪法中的爱国者。"他断言，"北方佬需要南卡罗来纳州的选票。汤姆·杰斐逊[1]，性格冷漠，对自己的学识感

---

[1] 即托马斯·杰斐逊。

到非常骄傲;约翰·亚当斯[1]和他脾气暴躁的老婆;哦,对了,他们都听了来自布劳顿种植园的卑微的稻米种植园主的意见。"米德尔顿咯咯地咳嗽着,直到他满脸通红。

兰斯顿像往常一样打算送杰克出门。"叔叔绝不会卖掉赫拉克勒斯,我也不会。"他宣称道。

"我们走着瞧,好吗?"杰克愉快地回答。

在杰克忙着拍米德尔顿马屁的时候,露丝和佩妮去了马厩院子,赫拉克勒斯在那里试图和露丝调情。

赫拉克勒斯对她说:"露丝,我觉得我们彼此很般配。"

她说:"我有过男人。我不想再找另一个了。"

问题并不在于她说了什么,而在于她是怎么说的。赫拉克勒斯站起来,吹了个口哨,虽然他仍然讲着调侃的话,但意思已经不太一样了。

弗朗西丝·拉瓦内尔生了一个儿子,是个活泼好动的孩子,即使吃饱了,也还会哭着喊着要吃妈妈的奶。

"安德鲁宝贝,你会成为一个可怕的男人,"露丝说,"但女人们会爱死你的。"

米德尔顿死的时候,并没有屈服于杰克的甜言蜜语。虽然他的继承人卖了两百个奴隶来偿还他叔叔欠的债,但赫拉克勒斯并不在其中。两个月后,兰斯顿娶了十五岁的伊丽莎白·克肖。作为威廉·R.克肖的唯一继承人,她虽然富有,长得却平平无奇。

---

[1] 美国第二任总统,《美国独立宣言》的起草人和签署人之一。

伊丽莎白在婚后十个月就生下了一个继承人。黑鬼们大肆宣扬长子出生时拳头里握着胎膜的事实：一个强力而又模棱两可的预兆。

拉瓦内尔家的生活像一个普通的种植园家庭一样继续着，他们的兴奋和苦恼都被庄稼、风暴和远方变幻莫测的市场所决定。

佩妮七岁的时候又发了一次烧，这次彻底把她的父母吓坏了，但所幸最后烧退了。

那是在八月中旬，从没有人见过如此多雨的夏天。兰斯顿·巴特勒来到拉瓦内尔家，和杰克坐在门廊里聊了一个小时。

"这是怎么一回事？"弗朗西丝问。

"我们河边的那些田地——就是曾祖父种槐蓝的那些地——兰斯顿说'亲爱的伊丽莎白想要它们'。显然，伊丽莎白有一个疯狂的想法，她和兰斯顿在河岸上野餐。"杰克对此嗤之以鼻，"和我一起生活吧，做我的爱人，我们会享受无边的快乐，去山谷、果园、山丘和田野，还有树林和陡峭的山峦……"

"可以了，杰克。兰斯顿到底想要什么？"

"兰斯顿的野心其实很有限。他只觊觎'近在咫尺的东西'。我已经卖掉太多土地了，我本不该卖掉这么多的。我希望你能来管理我们的生意。你比我更理智。"

"杰克，"弗朗西丝说，"你一直以来让我感到很幸福。"

"我一直想不通，你到底看上了我这个沉迷赛马的精疲力竭的士兵身上的什么东西。"

"不管你是什么样的人,杰克,我都不会用精疲力竭来形容你。"

在低地,说一个人马骑得不好,就相当于在说他是个可怜人。盗贼被关进监狱,但盗马贼却会被绞死。凡是在马匹和赌徒聚集的地方都能见到赛马:无论是在路口、牲畜市场、政治聚会还是爱国庆典。在赛马周期间,查尔斯顿的华盛顿赛马场举行的比赛是其中规模最大、最隆重的,它吸引了来自南方、西部甚至北方的好马、骑师、马主和观众前来参赛和观看。纽约的报纸刊登了"专为女士们先生们设计的短途旅行"的广告,其中包括乘坐最新的船只,住宿查尔斯顿的豪华酒店,以及重要赛马比赛的珍贵的看台票。

人们热情地下注,而奖金也很惊人。兰斯顿·巴特勒的瓦伦丁有望重现上个赛季的辉煌。

那年秋天,杰克在诺克斯维尔赛马场潮湿的会所里郁闷地喝酒。尽管大雨滂沱,比赛还是如期进行,杰克下注的那匹马摔倒了,它的黑人骑师还摔成了残废。在骑师(被指责为事故的罪魁祸首)被拖出赛道之前,这匹马就被射杀了。郁郁寡欢的杰克·拉瓦内尔坐在凳子上,透过水迹斑驳的窗户看着雨落下,宽大的窗台上放着他的雪茄和酒杯。雨猛烈地敲打着会所的房子,火苗散发出的轻烟在湿答答的羊毛料的臭味之上更增添了一股恶臭。

杰克欠了很多钱,今年的稻谷收成比去年更差。他把盛着暗色液体的酒杯转来转去,仿佛智慧能从烟雾中显现。马,马,马。

在他身后几英寸的一张桌子上,两个当地人正在密谈:"我跟你说过红棍的事。"

"嗯,我想你已经说过了。"一阵非常微弱的窃窃私语,"老天爷。四英里只用八分十秒。"

"朱尼尔说安迪要卖掉它。"

"哦,是的。想想也是,像那样的一匹马。"

"我不是朱尼尔的表弟吗?我们不是一起在羊溪长大的吗?没多少人知道老红棍。安迪做事真是喜欢藏着掖着。"

仿佛看见了僵直不动的杰克,另一个人说:"嘘,亨利。现在不是时候也不是地方。"

两天后,杰克·拉瓦内尔上校小跑着来到结满棉花的棉田间的一条小道上,登上了一座两层楼的砖房,比起南方大户人家的豪宅,这更像是座农舍。一个男孩牵走他的马之后,杰克在门厅里受到了一位丰满的黑妞的迎接:"我是汉娜,先生。能告诉我您有什么事或者您的身份吗?"

"杰克·拉瓦内尔上校。我曾为将军服务。"

"哦,他一定会很高兴见到您的,先生。请坐吧,先生。杰克逊将军总会为他的老兵空出时间的。"

杰克没有等太久。杰克逊是个矮小、瘦弱的人,头大得和身体不协调,而他的身体——正如他自己所说——已经"半死不活"了。将军随身带着两颗子弹作为决斗的纪念品,差不多两年前,他本可以赢得美国总统选举,但选举结果却被人动了手脚。

不过他一次都没有抱怨过。

"哎呀,上校,杰克·拉瓦内尔上校。很好。太好了。是什么让你从邪恶的卡罗来纳州的小窝里走出来的?"

"我是个改过自新的人,将军。"

"你还没有许下'誓言'?"

"我只是改过自新了,将军,我还没死呢。"

"那你一定要尝尝我的威士忌。到我办公室来吧。"

在那间小房间里,杰克逊向杰克介绍了纽约的哈蒙先生和弗吉尼亚的菲茨休先生:他的"顾问们"。杰克逊的威士忌酒品质上乘,而谈话却比较拘束。杰克逊办公桌上展示着的那把金剑是田纳西州议会授予他们的民兵少将的。

杰克逊的顾问们非常渴望能给出建议。这全写在了他们神采奕奕的脸上。

杰克说:"将军,坎伯兰河一带有许多非常好的马匹。我相信你拥有其中的大部分。"

"我养了几匹比劣马也好不了多少的马。"杰克逊龇牙一笑,转向纽约人,"你懂马吗,哈蒙先生?"

北方佬不耐烦地噘起嘴。

"真是太可惜了。拉瓦内尔上校,如果您是来看马的,我更愿意亲自带您去看,但和这些先生们的事务不能推辞。如果您不介意的话……"

汉娜派了一个小男孩去接监工艾拉·沃尔顿。他风尘仆仆地赶来了。监工对自己被从丰收的棉花之中突然叫来很是不满。

当他们骑马去马厩时,沃尔顿问杰克,他怎么能和那些对白人不尊重的黑人一起种地。"你不能宠着黑鬼,先生,"他说,"杰克逊将军的收成必须按时运到。不能宠着他们,先生。"沃尔顿的目光看向了种植园里每一项未完成的任务和每一个微不足道的偏差。可在杰克看来,这是他所见过的最整洁、最忙碌的种植园之一。在马厩里,监工喊道:"邓伍迪!滚出来,你这个流氓!"那个正在给马钉掌的黑鬼没有抬头,但一个浅色皮肤的黑人走了出来,手挡在眼睛上遮着阳光:"沃尔顿老爷,有何吩咐?"

那人的话很恭敬,但语气有些……

"让拉瓦内尔上校看看我们的马匹。"监工厉声道,"我现在很忙。"

"啊,您肯定很忙,监工。没有您,就收不了庄稼啊。"

一张不苟言笑的白脸对着一张笑眯眯的黑脸。白人骂了一句,猛地一拉缰绳,向着他该工作的方向疾驰而去。

"这些庄稼需要精心照顾。"邓伍迪严肃地说道。

"谨慎的监工就像一颗无价的珍珠。"杰克同样严肃地说道。

"好吧,那么,拉瓦内尔老爷,您为什么来这里?您想看什么?"

"我想看看红棍。"

邓伍迪轻轻吹了一声口哨:"那匹马啊。"

"我相信他跑得很快。"

"哦,是的,先生。他跑得可快了。"

"但是……"

"没有什么但是。红棍是我见过的最快的纯种马了,将军可不养慢马。"

"但是……"杰克请求道。

邓伍迪缓缓露出一个微笑:"可能您想看,可能您不想看。它和我们的阉马一起待在后面的草场里。"

美丽的马匹在草地上游走,一旁,田野里劳作的人们一边唱着歌,一边割着干草或摇着谷粒。

"他们多幸福啊。"杰克说。

"红棍激怒了伯特兰,伯特兰追着它,几乎快追上了,几乎。但伯特兰每次都会上当。"

有些马美得深不可测。阳光在红棍的背上闪闪发光。

燕子俯冲下来,寻找从干草切割器上脱落的昆虫。一名劳作者唤了一声,其他人回应着他,这二重奏就像他们的工作一样古老而悲伤。

然后那匹马转过头来,打了个响鼻,朝着栅栏边的人冲了过去。它带着飓风般的力量,鬃毛飞舞着,四只蹄子砰砰作响。杰克意识到它不会停下来,于是准备躲到一边去,这时红棍把重心落在了臀部上,结结实实地停了下来。杰克脸上顿时溅满了灰尘、肥料和草块。杰克打了个喷嚏,发现自己正盯着两只离自己只有几英寸的清澈的棕眼睛:"你是谁?"

红棍是一匹杂色马,长着黑色的鬃毛、尾巴和距毛。纤细的脖子、完美的平衡感、高翘的尾巴、圆滑的臀部、粗壮的炮骨、大张的鼻孔,还有一双机警而聪明的眼睛。

"它在说'你好'。"邓伍迪说。

"你好。"杰克揉了揉马儿棕红色的大鼻子,马儿打了个响鼻,甩了甩头,摇了摇身子,踢着马蹄跑到其他人面前。杰克被迷住了。他的心像个年轻人一样跳动着,他感觉连吞咽都难:"八分十秒就跑了四英里啊。"

"我给他计的时。"

"比伯特兰快。"

"快一点。"

"将军到底是为了什么要卖掉他?"

黑人做了个鬼脸:"其实他没有。"

"但是?"

"杰克逊将军现在忙着呢,因为他要当总统。他没时间看赛马。"邓伍迪笑了笑。杰克上校吞了吞口水,手臂下开始冒汗。

"红棍要么去赛马,要么去拉马车。"邓伍迪哼了一声,"拉马车!还不如把康格雷夫先生的烟花拴在上面。"

杰克·拉瓦内尔上校低声说:"它会卖个好价钱的。"

邓伍迪挤出一个笑容:"哦,是的,先生。它肯定会的。"

政治家们离开后,杰克逊将军给杰克多倒了些他那"非常好喝"的威士忌,自己却没有喝上一口。他说:"啊,上校。所以您已经见过它了。我是整个田纳西州最不情愿的卖家。那匹马会让人名声大噪的。但是,我要是搬去华盛顿,我亲爱的瑞秋认为一个总统不能爱好赛马。我无意中伤您,先生。我当年还是个年轻律师的时候,就喜欢上了赛马运动。现在为了讨瑞秋欢心,我会卖掉红棍。但我不会把它随便卖给什么人。那匹马必须卖给一个算得上是我朋友的人。"

当杰克逊说出他的价格时,杰克迟疑了。

"上校,红棍一定会赢得比赛,不是'可能会'。它是南方跑得最快的动物了。"

"您定价太高了。在我的家乡,几个种植园加在一起才会卖到这么多钱。"

"好吧,先生。如果您不感兴趣的话……我确实希望您能屈尊出席我们的晚宴。我们有一个优秀的厨子。"杰克逊起身伸出手。

"您收欠条吗?我会在月底前给您现金。"

"我当然收欠条,上校。我们可是一起打过仗的。"

一周零两天后,杰克·拉瓦内尔从农田里的躺椅上起身。

"它可狡猾了,汉姆。"杰克把缰绳拴到拴马桩上,"给它按按摩,多了解了解它。就按这儿。等它习惯了你之后,再把它带到它的马厩里去。"

杰克伸了个懒腰。今天天气真好!杰克·拉瓦内尔可不是什么该死的种稻米的,靠驱赶着奴隶在泥地里打滚维生。一个人怎么能干好一份他自己都鄙视的工作呢? 马——马一点也不小家子气。当一匹好马在赛道上闪电般飞驰时,杰克·拉瓦内尔仿佛能在它身上看到自己，多么竭尽全力，多么可喜，多么非凡！

与兰斯顿·巴特勒的谈判推迟了他回家的日子。杰克觉得巴特勒是他所知道的唯一一个已经被诅咒下地狱的人。

"给它一桶水，再让它尝尝燕麦。只是尝一尝，记住。让它习惯你。别做什么突然的举动。"

弗朗西丝走上门廊："你好，杰克。我以为你昨天就会回来。"

"昨天在忙城里的生意。"他蹦跳着走上楼梯，吻了吻弗朗西丝，但她似乎有所保留。

"我以前见过那匹马吗？"

"他是杰克逊将军的。将军本来不想把它卖掉，但是……"

"我明白了。佩妮又病了，但昨天她退烧了，胃口也变好了。嬷嬷用耶稣会的树皮给她喂药。有点苦，但我觉得很有必要。"

"安德鲁呢？"

"麻烦得很。不愧是你的儿子，杰克。"

"没有继承到你家可爱的天性。"

"确实很少，"弗朗西丝避开了他的怀抱，"但他很讨人喜欢。"

"像他爸爸一样。"杰克夸张地自夸道。

她笑起来。"是的，恐怕是这样。"她遮住眼睛，叹了口气，"你的新马棒极了。"

"到了比赛季，它就会赚回自己的身价。"

弗朗西丝怀疑地扬起眉毛，但他装作没看见。在起居室里，嬷嬷正在帮安德鲁搭字母积木城堡。佩妮一下冲进父亲的怀里,安德鲁也不甘示弱,推翻自己的城堡,抱住了父亲的腿。

弗朗西丝用奇怪的眼神看着杰克:"他们也很美丽,你知道的。"

"我知道。相信我,我真的知道。"杰克捏了捏佩妮,直到她咯咯地笑了起来,"嬷嬷,你还好吗?"

"杰克老爷,您什么时候才能待在家里,照顾生意?"

"我进门办事的地方都有我的生意。我一直都在做生意。"

"这样。来吧,孩子们。该睡午觉了。"

"哦,嬷嬷,求你了!"佩妮喊道。

"把安德鲁送到床上吧,嬷嬷。"弗朗西丝说,"佩妮可以多待一会儿。"她摆摆手指:"就这一次!"

虽然佩妮认为自己显然已经长大了,做这样的事简直轻而易举,但她还是在光滑的积木堆中挑出了H-O-R-S-E(马)。"虎父无犬子。"杰克笑着说。

"你不在的时候,亲爱的,贝尔先生,我们的大米代理商,送来了账目。"

"庄稼一卖出去,我们就付他钱。"

"贝尔说他在计算时已经考虑到了我们的收成,但我们的余款已经逾期了。"

"亲爱的弗朗西丝,我已经和兰斯顿·巴特勒谈了两天生意,我实在不想再谈这种事了。"

"杰克,恐怕我们得把他妻子的野餐地点卖给兰斯顿了。我们的债务……"

"你可以啊!"杰克喊道,"你真是预料到了我的一举一动!"

弗朗西丝笑而不语:"兰斯顿?"

"我们已经签了字,盖了章,做了证明。"

"所以你会去处理贝尔先生的债务?"

他草草挥了挥手:"赛季结束后,我会很乐意满足贝尔先生的要求。"

"可是,杰克,如果你已经卖了……"弗朗西丝的嘴张成了一个沉默的O形,"杰克,你没卖吧!那块地是我们最好的土地。你要把我们的马儿赶到哪里放牧?"

"红棍的祖父,阿奇爵士,给主人赚了七万块钱的种马费。它可以把我们的牧场买回来。"

耳边传来弗朗西丝恼怒的声音:"多少……多少钱……"

"亲爱的,你的责任是照顾好我们的家。生意上应该由我说了算。"

"杰克,你没有……"

杰克·拉瓦内尔逃离心烦意乱的妻子去了书房。他把一叠账单推到一边,拿起雕花的玻璃酒瓶。一口威士忌顺利下肚,却像炸弹一样击中了他的咽喉。杰克的手在颤抖。

在书桌前,他像狗刨泥土一样拨弄着文件。红棍能赚到很多钱的!他是个养马的,从来没有假装过自己是个种地的。泥巴。黑人。炎热。蚊子。不开化的、丑陋的、乏味的凡人。

他只用了四口就狠狠地吞下了杯子里的酒,然后他又给自己倒了第二杯。

他听到了套绳的叮当声和弗朗西丝心不在焉的"抓紧了,亲爱的"。然后是妻子惊慌失措的一声"嘿",紧接着是铁蹄踏过的声音,吓得他心惊肉跳地跑到窗前。

有人说杰克在赶到遗骸边上时已经醉了。当然,不久之后他就醉得更加厉害,在弗朗西丝的葬礼上还一直保持着这种状态。没有人能够接近他,骑马去拉瓦内尔家处理事情的卡瑟卡特·珀伊尔被他扔下了楼梯,摔得浑身都是瘀青。当佩妮在三周后过世时(鉴于她伤势严重,死亡也许是一种慈悲),佩妮非常年幼的弟弟和他的嬷嬷代表拉瓦内尔家参加了葬礼。"也许杰克病了。"珀伊尔太太猜测。

"他厌倦了生活,生活也厌倦了他。"卡瑟卡特(他的伤痕已经完全发紫了)断言,"那人真是个傻子,买了那该死的畜生,更傻的是竟然让他老婆驾驭它。"

"要是死的是杰克,我还不会有那么在意。"埃莉诺断言,"杰克那是自找的。"

卡瑟卡特说:"他应该杀了那匹该死的马。"

查尔斯顿的许多好人也持有同样的看法。某个传说——可能是虚构的——让不止一个衣冠楚楚的人的肩膀颤抖起来。

杰克出现在交换所的地契室里索要拉瓦内尔的地契,包括他最近抵押给兰斯顿·巴特勒的槐蓝地地契,当时威廉·比似乎也在那里。

在交谈中,杰克想知道威廉在比赛周是否有计划。

威廉·比尽可能礼貌地指出,有人可能会认为三个月的哀悼期太短了。

杰克的眼睛像被子弹射伤一样血红。"哀悼期?"他疑惑不解,"你不知道?"

"请问要知道什么?"

"红棍可一点都没有伤到。"

这桩轶事让查尔斯顿人更加看不起杰克,但爱马的人们却被逗乐了。

有人说杰克应该杀了那匹马。但嬷嬷知道杰克不能再承受一次损失了。

卡瑟卡特·珀伊尔称红棍为"魔鬼的马",但这个绰号并没有保持多久。

埃莉诺·珀伊尔观察到,拉瓦内尔家现在只剩下杰克、他的幼子安德鲁和一个年轻漂亮的黑人嬷嬷了。

虽然有些人觉得埃莉诺的暗示令人不快,但也有人在想象着这一家可能发生的各种事情,时候到了,这些事情自然就会被披露出来了。"亲爱的,等时候到了!"

杰克上校的好兄弟和半信半疑的绅士们都聚集到杰克镇上的房子里。他们喝着酒,谈论起马匹,比在家时更加放荡。有一次,只有一次,一个年轻人大声嚷道:"黑鬼,给我拿个杯子来!"嬷嬷告诉他:"我是小安德鲁的嬷嬷。你要是想让低级邋逼的妓女给你服务的话,我觉着你最好自己带一个来。"

这里没有妓女。虽然好兄弟们在杰克上校那里喝酒、打赌、发大誓,但他们都是在别的地方找妓女。有人拿嬷嬷开玩笑,还有人故意朝她眨眼或投去一瞥,尽管他们不知道杰克在何时何地会看到他们。

弗朗西丝·拉瓦内尔下葬两天后,兰斯顿·巴特勒把他手下种稻米的劳工带到了槐蓝地上。等到佩妮下葬一个月后,他才问起杰克位于河西的那块土地的价格。

杰克说:"你还不满足吗,兰斯顿?"

"上校,让你买那个畜生的不是我,和拉瓦内尔夫人吵架的也不是我。我很佩服弗朗西丝,当然也没有提议让她把自己和女儿交给一匹她无法驾驭的马。我听说你的债权人已经不耐烦了,所以我想买下你的一些财产。我也会出价买下你的马。红棍比不上瓦伦丁,但我和这匹魔鬼马,"兰斯顿停顿了一下,细细品味着卡瑟卡特取的这个名字,"可没有什么不愉快的过节。"

杰克眯起了疲惫的双眼。他拿出酒瓶,打开瓶塞,喝了起来,随后又把塞子直接塞回了酒瓶,没给兰斯顿尝上一口。杰克说:"华盛顿赛道可有四英里。给我三千块,红棍保准能打败你那匹该死的拉车马。"

"我给你五千。还要你剩下的米地。"

"我想你应该不会言而无信吧?"

"如果有必要的话,我的助手会向你保证,绝对不会。"

无论是拉瓦内尔农舍还是镇上的房子,都没有足够的空气来满足嬷嬷悲痛的哭泣。小安德鲁一直在问妈妈什么时候回来。他不明白,她已经走了。嬷嬷一离开他的视线时,他就会号啕大哭。多莉给他配了点药让他入睡。嬷嬷睡得不比孩子好,但她什么药也不肯吃。

那年冬天的赛马周因鲜有丑闻而惹人注目——这让查尔斯顿的大小姐们很失望,她们羡慕萨凡纳的亲戚们能快活地讨论着某位法国富翁的恶行。在查尔斯顿,唉,虽然年轻人们喝得昏天黑地,又和年轻的少女们不合礼仪地在卧室里纠缠,但没有一项恶性到了令人发指的程度。

康斯坦斯·维纳布尔·费舍尔给发生丑闻这一可能直接判了死刑:"可是,没人知道它们发生啊。"

唯一有趣的话题是杰克·拉瓦内尔上校的红棍和兰斯顿·巴特勒的瓦伦丁之间的决斗,由受人尊敬的律师詹姆斯·佩蒂格鲁主持。杰克很受年轻绅士的欢迎,而兰斯顿则得到了他们父母的认可。每家每户都紧张地关注着这场决斗,成千上万的人下了注。

这两匹马都很有名。红棍来自新当选的杰克逊总统的马场,而瓦伦丁则是著名的快脚夫人的后裔。这两匹马碰巧是远房表亲。

还有极少数种植园主仍然留在自己的种植园里准备种植,但大多数人和所有最有头有脸的种植园主们都来到了镇上。到了中午,昨晚狂欢的盛况已经被女士们在查尔斯顿的会客厅里叽叽喳喳地叙述了一通。到了周三和周五,镇上的人们都在中午之前就到了华盛顿赛马场。

嬷嬷想不出她究竟为什么会喜欢查尔斯顿。在任何一条老街上都会有蓝色的门框闯进她的眼帘。木匠的锯子的响声能让她泪流满面。那么多牛巷教堂的面孔在她眼前浮现。那座教堂现在已是一片空地，那些熟悉的面孔还没和她打个招呼就匆匆走过了。那些还去教堂的黑人会去布朗教堂后面的圣菲利普教堂的阁楼。而嬷嬷不想去，也不能去。集市是最糟糕的。那个迅速躲进摊位的人……谁？……一阵带着最纯粹喜悦的笑声？在那个摊主的腿后面，是谁？……

巴特勒夫妇虽然在城里，却不在家。在布劳顿种植园，赫拉克勒斯正在为瓦伦丁的重要比赛作准备，多莉则在它的口粮里加上草药和药剂。

拉瓦内尔宅邸很安静，杰克直到中午才起床，汉姆为他刮好了胡子，又送上了一大杯月桂朗姆酒和昨晚发酸的威士忌，然后杰克上校和汉姆一起去了上城的赛马场。那里，一个他信赖的表弟带着手枪在红棍的马厩外守了一夜。

杰克指导红棍热身，喂它饲料，带它训练，使这匹马的表现刚好达到巅峰。汉姆尝过红棍的每一桶饲料，而当马儿在赛场后面的草地上吃草时，另一位拉瓦内尔家的表兄则持着枪照料它。

在邦纳的酒馆帐篷里，杰克和朋友们一直喝到凌晨，然后他们会结伴去市中心的波利小姐家。杰克在那里一掷千金，但从没带过一个塞浦路斯妞上楼。

通常，经过一夜疯狂后还清醒着的那些人都会聚到杰克家的露天广场上迎接日出。当波利小姐手下的两个塞浦路斯妞也想挤过去时,她们却被赶走了。杰克的同伴们开始抱怨,嬷嬷则说:"你的宝贝儿子在这里,杰克老爷。小安德鲁不需要看到这一切。"

安德鲁紧紧地抱着嬷嬷的腿。她把孩子塞回床上,喃喃地说:"女人总会照顾你的,亲爱的。你不用担心任何事情。"

到了赛马日,骑师领着饰着缎带的纯种马在会议大街上奔跑,嬷嬷抱着安德鲁在广场上观看。天很冷,嬷嬷将披肩裹在肩上,说:"孩子,我想你有一天会以马出名的。马儿可以给你带来很多东西。"

"妈妈呢?"

"是的,孩子。你妈妈会照顾你的。也许你看不到她,但她在看着你。"

一滴眼泪从嬷嬷的脸颊上滚落下来:"你爸爸把一切都押在了那匹该死的红棍上。一切他拥有的,可能还有他没有的。也许你妈妈也在关注着杰克上校呢。我祈祷她在。"

正午时分,管理员把观众从赛道上赶了出去。起跑线上的栅栏有三英尺高,一些位置好的酒吧生意非常红火。在终点线边上,种植园主们喝着香槟或朗姆酒,刺探赛马情报的人则在喊着赔率:"'轨道'一赔二。""'萨利老爷的花脚'四赔一!"

六匹马排成一列,准备参加第一场一英里比赛,还有四匹马则跑下一场。只有红棍和瓦伦丁会参加下午五点的四英里决赛。

随后在会所里,韦德·汉普顿付了赌注,并献上祝酒词:"为红棍和老山核桃干杯。我们可能失去了一个成功的养马人,但我们得到了一名伟大的总统。"

"祝杰克逊将军!"

"红棍!万岁!"

由于卡瑟卡特·珀伊尔从比赛里已经赚了三百美元,他原谅了杰克。"红棍,"他热情洋溢地说道,"已经完全赎回了自己的身价。"

兰斯顿·巴特勒把赫拉克勒斯送去"尝了尝糖"。

冬阳落下了,灯笼照亮了赛马会所,杰克上校在那里请了一轮又一轮的酒。虽然杰克从来没有说过他为这匹马付了多少钱,但人们普遍认为红棍的身价比他的买价还要高出一倍多。

天色渐渐变暗,骑师们给他们的坐骑按了按摩,带着它们悄悄地沿着会议大街回家了。马儿们的鬃毛没有梳理,丝带已经撕破或者弄丢了;它们的腿上缠着绷带,疼痛难忍。

汉姆拉了拉主人的袖子:"杰克老爷,我给红棍擦好了。您想让我把它留在马厩里,还是送它回家?"

"给它上马鞍吧。骑一会儿马能让我头脑清醒点。"

"杰克老爷,我还是亲自带红棍回家吧,把它安顿好。我睡在隔壁的马厩里。"

"汉姆,你在告诉我该怎么处理我自己的马吗?再这样下去,不久之后,黑鬼就能教白人做事了。"

每个人都在嘲笑杰克荒唐的自负。为了缓和他话中的冒犯之意,杰克拍了拍骑师的肩膀,给了他一个五美元硬币:"你今天骑得不错。还想逃跑吗?"

骑了一辈子马的哈姆低下了头,用脚蹭了蹭地面,这激起了更多人的笑声。

"回家去吧。今晚巡逻员要是拦住你,你就说就是骑着红棍赢得了胜利。"

杰克请了最后一轮酒,才领着筋疲力尽的红棍沿着会议街回到了他城里的房子里。

杰克的钥匙插进门孔里的时候,嬷嬷正在起居室里缝衣服。杰克跌跌撞撞地走进来,把帽子扔在长凳上,然后笑了起来。

"我听说您和那匹马的事了。"她说。

"你是在祝贺我吗?"

"安德鲁已经祈祷完,睡着了。我想我现在可以睡觉了。"

"兰斯顿·巴特勒很生气。"

"我们被要求去爱我们的敌人。可要爱有些敌人比爱其他人更难。"

"我提醒兰斯顿是他的贷款让我买下了红棍。"杰克把酒瓶举到唇边,但瓶子已经空了。他紧紧眯起一只眼看了看酒瓶,重新盖上瓶盖,把它扔在帽子旁边。他蹒跚地走到餐具柜前又倒满了一个酒杯,考虑了一会儿,给露丝也倒了一杯。

她吓了一跳,说:"杰克老爷,您知道我不喝酒的。"

"就这一次。为了庆祝我们战胜巴特勒。"

露丝推开了酒杯,说:"杰克老爷,我什么也没做。是您的马打败了他的马。我没有马,也不想要马。"

他把酒杯放下,坐在她身边。他靠得太近了:"露丝,自从弗朗西丝死后,我一直都好孤独。"

"我知道。"

"露丝,你也失去了你的配偶。"他用手搂着她的肩膀。

她甩开他的手臂,站了起来,说:"杰克老爷,我不再是耶胡·格伦太太了。我甚至不是露丝了。我是个嬷嬷!我是佩妮小姐的嬷嬷,还是安德鲁老爷的嬷嬷。这才是我!"

杰克摇摇晃晃地站了起来:"露丝,你……你真标致,一个标致的年轻女人。所有人都他妈以为你是我的情人。"

"但我不是!"她退到了边柜上。

"我必须提醒你,谁……谁是你的主人?"

他在她的乳房上摸索着。"一颗桃子。"他说。"一颗甘美的黑桃子。"他又说。"我会得到你的。"他猛地扯下她的上衣,露丝的双乳滑了出来,"天哪,你真是个漂亮的姑娘。"

"杰克老爷……杰克老爷!"

他双手撑住她的头,准备吻她:"我好寂寞……"

露丝抓起沉重的水晶玻璃瓶往他的头上一敲,杰克蹒跚了几步,倒退到双人座上,座位轰地翻倒了。杰克·拉瓦内尔老爷趴在地板上,左腿垂在打乱的家具上。露丝用指尖从酒瓶闪闪发光的水晶上沾了一滴血,心不在焉地把手指放进嘴里。

接着传来了一阵恐惧的哭喊。安德鲁被惊醒了,哭声变成了哀号。

"有其父,"嬷嬷指出,"必有其子。"

那天晚上,她梦见了一个木薯篮。

星期六上午，杰克的三个年轻朋友来了，但嬷嬷通过紧闭的前门告诉他们："杰克大人谁也不见。他不舒服。"

朋友们猜测着，笑着，开着玩笑，但还是走了。

年长的朋友们想来祝贺杰克，却遭到了同样的拒绝。

三点半，杰克一瘸一拐地走进厨房。他从酒罐里喝了一大口酒，随后捂着嘴，拼命地四处张望，最后吐到了干涸的水池里。

嬷嬷带着安德鲁去了育婴室，厨子则在收拾残局。"别担心，宝贝。你爸爸没有受伤，他只是喝多了。"

"我知道。"孩子说。

嬷嬷在黑暗的客厅里发现了杰克上校，他身边放着一壶凉水和一壶威士忌。

他想过起身，但最后只是露出一个可怜的微笑："嬷嬷……"

"是的，你已经做了你认为你做过的事，你不能再这样了。至于我，我被叫到了其他地方。我不知道为什么，但我要走了。你得给我写一张许可证，这样我就能被别人再买下了。这个新主人不会做你做过，而且等你下次喝醉你肯定还会再做一次的事。"

杰克·拉瓦内尔上校说的比他想说的还要多，但每个字都从他的唇边砰然落下。他不想失去她，但他已经失去了。

有利的关系

安东尼娅·塞维耶喋喋不休地说:"路易莎会多么喜欢这一天哪!"

难得被安东尼娅的独特观点惊到的索朗热,这次也表现出了惊讶:"她会高兴看到自己的丈夫娶了别的女人吗?"

"哦,别动。如果你一直像鱼一样扭来扭去,我怎么把领子给你别住?路易莎当然会很高兴。你会让她亲爱的皮埃尔非常高兴的。"

"路易莎不是很爱嫉妒吗?"

"啊,那是当然!但那是在她还活着,还能做些什么的时候!"安东尼娅退后一步,想看得更清楚些。她把手指抵在下巴上,扯了一下袖子,说:"你应该穿那件蓝色的薄纱连衣裙。我更喜欢那件。"

"你喜欢就喜欢吧,亲爱的安东尼娅,但我不喜欢。"

安东尼娅吐了吐舌头。

"我们只能凑合着用用手头的东西:一个三十……多岁的寡

妇，还怀着孕，但也得全力以赴啊。"

尽管安东尼娅认为"四十……多岁"会是更加确切的表述，她还是尽职地鼓起了掌："的确，你已经全力以赴了，亲爱的。我们是不是应该快点？大家都在等着呢。"

"让他们等吧。他们正享受这桩有意思的丑闻呢。"索朗热戏谑地叹了口气，"亲爱的朋友，如果我的婚礼只邀请我真正的朋友出席，那就只会有我、皮埃尔、姑娘们——还有你，亲爱的安东尼娅了。"

安东尼娅·塞维耶在这桩丑闻内处于核心地位，这也使她能带着它敲开萨凡纳最高贵的家庭的大门，但现在她不服气了："亲爱的索朗热，可你有那么多有利的关系。"

"这一定是为什么在可怜的韦斯利死后会有那么多人帮助我。要不是我瞒着他的债权人藏了几块钱，我和我的宝贝们早就一贫如洗了。"

宝琳，这些宝贝中的老大，冲进了索朗热的卧室："妈妈！我找不到我的耳环了。"

"那么，"她母亲告诉她，"你就别戴它们了。"

"妈妈！詹姆逊的一个肮脏的工人偷了我的耳环。我们家被毁了！没有我的耳环我哪里也不去！"

"如你所愿。"

"妈妈！今天是你结婚的日子!"宝琳注视着母亲微微隆起的肚子，"或者应该说是我们的结婚日？"

索朗热面无表情地扇了女儿一巴掌："找你的首饰去吧。"

她把语气放柔了一点，又说："你的耳朵那么漂亮，亲爱的，你一定要把它们衬托出来。"

宝琳揉着脸颊离开了。不久后，楼下就传来她的声音："尤拉莉，如果你把我的耳环放错了地方，我就要掐你，掐到你尖叫为止。"

"啊，孩子啊，"安东妮娅吁了口气，"真是个宝贝。我自己年幼的女儿……"

宝琳说得没错：她过去认识的那座未完工的宅子如今已经变得面目全非。客厅里堆着一堆木材，帆布覆盖的窗户开口能透进光线，却看不到风景。环形楼梯的前三分之一装上了涂好清漆的栏杆，中间三分之一还没涂上清漆，最后三分之一甚至根本就没有安装楼梯扶手。詹姆逊先生曾答应在婚礼之前完成装修。啊，好吧。建筑商最会骗人了。

安东尼娅很是嫉妒索朗热作为母亲的威信。她夸张地叹了口气："我家的嬷嬷纵容小安托瓦内特的一切胡思乱想！可是又能怎么办呢？我女儿对她是如此的依恋！"

索朗热提出，问题可能出在她朋友的管理方式上。"嬷嬷们对孩子的感情和妈妈们不一样。妈妈们没有时间也没有兴趣干那些事。我不喜欢我的女儿们，而且相信我也会同样讨厌，"她拍了拍她的肚子，"埃伦宝贝。男人本身可比他们的宠爱造成的后果有趣多了。"

塞维耶夫人拍了拍她朋友的胳膊："啧！"

"我的脸看起来怎么样？"索朗热把脸转过来，又转过去。

"你是个美丽的新娘。"

"熟能生巧,亲爱的。"她喊道,"尤拉莉,宝琳,要是没有你们的话,妈妈一定会成为一个诚实的女人吗?"

皮埃尔·罗比拉德天生就是个保守的人,他的生活方式也很保守。人们甚至可以根据他的时间表来调自己的手表。早上九点,他准时到达"旧制度"咖啡馆,在那里边喝咖啡边阅读报纸,并抽上一天的第一支雪茄。如果有什么事情不幸让他的报纸延误了,他就会重新开始读旧报纸。在世界大事都化为纸上油墨之后,皮埃尔会查阅他的商业信件和账目,一直看到中午。午餐从正午持续到两点,晚餐则从晚上七点开始。尽管许多萨凡纳人直到晚上九点才会坐到餐桌前,但那时,皮埃尔·罗比拉德已经睡下了。

那么,为什么这位活得一板一眼的典范会站在圣约翰浸礼会教堂外,被一群叽叽喳喳的爱尔兰人围着,手里还捧着一束巨大的橙花呢?皮埃尔·罗比拉德真的不知道自己是怎么来到这的,也不知道自己现在成了谁。皮埃尔·罗密欧?他可曾在皇帝的第一指挥部里,为受众人悼念的拿破仑·波拿巴服过役!橙花?

"你会没事的,老爷。"尼希米低声说。

他,一个成熟的鳏夫,有幸摆脱了家庭的困扰,也拥有令人满意的工作能力和非常多的朋友,他怎么会陷入欲望之网?

皮埃尔·罗密欧?爱的俘虏?天哪,天哪……

奥哈拉兄弟、奥哈拉兄弟的妻子、奥哈拉兄弟的孩子和奥哈拉兄弟的孙子围绕着新郎,而皮埃尔的同龄人,那些曾经为了得到罗比拉德家舞会的邀请而卑躬屈膝的人(或那些人的孙子),则躲在德雷顿街两旁的马车里面。皮埃尔有一股颇具决心的冲动,想在每一辆上了漆的马车上狠狠地敲上一记。他变成了多么幼稚的人啊!

索朗热·埃文斯重新点燃了皮埃尔自以为早已熄灭的火焰。路易莎——他是多么爱亲爱的路易莎——曾经默许了他温和的情欲;而索朗热却坚定地扇旺了皮埃尔熊熊的欲火,有时候一晚上甚至能旺两次,这让他自己想起来都脸红。即使是在这个神圣而又十分公开的场合,皮埃尔·罗比拉德也感到自己在某些不太神圣的地方有一种不雅的骚动。新教徒皮埃尔·罗比拉德甚至同意了在罗马教堂结婚,并以天主教徒的身份抚养孩子。不可想象,皮埃尔想着,露出一个大大的笑。

"您会没事的,老爷。"尼希米说。尼希米穿着老爷不要的长袍外套,样子和穿着皱巴巴的新长袍的皮埃尔一样光彩照人。尼希米庄严的神情维护着这个场合的尊严。

先知写道:"要学习做好事;寻求审判,解救受压迫者。审判无父之人,为寡妇求情。"

皮埃尔花了一些时间才想起来。

路易莎和克拉拉去世后,韦斯利·埃文斯遇害得太快,皮埃尔谁也帮不上。在韦斯利的葬礼上,当索朗热要求他重新购买 R&E 棉花厂时,悲伤的皮埃尔向寡妇保证,他在进口生意上已经很满意了，因为尼希米完成了所有的工作。索朗热似乎并不喜欢他的小玩笑。

然后，就在皮埃尔刚从悲痛中走出来的时候，他的堂弟菲利普去世了。令皮埃尔失望的是，他的堂弟指定他为遗嘱执行人。

尽管菲利普把他的印第安新娘介绍给了萨凡纳的社交圈，但他并没有为她划出一个位置，而现在，一个异族的印第安公主更难融入这个社会了。北佐治亚州发现了金子，移民涌入了马斯科吉人的土地，把这些土地变成了城镇、县城和种植园。原本沉着冷静、令人好奇的印第安公主变得无趣而古怪。

即便如此，萨凡纳也是一个比查尔斯顿更友好的城市，如果菲利普的新娘更平易近人一点，她也许会交到朋友的。她那还未出生的婴儿会博得同情，菲利普的财富也能为她的不拘小节开脱。可惜啊，奥萨纳吉很害羞，在她的印度亲戚离开佐治亚州后，她便一直把自己关在菲利普古怪而阴暗的宅子里。那些前来拜访的人从没发现过她在家里。

菲利普为印第安人辩护的行为让那些因驱逐印第安人而获利的人感到尴尬。《印第安泉条约》签订后，立法机构再也没有征求过他的意见。菲利普致力于为他收藏的马斯科吉文物编目，并与华盛顿特区的哥伦布艺术与科学促进会通信，为它们找到一个永久的储藏地。

如果有人真的想见到奥萨纳吉的话，人们见到她的次数大概本可以更多一些。菲利普的马车夫把她送到城市边缘的松树林里，天黑的时候再把她接回家。集市猎人在无人居住的无花果岛上误以为她是一个逃跑的奴隶，并且对这个俘虏没有为他们带来任何报酬而感到非常失望。

三月，萨凡纳人纷纷欢迎起年迈的独立战争英雄，拉法耶特侯爵。碧玉绿铜管乐队热情洋溢地演奏了《马赛曲》，菲利普向侯爵赠送了一根红色战棍作为纪念。奥萨纳吉当时并不在场，可就算她在场，她也无法阻止菲利普染上风寒，并在两周后去世。皮埃尔突然就要忙着处理堂弟的后事。虽然菲利普的妻子参加了他的葬礼，但她蒙着厚厚的面纱，有人窃窃私语说她这是在异教的丧礼中割破了脸颊。皮埃尔安排了葬礼和下葬。招待会（遗孀没有参加）在皮埃尔·罗比拉德的家中举行。

皮埃尔、尼希米和哈弗沙姆先生花了几周时间整理遗产，在一些最令人意想不到的抽屉和文件里发现了菲利普在诺曼底的农场契约和数额不等的政府债券。在一个自从菲利普抵达萨凡纳后就未开封过的行李箱中，他们还找到了一份文件，宣告了价值五万美元的马提尼克岛种植园的明确所有权。哥伦布研究所的秘书表示，当——且仅当——菲利普的收藏品都被适当地编入目录时，他才会对此感兴趣。"我们有大量的——不，超级多的——未被编入目录的印第安文物。"

皮埃尔直到一周后才知道奥萨纳吉失踪了，当他发现她不在的时候，这位遗嘱执行人的第一反应更多的是恼怒而非担忧。那位马斯科吉马车夫知道的事情比他肯说的要多，但没有任何威胁或承诺能说服他透露奥萨的下落。在她丈夫去世六周后的一个早晨，奥萨纳吉抱着一个新生儿再次出现了。奥萨纳吉对她孩子的爱激烈而坚定。

皮埃尔不知道她怀了个孩子，但是，不管他私下里怀着什么想法，他都把小菲利普·罗比拉德老爷当作他堂弟的儿子和继承人来对待。

坏事总会结束。一个冬天的下午，皮埃尔和尼希米终于将菲利普的资产整合成了一个信托基金，由哈弗沙姆先生的银行管理。两人从奥萨纳吉那可怕的房子里出来，庆祝着自己终于完成了这桩事。皮埃尔搓了搓手。很快就到圣诞节了。

在这种气氛以及最亲切的基督教精神的驱使下，皮埃尔打发尼希米一个人走回了家。既然他路过了，他就决定去拜访一下老伙伴的遗孀。这个点吃午饭太晚，吃晚饭又太早；皮埃尔不会劳烦埃文斯太太款待他，而且他和韦斯利在R&E工厂也度过了一段非常美好的岁月。非常美好的岁月。

埃文斯家的女主人把他迎进了一幢十年都未完工的房子。一家人住在已完工的部分——一楼的客厅和起居室，那里裸露的石板从没有光泽的护墙板蔓延到发黄的石膏天花板上。造型优美的楼梯没装栏杆，一直蜿蜒到二楼，皮埃尔只能自己猜测那里的情况。

大而空的壁炉里没有烧火，索朗热的女儿们只能一直穿着她们廉价的外套。（进口商皮埃尔对布料很有眼光。）皮埃尔坐在一把摇摇晃晃的椅子上，椅子的扶手被皮鞋带紧紧套住，可爱的寡妇为此表示歉意。"我已经把好家具卖掉了。"她承认，她又说，"我们像是在未完工的凡尔赛宫里露宿。我就不应该让韦斯利造它。"

尽管房间里一片凄凉,但谈话还是在飞速进行,直到皮埃尔在一声最传统的叹息声后说出了那句最传统的陈词滥调:"上帝的行事方式是不可捉摸的,亲爱的埃文斯太太。我们必须接受我们无法理解的东西。"

"那是为什么呢?"

"夫人?"

"我的丈夫在一片棉花废料上滑倒,摔断了脖子。你的路易莎和亲爱的克拉拉历经了许多流感季,最终却意外地离世了。显而易见,我们对这些悲剧无能为力。但要我们必须接受它们是上天计划的一部分,简直太令人恶心了。"

皮埃尔瞪大了眼睛:这个女人是个自由思想家吗?她的客人的不适并没有阻止埃文斯太太将自己现在的穷困潦倒归咎于她亲爱的、已逝的丈夫。"棉花生意过度扩张,任何长着眼睛的人都看得出来。的确,先生,你逃过了这个陷阱,但韦斯利无视逻辑的存在,"她把逻辑说得像是什么挥舞着长鞭的坏脾气,"仍然一意孤行。先生,坚持错误的判断永远使事情变得更糟!"

"妈咪,"宝琳提醒她,"求你了。"

"我相信韦斯利!我那时什么都不知道!"

皮埃尔试图原谅她,也原谅他和其他所有人:"你怎么能知道呢,作为一个女人……"

"呸!谁说过人能从会不会生孩子上看出一个人的智力?"

皮埃尔自己的智力倒是已经承受不住了。他找了个借口,临走时谨慎地在布满灰尘的拜访卡盘下塞了一个金币。

走过了半个街区后,没穿大衣的索朗热追上了他,说:"先生,我觉得您忘了这个。"

"夫人?"

她把金币扔回给他。一个谨慎的女人。他知道埃文斯夫人就是这样的女人,这钱可以养活她的家人一个月!"可是……"

她的心情平复了下来,说:"亲爱的皮埃尔先生,你没有恶意。你有一颗善良的心。但你必须意识到,你的慷慨在流言蜚语者的眼中意味着什么。"

结果(正如皮埃尔讽刺地想的那样),为了避免流言蜚语,他们主动贡献了一桩丑闻。皮埃尔再一次去看望寡妇时,尼希米提了一篮子沉重的供给品,后来他每两个星期就会拎着篮子过来一次。随着天气变暖,他们能在外面坐着了,皮埃尔的探望变得不像是责任,而更像是一种乐趣。有一天下午,他探望时没带上尼希米(不顾这位贵人的反对)。那次之后不久,他在索朗热的孩子们都上床睡觉以后,挑了一个很晚很晚的时刻,又去了一次。

他曾以为自己再也不会感到兴高采烈了。他曾以为他的手指和嘴唇再也无法在女人芳香皮肤的轮廓上游走。找回他缺少的激情简直让他感激涕零,就像一头扎进光里一样!

索朗热本可以哭泣或指责她的引诱者,但她没有。她慵懒地伸了个懒腰,说:"我都已经忘记这种欢愉了。谢谢你,亲爱的皮埃尔。"

这时的皮埃尔·罗比拉德已经老到可以摒弃爱情了,可他还是听到了爱情的召唤,就像敲钟人敲着的钟一样响亮。

他雇了工人盖完了"粉红屋",并委托托马斯·萨利(他为拉法耶特画的肖像广受赞誉)为索朗热绘制肖像。

他们享受了三个月无忧无虑的幸福生活,插曲只有宝琳鄙视的态度。(第二个孩子尤拉莉还太小,无法作出判断。)星期天,四人开车前往无花果岛野餐。皮埃尔、索朗热和孩子们都没想过要保持谨慎,他们作为一家人参观了朋友的种植园。约翰神父到"旧制度"咖啡馆来询问皮埃尔的意图。

"意图?"茫然的皮埃尔问道。

"如果埃文斯夫人非要继续活在罪里,那我就不能赦免她了。"

"罪?"皮埃尔从来没有想过,爱情会是一种罪。当索朗热告诉他又要当爸爸的时候,皮埃尔很高兴。他的生命仿佛春天的花朵一样开放了。"嫁给我吧。"他说。

"不。"她说。

皮埃尔惊愕得说不出话来。他的下巴大张着,面色由粉红变成了绯红:"可是……"

索朗热欢快地笑了起来,吻了吻他的额头:"我当然会嫁给你,亲爱的皮埃尔。你是世界上最温柔、最有趣的男人。"

"嗯,我以为你爱我是因为我的力量、我的影响力,还有我在拿破仑手下的经历。或是我的蛮力?……"

索朗热像个女孩一样咯咯地笑了起来。

萨凡纳的居民喜爱富有而和蔼可亲的皮埃尔,但是,随着索朗热的孕肚变得越来越明显,流言蜚语又重新唤起了人们对索朗热第一次婚姻,以及结束那场婚姻的决斗的回忆。哈弗沙姆夫人把索朗热称为法国寡妇,尽管(也许正是因为)这和某种致命的蜘蛛重名,这个名字跟定了索朗热。一位显赫而有教养但相貌极其普通的老处女抱怨道:"那个女人已经埋葬了两任丈夫,难道她现在还要再找第三任吗?"她的这句话在镇上广为流传。

沉浸在幸福中的皮埃尔对这些言论充耳不闻,但索朗热的态度当然与此不同。尼希米听到了白人们的每一句旁敲侧击,以及白人虽然不说,但每个萨凡纳女佣都知道的秘密。

尴尬而又委屈的皮埃尔来到索朗热面前。"我最亲爱的,"他说,"显然有人说了些冒犯的话。"

"你不准去和他们争论。我对'名誉场'已经厌倦了。"

"天哪,不。我的意思是我不会的。我的意思是,我会,但是……"

她用指尖点了一下他的嘴唇,让他安静下来:"皮埃尔,菲利普的遗孀最后一次出现在社交场合上是什么时候?"

"我不知道。虽然我堂弟介绍了她,但这个可怜的女人并没有……她……真是令人痛心。可怜的,亲爱的菲利普堂弟。他相信印第安人能给文明人好好上一课!"

"从某种程度上说,她和我是一样的。"

"你?你们俩?"皮埃尔继续说,好像索朗热没有说过话一样,"她能力不错,而且什么都不缺。她很爱她的孩子。星期天早上,当所有的人都在教堂里的时候,她会带着小菲利普在城里散步。奥萨,那个蹒跚学步的孩子,还有那个马车夫,谁的问候他们都不理。"

那孩子忧郁的相貌和高高的颧骨像他母亲。他那双像冬日的天空一样寒冷的蓝眼睛则遗传自他父亲。"菲利普是个英俊的孩子。"皮埃尔说,"我的责任……恐怕我还没有对他和他母亲尽到全部责任。"

"你会有机会的。皮埃尔,我想让奥萨送我出嫁。"

"奥萨?"他想象着萨凡纳丑闻纷飞的社会上,人们嚼着舌根的样子。他几乎能听到他们像蚊子叫一般谈论八卦的声音。幸运的是,皮埃尔的脸非常适合露出顽皮的微笑。"你真是……你真是善良啊,我亲爱的。"

"和你偶尔做些生意的那群爱尔兰人呢?"

"奥哈拉兄弟吗?他们家的小弟已经从爱尔兰过来了。据说杰拉尔德·奥哈拉比他的兄弟们还要精明。"

"请他们来吧。他们的妻子、兄弟、孩子——带上芬尼亚人[1]所有的装备和杂物。"

皮埃尔的笑容愈发明显:"可是,亲爱的索朗热,所有最好的人——唉,他们都会被丑闻缠身的。"

索朗热露出一个和他一样的小而顽皮的笑容,好脾气地说:

---

[1] 对爱尔兰天主教徒的蔑称。

"那，我有福气的准新郎，就是我的意图！"

但在他新婚的早晨，春暖花开，空气清新，周围都是叽叽喳喳的芬尼亚人，他的同龄人们则躲在马车里，皮埃尔·罗比拉德想知道，他们冷落那些不习惯于受冷落的人是否明智。他脸上挂着模糊、勇敢而又不情不愿的微笑。一个满脸皱纹、没刮胡子的爱尔兰人朝他伸出手来，说："你将会是个幸运的新郎。愿你的子孙后代繁衍昌盛。"

"谢谢你。"

"杰拉尔德·奥哈拉，先生。以前在我兄弟公司里做商人，但从昨晚四点三十七分开始，在这轮幸运的——非常幸运的——太阳升起前不久，我成了一个种植园主。"

皮埃尔糊涂了，忍不住问道："这么早？"

"不，先生。这么晚！这时间，公鸡都在清嗓子了，赌徒们已经喝得太多而神志不清了。"

杰拉尔德·奥哈拉，这位新晋种植园主，比皮埃尔矮了六英寸，长得很像他刚才提到的那只公鸡。他那张宽厚、快乐的脸上没有任何诡诈的表情。他满脸红光，坚信全世界都会理所当然地分享他的喜悦，因此，尽管皮埃尔正沉闷地胡思乱想（也许是因为他已经厌倦这些人了），但他还是问道："你上床睡觉了吗，奥哈拉先生？"

"没有，先生。首先是因为我不想（因为我在打牌），其次是因为我不敢（因为我在赢钱），再然后是因为我不能，因为有一位先生输完了他钱包里的钱以后,把一份高地种植园的地契放到了桌布上,还一直催促我下注。我的牌有九还有J,能打个满堂红,我觉得他拿的是顺子,不过在牌局中,先生,谁都可能出错。"

皮埃尔自从当了拿破仑的兵之后就没有赌过牌,但他还是表示了同意。

杰拉尔德的哥哥詹姆斯插话了:"小家伙,今天是罗比拉德老爷结婚的日子。天哪!别拿你的事来烦他。"

皮埃尔那些更加尊贵的客人们没有一个人踏出他们的马车。行吧。也许他会不管他们,直接开始婚礼。皮埃尔说:"我有点弄不懂你弟弟的口音,詹姆斯。但我很喜欢他的故事。"

"这地只有两百英亩,"红眼睛的杰拉尔德继续说,好像没有人反对一样,"身为爱尔兰人,先生,我一直梦想能拥有自己的'一点土地'。没什么了不起的。就连国王和别的什么大人物也不能把我或者我的家人驱逐出我的土地。"

杰拉尔德像个测量员一样详细描述起了他的地契:"……从角落的白橡树一直到燧石河,只要五百块。这名字难道不伟大吗?坚硬如燧石,却又柔和似水。我已经迫不及待地想去看看了。"

"燧石河……"

"就在高地,先生。彻罗基族人土地上的好运气。有些是那些可靠的定居者赢来的,其他的——我知道的情况是这样——是由投机商赢得的,他们不是在寻找土地,而是在寻求从中获得的利润。

"罗比拉德先生,在我来自的那个国家,人们为了几码土地就能吵个不停,而那几码地里能长出的最好的东西也就是土豆。而这些印第安人的土地从来没有犁过!什么都能种!

"我要叫它塔拉,先生。我用爱尔兰国王统治过的那片伟大的土地来为它命名。"

皮埃尔被这个小个子男人的敦厚所感动,又握住了杰拉尔德的手:"先生,祝贺你。成为国王真好!"

那爱尔兰人的脸上洋溢着善意的幽默:"只需要信仰,仅此而已。为了你自己为了你的荣誉:愿你今天希冀最多的东西,只是你收获的开始。"

在下马的台阶上,菲利普的儿子从他父亲那辆不太体面的马车上跌跌撞撞地走了下来,脚踝撞在石头上,激起了一番能让任何野蛮人感到喜悦的号叫。

这孩子照常穿着短裤和衬衫,头戴毡帽。他母亲戴着一条红绿相间的珠子头带,还戴着一条饰有某种动物爪子的项链,穿着可能是她多年前参加的那场灾难性的圣诞舞会时穿的礼服。

皮埃尔急忙走到她面前,伸出手来:"奥萨!奥萨!你能来真好……真是太好了……"

尼希米把号啕大哭的孩子带在身边,孩子砰砰地拍打着自己的耳朵。新娘的马车拐上了大街,绅士们也纷纷从马车上下来了。

当他们接近混乱的人群时,安东尼娅·塞维耶问索朗热:

"你看起来好冷漠,亲爱的。后悔了吗?"

"人必须做自己需要做的事。"

"当然,但是……"

"皮埃尔是个值得尊敬的人。也许太值得尊敬了。他身上没有一丝反骨。"

"但是?"

"亲爱的朋友,没有但是。我没有任何疑虑。我们在一起会很幸福,我的粉红屋会建成,我亲爱的女儿们,"索朗热的小女儿笑了,大女儿对从她母亲这样的人嘴里说出的这般话语表现出了反感,"会享受双亲提供的好处。我们会很幸福的。你听到了吗,宝琳?我们会幸福的。"

宝琳盯着她戴着手套的手。

安东尼娅倒吸了一口气:"哈弗沙姆太太,伦诺克斯太太,老伯蒂·普伦蒂斯——哎呀,大家都在这里了。"

"我亲爱的安东尼娅,"她的朋友答道,"当然,他们都在。整个萨凡纳都来清洗那只被弄脏的鸽子了。"

满面春风的约翰神父迎接着婚礼的来宾,而尼希米则夹住了哭闹的孩子的胳膊。小菲利普老爷喘息着,但停止了号叫。

他表哥的遗孀奥萨向皮埃尔露出了一个试探性的微笑,但皮埃尔的眼睛却离不开他的新娘。他俯身亲吻她的小手,痴迷的眼神对上了索朗热那双被逗笑的眼睛。

索朗热说:"我们进去吧?"

婚礼队伍后面跟着萨凡纳年轻的市长威廉·索恩·威廉姆斯、哈弗沙姆夫妇和其他政要,他们用喋喋不休的谈话表明,无论在婚礼场合还是在圣约翰浸会教堂,都没有什么事情能比他们自己更重要。在那些被他们私下称为"大人物"的人入场后,奥哈拉夫妇坐到了后面的三张长椅上。

奥萨在儿子摇晃着已经被尼希米及时锁上的礼拜堂的门时,可靠地履行了她作为母亲的职责。

哈弗沙姆太太低声对塞维耶太太说道:"这孩子比他母亲还野蛮。"

塞维耶太太低声说:"但他安静时可是漂亮得非同寻常。"

"他什么时候安静过?"

神圣的婚礼按照惯例进行,皮埃尔·罗比拉德热情地吻了他的新娘,在一些不太正式的场合下,这一行为可能会为他赢得掌声。

皮埃尔挽着索朗热的胳膊,仿佛他的新娘就是生活本身。这对新人带领着大家走进了一个美好的早晨和一段幸福的婚姻。

当队伍出现时,马车夫们停下了闲聊,匆匆赶向他们主人的交通工具。

一个衣着得体的女黑人双手交叉在胸前,在楼梯下等候。

"天哪……"索朗热倒吸了一口气。

"早上好,小姐。"嬷嬷说,"我祝你幸福。"

"可是,露丝……"皮埃尔开口说道。

宝琳从这对夫妇身边冲了过去,哭喊着:"嬷嬷!嬷嬷!嬷嬷!"

这时,尤拉莉——她从未见过这个女人——哭了起来。约翰神父问道:"亲爱的妇人,你需要什么吗?"

"我想回来,"嬷嬷说,"皮埃尔老爷和索朗热小姐现在需要他们的嬷嬷。"

他们身后的过道里挤满了人,达官贵人们伸长了脖子,不耐烦地问着各种问题。

嬷嬷抱着哭泣的宝琳,越过她说:"我想回家。"

预言的天赋

"这可怜的孩子没有乳头可以吮吸,也没有妈妈来爱她。看看你,埃伦·罗比拉德小姐。你的头蜷缩着,被医生固定住。你爸爸不想请接生婆,他不能容忍接生婆。对于有钱人来说,这已经很现代了。至少皮埃尔老爷给自己雇了一个最好的'医森'。这人是学医的,也不知道学了多少年。但这个自己没生过孩子、也没养过孩子的人,比那些生养孩子多年的黑鬼接生婆更清楚怎么接生。那个医生学习关于孩子的东西——他甚至去过费城!

"埃伦小姐,你还在考虑是否该走向光,没关系,慢慢来。但医生不耐烦了。可能其他孩子也需要他,也可能他有重要事情要做。他带着闪亮的夹子把你取出来了,你妈妈就像一只被宰的猪一样流着血。亲爱的,我已经见过太多血了,不想再看到更多了。"

粉红屋在一个老人战栗的叫声中颤抖着。

嬷嬷摇着小埃伦,嘘,嘘:"尼希米给你找了个奶妈,很快你就会喝着奶,暖和起来。索朗热小姐会抱着你,在她去见那些神灵之前。你妈妈对你笑了,埃伦宝贝。我看到了!"

"你爸爸，他什么也不知道。他在他以为自己已经不能去爱谁的时候找到了爱情，但现在爱情离他而去了。皮埃尔老爷筋疲力尽，还在疑惑着呢。在索朗热小姐之前，他已经失去了一位妻子和孩子。现在她也走了，皮埃尔老爷就觉得，生活已经如此痛苦了，没有什么理由值得他活下去了。小姐，有时候，生活就是悲伤。"

医生从女人和孩子身边匆忙走过。他停了下来，也许是想说些什么，或者最后检查一下婴儿，但他最后只是咒骂了一句，就嗒嗒地走下了耶胡造的漂亮楼梯。

虽然嬷嬷要和其他仆人一起使用后方的楼梯，但有些早晨，在白人们还没有起床之前，她会到那些楼梯那里去，摸一摸耶胡装的红木楼梯扶手。那木头像水一样滑溜溜的，弯曲的部分总在邀请人进入。

小埃伦躺在她的腿上，时轻时重。她的呼吸轻柔而有力。

"宝贝，我想索朗热小姐也是我的妈妈。我认识她一辈子了。我想，如果不是因为索朗热小姐，我今天也不会抱着你了。我几乎不记得我的生母。有时候，我会听到她说着'Ki kote pitit-la'，声音那么微弱，就像她在一个遥远的房间里一样。这是我们以前玩的一个游戏。'Ki kote pitit-la?……'哦，那孩子在哪里？那孩子在哪里？妈妈从来不来找我，不像玛蒂娜、古拉·杰克、佩妮小姐或其他灵魂那样，但她有时会对我说话。我想我的生母是爱我的，可她一直没来找我。我的耶胡，他……他也不来。灵魂们忙着做灵魂的事情。他们在不同的空间里住着，来来去去。也许有一天，索朗热小姐也会来，但也可能不会。也许她正忙着照顾玛蒂娜。"

她挪了挪腿上的婴儿："你妈妈有心的时候总是很善良。要不是我想被卖掉，她也不会卖了我。我想她也在按照她的方式来爱我。埃伦小姐，听听，嬷嬷都讲了些什么蠢话……"

嬷嬷一直竖着耳朵听尼希米和奶妈说话。那婴儿只吸了一口，她妈妈的乳头就凉了。

嬷嬷已经累得不行了。"你爱的人都会死，孩子。每一个都会。如果上帝特别青睐你，你就会比他们先死。这是事实，孩子。每个人都知道，但没人想听，因为听了也不会有什么好结果。有些东西，听到了只会让事情变得更糟。死亡不是什么新鲜事，人人都听说过。

"有时候我能看到鬼魂。可我不想看，没要求看，也希望自己看不到。看到鬼魂对我一点好处也没有。在你出生之前，我就觉得索朗热太太像被雾气笼罩着一样，她的轮廓很模糊，不像我们其他人那样清晰。我是不是应该告诉她，'索朗热小姐，你在这世上的日子不多了'？可这有什么用？这能让索朗热小姐最后的日子过得更好吗？也许她知道，但她自己却不说。有时人就是这样。也许她已经准备好了。"

皮埃尔哭着从他妻子的房间里走出来。他盯着露丝腿上的婴儿，仿佛他的孩子是个不受欢迎的陌生人。

"嬷嬷……"

"皮埃尔老爷。"

"我……"

"我们会非常想念她的。索朗热小姐今天去了天国了。"

"哦,上帝啊!"他喉中发出一声抽泣,跌跌撞撞地离开了。

嬷嬷抚摸着婴儿头上跳动着的蓝色血管:"知道我们爱的人什么时候会死,对我们又有什么好处呢?我们知道他们会死,我们也知道悲伤比死亡更糟糕。不需要知道他们什么时候会死。你走了之后就会和灵魂在一起了,灵魂是不会悲伤的。玛蒂娜就不会悲伤。玛蒂娜不会……"

嬷嬷弯下腰亲吻小埃伦。"我们要学会假装,假装我们能长命百岁,快乐地生活,明天是个晴天,再也不会有飓风了。所有的飓风都已经过去了!你要快乐,埃伦小姐,你会被邀请参加舞会和野餐,还有所有的聚会。人们看到你就会感到开心,就会想:'也许我错了,也许埃伦小姐知道一些我不知道的事情。也许我爱的人们不会被埋在冰冷的土地之下。也许他们会是耶稣基督降生以来,第一批想活多久就能活多久的人。'年轻的小姐,你得学会假装。会假装的人走到哪里都受欢迎。学会假装,才能活过一天又一天。"嬷嬷擦了擦眼睛,"我们就靠假装活着。"

孩子的生命化作她手下跳动的脉搏。"我想,过了今天,我又得假装了。但今天不必。今天我装不下去。"

嬷嬷的眼泪滴在宝宝的毯子上:"年轻的小姐,世界并不是从你降生的那一刻才开始运转的。它已经运转了一段时间了。身为埃伦·罗比拉德小姐会很麻烦。你有两个姐姐,她们会把你当作玩偶一样指挥你。她们肯定会的,就像你现在正躺在这里一般确定。皮埃尔老爷,你看到他是怎样看着你的吗?每次他看你的时候，都再也看不到他爱的女人的身影了。他会学着爱你，他肯定会的，但在他脑海深处一个阴暗的角落里，他会想着，你妈妈走了，而你却没有。

"萨凡纳的人：他们会记住，你害死了你的妈妈。可能他们不会当着你的面说什么，但他们看着你，他们就会想起你的妈妈，她总是那么敏锐，那么快乐。他们会认为，用五磅重的小埃伦交换索朗热小姐的性命是不公平的。不，他们不会直说，但他们就是这么想的。直到那些认识你妈妈的人都死了，人们还是会认为是你杀了她。不，这不公平，不公平！可只有传教士才会关心公平。

"他们认为小孩害死了她的妈妈，这不公平。可他们就是这么想的——根本无法控制——而且你能直接从他们的眼神中感受到。他们在为某些事情责备你，你一问'我做了什么？'就能直接得到答案。你可能会想：为什么，不是这样的。我没做过这种事。你可能会受到反驳和嘲讽。也许你会反击，但他们的眼神不会改变。时间久了，你就会想，也许我不是故意要杀她的，但我的确做了这事。你就会把这个谎言归咎于自己。你根本无法控制。也许我们谁都做不到。这个世界在我们降生之前就是这样了，我们只能尽量好好活着。"

孩子闹起来，打着嗝，但没有醒。前门悄然打开，尼希米和一个年轻女子走上了耶胡的楼梯。

嬷嬷说："如果上帝和神灵愿意，我们就能在这个世界上找到一点幸福。你没有妈妈了，但你还有嬷嬷。而且，亲爱的，我想我也有了一个孩子。"

神父、殉道者和其他圣徒的生活

> 激情不是靠安抚就能平息的：无论它们被允许做什么，都只是一种进一步的诱惑，很快就会使得它们的暴虐无法控制。
>
> 奥尔本·巴特勒牧师

埃伦·罗比拉德是一个安静的孩子，生在一个安静的家庭里。她会说的第一句话是"嘛"。嬷嬷告诉大家，埃伦这是在试着说"妈妈"，因为她太想她的妈妈了。其他人没能发现埃伦对她死去的母亲有什么特别的感情，因为索朗热的位置已经被她的黑人仆人所取代了。

埃伦的大姐宝琳一心想着结婚，当她看到孩子的时候，认为孩子是在分散她的注意力。嬷嬷认为宝琳的追求者们水准不高都是因为她不完美的举止：不是有钱的种植园主的二儿子，就是没钱的种植园主的大儿子。凯利·本奇利，如果他不戴着那绿油油的大礼帽、穿着老式花纹大衣和短靴，人们可能会误认为他那尖锐刺耳的说话声是从一个神经质女人的口中发出的。凯利曾在一次营会上被"拯救",后来他便表达了一些传统的道德观,好像它们是他自己想出来的一样。

宝琳订婚了,即将成为凯利·本奇利夫人。

而她的妹妹尤拉莉虽然举止得体,但爱做白日梦。嬷嬷有一次逮着尤拉莉读一本小说——狄更斯先生的《雾都孤儿》,她警告这孩子说,没有一个佐治亚州的绅士会娶一个比自己聪明的女孩。

宝琳的父亲还没从悲痛的哀悼中走出来,所以她还不能和凯利结婚,但当皮埃尔的裁缝连续送来第三套黑色西装的时候,埃伦已经会走路和说话了。一年后,埃伦学会了认字,尼希米也悄悄地把老爷的黑色丧服换成了略显欢快的紫色。皮埃尔对此没有提出异议。事实上,他可能都没有注意到。不久之后,凯利·本奇利先生和宝琳·罗比拉德小姐在齐佩瓦广场的浸信会的新教堂举行了婚礼。虽然留给家人的坐席几乎是空的,但教堂的其他地方还是挤满了皮埃尔的朋友,他们都为他终于肯出门了而感到高兴。十八个月前,安东尼娅·塞维耶的丈夫也去世了,现在她还穿着紫衣服,并且显得尤其和蔼可亲。在城市酒店的招待会上,皮埃尔对宴会上不含酒精的潘趣酒感到失望,并没有像塞维耶夫人所希望的那样久留。

下一个周六,虽然塞维耶夫人未经邀请就来到了粉红屋,但她和她的女儿安托瓦内特还是被允许入内。塞维耶夫人告诉皮埃尔,阶层和血统相近的孩子自然要成为朋友。这种推波助澜实在太过故意,但无论如何女孩们确实对彼此产生了好感,虽然安托瓦内特思维敏捷、有些无礼,而埃伦的性格则安静而温顺。在塞维耶一家第三次来访时,女孩们欣赏着埃伦的法国瓷娃娃。安托瓦内特宣布她口渴了,吩咐嬷嬷给她打水。嬷嬷回答说,任何一个健康的孩子都可以自己走下楼,到井边去,自己用轳辘打上水来。那天晚上,安托瓦内特告诉母亲,皮埃尔·罗比拉德家里有一个十分放肆的黑鬼。塞维耶夫人认为亲爱的皮埃尔理应享受最好的服务,于是她告诉他,如果缺少一个女主人来管教他们,他的仆人就会越界,而不是做好他们该做的事。

皮埃尔对此未置一词,但尼希米和嬷嬷并没忘记这茬。虽然塞维耶太太尽了最大的努力,但她播的种子还没结果就枯萎了。塞维耶太太登门拜访的时候皮埃尔常常不在,她的探望卡(一角被折了起来,表示是她亲自送来的)似乎消失在了从卡盘到皮埃尔手上的这段路程中间。她那封真诚的、费尽心思的信——她是不是得罪他了?——没有得到任何答复。

在工作日的早晨,埃伦的嬷嬷和安托瓦内特的嬷嬷会带着姑娘们来到雷诺广场。有一天早上,塞维耶夫人起得比她平常更早,来到广场上询问嬷嬷到底发生了什么事。

唉,嬷嬷真是太笨了,完全不知道她主人的意图和情意。接下来的那个星期天,机灵的塞维耶太太参加了南布罗德街长老会教堂的礼拜。在痛苦的新教礼拜结束后,她半路拦住了皮埃尔。和蔼可亲、略显疑惑的鳏夫感受到了一种以前未曾有过的冲动,要在下星期六护送这位迷人的寡妇去参加市长为兰普金州长举行的招待会。在这一周里,尽管对某些逾期未付的账单感到不快,但安东尼娅的女裁缝还是送来了一件带吉格特袖的新礼服。为了搭配它,安东尼娅还买了一顶饰着白鹭羽毛的帽子。

当罗比拉德的马车没有在约定的时间出现时,安东尼娅以为这只是一场无伤大雅的误会,便只身前往招待会。招待会上她告诉戈登市长,她的陪同因公事而耽搁了。然而安东尼娅坐了三个小时,也没有见到皮埃尔。

从此,她便开始冷落一脸茫然的皮埃尔。可皮埃尔相信安东尼娅当时已经取消了他们那次约会。难道这不是尼希米亲口说的吗?皮埃尔从来没有费心解读过安东尼娅·塞维耶对他投来的愤怒的目光和意味深长的沉默。

六个月后,安东尼娅·塞维耶嫁给了安古斯·威尔逊先生,皮埃尔给他们送了一个相当漂亮的银色奶油罐子,但这份礼物一直没有得到鸣谢。

一八三五年一月三十日对全国来说都意义非凡,但对粉红屋来说却有着不同的含义。这一天,在华盛顿特区,一位失业的家庭画家理查德·劳伦斯刺杀杰克逊总统失败;在佐治亚州的萨凡纳,小埃伦·罗比拉德从书架上拽下了巴特勒牧师的《神父、殉道者和其他圣徒的生活》。这本书对她的影响,将比刺客那把哑火的手枪对杰克逊的影响还要大。《圣徒的生活》成了"埃伦小姐的书"。她把它当作最喜欢的玩偶一样随身携带,翻阅着其中的故事和骇人的图片。年轻的埃伦小姐谈论起圣特蕾莎、圣阿加莎和圣玛格丽特的时候就像她们住在城里那头的真实存在的人一样。

当埃伦问到她的妈妈索朗热是否有一天会被承认为圣徒时，嬷嬷说："当然会的，亲爱的。你妈妈是最棒的圣徒。"

虽然嬷嬷从不反对埃伦小姐看那些书，但她也并不赞成。那些图片里的圣人要么浑身插满了箭，要么即将被切成碎片，要么已经被狼群放倒……任何一个清楚一个可怜人的身体能涌出多少血的人，都不可能画出那些图片。反正嬷嬷是这么想的。总之，那些圣徒看起来不像是被箭刺伤的人，也不像是要被砍头的人，倒像是喝多了威士忌，或者是已经走在去天堂的半路上了。在她的一生中，嬷嬷见过的最像埃伦小姐书里的圣徒的人就是丹麦·维西。

想为信仰而死是愚蠢的，但不是那种司空见惯的愚蠢。这是一种值得尊敬的愚蠢。妈妈们会对孩子们赞颂这种精神，但同时也会祈祷自己的孩子不会这样。

嬷嬷警告埃伦："做一个善良的穷人一点用处都没有。快乐的面孔能让你得到你想要的一切。"

埃伦·罗比拉德成了一名候补圣徒。在没有征求父亲意见的情况下，她独自找到迈克尔神父，要求他给予自己坚信礼指导。尽管这位好神父正忙着应付潮水般涌来的爱尔兰移民事宜和一座漂亮的新教堂的建设事宜，但埃伦天真地渴望着探索自己的信仰，这让神父自己也感到振奋。除非是被叫去病床或临终时的病榻旁，迈克尔神父每周一和周四晚饭后都会陪着这个真诚的小姑娘。皮埃尔摆了一桌好菜，每周有两个晚上，神父都会在粉红屋吃饭。

哪怕皮埃尔曾经后悔向索朗热承诺要把他们的孩子抚养成天主教徒，他口头上却从来没有说过。迈克尔神父学识渊博，为人和善，皮埃尔也期待着他定期出现。

萨凡纳的法国社群比以前更小了，雅各兄弟又变成了冈恩的酒馆，顾客多是爱尔兰人。皮埃尔的同胞们都操起了低地悠扬而轻柔的"r"音。随着法国影响的减弱和棉花财富的增长，萨凡纳的法国丝绸、葡萄酒和时装的市场也越来越大，在"旧制度"咖啡馆干练的经理尼希米的领导下，皮埃尔的生意蒸蒸日上。

当迈克尔神父告诉皮埃尔他的女儿可能会担任圣职时，她的父亲笑了："哦，嬷嬷不会喜欢的。她认为年轻淑女只有在嫁给年轻绅士之后才会完整。"

"嬷嬷？……"

"她负责管理我们家，你不知道吗？命令我的样子就像我是她的奴隶一样。我一反驳，尼希米就会'说一些话'，我很快就又会乖乖听话。"

"可你……你是这家的老爷啊。"

"没错。"皮埃尔得意地说。

埃伦邀请安托瓦内特参加坚信礼班，但后者对此嗤之以鼻，她们的友谊也随之结束。

安托瓦内特结识了菲利普·罗比拉德，据说他的母亲把这个孩子养得"像个野印第安人"。(当皮埃尔提出建议和帮助时，他堂弟的寡妇当着他的面摔门而去。)小菲利普从不去教堂。"显然，"一位贵妇闻言说，"安息日对那孩子来说只是又一个平常的日子。"

品格完美的富兰克林·沃德开始登门拜访尤拉莉。

由于凯利·本奇利先生和夫人来城里参加了周六的集市并在粉红屋过了夜，所以富兰克林打电话来时，这对夫妇也在场。沃德先生是个米勒派，于是浸礼会的本奇利夫妇对这个认真的年轻人进行了一番饶有兴致的嘲弄。富兰克林·沃德的父亲和叔叔都是北方佬医生，富兰克林在受到威廉·米勒牧师的预言影响之前，一直都从事这一职业。米勒认为基督将在一八四三年三月到一八四四年十月之间以肉身归来——这个日期是根据《但以理书》中的某些预言严格计算出来的。凯利·本奇利从来没有听到过如此荒谬的事情，而且，他在这一周里想到了一个有趣的问题，他一定会在星期天提出来。"当耶稣再次降临的时候，"宝琳的丈夫问，"谁给他驾车呢？谁给他做饭呢？"

还有一次，凯利哈哈大笑。"如果一切都要结束了，你为什么还要追求尤拉莉呢？"他满意地重复道，"结束。"

虽然富兰克林·沃德重述了米勒牧师的思想，并提供了著名神学家的佐证文章，但凯利和宝琳还是对着尤拉莉的这位追求者开了许多玩笑。

埃伦却听得很认真。当然，基督应该终结堕落而不虔诚的世界，这一论断似乎是可信的。

富兰克林·沃德解释说,他们正生活在"等待时间"中。

在世界末日期限前十一个月,埃伦收起了她的教义书和《圣徒的生活》。她编造了一些理由,解释了为什么迈克尔神父不应该再来指导她,也不应该再被邀请来参加让这位好神父和皮埃尔都如此享受的晚餐。当神父问到埃伦希望什么时候确认信仰时,这位年轻的女士极力地含糊其辞。

嬷嬷不需要洗衣妇的报告,也知道发生了什么事。

"孩子,"她们单独相处时,她说,"你不像以前那样开朗了。"

"有什么好高兴的?我的生活狭隘、渺小又乏味。我没有朋友,真的……"

"一个都没有?"

"你不算。"她不情愿地补充道,埃伦总是很诚实,"你不仅仅是朋友。"

"你变了,仅此而已。亲爱的,你已经是个大姑娘了。"

"我不想做个'大姑娘'。"

嬷嬷笑了笑:"你也成不了男人呀。你有杰克了,每个月杰克都会来看你。"

嬷嬷给了埃伦一些柔软的棉巾,说:"把它们放在你的抽屉里,你需要多少就换多少。用完了就扔在后门旁边那个有盖的桶里。把桶盖好。你爸爸不会知道的。"

埃伦的脸抽动了一下:"哦,嬷嬷!我必须这样做吗?"

"是的,孩子。我想你必须得这样。"

埃伦哭着说："我真脏。"

嬷嬷没有笑："你不脏，孩子。这件事注定会发生。它曾经发生在你妈妈身上，也发生在我身上。你会习惯的。"

"我真脏。"埃伦低声说。

一两个月后，安托瓦内特·塞维耶又出现了。她又瘦又单薄，脸色苍白。她知道不能对嬷嬷无礼，但她还是这么做了。

两个女孩又恢复了友谊，就像她们从没闹过矛盾一样。安托瓦内特的朋友也成了埃伦的朋友。她的生活中充满了舞会、野餐、赛马和航海。埃伦经常在安托瓦内特家过夜，没过多久，嬷嬷就不知道该不该在餐桌上给她留位置了。埃伦歪着头接受了嬷嬷的告诫和责备，仿佛心里正在衡量着什么新奇而可疑的提议。

一个星期六的清晨，嬷嬷从市场上回来时，遇上了菲利普·罗比拉德嘎吱嘎吱地驶过的马车，于是她跳到了路边躲避。安托瓦内特·塞维耶小姐正趴在菲利普的腿上，两人都在笑。

孩子们啊。当嬷嬷想象着他们的模样，他们在想些什么，他们在关心什么的时候，这一切都像头顶上丰满的云朵一样显得遥远而飘渺。嬷嬷把她的集市篮子塞在胳膊下，然后走回了家。尼希米正在家里吃早餐。

尼希米不想知道："没有一个黑人会因为白人蒙羞而得到什么。"

"那个安托瓦内特小姐，她走来走去的，身边没有人陪伴。"嬷嬷坚持说。

尼希米小心翼翼地喝了一勺热燕麦粥，说："这不是我们应该担心的。在任何程度上,都不应该是我们该管的事情。"

"不管那孩子要去哪里,她都不应该一个人去。"嬷嬷不高兴地说。

埃伦的外貌和行为都发生了一些令人不快的变化,嬷嬷把这归咎于安托瓦内特小姐。埃伦小姐的体态耷拉下来了,这个一向整洁、一丝不苟的孩子变得花枝招展,一点也不知收敛。让嬷嬷习以为常的体贴的回话已经变成了含糊不清、不知所云的喃喃自语。那个像扑向六月虫的鸭子一样举止端庄的孩子已经不见了。

一个炎热的夏夜,嬷嬷被梦惊醒,大睁着眼睛,心跳加速。她溜进埃伦小姐凌乱的卧室,坐在空荡荡的床上,直到楼下的钟敲了三下,一辆马车从前方驶来。一片寂静。马车夫甩了一下鞭子,马车便离开了。楼下传来钥匙开门的声音,随后是蹑手蹑脚地爬上耶胡的楼梯的声音。埃伦缓缓打开房门,溜了进来。

"早上好。"嬷嬷说。

透过窗户,月亮在远处的墙壁上投下了淡淡的斑点。被那光影一照,埃伦小姐擦了擦嘴,把衬衫领子拉得笔直:"我……"

"别骗我了,小姐!"

埃伦把她的拖鞋踢到了一个角落里,两只鞋砰的一声撞到了墙上:"告诉我,嬷嬷。你觉得世界会终结吗?安托瓦内特说不会,但菲利普相信会的。我们人类做了那么多邪恶的事情,如果没有我们,世界不是会更好吗?"

"Le Bon Dieu……"

"说英语，嬷嬷。你是说上帝吧。他的眼睛总盯着麻雀。"

"上帝能看到我们所做的事，而上帝看不到的事，你妈妈能看到。"

"对不起，我对那位女士已经没什么印象了。"

"埃伦小姐……"

"嬷嬷，如果你敢干涉我的事，我就……"

"你要对我做什么，小姐？你以前没做过更糟的事吗？"

"嬷嬷……我不知道。我什么也不知道了。"

嬷嬷僵硬地站了起来。她的膝盖很不舒服。

"小心点，小姐。你的天性并不像你想成为的那样邪恶。你身上没有那种东西。"

尼希米不肯告诉皮埃尔，说："皮埃尔老爷又能做什么呢？"

"他可以和她谈谈。"

尼希米点了点头。"那又有什么用？"他清了清嗓子，"如果她是个黑人，我们倒是可以做点什么。如果她是个黑人女孩，我们就可以在她的腰间挂上铃铛，这样就能在她溜出去的时候抓住她，或者，我们可以用铁链锁住她的脚踝，这样她就跑不了了。"

"或者送她去'尝尝糖'。"嬷嬷提议。

"但我们不能这样做。那女孩要去见魔鬼，但她是自愿要去的，而且，嬷嬷，你我都对此无能为力。"

他们没有告诉皮埃尔。

当尤拉莉的富兰克林前来拜访时,皮埃尔也加入了他们。他们一起待在休息室里索朗热的画像下,直到本奇利夫妇下楼来,皮埃尔便逃走去打他的安息日小盹儿了。晚饭时,皮埃尔喝了一瓶红葡萄酒,尼希米扶着他上了楼。老朋友来拜访的时候,皮埃尔总会热情地欢迎他们,但半小时后他就会请求他们原谅,回去自己待着。皮埃尔·罗比拉德的自控力松懈下来了,就算这位和蔼可亲、心不在焉的先生注意到了他小女儿身上的变化,他也没有加以评论。

埃伦并不缺少值得尊敬的追求者。比如浓眉大眼的罗伯特·威尔逊,那个汽船船长的儿子。有一天早上,嬷嬷发现罗伯特站在前门台阶上——天才刚亮啊——希望埃伦小姐能出来。杰拉尔德·奥哈拉也不停地带着鲜花、糖果和各种小礼物登门。的确,他是个爱尔兰人,但他是个值得尊敬的爱尔兰人!

而菲利普·罗比拉德却不是个值得尊敬的人。他是丑闻的代名词。

这不是他的错,毕竟菲利普没有嬷嬷抚养他,却有很多可以让他走上歧途的金钱。菲利普还在穿短裤的时候,他妈妈就不再带他去圣约翰教堂了。其他教友不喜欢这孩子总是踢打、尖叫、发脾气,他们很高兴看到他离开教堂的背影。十五岁时,小菲利普已经换了五个家教,其中还包括一个来自波士顿的北方佬。

萨凡纳的集市上,关于这位小老爷的丑闻满天飞。当没有新的值得愤怒的行径出现时,他们就会回忆起以前的那些事:菲利普老爷是如何把一匹好马活活累死的,或者他又是如何侮辱了一个修女。"那个卑鄙小人把查尔斯送进劳改所抽了一顿,就因为他的靴子上有磨损的痕迹。可那只是皮革上的痕迹,又不是查尔斯划上去的,他又怎么能把它弄出来呢?"

作为罗比拉德家的首席家仆,嬷嬷希望得到恭敬和一些小小的礼遇。"这绿海龟可不错了。我知道皮埃尔老爷喜欢绿海龟,所以我特意把这家伙留了下来,嬷嬷。"

嬷嬷没有料到有人会对她举止无礼,但有一天早上,安提戈涅嬷嬷(她的白主人住在杰克逊广场那片比较破落的区域)过来拦住了她,说:"露丝嬷嬷,你家这个埃伦小姐,她和那个叫菲利普的男孩在一起,真是太过分了。岂有此理!埃伦小姐把你的名声都败坏了!"

"你是在操心罗比拉德家的家事吗?"嬷嬷反驳道。可尖锐的反驳掩盖不了事实。

小时候,埃伦小姐还会冷落菲利普。但现在她不再冷落他了。

安提戈涅嬷嬷把手搭在了露丝嬷嬷的胳膊上:"你已经尽力了,姑娘。祝福你。"

露丝嬷嬷甩开了那只手,仿佛那是一条蛇。安提戈涅嬷嬷为露丝嬷嬷惋惜!她怎么敢!

尤拉莉小姐还戴着卷发夹,嬷嬷就闯进了她的卧室。"我听说埃伦小姐的事了,"她说,"大家都在议论!"

尤拉莉像做梦一样笑了:"菲利普和我妹妹非常相爱。人人都这么说。"

"人人都这么说?"

"真是太浪漫了。"

"你只想要自己还没得到的东西。如果你得到了,你就不会想要了。"

瞎子都看得出,麻烦来了。埃伦小姐喜怒无常,对曾经喜爱的消遣漠不关心。她身上越发显露出优越、狡猾的气质——好像她有一些秘密,但别人却不够聪明或不够好,不配去理解这些秘密。像她之前的许多人一样,埃伦小姐认为是她发明了爱情。她把"我恋爱了"四个字像标语牌一样贴在身上。

年轻人认为爱情像日出一样简单,像鼻子贴在脸上一样清晰。他们希望能融化在恋人的眼里。

可嬷嬷知道,爱情从来都不是简单或清晰的,甚至它可能还会给人带来深重的伤害。埃伦小姐十五岁了,已经成熟到可以谈恋爱了。但问题是她爱上了谁。除了菲利普表哥,其他人都行!经过了神灵在她耳边不断絮语的一晚,嬷嬷走进埃伦的卧室,把她摇醒:"你和那个男孩在一起干什么?你在让罗比拉德一家蒙羞。"

虽然埃伦的眼睛还有点红彤彤的,头发也乱了,但她还是起身,披上睡袍,坐在梳妆台前,在脸颊上拍了点粉。

"我得告诉皮埃尔老爷了,亲爱的。你让我别无选择。"

埃伦斜斜地耸了一下肩,动作轻微得可能会被忽略。

嬷嬷等到皮埃尔老爷上完厕所,刮好胡子,吃了一个荷包蛋,喝了一小杯苦苣咖啡之后,才讲起这件事。她讲完后,皮埃尔脸上一闪而过的愤怒、苦恼和关切让她想起了她在多年前的那位教父。但很快,他的表情都收拢到了脸上柔软的褶皱里,说:"年轻人就是年轻人。我们能做的不多。"

"您打算什么也不做吗?"

皮埃尔耸耸肩,比他女儿的动作还要疲惫,也不比她的动作更有帮助。

三月十二日是米勒牧师那可怕的预言可能应验的最近的日期,萨凡纳的年轻人们发誓要庆祝一番。安托瓦内特·塞维耶建议说:"剩下的时间这么少,我们难道不该好好利用?"嬷嬷想用肥皂给这孩子的嘴好好洗洗。

当嬷嬷准备在后门边埋伏时,埃伦从窗口溜了出去。当嬷嬷在马厩里等着的时候,埃伦小姐的爱人则来到了前门。嬷嬷跑到街上,正好看到埃伦小姐和菲利普骑在马上。她的头发松开了,双臂紧紧地搂着他,他的骏马在街上飞奔。

嬷嬷理解像埃伦这样的女孩为什么会为了一个无赖而牺牲自己,牺牲自己的贞操,牺牲自己的名誉。只要那个无赖英俊貌美,完美地活在当下。但理解并不意味着她会放任不管。

三月十日午夜,嬷嬷敲响了尼希米的门。"把马车开过来,"她命令道,"快点。是埃伦小姐和那个男孩。尤拉莉小姐知道他们要干什么。对尤拉莉小姐来说,这根本就算不上什么秘密!"

"我不会做这种事的,"尼希米说,"这是白人的事,不该你我来管。"

她说:"你不来,我就告诉神灵你做了错事。"

尼希米说:"我不相信非洲的神灵。"他穿好衣服,攀上了马车。

法纳姆的酒馆在二十年前还是一栋体面的两层农舍。窗户上的红灯笼在冰冷的月光下发出苍白的光。宽阔的走廊前,一排漂白过的酒桶躲在未经修剪的活橡树下。异常俊美的马匹在它们熟悉的马鞍架上打着盹。花花公子们都爱在法纳姆的酒馆聚会享乐。

"绕到后面去。"嬷嬷命令道,"带我绕到后面去。"

"我不等你了!"尼希米低声说。

"不行,你得等着。我去接埃伦小姐。我们需要你带我们回家。"

"我没看见她。"

"你当然看不见。埃伦小姐在里面!"院子里的车辙在苍白的灯光下丧失了阴影和深度。后门外,嬷嬷拎起裙子,喃喃地祈祷了一句。这事太容易出差错了。

她摸了摸门闩,溜进了一个肮脏的厨房。一个满脸疤痕的黑白混血儿交叉着双臂,正靠着一个脏兮兮的水槽打瞌睡。水槽的排水板上堆满了没洗的酒杯。他的眼睛猛然睁开:"你是谁?"

"罗比拉德家的嬷嬷。我是来找埃伦小姐的。"

那人举起手来,好像在挡住攻击。

在自来水房门后,她听到了男人的笑声。嬷嬷掖了掖她硬挺的上衣,整了整她的红格子手帕。

"上帝保佑。"她祈祷着。

冒烟的灯笼照亮了斑驳的石膏墙。高矮不一的蜡烛草草地摆在长桌上。空气中弥漫着陈旧的烟草和泼洒的威士忌的味道。如果法纳姆的酒馆像一些浸礼会教徒所说的那样，像是撒旦的门厅，那撒旦就需要换一个新管家了。

年轻的老爷们坐在桌子旁，都不同程度地喝醉了。露丝嬷嬷认识他们。他们还是小孩的时候她就认识他们。

她看到主持聚会的男人本应感到惊讶，但实际上她却没有。她只感到伤心。

菲利普·罗比拉德坐在杰克上校身边，埃伦小姐则压在菲利普身上，就像她是他的第二层皮肤一样。他的顶帽歪斜着，凌乱的亚麻衬衫敞开到肚脐眼。菲利普是个美丽的废物。埃伦小姐苍白的前额上戴着一个由精致的粉红色山茶花组成的圆环：新娘的圆环。埃伦小姐眼神黯淡。年轻人们的派对持续得太长太晚，那些伴随着日落和第一次举杯而出现的所有光明而充满希望的事物最后都会慢慢消逝。

"给我们拿酒来，姑娘！"在黑暗里，杰克上校没有认出她来，"萨凡纳的黑鬼上酒的速度比我撒一泡尿还慢。"

"他们本来够快了，但是菲利普打了我们的服务员，"年轻的老爷比利·奥伯梅尔表示反对，"黑鬼也是有底线的。不能把他们逼得太紧。"

菲利普漫不经心而又温柔地拍了拍埃伦小姐的手，说："你会为我主持婚礼吗，杰克？还是说我们必须得等你喝完我的最后一点酒再说？"

杰克·拉瓦内尔上校笑了笑。"主持，菲利普？今晚？"他把椅子向后拖了拖，站了起来，对着两人微笑，"我亲爱的……"

"我不是你亲爱的，杰克。"年轻的弗利特老爷表示反对。

"那就更可惜了，吉米。"杰克淫笑着看着他。

比利叫道："姑娘，该死的酒呢！"

嬷嬷走到灯光下，说："我不是什么姑娘，而且你已经喝了很多了。还有你，弗利特老爷，如果你爸爸看到你这副模样，他会怎么想？"

杰克上校倒吸了一口气："露丝！"

"我现在是罗比拉德家的嬷嬷了，杰克上校。我是来接埃伦小姐回家的。"

菲利普猛地站了起来："你忘了自己的身份了，黑鬼。"

"你要用手杖打我吗，菲利普老爷？你要把我打晕吗？你可怜的妈妈会怎么想？奥萨小姐，她从来不伤害任何人。她怎么看你的这些把戏？"

"露丝……"杰克上校开口说。

"我是埃伦·罗比拉德小姐的嬷嬷。这难道是埃伦小姐的婚礼？她的客人在哪里？她的家人在哪里？教堂在哪里？牧师在哪里？是你吗，杰克上校？你是悔过自新，被授予了圣职，可以送他们步入婚姻的殿堂了？上帝啊！埃伦小姐，你的那些圣徒们，他们对这些事情有什么看法？耶稣基督怎么想？你以为他把自己钉在十字架上，是为了让老爷们喝酒通奸的吗？"

菲利普甩开了杰克拽着他的手臂。"我来解决。"说着，他就挡在了嬷嬷面前。

嬷嬷丝毫不给这位白人老爷面子。"弗利特老爷,"她越过菲利普喊道,"你要怎么和你爸爸解释今晚?他会很骄傲吗?还有你,奥伯梅尔老爷,你爸爸去天国才三个星期,你妈妈还在悲痛欲绝。你觉得你妈妈听到你今晚做的事能笑得出来吗?"

"我从来没有……"

"你也从来没有说过'不'。你从来没有说过'不要嘲笑上帝!'要是奥伯梅尔先生今晚在这里,他会怎么想?"

埃伦小姐制止了菲利普想要伸出的手臂:"亲爱的菲利普,她是我的嬷嬷!"

威士忌的气味像晨雾一样围绕在年轻的老爷身边。"黑鬼!"他低声抱怨着,仿佛这个词便可以解释关于嬷嬷的一切。

"菲利普老爷,"嬷嬷静静地说,"我认识你的时候,你还穿着尿布,是个麻烦的孩子!但你多么可爱。你一直很可爱,我估计今晚,埃伦小姐也爱你。但你现在已经不穿尿布了,你是个男人了!有一天,你会成为一个显赫的人,也许是州长,也许是参议员。到时你会希望这件事被人知道吗?"嬷嬷模仿着兰斯顿·巴特勒的低地口音:"菲利普·罗比拉德? 哦——那个家伙!他不是在酒馆里结婚的吗?你想给自己赢得这种名声吗?你想给埃伦小姐赢得这种名声吗?"

杰克上校的笑声打破了沉默:"我的上帝啊,我就喜欢脾气火爆的女人!"

嬷嬷冷静地回答道:"是的,先生。我觉得你确实喜欢。至少,你想过做点什么。但我要问你,杰克,我想知道你的心思。"烛光飞舞,烛芯啪啪作响。"弗朗西丝小姐对这些事情会怎么想?"

杰克的额头皱成了结,他吞了吞口水,用袖子遮住眼睛。他把酒瓶举到唇边,喉结滚动着,然后他擦了擦嘴,放下了瓶子,说:"我觉得今晚就到此为止了,先生们。公鸡很快就会打鸣了。菲利普,我给你倒杯睡前酒。"

年轻的老爷们像雕像一样僵硬地坐着,而埃伦则解开花环,把它放在桌子上。她心不在焉地拍了拍它。"太晚了,先生们,"她说,她对菲利普笑了笑,"晚安,我亲爱的。"

埃伦·罗比拉德小姐那天晚上没有再说一个字。她一路哭着回了家。

闭上心门

节日蛋糕一塌糊涂。

尤拉莉·罗比拉德兴高采烈地挑选着当天下午客人留下的拜访卡。其中一些人是皮埃尔老爷的移民同胞——庄重而深思熟虑——有些则是"旧制度"咖啡馆的顾客。他们多是跃跃欲试的年轻单身汉,其中包括执着的杰拉尔德·奥哈拉。这些人全在这个萨凡纳所有人家都不会拒绝来访者的日子里登门拜访了。尤拉莉的富兰克林·沃德来得很早,待到很晚。凯利·本奇利表现出一种不寻常的节日精神,没有就世界末日的话题开富兰克林的玩笑——一次也没有。

尼希米的盘子里装满了空酒杯、半空的茶杯和满溢的烟灰缸。尤拉莉用手指抚摸着富兰克林·沃德的刻字卡,而尼希米假装没听见她的低语:"他爱我,他不爱我,他爱我。"

佐治亚州寒冷的萨凡纳,星期天,新年的第一天,晚上六点。画室窗外,路灯照亮了奥格索普广场。客厅里弥漫着香水、烟草和威士忌的味道,但没有客人。客厅又恢复了熟悉的样子。

皮埃尔老爷已经上床睡觉了。这些天，皮埃尔除了必要的社交场合外，其他场合概不露面。

埃伦小姐担任起了女主人的工作，而嬷嬷和尼希米则去取饮料、茶水和厨子做的节日点心。

这时，拉铃响起，尼希米没有费心掩饰自己的哈欠。"天哪，会是谁呢？"他也没有在问谁。

尤拉莉先他一步走进大厅，把拜访卡放回到了托盘里。在窗玻璃里看了一眼后，她把头发理整齐，随后在大厅的椅子上坐了下来，拿起了一本《歌迪女士》。

尼希米开门时鞠了一躬，对于在礼貌的拜访时间内来访的人，这鞠躬也许会显得不够热情："晚上好，夫人。愿上帝予你仁慈！"

奥萨·罗比拉德的黑发已被扯成一团。她割破的脸颊上渗出了深色的血迹。她的眼窝里仿佛跳动着忽明忽暗的火光。

"啊呀，奥萨夫人！请进来吧。要给您倒杯茶吗？或者来点更烈的？"

她颤抖的手里拿着一个小包。

"进来吧，夫人。请在客厅找位置坐吧，我去喊皮埃尔老爷……"

尤拉莉放下杂志，倒吸了一口气。

尼希米说："您不是正打算去睡一会儿吗，尤拉莉小姐？"

尤拉莉立即照办了。

尼希米露出了为难以预测的人保留的那种令人安心的微笑：

"我一定得请您进来，罗比拉德太太。到屋里来吧，请进。"

奥萨·罗比拉德被夹在冬夜最后的冷光和粉红屋节日蜡烛的温暖光芒之间，就像烟草商用来推销商品的木头人像一样静止而沉默。尼希米另起了一个话题："您有东西要交给皮埃尔老爷吗？"

她急忙摇头。

"还是给？……"

"给她。"

"夫人？"

"她，那个女孩。菲利普的女人。"

"如果您指的是埃伦小姐的话，自从您儿子离开萨凡纳后，埃伦小姐就再也没见过他。"尼希米找了个通俗易懂的说法，"年轻人之间的爱情常会一波三折。"

那印第安女人像死亡一样静静地等着，直到尼希米接过她的包裹。

"您确定不进来吗？您……我……皮埃尔老爷……谢谢您，奥萨夫人。祝您度过一个幸福美满的……"

菲利普的母亲走后，尼希米闩上了门，用拇指摸着那包东西，喃喃自语道："哦，天哪。哦，天哪，天哪……"

……我很遗憾地告诉您，您的儿子遭到了不测。几个月前，当菲利普·罗比拉德先生来到新奥尔良时，他太过沉浸于那些更加年长也更加谨慎的绅士们会极力避免的追求。这位年轻人用他雄厚的财力吸引了一些志同道合的年轻伙伴。

他选择了我作为他的告解神父。虽然菲利普做了坏事，但他的心并不邪恶。时至今日，我仍然相信如果他知道什么是他的造物主所能接受的，他就会像犯下自己所熟悉的罪恶一样，轻易地接受那些做法。身为他的朋友（也许是他唯一真正的朋友），我一直认为菲利普其实向来天真——就像森林里的动物一样不必为自己的行为承担责任。菲利普的灵魂正在朝着光明走去，他对上帝的善意的信念依然坚定。他在一次牌局上的争吵中被枪杀了，感谢上帝，他活了足够长的时间来忏悔自己的罪过，接受赦免。

菲利普没有时间去成为他本应该成为的人。我会为他和在悲痛中的您祈祷的。

您坚信基督的，
新奥尔良圣路易斯大教堂伊格纳茨神父

包裹里还有四封埃伦的信和一幅去年才画成的埃伦·罗比拉德的小像。

嬷嬷说："我知道。只需要看着那孩子，我就知道了。菲利普老爷太漂亮了，活不长的。"她把所有的东西都塞回包里，心中悲痛，蹒跚着登上了耶胡的楼梯，把这个消息告诉了埃伦小姐。

那个漫漫长夜，嬷嬷没有多说话。有时她抱着她的孩子。有时她给孩子洗脸。那晚埃伦说的话，她的哭声和她说出的可怕的话语，嬷嬷从来没有重复过，在这里也不会重复。埃伦的灵魂在那个夜晚开出了花，她原先的灵魂则在痛苦、责备和泪水中死去了。

日出将玉兰树叶映出绿色，一只勇敢的鸣禽试图发出犹豫的鸣叫声。嬷嬷擦了擦埃伦满是泪水的脸，说："亲爱的，你可以麻痹自己，但麻痹自己和躺在床上等死没什么区别。埃伦小姐，千万不要闭上你的心门。这个世界上的人，萨凡纳还有佐治亚州的人，都曾经失去过他们爱的人。甚至有些人，他们失去了所有爱着的人，可还得继续生活，就像他们爱的人还活着的时候一样。他们得学会再次去爱。他们得敞开心扉。我们不知道——没有人知道——我们会被什么样的悲伤折磨。但我们来到这个世界上，并不是为了反抗和嘲弄。我们要承担我们的重担，而不是把它们转嫁给别人。不管愿不愿意，我们都得站起来，继续生活。"

过了一会儿，埃伦小姐擤了擤鼻子，打开了法式门。柔和馨香的南方空气溜进了房间，洗去了苦涩。勇敢地鸣叫着的鸟儿越来越多了。埃伦小姐坐在梳妆台前，梳理起自己的头发。

"请把我的灰色衣服拿出来。"她说着，往她憔悴的脸颊上拍上腮红，"嬷嬷，让尼希米把马车开过来。我要去拜访一下奥哈拉先生。"

"埃伦小姐……拜访一位先生！在这个时候！"

埃伦转过身来，把仆人的脸捧在手里，说："当我接受奥哈拉先生的求婚时，他会原谅我这一时的无礼的。还有，嬷嬷——不准你再质疑我。绝对不行。"

第三部

燧石河

我和波克是怎么被点着的

尼希米问我愿不愿意和他一起跳扫帚。他说皮埃尔老爷需要我们来照顾他。那埃伦小姐怎么办呢，我说，谁来照顾埃伦小姐呢？她现在嫁给了那个爱尔兰人奥哈拉，去了高地，那里到处都是蛇啊、鳄鱼啊、红种印第安人啊，还有各种各样恶心的东西在等着这个可爱的萨凡纳姑娘。尼希米说埃伦小姐的年纪已经大到足够结婚，也足够照顾好自己了。杰拉尔德老爷很狡猾。他既赢了牌局，也赢下了埃伦小姐的心。我说，我可不打牌，打牌是恶魔的游戏，还让菲利普老爷丧了命。尼希米说，菲利普老爷现在成了撒旦的麻烦了。我说，你是谁，有什么资格评判他？尼希米说，他差点毁了埃伦小姐，还伤了他妈妈的心。我说，尼希米，我以为你是个基督徒。

他说，就当他是吧，又问了我一遍我愿不愿意和他跳扫帚。尼希米确实是个好人。他一直在帮皮埃尔老爷照料生意，仿佛他自己就是那家商店的老爷一样。但是我嫁过人，而且那可不仅仅只是跳跳扫帚。我和耶胡结婚那会儿，可没有哪个老爷拿出一把老旧的扫帚让我们跳过去。我结婚的时候,有个货真价实的牧师,在查尔斯顿的非洲卫理公会基督教堂里,上帝和神灵们可都看着呢。我嫁给耶胡,直到死亡把我们分开,但其实死亡也并没有分开我们。耶胡和我,我们的婚姻在上帝和神灵们逝去前都会一直维系着。我没告诉尼希米这个。尼希米不理解这种事,很可能会嘲笑我。我告诉他,我会跟着杰拉尔德老爷、埃伦小姐还有那个傲慢的男孩波克到高地去,在杰拉尔德老爷的种植园开启新的生活。我们会获得幸福,还有上帝的恩赐。尼希米说,高地的生活和萨凡纳的生活不会有什么不同,可我告诉他一定会的。难道我去的不是一个截然不同的地方吗?难道我们的生活没有重新开始吗?你不乐意,只是因为我不答应和你跳扫帚。

于是他说,他会想念我的。我走后,他的生活再也不会好了。我觉得,他要是在求婚的时候就和我说这些话,我的答案可能会有所不同,但可能也不会。

埃伦小姐再没提起过菲利普老爷。她见杰拉尔德老爷回来之后没有,当皮埃尔老爷一个下午在画室里问起她将来要做什么时也没有。埃伦小姐说她下定决心要当一个修女。索朗热小姐信仰天主教,于是埃伦小姐也延续了这一信仰。但皮埃尔老爷不信。他觉得天主教徒得向罗马教皇俯首。现在,皮埃尔老爷告诉埃伦小姐,她不应该就这么离开去当修女。埃伦小姐没有顶嘴。她只是坐在那里,神色忧伤,但看上去已经下定了决心。

那天的晚餐大家都没怎么动,晚上,杰拉尔德老爷来到粉红屋,尼希米把他领进了休息室。老爷坐在其中一把高而坚硬的椅子上,穿着黑色西服,把他的黑礼帽放在大腿上。

皮埃尔老爷走了进来,尼希米拿来醒酒器和酒杯,皮埃尔老爷为杰拉尔德老爷倒了杯酒,杰拉尔德老爷说:"一指深就行。"对此我怀疑这是一次试探,毕竟他是个爱尔兰人。杰拉尔德老爷谢过尼希米,示意他可以走了。尼希米虽然照做了,但他和我一直躲在门外偷听。

门内的两人谈论着天气还有棉价,以及谁会是下一任总统,得克萨斯州会不会加入联邦。随后,皮埃尔老爷猛地拉开了休息室的门,但我和尼希米早就听到了他的脚步声,躲了起来。

埃伦小姐在她的卧室里看着那本《圣徒的生活》,我猜她是从衣柜里找出来的。我问她要不要喝茶,她回答不用。我想再说点什么,但她不想听,于是我走进厨房,给自己倒了点茶喝。

当厨房里的铃声响起时,我和尼希米回到了休息室。两位先生站在那里,看起来好像已经定好了决斗的时间和地点一样。杰拉尔德老爷面红耳赤,而皮埃尔老爷脸色阴沉:他看上去又年迈又劳累。他让我把埃伦小姐找来。

埃伦小姐走下耶胡的台阶,姿态优美而高傲,就像一位走向断头台的法国女王。皮埃尔老爷想快点把这件事解决了,我和尼希米则都在假装自己是休息室里的墙纸。皮埃尔老爷问埃伦小姐,她想不想嫁给杰拉尔德·奥哈拉,他开始把奥哈拉老爷称为"这个爱尔兰人",但他是个有礼仪的人,于是又咽下了这些话。

埃伦小姐的脸像裹尸布一样白,下唇颤抖着,眼神越过两位先生看向遥远的地方,也许她一直望向了年轻的菲利普老爷,索朗热小姐还有其他的灵魂。埃伦·罗比拉德小姐说:"我会嫁给杰拉尔德·奥哈拉先生。"

这件事就这么结束了。

第二天,宝琳小姐来到了粉红屋,大发脾气。她用力跺着脚走上楼,推开了埃伦小姐卧室的门,告诉她的妹妹她不能嫁给一个爱尔兰人,这会让罗比拉德家族被其他重要人士看不起的。宝琳小姐嫁给了凯利·本奇利,所以她每周有五天都会去浸会教堂。宝琳小姐问她妹妹,如果她嫁给了一个爱尔兰人,还怎么面对造物主。埃伦小姐是宝琳小姐的妹妹,还没那么年长,而且和菲利普老爷的那些事已经让她几乎名誉扫地了。但她还是说,自己会嫁给杰拉尔德·奥哈拉。她感谢宝琳小姐,希望她能多关注自己的事情,而不是在别人的私事里插一脚。

宝琳小姐简直比摩西还要圣洁,但埃伦小姐眼里仿佛要喷出火来,不想再听这种蠢话。于是宝琳小姐啜泣起来,说她都是为了自己的妹妹好,别无所求,而且她和凯利老爷每天都为她祈祷。埃伦小姐说,祷告能做到的事情,她自己也能做到!

尤拉莉小姐也表示反对,但她是个伪君子。尤拉莉小姐假装因为妹妹嫁了个爱尔兰人而大受羞辱,但实际上,她根本等不及埃伦小姐离开粉红屋了,走得越远越好!这样,当绅士们到粉红屋拜访的时候,他们就不会盯着埃伦小姐看了,只会看到尤拉莉小姐。

皮埃尔老爷闷闷不乐。朋友们到他家来的时候,都特意把帽子拿在手上,静悄悄地走路。

安托瓦内特小姐也来了粉红屋。她脸上虽然笑着，可还是那么无礼，喘气的样子像一条嗅着新骨头的狗。她说自己是埃伦小姐的朋友，认识最久的朋友。她们从孩提时代起就认识彼此了。安托瓦内特小姐对埃伦小姐的婚礼有各种各样的提议。而埃伦小姐呢，她感谢安托瓦内特小姐的拜访，感谢她愿意帮忙，一直感谢到安托内瓦特小姐明白，对方并没有感谢自己的意思。礼仪真是把双刃剑。

皮埃尔老爷闷闷不乐，因为他失去了他最爱的那个女儿，还失去了我。但到了婚礼那天，他又回到了原来那副模样。在一个美丽的春日早晨，阳光照耀着，大家都高兴看到年轻的小伙和姑娘喜结连理。在圣约翰教堂，法国人和皮埃尔老爷的朋友们站在埃伦小姐一侧的走廊旁，爱尔兰人则站在杰拉尔德老爷一侧。我、波克、厨子和大山姆待在阁楼上。随后，白人们去了城市旅馆，喝酒作乐，直到他们忘记了谁是法国人，谁是爱尔兰人。

如果埃伦小姐的姐姐们觉得她嫁给那个爱尔兰人是在自降身份的话，她们就弄错了。杰拉尔德老爷不是法国人，不需要遵守礼仪，但他会是个比菲利普更好的丈夫。杰拉尔德老爷的牌也打得更好。菲利普喝威士忌和打牌，是因为低地的绅士们都这么干。但奥哈拉老爷，他打牌的时候一点酒都不沾，而且大多数情况下他都能赢。打牌不过只是他的另一桩生意而已。他以前赢过波克，据说波克可是萨凡纳牌技最高超的绅士。赢波克几年后，杰拉尔德老爷又从一个投机商那里赢了一座高地的种植园，这人原本是在抽彩的时候得到的这座种植园。

杰拉尔德老爷修建好塔拉庄园后,就带着波克和种植园的领班大山姆来到了萨凡纳。杰拉尔德老爷过来是想给自己找个妻子,一个他能找到的最好的妻子。自然,这人就是埃伦小姐。我的小姐是低地"最合适的"少女。

皮埃尔·罗比拉德老爷把一套她妈妈的蓝色法式茶具和我送给了埃伦·奥哈拉小姐,作为结婚礼物。我觉得自己是这世界上唯一一个两次被当作结婚礼物的女人。

他们结婚后,杰拉尔德老爷忙得像一阵飓风,而埃伦小姐也跟着他走了。波克故意拖延,于是他们便把他抛在了身后。他们给高地不太开化的种植园买了些必需品。身为一名已婚女性,埃伦小姐现在非常务实。她问厨子该买些什么炊具,又问我该为婴儿买些什么。她问起这些事时有些脸红,于是我猜测她和杰拉尔德相处得很不错。

波克说塔拉种植园里有用来烫猪肉、煮糖浆和苹果酱的水壶,但没有小一点的锅盘和烤炉。那里没有织布机,纺车或是分梳板。倒是有很多斧头和锯子,但杰拉尔德老爷都是用他插在皮带里的小刀切烤肉。

塔拉种植园需要盐、滚筒和水桶。塔拉需要床单、灯油和灯。塔拉需要一切让种植园文明起来的东西!

埃伦小姐买了棉花、羊毛、最好的线以及英国的针。杰拉尔德老爷买了些小牛皮用来做套绳和鞋子,公牛皮用来做足枷和马具。他为轧棉机买了个大铁螺丝,还有三件套犁具。这大概是第一套抵达萨凡纳的三件套犁具。杰拉尔德老爷用手捅着棉花籽,好像从来没有见过棉花籽一样,这里捅捅那里闻闻,看看这个问问那个。他把种子放进嘴里尝尝,然后再挑选。他给埃伦小姐买了一匹花毛的母马,在马鞍的边缘和中间绣上了玫瑰。他为种植园的几座房子买了些家仆。大山姆把所有的仆人和货物一起装进三辆马车,动身前往高地。

他们离开后第二天早晨,我们也和萨凡纳说再见了。再见,海关大楼;再见,圣约翰浸会教堂;再见,奥格尔索普广场;再见,粉红屋;再见,耶胡的楼梯。

皮埃尔老爷、本奇利一家、尤拉莉小姐以及尼希米在铁路仓库边为我们送行。宝琳小姐指导着妹妹如何着装,如何举止得体,如何梳头发。宝琳小姐其实没什么礼仪可言,只是她自己觉得有而已。宝琳小姐告诉埃伦小姐在铁路上旅行是怎样的,尽管她自己也没坐过火车。对杰拉尔德老爷来说,坐上一辆烟雾缭绕、喷着蒸汽、嘶嘶作响的火车前往高地仿佛是世界上再正常不过的事情了。

我在皮埃尔老爷的身上闻到了威士忌的气味,但我什么也没说。当我们准备上火车时,皮埃尔老爷和杰拉尔德老爷一起走到站台下,站在一个我们听不见他们讲话的地方。我猜皮埃尔老爷在叮嘱杰拉尔德老爷照顾好他的女儿,而杰拉尔德老爷则会承诺说他一定会的。尼希米问我会不会给他写信。我从没告诉过他我既不会写字也不会阅读。我吻别了尼希米,好像他是我的丈夫一样。

我想到我再也见不到那么多我认识的人了,难过得哭了起来。皮埃尔老爷脸上泛起红晕,对我们挥着手,仿佛除此之外他再也想不到该做什么了。埃伦小姐说:"我们是时候上车了。佐治亚中心铁路可不会等我们。"

火车最前面是蒸汽车厢,后面挂着一辆木车和一辆客车,再拖三辆空货车。我们登上了客车,售票员让我和波克坐在最前面的长椅上。蒸汽引擎轰鸣着,抖动着,好像随时都会爆炸。我想这就是让黑人坐在前面的原因吧。

杰拉尔德老爷和埃伦小姐还没和罗比拉德一家告完别,列车就猛地一震,差点把我的头给折断。火车发出一阵尖锐得吓人的汽笛声,又震了一下,我的身子猛地被向前甩去。再一下,我又被重新甩回了长椅上,车动了!尼希米和宝琳小姐在站台上慢慢追着火车。宝琳小姐还有最后一条建议要告诉她妹妹。

很快,宝琳小姐就被落在了身后,尼希米也是。再见,萨凡纳!再见,海湾街!再见,大家!

我们穿过了运河港池和沼泽地,车开得更快了,我也明白了为什么我们坐在前面:黑烟和滚烫的煤渣会在飘向白人之前,先飘到我们身上。煤渣也太多了,像黄蜂一样扎人!

我拿出手帕擦着全身,防止自己烧起来!

当风从反方向吹来时,烟雾就消失了。火车咯吱咯吱地响着,我看见波克的嘴在动,却听不清他说的任何一个字。沼泽草地从窗外呼啸而过。我们比最快的马还快!我们比路西法[1]滚出天堂的速度还要快,如果这列火车脱轨的话,我们肯定就要去见路西法或者耶稣了:总要见到其中一个。在不停拍着煤灰的间隙,我坐在长凳上深感大事不妙:我的新连衣裙被烧出了黑色的小洞!

正午之前,火车停在了一个镇上。埃伦小姐说我们离目的地还有一半的路程。一半的路程对我来说已经很久了。火车可不会把埃伦小姐弄得一团糟。她头发凌乱,防尘罩衫上也被烧出了几个洞,但埃伦小姐还不至于被弄得一团糟。

杰拉尔德老爷边笑边说:"了不起!上帝啊!真了不起!"

他继续说着这个世界已经变了多少,以及铁路将如何改变一切。杰拉尔德老爷说,大家将不会互相争斗,因为人和人之间的联系变得更加紧密了,大家都能认识彼此。

杰拉尔德老爷骄傲得就像他自己发明了铁路一样。我不敢说,有时我们争斗,其实是因为彼此太过清楚对方是什么样的人。

我的手因为紧抓着长椅而疼痛,膝盖也在发抖。真庆幸我现在可以不坐火车了!

我们到了路易斯维尔,这座城市本来会成为佐治亚州的首府,最终却没有。路易斯维尔几乎和萨凡纳一样美丽。这里有宽阔的街道、大房子、时髦的马车,还有上百捆棉花,堆在一起准备运上火车。火车站所在的那条街的对面是一座大旅馆,有着白

---

[1] 一说是撒旦的别名。

色的柱子和带遮阳棚的阳台。杰拉尔德老爷把埃伦小姐抱上了旅馆门口的台阶，那些在阳台上看着的人都拍起手来。埃伦小姐简直尴尬极了。杰拉尔德老爷一点也不讲究礼仪。礼仪对他们爱尔兰人来说一点用都没有！

波克带我绕到旅馆的院子里。他在水泵前洗脸时，我走进厨房，厨子和她的仆人们正在为白人们准备晚餐。厨子直接递给我一堆乱糟糟的绿色蔬菜。

过了一会儿波克也进来了，像平时一样发着牢骚。波克是"绅士的绅士"。一次我问他为什么绅士还需要绅士，如果他自己本就是个绅士的话。波克被惹怒了，告诉我要是这都需要问，那我就永远都不会理解。男人无话可说的时候，就会说这种话。

白人们吃完晚餐后，厨房安静了下来，厨子和我走到门外没有热气腾腾的炉子的地方。厨子说她从还是个孩子的时候就在旅馆工作了，这里还从来没有这么忙碌过。卖棉花的白人老爷们很有钱，他们会买昂贵的马还有家仆。

我告诉她，我们要去高地，但不知道还要走多远。她说高地的种植园主会骂人、酗酒，还会毫无理由地鞭打仆人。我说，我从来没见过杰拉尔德老爷拿过长鞭，她说那是因为我还没真正来到高地。高地会让任何一个老爷都变得粗俗起来，让他不知道自己是谁，也不知道自己在做什么。高地的老爷们比野蛮人还糟糕。波克吃完了他的晚饭，往烟斗里塞着烟草。他说他认识杰拉尔德老爷很多年了，老爷只鞭打过一个黑人一次，还是那个黑鬼自找的。波克划亮一根黄磷火柴，臭味让我打起了喷嚏。他把烟斗点着，像火车的引擎那样吞云吐雾。波克说，杰拉尔德老爷连匹马都舍不得打。如果他都不会鞭打马，又为什么要鞭打人呢？

厨子说，许多老爷对马的态度都比对黑人的态度好。她知道一位来这个旅馆住过很多次的老爷，在他不得不射死他摔断腿的一匹马的时候哭得像个孩子一样。但就在第二天，他狠狠地鞭打了一个还不到十六岁的黑人男孩，打到他站都站不起来。

波克说，杰拉尔德老爷是个善良的老爷。在田里劳作的黑人甚至会占他便宜。但别想占威尔克森监工的便宜，千万别。我看着波克那副自鸣得意的样子，便问他是谁雇的监工，谁给监工管理种植园的权力。波克被烟斗里的烟呛得咳嗽起来。他告诉厨子，塔拉种植园就像路易斯维尔一样文明。厨子对此嗤之以鼻，不愿听他讲下去。

那晚我睡在厨房，波克睡在老爷和小姐门外的大厅里。波克习惯睡在杰拉尔德老爷的床脚，但这种日子已经一去不复返了！

第二天早上，波克闷闷不乐，因为杰拉尔德老爷自己刮好了胡子，并没有等着波克像以前那样给他拿来热水、肥皂、刷子、领带和皮带。埃伦小姐还是那样安静，但脸上挂着微笑，仿佛心里藏着一个别人都不知道的秘密。我们离开旅馆登上一辆和昨天不同的火车，但车上的烟雾倒是和昨天一样难闻，煤渣也和昨天一样滚烫。老爷们都没什么眼力见儿。当你可以骑马或走路，不把煤渣弄到头发里的时候，为什么还要花一大笔钱让自己热得像是要烧起来？

火车开得比闪电都快，但我们还是直到晚上才抵达目的地梅肯。波克之前来过梅肯，对这里很是了解。

今天，杰拉尔德老爷没有把埃伦小姐抱进旅馆。大概是埃伦小姐和他说了些什么。今天杰拉尔德老爷懂了点礼仪。

波克让我走到马厩去，杰拉尔德老爷的马就在那里。我说我这辈子已经见过了够多的马厩，但波克说他想让我见识一下我从没见过的东西。走过马厩以后，我们来到了一座老旧的石头房子前，房顶是木头做的。去年夏天的杂草环绕着房子，门关着，木板从门上散落下来。我说，这是什么？波克说，这是座堡垒。我说，我不关心什么堡垒。他说，这是印第安人入侵时候的堡垒。我环顾四周问，什么印第安人？波克说，他们已经走了，被赶走了，但我可以带你看看他们去过什么地方。我们走到一座活像一张绿色玉米饼的山下，波克说这就是那些印第安人埋葬死人的地方。

可能真是。春天的蝗虫疯长，玉米饼山像一座蜂巢一样嗡嗡作响。波克没听到嗡鸣声，但我能听到。波克看不见日落时分聚集在印第安人的山顶上的雾气，但我能看见。我开始发抖，告诉他我看够了，而且我好冷。于是我们回到了旅馆。波克又睡在了奥哈拉的门外，他还是不太喜欢这个睡觉的地方。

我们不用再坐火车了。不用再忍受臭气、烟雾还有火焰。我喊着"好耶"。嘿，嘿，好耶。杰拉尔德老爷想让我和波克骑马，而他和埃伦小姐坐马车。但我说，我从来没见过哪个黑女人骑在马上，今天也不准备要见到这种场景。马没什么好的，它只会害死人。

杰拉尔德老爷面色赤红,说他已经受够了傲慢无礼的仆人,问我他的长鞭在哪里。我说长鞭在鞭套里,任何一个有眼睛的人都看得到。于是杰拉尔德老爷说,他和波克骑马,让埃伦小姐和我待在马车里。

我们并肩坐着。埃伦小姐驾着马车。她曾经是我怀里的一个婴儿。我是第一个抱她的人。埃伦小姐告诉我关于红土地的事情。她一直在学习。红土地上可以种棉花,当然可以!埃伦小姐谈起高地和萨凡纳有多么不同,以及她多么高兴我们能一起前往塔拉种植园。她说我们应该细数我们得到的祝福,我说是的小姐,这真是不错。但在我们之间,一切都变得不一样了。现在她是女主人,我是嬷嬷。就像她从未躺在我的臂弯里,我从未给她换过尿布一样。我只能微笑,接受现实,因为现实就是如此。

我们来到了奥克姆吉河,船夫认识杰拉尔德老爷,于是他们谈论起高地发生了什么事。船夫想买我们拉车的马,老爷问他,那马车怎么办,船夫回答"黑鬼可以走路嘛",随后笑了起来。波克没笑。我没笑。杰拉尔德老爷也没笑。

那一整个早上,我们都在不停地上山下山。四周都是松林,把路都遮住了,一点阳光都透不进来。我冷得把披肩拉到了脖子上。我问埃伦小姐,树林里有没有印第安人。她让我别犯傻了,我说我并不傻,万一树林里的印第安人把我们杀了然后剥皮怎么办。每隔几英里,总有些车辙拐进松林里。有人住在这里,这并没让我感觉好一点。有时我们会经过覆盖着红土的田地,里面什么也没种。杰拉尔德老爷一直缠着我们讲话："我最亲爱的埃伦坐得还舒服吗？"埃伦小姐朝他微笑，告诉他还可以。我们驶进了一片烟雾中，那烟厚得我打起了喷嚏。原来是农场工人为了清场在焚烧树木。那些高地的黑人看着我们，好像他们这辈子从没见过别的人一样。

中午，我们吃了点奶酪和饼干。重新出发时，波克驾着马车，埃伦小姐则和杰拉尔德老爷一起骑马。他们落后了好一阵子，等到他们赶上我们时，埃伦小姐的衣服上扎满了松针。

我们来到了一座我没听清叫什么的小镇。小镇很破，但至少有个旅馆能让小姐和老爷住上一晚。旅馆是希钦斯先生开的，上面有他的名字。厨房里的黑人很友好，给我和波克吃了点肥猪背肉还有蔬菜。他们问了我们一大堆关于萨凡纳的问题，因为他们从没去过这么文明的地方。

又是一个疲惫地上山下山的日子。松林越来越稀疏，我偶尔能看见一两座种植园的房子。当我们渡过燧石河时，太阳落下了，把河水染成了金色。路朝着一座山蜿蜒而去，杰拉尔德老爷站在马镫上，指着什么。我透过树林看见了一个屋顶，这就是我们要去的塔拉种植园了。

我们驶过的土地都是杰拉尔德老爷的。去年的肥料被埋在地底，土地被犁出了平整而笔直的沟壑。我们调转了方向，把太阳抛在身后，在雪松之间慢慢前进。有些树长得和我一样，又大又圆。老爷和小姐飞奔向前。波克说杰拉尔德老爷总会飞奔着回家，像是担心塔拉不在那里了一样。

山顶有一座巨大的白色房子，门口一片骚动，黑人们纷纷上前迎接杰拉尔德老爷和他的新娘。波克和我把马带到了马厩里。波克喊道"托比"，一个有着一双细长腿的男孩就跑了过来，接过缰绳，问波克，杰拉尔德老爷是怎么给塔拉找来一位新女主人的，又问这女主人是怎样的人，尽管我不知道他是怎么知道这件事的。

波克说，无论老爷做了或者没做什么事，都不是他这种"绅士的绅士"应该过问的，就更不关无知的马房男孩什么事了。我觉得波克还在为睡在老爷门外感到难过。

托比说他一直都在祈祷波克顺利回家，这让波克对他刚说的话感到抱歉，但他不能道歉，因为他是"绅士的绅士"。我解释道，我是埃伦小姐的嬷嬷，小姐人很好，心地善良。托比像个老爷一样鞠了一躬，说道："欢迎来到塔拉，嬷嬷。"

托比说起波克离开的这段时间里都发生了什么，农场工都在干什么，家仆们又有什么盘算。但波克什么都不想听。在他们来萨凡纳之前，杰拉尔德老爷让波克做家仆们的指挥，指挥仆人们做这做那，到各种地方去，但波克不想做什么指挥。他做个"绅士的绅士"就很快活了，不想指挥马房男孩、挤奶工、家仆、厨子、洗碗工、兽医或者马车夫。波克很高兴杰拉尔德老爷娶了个老婆来指挥这些黑人。现在，埃伦小姐指挥着家仆，波克则重新做回了自己熟悉的工作。

当托比说起黑人们在杰拉尔德老爷离开的时间里受到鞭打时，波克露出了悲伤的神情。菲利普和科菲被威尔克森监工鞭打了，监工喝多了，没理由地打了他们。

波克问托比想让他对此做些什么。被打的男孩就是被打了，还能怎么样呢？

托比说那些男孩没有理由被打。完全没有。

我把喋喋不休的两个人留在那里，走进塔拉的房子，里面有个厨房。个人来说，我喜欢露天厨房，夏天时不那么热，而且如果厨房失火了，也不会殃及整座房子。

塔拉的厨房比粉红屋的要新，但锅子不够，做不了什么好菜，而且水槽脏得要死！长柄勺、搅拌勺和打蛋器混在一个抽屉里，而两边的抽屉里则什么也没有！塔拉这里有最新式的火炉，但看上去却像从没用过。炉子上的锅放了太久，都生锈了。看来厨子一直都在火炉旁做饭，就像从前的人那样。

我应该和厨子谈谈。我还应该和洗碗的女仆谈谈。

穿过塔拉的门厅，我进到了一个小房间里，里面的纸张全堆在一张古老的桌子上，像是皮埃尔老爷堆布料的那张桌子。房间里还有个威士忌酒瓶，架子上摆着几个脏酒杯。墙上则挂着一幅画，上面是一片雾蒙蒙的草地，看上去不像有着红土地的佐治亚州，所以我猜这是爱尔兰。

护墙板上的油漆剥落了，石膏墙上有手印，蜘蛛偏爱所有光照不到的地方。我觉得我也应该和家仆谈谈。金色的橡木楼梯笔直地延伸到二楼，不拐一个弯。再见了，粉红屋！

门口一片欢腾，黑人们像平日一样讲着话。杰拉尔德老爷回家了！杰拉尔德老爷回家了！嘿，嘿，好哇！没有什么比叽叽喳喳的黑人们更开心或更愚蠢了!

我走到前门,门口摆着秋千和摇椅,磨损得让我怀疑杰拉尔德老爷大部分时间是住门廊里。

杰拉尔德老爷快乐得像个傻瓜。埃伦小姐问年幼的家仆他们的名字和年龄,即便是害羞的那些个也回答了她。埃伦小姐让其中一个仆人小孩坐到马车的座位上,又把剩下的孩子们一个个塞进马车厢,他们那样子就像是要去什么地方的白人一样。

那个穿着一条脏兮兮的围裙的大个子女人可能就是厨子了。那个牙都快掉光了的,老得走不动路甚至站都站不起来的女人则可能是女佣。不算波克,塔拉种植园现在只有两个家仆。感谢上帝,大山姆给塔拉家带来了这么多仆人!

一个白人骑着马跑过来,朝着黑人们的脸上扬起一阵尘土。这人把缰绳扔给一个男孩,跳下马来。他向杰拉尔德老爷脱帽行礼,又向埃伦小姐鞠了一躬,说着他是多么荣幸,诸如此类的话。这人说话和其他人不一样。他的口音像北方佬。威尔克森监工身形高大,伶牙俐齿,就像在猪油里炸过的豆角一样。

黑人们紧绷着脸,小孩们也从马车厢里爬了出来。杰拉尔德老爷问完监工事情办得如何后就走了,没注意那些紧绷的脸。但埃伦小姐看见了。很少有东西能逃过她的眼睛。

威尔克森监工拍了拍一个男孩的背,说科菲在杰拉尔德老爷离开的那段时间里有些"没规没矩",但现在他已经是个好黑鬼了。科菲缩了一下,但还是点点头,露出微笑,说他已经知道"自己的错处"了,再也不会犯错了,不会了,先生,再也不会了。

我的脑海里想起一个遥远的声音："你假装自己是谁，你就会成为谁。"可我不想再听到它了，我鄙视这声音，我堵住了耳朵。

埃伦小姐握住了我的手。你不会知道她是什么意思的，但我知道。

监工说得好像杰拉尔德老爷本应该待在塔拉种植园，而不是跑到萨凡纳去娶老婆。监工并没有真的讲出这些话，但他就是这个意思。

当杰拉尔德老爷了解到没有东西着火，没有发洪水，庄稼没被吹倒也没死之后，他就不关心监工嘴里说着什么了。杰拉尔德老爷挺着胸膛，四处张望，好像塔拉种植园是上帝住的地方。威尔克森监工还在喋喋不休，事无巨细地讲着他做过的每一件事，直到杰拉尔德老爷打断他。这个女人，他告诉监工，是嬷嬷。从埃伦小姐一出生就跟着她了。

监工小跑一样的语速慢了下来，他说佐治亚的黑人真是"令人满意地忠诚"。我并不知道有这事。监工又开始说他是怎么在塔拉种植园管着所有黑人的。我想打断他，但埃伦小姐捏了捏我的手，说："谢谢你，威尔克森先生。我确信你能把那些家仆管得比我都好，但这应该是女主人的职责，所以我会接管他们。你管理农场工已经很忙了。"

监工对此毫无办法。礼仪的利刃锋利得能让人感觉不到痛。

我和埃伦小姐是怎么把礼仪带到高地的

高地一点都不像那个路易斯维尔厨子讲的那样。离我们最近的小镇叫里克斯维尔，镇上有两家商店、一家铁匠铺、一家制革厂、一间酒吧，还有一台轧棉机可供没有轧棉机的种植园主使用。里克斯维尔有座浸会教堂，里面有给黑人待着的阁楼，此外镇上还有一所学校和一间赛马场，周六早上人们在这里卖猪、鸡、骡子还有奴隶，周六下午则来这里赛马。一条铁路横穿百老汇大街，但从来没有火车驶过。因为铁路在到达里克斯维尔之前就坏了，轨道里面已经杂草丛生。如果这里没有印第安人出没，那高地的老爷们和萨凡纳的老爷们也没什么不同。有的好一些，有的坏一些，大多数平平无奇。塔拉种植园在麦金托什家旁边，杰拉尔德老爷从不关心这一家。我们的邻居还有斯莱特利家，这一家都是彻头彻尾的垃圾白人。最后是燧石河下游的威尔克斯一家。威尔克斯家的种植园叫十二橡树。十二橡树的房子都还是原来的样子。自从它建成以来，还没有多加或者拆掉一间房。十二橡树就像粉红屋一样精致。房子里甚至还有个螺旋楼梯，虽然造得没有耶胡的楼梯那么好。

威尔克斯一家从弗吉尼亚州来,这出身比其他任何地方都要高贵。这家人的房子里有座玫瑰园,孩子们都接受学校教育。约翰·威尔克斯老爷的微笑就像一阵夏日的清风,但大多数时候他总是一言不发。他和他的房子一样:又高大又安静,富得流油,但从来不说。他不嚼烟草,也不会随地吐痰。如果他要求的话,他的马可能会跳过几个栅栏,但他通常都不会这么干。他说话的声音无比轻柔,其他老爷们在和他谈话时都不自觉放低了声音。他讲的笑话一定会让所有人都开怀大笑。

约翰老爷比除埃伦小姐之外的所有人都更注重礼仪。别的种植园主们非常尊敬他,想知道他为人处世的方法。甚至连杰拉尔德老爷也会好奇,但是他大多数时候还是照自己的方式来。埃莉诺·威尔克斯太太容貌姣好,思维敏捷。她完美地诠释了什么是高地的礼仪。高地,埃莉诺小姐告诉埃伦小姐,非常有活力。我觉得埃莉诺小姐是因为去过了波士顿或者纽约,所以在为高地的礼仪致歉。

十二橡树甚至有一间全是书的屋子,除了书之外里面什么也没有!

年轻的阿什利·威尔克斯老爷懂得的礼仪快赶上他父亲了。他跟着约翰老爷去卖棉花和赛马,参加烧烤聚会,以及到佐治亚的立法机关去。但年轻的阿什利老爷并不总在场。比起年轻人,他活得更像个灵魂!当其他男孩正打猎、钓鱼、骑马或打架时,阿什利·威尔克斯在一旁读着他的书。他在书里能找到他想要的一切！

埃伦小姐一来塔拉种植园，高地的家伙们就想要见见杰拉尔德老爷这位从萨凡纳找来的老婆。波克给他们倒上威士忌，我负责端茶，倒凉水还有黄樟饮料，确保没人穿过前廊，因为所有的会客都在这里进行。埃伦小姐不许任何人踏入塔拉的大宅。杰拉尔德老爷不高兴了。我猜这是他俩结婚以来第一次产生分歧，争论的内容则是客人们应该在埃伦小姐收拾好后才能进她的房子，还是塔拉依然是杰拉尔德老爷的地盘，客人可以像从前一样随时来去，而且不需要把他们的靴子擦干净。通常，埃伦小姐能够得偿所愿。

塔拉种植园是杰拉尔德老爷的骄傲。他向埃伦小姐展示着一切。他展示着等待耕种的红土地，展示着轧棉机，说他在萨凡纳买的新螺丝钉比旧的好用太多。老爷咒骂了几句还没出现的大山姆，尽管山姆不太可能这么快就过来，因为我们坐火车来，而他驾马车。杰拉尔德老爷为那句咒骂道了歉。

杰拉尔德老爷向埃伦小姐展示了奶牛和马的谷仓，以及奶房。他夸夸其谈，说塔拉的泉水是"利默里克这一边最甜美的泉水"。他说的这地方在爱尔兰。埃伦小姐说"这真是太美妙了"以及"你竟然在这么短的时间里完成了那么多事"，于是杰拉尔德老爷的自尊心膨胀了起来，就像小孩子在圣诞节吹的猪膀胱一样。

晚饭吃粗玉米饼、炒蔬菜和猪脊肉。埃伦小姐什么也没说，但她没有就这么放过这件事。

当杰拉尔德老爷把她带到大厅后面的一个小办公室时，埃伦小姐完全振作起来了。老爷指着一堆文件，说它们是"种植园记录"。我能看出来埃伦小姐已经迫不及待想伸手翻翻它们了。

监工穿着宽大的靴子，从门厅对面咚咚地走来，不打招呼就挤进了办公室。他虽然脱下了帽子，但并没有把埃伦小姐放在眼里。

监工让农场工清理好了森林里塔拉庄园旁边的一块地，把大部分树桩都连根拔起，然后全部烧掉。他派人准备好用来耕地的马，但杰拉尔德老爷不是已经买了三件套犁具吗？他这些无知的农场工要怎么学得会用新的犁具？

杰拉尔德老爷笑着说如果他学得会，那么任何人都学得会。监工咬了咬嘴唇，问旧的犁具怎么就不能用了。杰拉尔德老爷态度变得不那么友好了，他说为了增加棉花产量和减少狗尾草，我们都得作出改变。他看到有些地里的绿色相比起他去萨凡纳之前可是多了不少。杰拉尔德老爷没有明说锄草应该是监工自己的责任，但他话语里就透出这种意思。杰拉尔德老爷喜欢大笑，装傻，为一些无关紧要的事情急红了脸，但在处理正事的时候，他就会换上那副爱尔兰人的认真面孔，真是妙招。

威尔克森监工说他立刻就会锄光狗尾草。他说那个叫普罗菲特[1]的农场工病得干不动活了，于是他就从十二橡树借来了迪尔茜。迪尔茜给普罗菲特拿了点药，他明天就能干活了。威尔克

---

[1] 这个名字也有"先知"的意思。

森监工抓住了从肉房里偷火腿的菲利普。菲利普撬起一块木板,把火腿藏在下面,说不好他偷了多久,可能在杰拉尔德老爷去萨凡纳之前就已经开始偷了。监工本会鞭打菲利普,但现在杰拉尔德老爷已经回来了。

杰拉尔德老爷不想鞭打任何人,埃伦小姐看着他,仿佛在说"你最好不要"。杰拉尔德老爷问,如果菲利普不缺吃的,他为什么要偷肉?

监工烦躁起来,说所有黑人都是小偷。他们天生就控制不住自己。

我觉得是监工自己减少了工人食物的份额,这样他就能把多出来的食物卖掉。所有的监工都是小偷。他们天生就控制不住自己。

杰拉尔德老爷大概也是这么想的。他叫监工修好肉房四周的木板,把菲利普交给他管。菲利普脑子不聪明,但他是个不错的放牛人,能把牛指挥得像狗一样听话。

威尔克森监工说他想和杰拉尔德老爷商量账单的事,示意埃伦小姐和我可以走了。杰拉尔德老爷哼了一声,说从今以后埃伦小姐也会一起处理塔拉的账目。

监工不喜欢这样。

埃伦小姐说她非常愿意为奥哈拉先生分担一些工作,监工一定会和她相处得很顺利的。但我们都知道这不太可能。

于是,塔拉的女主人埃伦小姐和监工没什么话好说了。自此以后都是如此。

埃伦小姐说自己要承担一部分工作，此话并不假。我们花了三天把这座房子上上下下打扫了个遍，清理了每一处边边角角，老鼠都比塔拉的家仆更熟悉这些地方。

又过了两周多一天，大山姆才把家仆运到塔拉。埃伦小姐问他们身体是否还好，有没有谁牙疼，她把仆人们带到一座涂着石灰的小木屋，他们就将生活在这里。埃伦小姐解释说，他们会在一天结束的时候得到食物配额，除了周日，因为周六晚上他们可以得到两天的配额。塔拉的马车每周日九点会前往里克斯维尔浸会教堂，做完礼拜回家后他们就可以照料自己的花园，或做点别的事情了。埃伦小姐说："嬷嬷会回答你们的问题。"随后便离开了。

这些萨凡纳的黑鬼很痛苦。旅途艰苦，他们不习惯睡在外面，食物不合胃口，也不喜欢高地这个不开化的地方。我们的市场在哪？他们问。黑人得有个教堂，还有市场。他们害怕印第安人、蛇还有熊。我说我从没看到过这些东西。他们说这可不是萨凡纳，我说傻子都看得出来。有两个女人离开了丈夫被卖了过来，我说那这也没有办法。如果你愿意，再去找个丈夫吧。有小姑娘哭了起来，我就问她难道犯傻会让事情好起来吗？事已至此，无法改变。他们应该庆幸自己来了塔拉，杰拉尔德老爷不爱动武，埃伦小姐又那么善良。他们有足够的食物，周日还不用工作，除非正值种植或收获季。杰拉尔德老爷虽然买黑奴，但他从来没卖过一个人。我问，你们有谁的孩子被卖到南方去过？有两个女人举手。我说，在塔拉，没有人的孩子会被卖到南方去。还有一点，我说，这里晚上没有白人会溜进屋子里把你或者你的女儿们抢走。埃伦小姐是个天主教徒，天主教徒不会容忍这种事发生。我就这么告诉他们的。我讲的是实话。

我们对房子的大扫除——根本没有尽头！埃伦小姐，我，还有家仆蒂娜和贝尔从阁楼开始打扫，那里只堆着不用的木瓦。到了老爷和小姐的卧室，我们在开始擦墙之前把每一件家具都搬了出去。墙上贴着刷了漆的模板，不像粉红屋那样贴着壁纸。姑娘们把那块红地毯拍打了一小时，把灰尘都抖了出来。埃伦小姐自己擦着窗户。卧室里有一扇对着阳台的法式窗户，打开它就能俯瞰塔拉庄园，从草地一直到河流。埃伦小姐说："哦，嬷嬷！这真美啊！"看到她开心，我也很高兴。

别的卧室都是给前来拜访而且喝多了酒的老爷们住的。我们发现了一条塞在衣橱底下的臭气熏天的皮马裤，一只扔在床下，混着灰尘的汗津津的袜子，还有一根卡在地板缝里的金牙签。杰拉尔德老爷说："天哪，休·卡尔弗特之前就是在找这根牙签。他真是喝高了。真是喝高了。"

埃伦小姐露出一个微笑，老爷立马不笑了。

中间的卧室里没有家具也没有地毯，什么也没有。自从塔拉建成以来，这房间里只有一棵弯弯曲曲的松树放在角落。"这会是个不错的育婴房。"埃伦小姐说。

科菲给马厩漆好了油漆，于是埃伦小姐让他去田野里拔树桩。科菲很高兴能换一样活干，但监工却和杰拉尔德老爷发牢骚说埃伦小姐对农场工多管闲事。老爷告诉他，新娘必须在家事上起带头作用。监工还在嘟囔着，但老爷已经没有在听了。

埃伦小姐安排科菲去捣碎凝乳来做牛奶涂料。科菲问颜料在哪，埃伦小姐拿出从萨凡纳买来的染料：蓝色的、绿色的、灰色和红色的。她想把育婴房漆成天蓝色，墙边装饰成法式灰色。如果科菲把客人看不到的里屋漆得还不错，等楼下打扫干净以后他还可以去漆那里的墙。埃伦小姐还没决定好每一个房间的颜色，但大厅必须漆成南瓜黄。

杰拉尔德老爷骑马穿行在田地里，监督监工的活，也和邻居打着招呼。日暮时分，他骑到十二橡树，和约翰老爷一起坐在阳台上喝着威士忌。杰拉尔德老爷伸开穿着靴子的腿，和约翰老爷讨论着哪匹马会赢得周六的比赛，棉花收成如何，以及联邦政府想把得克萨斯州"吞并"到佐治亚州和南卡罗来纳州，和美国其他的地方连到一起。他们又喝了一杯威士忌。

有时杰拉尔德老爷会醉醺醺地哼着歌回家，托比只好把他扶下马。有一次，因为不想吵到埃伦小姐，他直接睡在了马厩里。到了早上，埃伦小姐假装自己不知道昨晚老爷没睡在这张床上。"亲爱的奥哈拉先生，"她对他说，"你起得真早。你一定要学会偶尔放松一下。"

杰拉尔德老爷满脸羞愧。

我们对塔拉做什么，杰拉尔德老爷都不反对。如果有人问起，他就说"去问埃伦小姐"，好像他很高兴终于把那些事交到别人手里了。

但当他回家看到他最喜欢的旧椅子被装上马车，准备运到仆人的房子里给大山姆坐时，他不高兴了。他和埃伦小姐吵了几句，老爷面红耳赤，高声说话，小姐则轻声细语。

"奥哈拉先生，"她说，"你难道想把你黑人领班的椅子抢过来自己坐吗？"这句话解决了此事。埃伦小姐弄来了一把专门为杰拉尔德老爷新做的椅子，缝合处没有脱线，椅脚也完好无损。但杰拉尔德老爷说它坐着没有旧椅子那么舒服。

埃伦小姐派了一个小姑娘到威尔克斯家的厨房里做学徒。威尔克斯家的厨子知道怎么做白人爱吃的东西。虽然杰拉尔德老爷的厨子在他还是个单身汉时算是足够了，但现在塔拉已经有了女主人，亲朋好友们都会来拜访。

我们用刷子、水桶和碱性肥皂打扫了一遍塔拉的厨房。新式阶梯炉上面放着几口锅，但已经生锈了。于是蒂娜给炉子刷上了黑漆。食品储藏室里，面粉发霉了，食盐硬得像石头，茶叶在锡罐里放了太久，手指一压就碎了。储藏室里没有埃伦小姐需要的东西，这里的食物只能喂猪。

埃伦小姐笑得很明媚。"我等会儿再去看肉房，"她对厨子说，"钥匙呢？"

厨子把钥匙交给埃伦小姐，好像它是她的宝贝孩子一样。

第二天早上，埃伦小姐戴上帽子，我戴上周日的头巾，大山姆把我们载到了里克斯维尔。我们得在肯尼迪商店后面把马系好，因为主街上有人在铺轨道和轨枕。不知是谁在这个镇上建起了铁路，已经一路建到了有很多条铁路的亚特兰大。

埃伦小姐径直走进了肯尼迪商店，我跟在她身后。

一个黑鬼在扫地,另外一个正把新到的面粉袋铺开。弗兰克·肯尼迪老爷局促不安,一会儿抓抓头发,一会儿抓抓手和脸颊。他很高兴认识奥哈拉太太,愿意为她做任何事……

但当埃伦小姐说她要在这里签署所有的商店订单时,肯尼迪老爷犹豫得像一头卡罗来纳的骡子。

"威尔克森监工……"

"是我们手下的人。"

"可他……"

"肯尼迪先生,您这里有这么多我们需要的商品,我不想再去别的店铺了。"

她说话的样子非常认真,弗兰克老爷笑起来,像是坠入了爱河。他对小姐鞠了一躬:"奥哈拉太太,肯尼迪商店感谢您继续光临。您每单都需要开发票吗?"

"这最好了,"埃伦小姐说,"更有做生意的感觉,不是吗?"

我呢,我从来没猜到索朗热小姐的精明还能延续在血脉里。

里克斯维尔不再是里克斯维尔了。现在它叫琼斯博罗,但还是那个小镇。

埃伦小姐写信给皮埃尔老爷,让他寄点萨凡纳的墙纸来。我和另外三个仆人把休息室的墙壁又是擦,又是拿砂纸抛光,又是修修补补的。墙纸在我们完工之前就运到了塔拉。埃伦小姐、蒂娜、我还有波克把一卷卷墙纸运到休息室,看看皮埃尔老爷和尼希米给我们挑了些什么样式的。墙纸是棕褐色的,点缀着互相缠绕的小红花。这花我没见过,但埃伦小姐很喜欢。

我和埃伦小姐之前都没有贴过墙纸,但波克贴过。他搅了搅麦糊,把墙纸贴在木墙的顶端,这样就不会露出边线。埃伦小姐手最巧,所以她来剪墙纸,我和蒂娜把墙纸贴起来。平平整整地贴完窗户和壁炉边的墙纸简直太难了。我们贴完整个房间后,还剩下一些墙纸,于是埃伦小姐用它们剪了点和粉红屋里一样的顶冠饰条。杰拉尔德老爷走进房间时,顿时满脸喜悦。他欢呼道:"连约翰·威尔克斯都没有这么好的东西!"

他把一幅画着翠绿的爱尔兰草地的画挂在壁炉架上,说:"现在,塔拉终于像个家了!"

现在已经九月了,埃伦小姐的孕肚越发明显。她想请邻居家的太太们来喝茶。杰拉尔德老爷说喝茶是在萨凡纳干的事情,到了高地就应该办烤肉宴和舞会。但埃伦小姐说:"奥哈拉先生,我想纵容自己一次。"

他突然俯身把她抱在怀里,但很快就放下了她,说着:"我在想什么啊。我究竟在想什么?"

于是埃伦小姐写了些便笺,邀请女士们周日来喝茶,但没人听说过这种活动。高地的种植园主们已经习惯了结伴出行。有一个人去烤肉宴,其他人就都会去:小孩、婴儿、未婚女人、老人还有黑人。所以,当埃伦小姐邀请女士们结伴前来时,半个县的女人都来了塔拉。埃伦小姐在门廊上问候着客人们,请她们进屋,但没有允许丈夫和小孩们进入。黑人们绕回了仆人房。

杰拉尔德老爷糊涂了:他们这群白人男子站在旁边,什么事情也没有。他决定让男人们去打猎，我和迪尔茜来看孩子。

绅士们都策马离开了，迪尔茜和我坐在门廊上休息。最大的孩子大概有九岁或者十岁，最小的还只会四处爬来爬去，舔着弄到手上的泥土。博伊德和汤姆·塔尔顿想了一些游戏给男孩们玩，凯瑟琳·卡尔弗特是女孩中的孩子王。两岁的塔尔顿家的双胞胎用他们最快的速度摇摇晃晃地追着小黑人吉姆斯，乔和亚历克斯·方丹用木棍玩着游戏。当足够多的孩子聚集在一起，他们就会形成一个小集体，自己管好自己，直到玩得筋疲力尽，瘫倒在地。

迪尔茜有印第安血统，一头直发乌黑到泛紫。她有着尖鼻子、薄嘴唇和高耸的颧骨。她把漆树称作"qua lo ga"，但不管怎么叫它，这东西都是一种能治发烧的茶。伏都天主教和彻罗基族人信仰的灵魂不同，但彻罗基族人死后也会变成和伏都教徒一样的灵魂。

孩子们都累了，我们把他们带到厨房吃了点糖饼干，之后让他们在育婴房休息。迪尔茜说她会看着他们，所以我下了楼，看看女士们在干什么。

她们正在会客厅里喝着茶，蘸着蜂蜜吃厨子做的松脆饼干。厨子永远都在拍那些做饼干的面团！她把面团铺开，一遍遍拍打着它，直到面团变得松软无比。

女士们正用索朗热小姐的蓝色茶具喝着茶，埃伦小姐则自己拿着那个断了手柄的杯子。

蒂娜穿着一条干干净净的裙子，围着白色围裙，双手背在身后站在那里,以免哪位女士需要些什么。

埃莉诺·威尔克斯小姐去过萨凡纳、波士顿还有纽约。她和威尔克斯先生买了很多画和书。他们受过教育。

埃伦小姐没去过这些地方,也没买过书或者画。她只是个年轻女人,嫁给了一个爱尔兰人,并怀着这个爱尔兰人的孩子。但高地却没几个淑女能在她面前摆谱。

杰拉尔德老爷已经向女士们吹嘘了一番自己的新娘,于是她们都知道埃伦小姐并不是爱尔兰人,而是法国人。她父亲曾在拿破仑手下服役,母亲从圣多明戈逃了出来。她们知道埃伦小姐的父亲很有钱。尽管高地的女士们对杰拉尔德老爷印象不错,但爱尔兰人就是爱尔兰人,法国人就是法国人,她们觉得埃伦小姐是下嫁给他的。卡尔弗特太太在她们家之前的女主人去世前一直是这家人小孩的家庭教师,现在她嫁给了休老爷。她是个北方佬。北方佬讲话都很快,好像如果他们张嘴说话的时间太久,有人就会把他们的舌头拔出来一样。

老方丹小姐——已经是方丹奶奶了——坐在一旁的沙发上打鼾,嘴唇上沾着口水沫。年轻的方丹小姐发现我注意到了,便拿手帕擦掉了老小姐的口水沫。

埃伦小姐问起了生孩子的事,那样子看上去就像只是随口一问,但她可骗不了其他太太们。门罗小姐说她生最后一个孩子的时候简直是在鬼门关走了一遭,生六个孩子够任何一个女人受的了。比阿特丽丝·塔尔顿小姐吹嘘说自己一口气生了八个,像头母马一样。这没什么的,只要种马不太大就行。女士们都笑了,老小姐也醒了,发出一声大笑。蒂娜倒了一圈茶,顺便给埃莉诺小姐倒了点雪利酒。为了掩饰她是屋子里唯一在喝雪利酒的人,埃莉诺小姐问亨利·克雷到底有没有机会当总统。门罗小姐对话题的走向感到不悦,说如果总统们见过自己的妻子分娩,他们就不会像过去那样行事了。对此所有女士都表示同意。

埃莉诺小姐对我笑了笑,像是在问"你是谁",埃伦小姐说,我是她的嬷嬷,已经"跟了她"一辈子。埃伦小姐讲着索朗热小姐的第一任丈夫是怎么把我从圣多明戈的黑人和反叛者手里救出来的。埃莉诺小姐抬起眉毛说:"第一任丈夫?"埃伦小姐用平淡的语气告诉她,她的妈妈有过三任丈夫。

女士们消化着这一信息,而塔尔顿小姐笑着说:"通常都是丈夫埋葬妻子。你妈妈一定坚强得像山核桃一样,才会嫁三任丈夫。"

埃伦小姐说:"很遗憾,我从来没有好好认识我母亲的机会。我父亲,皮埃尔·罗比拉德,直到今天还用帘子盖着她的画像哀悼她。"

一些女士们小声交谈,表示同情,但塔尔顿小姐说:"我讨厌哀悼。为什么要浪费一年的时间去悼念一个根本不会知道你在悼念他的人?"她从我脸上读出了反对,问我:"嬷嬷?"

我不该在这里和白人女士们社交,所以我告诉她:"生者和死者之间只隔着一道很薄的墙。"我就说了这些。

"从黑人和反叛者手里被救出来,"埃莉诺小姐说,"你真幸运啊。"

我说:"是的,小姐。"我不知道我在同意些什么。白人女士最擅长问一些没有恰当答案的问题。

卡尔弗特小姐说:"圣多明戈——真是个非常、非常可怕的悲剧啊。它曾经不是很富有吗?现在都没人听说过圣多明戈了。"

"它现在叫海地。"门罗小姐说。

埃莉诺小姐嗤之以鼻。"对我来说,它永远都是圣多明戈。"她转向埃伦小姐,"我最亲爱的萨凡纳怎么样了?城里那种欢腾、那些舞会、法式珍馐……萨凡纳真是个欧洲城市啊。"

别的女士们已经习惯了听埃莉诺小姐滔滔不绝地讲这些事情,并没有多加理会。

艾米·汉密尔顿夫人是威尔克斯老爷的嫂子。她虽然穿着为她丈夫吊唁的丧服,但同时也怀着他的孩子。汉密尔顿小姐说亚特兰大真是发展迅速。

"但亚特兰大还需要很久才能变成一个真正的欧洲城市。"埃莉诺小姐说。

别的女士们为汉密尔顿小姐还怀着亡夫的孩子而感到遗憾,所以没人争论亚特兰大到底像不像个欧洲城市。老小姐告诉她们,亚特兰大以前是个终站——一条铁路的终点。那时没人住在那儿。

汉密尔顿夫人说:"好吧,如果亚特兰大还不是个欧洲城市的话,它至少是个国际化都市。"

我觉得这两个名字是同一个意思,但我不认字,谁知道呢。

比阿特丽丝·塔尔顿小姐拍了一下蒂娜。蒂娜一直到比阿特丽丝小姐对着她摇摇手指才想起来要去端茶壶。她又给塔尔顿小姐倒了一杯雪利酒，小姐举起酒杯，为埃莉诺小姐干杯。已经喝了四杯酒的埃莉诺小姐正假装着自己没喝过酒，于是没有回礼。

除了比阿特丽丝小姐穿着花呢女士马裤，一件小得不够暖和的夹克衫和到她半截大腿的长靴之外，其他女士们都穿着带裙撑的裙子。波克已经提醒过我关于比阿特丽丝小姐的事了。比阿特丽丝小姐不讲礼仪。

比阿特丽丝小姐宁愿和男人一起骑着马跳过栅栏，撞倒最上面一根栏杆，把奶牛吓得四散。这样黑人们就得出来把奶牛赶回来，再把栏杆放回去。

费尔黑尔种植园在塔拉森林的另一边。克里克印第安人还在这附近的时候，塔尔顿一家清空了费尔黑尔，睡前还会堵住门，在床边放一把上了膛的步枪。塔尔顿家是第一批来这里的人，他们的土地是最好的。吉姆老爷比门罗、威尔克斯和卡弗特家都有钱，所以无论比阿特丽丝小姐穿什么，女士们都会夸赞"真美啊"以及"此话不假"。

比阿特丽丝小姐的性格就像一剂猛药。埃伦小姐不怎么在意她，但我在意。像索朗热小姐一样，比阿特丽丝小姐想到什么就说什么，毫不关心会冒犯到谁。

女士们想着接下来该说什么。她们已经对塔拉的"文艺复兴"（埃伦小姐这么说的）表示了艳羡。她们也已经认识了埃伦小姐，但因为她还没有生育，也不好讨论孩子的话题。

埃莉诺小姐又给自己倒了一杯雪利酒，讲起纽约城来，说它比其他小姐们去过的任何地方都繁华。塔尔顿小姐跳到了窗边，说："哦，看啊，先生们回来了。杰拉尔德肯定会好好抽上他的马一鞭。"

女士们虽然没有说，但她们都很高兴自己的丈夫骑马回来了。这样她们就能接回自己的孩子和黑奴，在天黑之前回到家。

蒂娜干累了女仆的活，靠在贴了新墙纸的墙上休息，不合时宜地在身上挠来挠去。

耶稣没有降临，但凯蒂小姐降生了

米勒派认为耶稣会在一八四四年十月二十二日再次降临。那天来临时，会出现天使、喇叭还有燃烧的战车，车轮用火眼和火柱做成。米勒派的人从没说过耶稣会从拉夫乔伊还是费耶特维尔那里的路走来，也没说过降临确切在几点，只说大概是日出之前，在某个地方，但这样一来大家就都不知道自己应该看向何处，期待些什么了。不信教的人和堕落的人在那几天里都提心吊胆的。

约翰老爷和杰拉尔德老爷对米勒派嗤之以鼻，因为他们之中的大多数都是北方佬，而北方佬什么时候这么聪明过？但休·卡尔弗特老爷却相信其中自有其奥秘。那些米勒派的人翻开《但以理书》，坐在地上思考到面色铁青，休老爷说："这日子是一些聪明人算出来的。"休老爷的几个黑奴不高兴了，于是老爷让他们镇定一点，说自己只是在开玩笑。明天的太阳依然会升起，就像从前一样。

九月过去，十月来临。空气染上了凉意，树叶也迅速变黄了，连灯蛾也照不到足够的阳光了，杰拉尔德老爷的嘲弄声也不那么响了。杰拉尔德老爷大概是明白了自己知道的东西其实比约翰老爷要多，因为杰拉尔德老爷打牌打得更好，骑马骑得更好，棉花也种得更好。但最近，杰拉尔德老爷觉得这本让约翰老爷这么崇敬的书里可能真有什么奥秘。杰拉尔德老爷骑马到十二橡树，问约翰老爷，世界真的要终结了吗？约翰老爷笑着拍了拍杰拉尔德老爷的背，说到了米勒派认为的世界末日后的第二天，他非常乐意借给他一千美元，收百分之五十的利息。

说实话？杰拉尔德老爷不想为埃伦小姐和孩子担心，所以他开始为世界末日担心。相比起来这样倒是更轻松。

皮埃尔老爷给埃伦小姐写来了信，也给我捎来了尼希米的问候。富兰克林·沃德和尤拉莉认为米勒派是正确的，而且最近本奇利夫妇也没那么得意了。皮埃尔老爷说富兰克林和尤拉莉对耶稣都要着魔了。他们没有捐钱也没做别的什么事，但要在十月二十二日的日落时分去教堂，爬上钟楼，在别人看见之前，亲眼看到火战车降临。

我呢，我不觉得耶稣会降临。如果他想带走我们，我们的身边为什么没有笼罩着一团薄雾，就像我们身边那些快要死去的人一样呢？我看不见我身边任何人的薄雾，除了生在非洲，连床都起不来的老阿莫斯。威尔克森监工身边也没有雾，他可是耶稣会斥责的第一个罪人。

埃伦小姐对米勒派不怎么在意。耶稣要么就来，要么就不来。她早上吐得很严重，一口饭都吃不下去，还担心着在她怀着孩子躺在床上的时候塔拉要怎么运转下去。塔拉的亚麻衣柜满得都塞不进一块真丝手绢；波克清点了熏制火腿和培根，管着肉房的钥匙；厨子做了足够杰拉尔德老爷吃上两个星期的晚饭。这一切都做完后，埃伦小姐躺了下来，唤迪尔茜来。

杰拉尔德老爷想要最光鲜亮丽的亚特兰大医生来给他的孩子接生，但埃伦小姐一点也不想享受这种待遇。她想要女人：我、迪尔茜还有比阿特丽丝小姐，因为比阿特丽丝小姐接生过很多小马驹和孩子。

这番话让杰拉尔德老爷骨子里那股爱尔兰人的劲上来了。他说埃伦小姐比任何一只小马驹都要珍贵。他听到自己说了什么后，继续说道："我对圣母玛利亚发誓，我绝对不会失去你或者孩子！"杰拉尔德老爷说他会叫来方丹老医生，埃伦小姐抬起下巴说："奥哈拉先生。我母亲就是被一位男医生用他傲慢的医术和男人的急性子杀死的。在这种事情上，一个妻子理应顺从丈夫的意愿，我也会。但是这并不意味着她违抗她作为基督教徒的良心，也不意味着她要做对不起她怀了那么久的孩子的事。"

杰拉尔德老爷气急败坏、犹豫不决，涨红了脸。埃伦小姐吻了吻他的脸颊说："我知道你想给我和我们的孩子最好的——最最好的待遇。但是，亲爱的，在这件事上你一定要相信我。"

我猜，在治病方面我和迪尔茜知道得一样多，但在接生方面就不一样了。迪尔茜和比阿特丽丝小姐坐在床边，互相帮着忙。

比阿特丽丝小姐洗完了手，把手擦干，拎起盖在埃伦小姐下身的床单，凑近看了看说："还没到时候呢，埃伦。先好好休息。"

说完她走出了房间，我听到她对杰拉尔德老爷说："把你的妻子交给我们吧，先生。你已经做了一个男人能做的一切。"

当女人快生育时，男人不应该靠得太近。

第二天破晓时，凯蒂·斯嘉丽小姐来到了这个世界上。她当然不是耶稣，但可能比耶稣还要受欢迎。

在回费尔黑尔种植园的路上，比阿特丽丝小姐骑马跳过了所有的栅栏，迪尔茜一直在身后害怕地抓着她。孩子出生后，方丹老医生来看了看埃伦小姐。他说他经常在迪尔茜和比阿特丽丝小姐接生后给产妇看病。这两人接生时，从来没有失去过一个母亲或是孩子。他的儿子，年轻的方丹医生不相信接生婆这回事。年轻的医生非常讲究"科学"，和诸如此类的东西。但老医生对有用的本事都很是信任。

像所有的爸爸一样，杰拉尔德老爷想要个儿子。但当他第一次抱起小凯蒂，感受到她的体温时，就爱上了她。从那一刻起，杰拉尔德老爷愿意把他的全部生命都献给凯蒂·斯嘉丽·奥哈拉小姐。杰拉尔德老爷为她取了名字，凯蒂是她母亲的教名，而斯嘉丽是她奶奶的姓氏。杰拉尔德老爷喜欢说："玛莎·斯嘉丽一辈子从没离开过巴利哈里五十英里远。现在她的名字传到美国来了！"

方丹老医生说埃伦小姐应该卧床休息两周，但孩子出生后一天，她就下床开始干活了。我把凯蒂小姐的脐带埋在厨房门外，这样塔拉就永远都是凯蒂·斯嘉丽的家了。

有些人说，孩子们就像一件衣服一样来到这个世上。她们说孩子可以被裁剪、缝制、包边，做成你想要的任何样子：围裙、头巾或者连衣裙。但我想说，事实并非如此。孩子小时候的性格，和他们老了以后基本上一模一样。有些孩子很安静，但凯蒂小姐都没法安静地躺着：她的小手和小脚动个不停。所有孩子都贪婪，凯蒂小姐也紧抓着她妈妈的乳头不放！她也不愿意吃乳母的奶。迪尔茜找来了一个年轻而健康的黑姑娘，乳汁多到任何一个婴儿都喝不下。你觉得凯蒂小姐会满意吗？她大声哭叫着，抓着妈妈的乳头，饿死都不会吃别人的奶！

"只要尝到过最好的……"杰拉尔德老爷说，他突然脸红了，继续说，"我的意思是……"但他想不出来他到底是什么意思了。不过，我觉得杰拉尔德老爷对于凯蒂小姐拒绝了那个可怜的姑娘而感到非常骄傲！

凯蒂小姐开始会爬的时候，她本想往前爬，但她的手臂和双腿都不听话地把她向后拽，最后她撞上了什么东西，哪都去不成。她会对自己的所作所为感到非常愤怒，尖声大叫，直到我把她抱起来，放在地板中间。她看着我，好像要往前走了，但又一次退了回去，小小的嘴唇颤抖着，在这个广阔的世界里，她还从没受过这种委屈，连自己想走到的地方都去不成。但她不怪我，也不怪她妈妈。凯蒂小姐只对自己生气。她知道自己长着胳膊和腿，它们像她的仆人一样，该对她言听计从，而不是到处违抗她。

爸爸们一给孩子们取完名字，就把他们给忘了。他们觉得取名是最重要的事情，但爸爸们还得去做别的重要事。

杰拉尔德老爷和约翰·威尔克斯老爷反对我们和墨西哥打仗，但绝大多数高地人投了赞成票。在佐治亚立法机关工作的吉姆·塔尔顿老爷说美国有一种"天命"[1]，会把所有悬而未决的领地占为己有。

七月到了，凯蒂小姐走路走得更稳了。我忙着除草的时候，她就一圈又一圈地绕着厨房花园走着，于是很快，凯蒂小姐就完全学会了走路。她摔倒时会大哭，但立刻就会自己站起来。

当威尔克森监工把塔拉的棉花拿到琼斯博罗去卖的时候，杰拉尔德老爷也跟着他去了。大概是因为杰拉尔德老爷怕监工会私吞棉花的钱，逃到得克萨斯开始他的新生活。

杰拉尔德老爷从肯尼迪老爷的保险箱里拿到棉花钱后，去看了场赛马。

所有的老爷都喜欢赛马，无论年轻还是年老。周六早晨，人们或是坐马车，或是骑马，或是步行来到琼斯博罗卖掉他们的棉花、猪或者黑人，买好他们需要的东西，随后开始赛马，直到天黑下来，看不清谁赢了为止。

有时候凯蒂小姐和我也会去看看，监工在赛马结束后把我们送回家。他在杰拉尔德老爷同意他去看赛马时可高兴了，但回家的时候就不怎么高兴了。

中午的比赛是两匹马跑两英里，从我们这里跑到梅肯，参赛

---

[1] "天命论"是美国19世纪时的一句政治警句，当时的人们相信美国在影响力和领土的对外扩张上具有不可违逆的天数。

的马匹在附近很有名。所有的先生都懂点赛马和骑手的事,也都有一些想法。关于赛道的见解可不便宜。琼斯博罗虽然没有查尔斯顿繁华,但周六晚上有些男人回家时总会躲着妻子和孩子,不让他们看到他的脸色。杰拉尔德老爷看赛马时也会欢呼雀跃,但他从不赌钱。"我难道还要在别人的马身上下注吗?"说这话时,他抬了下眉毛。

午间比赛结束后,老爷们都回家了,赛道上挤满了监工和穷白人。有些人雇了黑人骑手。哦,那些骑手可看得起自己了!但白人也做骑手,只是不参加赛骡。

黑人们会在赛骡比赛上赌上一小笔钱,如果他们没钱,就赌他们的帽子或者衣服。

我不理解为什么要赌博。生活已经很危险了,我们都不确定自己能否见到明天的太阳。我不懂为什么男人们要赌上自己的衣服。在盐上加盐并不会让它变甜!

凯蒂小姐学会的第一个词是"妈……",是某个早上她在育婴房里对我说的。她会说的第二个词是"爸……",是对着哄她上床睡觉的爸爸说的。但我让杰拉尔德老爷觉得这才是她对这个世界讲出的第一个词。老爷把这事告诉了所有人。

棉价又跌了,于是杰拉尔德老爷向威尔克森监工施压,监工又向他手下的黑人施压,叫他们干活勤快一点。上帝快帮帮这些可怜的黑人吧,他们什么都能浪费,不论是洒落一地的种子,还是摘坏了的棉铃,还是破损的马具。他们工作得越辛苦,棉价跌得就越厉害。棉花行业能赚钱,但你干得越辛苦,赚的钱却越少。

第二个孩子，苏珊·埃丽诺·奥哈拉出生了。她的中间名来自埃莉诺·威尔克斯小姐，只是拼写不太一样，因为杰拉尔德老爷想取一个没用过的名字。苏埃伦小姐——我们这么叫她——安静又阳光，对乳母和母亲的奶头一视同仁。看来苏埃伦小姐并不特别。

老爷们谈论着墨西哥战争。这是美国第一次入侵另一个国家。在这之前，我们总是被侵略的一方。老爷们都趾高气扬的，好像自己的国家因为入侵别国变得更好了，就像英国和法国那样。吉姆·塔尔顿老爷说战争肯定会使棉价上涨，战争对种植园主来说是好事。

"但对我们的孩子们是坏事。"约翰·威尔克斯老爷说。

每天都有两趟去亚特兰大的火车。赌马的人会买张一美元的车票来琼斯博罗看赛马。

我、比阿特丽丝小姐、埃伦小姐和迪尔茜坐在一起。迪尔茜已经有了孩子，叫普利茜。埃伦小姐也生了第三个孩子，卡洛琳·艾琳，这孩子肚子老是疼。她每天都大哭大闹，什么也满足不了她。在她六个月大之前我没睡过一天好觉。

为了庆祝圣诞，杰拉尔德老爷把威士忌桶拿到仆人房里，一些黑人狂欢了一场。埃伦小姐告诉杰拉尔德老爷，他已经结婚了，而且还有三个孩子，最好别让黑奴们喝得烂醉，瘫在地上。我没说什么。我不用说什么。杰拉尔德老爷知道我怎么想的！

凯蒂小姐很像索朗热小姐。虽然有一双绿得像春天的树叶一般的眼睛，她却并不是个漂亮小孩。她笑容里的情绪全都写在了眼睛里。从一开始，卡琳就和她妈妈一样严肃，我祈祷千万别有人给她看什么关于圣人的大厚书。

要是我不知道苏埃伦的背景，大概就弄不清她到底是个什么样的人了。苏埃伦鬼鬼祟祟的，一点不像她的父母。我感觉她的性格像那些老一辈的人，可能是索朗热的奶奶，或者斯嘉丽·奥哈拉奶奶的父亲。有时，当她身上自然流露出狡黠的气质时，我仿佛看到了一个老女人正穿着旧衣服走来走去。

有时候，凯蒂小姐正做着什么事，或骄傲地昂起头时，我几乎能听到索朗热小姐正向奥古斯丁老爷抱怨着钱或者别的什么事的声音。但当我看着苏埃伦的时候，我看到的是那个穿着旧衣服的老女人，我有点希望她能有话直说。

墨西哥战争结束后，所有人都很高兴。白人老爷们总是既喜欢开战，又总盼着战争结束。杰拉尔德老爷在萨凡纳的侄子彼得在军队里打仗，还当了军官。老爷的朋友们讨论着要给彼得买一把剑作纪念，但这事最后不了了之了。

一个早上，大山姆正用木板加固着烟草仓，杰拉尔德老爷爬上了仓库的房顶。俯瞰塔拉种植园没有比这更好的地方了。老爷欣赏着他的田地、森林、庄稼、粮仓、塔拉宅邸、肉房，他所拥有的一切。

当杰拉尔德老爷听到一声"爸爸"时，他迅速四下看了看，但无论是车道、马车场、马厩还是别的任何地方都看不见孩子的身影，直到他一转身，眼前情形把他吓得眼睛都快从脑袋上瞪出来了。凯蒂小姐正站在梯子上，摇摇晃晃地伸出手，好让自己爬到屋顶上来。从地面往上看,这场景真够可怕的。后来杰拉尔德老爷告诉埃伦小姐:"圣母玛利亚,上帝之母啊!我心脏差点要停跳了!"但他冷静下来后,便用轻柔的语气对凯蒂小姐说着话,直到她用小小的手臂搂住了他的脖子。大山姆先下了梯子,杰拉尔德老爷在后面看着凯蒂小姐,以防她抓不住梯子摔下去。当杰拉尔德老爷下到地面,放下凯蒂小姐时,凯蒂咯咯地笑起来,好像刚干了件小孩子能经历的最好玩的事情!但杰拉尔德老爷双膝发抖,一屁股坐在了地上。

当老爷讲起这件事时,埃伦小姐面色刷白,想知道谁在看着凯蒂小姐。蒂娜被派去了奶房,而罗莎已经被带去塔拉宅邸做家仆了。

不久后,夜晚降临,萤火虫一闪一闪。我听到杰拉尔德老爷哼着一首爱尔兰小调,于是溜到了走廊上,老爷和小姐果然在那里。他们搂着对方,翩翩起舞。这是他们最快乐的瞬间。

悼念

那些天里，我仿佛在给所有人当嬷嬷：杰拉尔德老爷、埃伦小姐、凯蒂小姐、苏埃伦小姐、卡琳小姐、波克、罗莎、小饼干、想当家仆的小杰克，还有跑到厨房门边要我帮忙的黑人，因为有人病了、受了诅咒或是需要草药来治疗他们爱的人。嬷嬷们看见一切，嬷嬷们也知道一切。老爷们什么都信。杰拉尔德老爷相信自己比自己的真实身高还要高出一英尺，而埃伦小姐则觉得自己没这么高。比阿特丽丝小姐认为，男孩们不用嬷嬷或者妈妈陪伴也能好好长大，马都比他们更需要照顾。埃莉诺小姐以为一套银餐具就能体现好礼仪。约翰老爷呢，他觉得他能做正确的事，照看好他的生意，读他的书，他爱着的十二橡树不会发生任何坏事。

嬷嬷们看见一切，嬷嬷们也知道一切。如果我们不知道，就做不了事，而嬷嬷们必须会做事。嬷嬷可不能犯傻。

但嬷嬷们不会把看到的事情都说出来。很多时候，杰拉尔德老爷问起我关于这个黑人或者那个黑人的事情，我都只是对他摇摇头，假装我没看见也没听到任何坏事。

在假装这件事上，老丹麦·维西说对了一半，傻子会假装他知道的东西比实际上更多，但嬷嬷会假装知道得更少。我们都把事情默默地藏在心里，谁也不告诉。有些不该看的事情我可能不会看，但只要我想知道什么，就一定能知道。嬷嬷们必须得知道。

埃伦小姐每周日都会到浸会教堂去照顾病人和老人，尽管她并不是浸信会教徒，每天晚餐前还是会把孩子们和家仆聚到一起祷告。

泰勒[1]当上总统后，老爷们互相庆祝着，因为泰勒是南方人，有一百个奴隶，还参加了墨西哥战争。老爷们觉得他们和泰勒将军简直一模一样，除了他们没打过墨西哥人之外。

埃伦小姐让威尔克森监工照着她的规矩做事。当账单快到期时，由埃伦小姐来付钱。现金到账后，她点好钱，随后仔细研究着每一张棉花和烟草的收据，以及每一张卖到市场上的牛、猪和羊的销售单据。埃伦小姐的小脸上架着一副半框眼镜，看上去十分严肃，把监工都震慑住了，完全不敢去惹她。

尽管埃伦小姐有时会生点病，有时又伸伸身子，呻吟着用手按着背，她还是又怀孕了，好像这事完全无关紧要一样。她生第三个孩子那天，直到羊水破裂的前两个小时，子宫都已经脱垂了，她才躺到了床上。

---

[1] 指扎卡里·泰勒，美墨战争中的英雄，美国第12任总统。

杰拉尔德老爷有了个儿子！他兴高采烈地给自己、比阿特丽丝小姐和波克都倒了杯老医生的威士忌，甚至还给了我一杯，尽管我滴酒不沾。他把孩子放在膝头颠着——他对女儿们从不这么做——又拉开毯子确定这是个男孩。卡琳小姐太小了，还不明白发生了什么。但苏埃伦小姐走进房间，亲了亲孩子的额头。凯蒂小姐没有进来。她坐在门廊上荡秋千，荡得那么高，铁链都在咯咯作响。

杰拉尔德老爷确认了埃伦小姐和孩子都很健康后，带着他的威士忌策马奔向了十二橡树和费尔黑尔，直到天黑才回来，嘴里唱着什么"参战的吟游诗人不再回来"。这是首伤感的歌，但被杰拉尔德老爷唱得欢快无比。波克扶着他走上楼，睡在大厅另一边尽头的卧室里。

杰拉尔德小老爷在摇篮里咯咯笑着，扭动着身子。他周身一直围绕着一团雾气，但我假装不知道这事。嬷嬷们不会把看到的事情都说出来的。

那年圣诞，塔拉一片欢腾。杰拉尔德老爷自己做了潘趣酒，埃伦小姐和女朋友们在大厅对面的客厅里喝着茶。男人们唱起颂歌，互相拍着对方的背，巴克·门罗老爷像往常一样诅咒着北方佬，但扎卡里·泰勒已经坐进了白宫，而且现在还是圣诞节，于是巴克·门罗的诅咒声被其他老爷们的歌声淹没了。他们唱着"上帝赐予你快乐，先生们"。女士们唱着"美哉小城，小伯利恒"。比阿特丽丝小姐虽然和女人们一起喝着茶，但更想去另一个房间里和男人们一起喝威士忌。

十点钟时,我把孩子带了下来,所有的女士们都欣赏着小杰拉尔德。凯蒂小姐爬到了约翰·威尔克斯老爷的膝上,不想下来了。杰拉尔德老爷带着儿子逛了一圈,问大家看没看出来他俩长得有多像。

"他看上去长得比你还矮,杰拉尔德。"吉姆老爷懒洋洋地说。杰拉尔德老爷的耳朵红了。

小杰拉尔德老爷爱玩爱笑,就像所有孩子一样。他并不关心出现在他身边的雾气,但我希望这雾气快些散开。那天半夜,我听见一阵低沉的声音,警觉地醒来。我从没听到过这样的声音。我冲到小杰拉尔德老爷的摇篮旁边,他已经死了。孩子的身体还是暖和的,于是我和他说话,为他祈祷,祈求神灵把他还给我们。但雾气已经散开了,小老爷也走了。我苦苦追问弗朗西丝小姐、索朗热小姐,甚至玛蒂娜,为什么要带走他,但她们什么也没说。

我拖着艰难的脚步走向大厅里老爷和太太的卧室,艰难地敲了敲门。我知道埃伦小姐一看见我的脸色,我便无须多言了。她抱起可怜的小老爷,轻轻晃着他,唱了一首摇篮曲。

塔拉的木匠伊莱贾用雪松木做了一个小棺材,木头在清晨的空气里非常好闻。我们和邻居们一起站在墓碑旁边。杰拉尔德老爷从亚特兰大请了一位天主教神父来埋葬他的儿子。

我们很难过。所有人都很难过。杰拉尔德老爷再也不骑马去十二橡树了,埃伦小姐看上去像是能看见灵魂的世界,看到她孩子在的地方。

种植季已经来临，该播种了。约翰·威尔克斯老爷却得了流感病倒了。杰拉尔德老爷不是在塔拉，就是在十二橡树种威尔克斯的庄稼。他从早忙到晚，晚上回家后顾不及洗漱，就坐到了门廊上。埃伦小姐等着他吃晚餐。他径直用水壶喝起了水，又把水壶举到头顶洗了洗他红彤彤的脸和手。杰拉尔德老爷说："你知道的，奥哈拉太太，如果约翰死了，我就向埃莉诺出价买下他河旁那块地。"

埃伦小姐大受震惊，随后看到了老爷抽动的嘴角，于是两人大笑起来。这是我在那个春天听到的最美的声音。

到了七月，尽管威尔克斯先生还很虚弱，但他已经康复了，一切都回归了正常。每周日，埃伦小姐和杰拉尔德老爷都会去那棵雪松下给小老爷扫墓。

杰拉尔德老爷在爱尔兰那会儿还不是老爷。我听到有人对比阿特丽丝小姐说老爷之前离马最近的时候是"抓着一匹犁地马的尾巴"。但杰拉尔德现在是老爷了，他也不会骑犁地马了。杰拉尔德老爷的马是比阿特丽丝小姐配种的。他俩在琼斯博罗赛道上拍卖好马的时候互相竞价。要是其中一人不喜欢一匹马了，则会把它卖给另一个人。杰拉尔德老爷最喜欢的就是骑马跳栅栏。十二橡树和塔拉之间的栅栏都设置在山脊上，马因为山路而不太方便跳过去，导致最上面的栏杆经常被撞倒。威尔克斯老爷的仆人们会在旁边堆些多余的栅栏，这样他们就不用扛着这些栏杆走太远。

很快埃伦小姐又怀孕了。哦，他们可小心了。我从来没见到过这么细心的人。小姐骑不了马，波克不扶着她的手肘都走不了路。小姐的拉车马也换成了老贝齐，这匹马太老了，根本跑不动。

尤拉莉·罗比拉德小姐寄来了婚礼请柬。她要嫁给查尔斯顿的富兰克林·瓦德医生，但埃伦小姐去不了这么远。

凯蒂小姐百无聊赖，除了在做恶作剧的时候。杰拉尔德老爷很高兴比阿特丽丝小姐能教他的女儿学骑马。

破晓时分，托比把我们送到了费尔黑尔，因为比阿特丽丝小姐喜欢早点开始。当马厩男仆牵着一匹小马出来时，凯蒂小姐说："不要。"

"不用怕，凯蒂，"比阿特丽丝小姐说，"粉红就像牛奶一样温和。"

好吧，凯蒂·奥哈拉小姐可不会害怕。"它是个……是个……小东西！我要骑真正的马。"

"哦？"

"像爸爸骑的那样。"

"我还不确定你现在有没有准备好骑杰拉尔德的马。"比阿特丽丝小姐看着笑了，而凯蒂小姐简直无法忍受被嘲笑。

"像爸爸骑的那样。"凯蒂小姐说。比阿特丽丝小姐没有去找她想要的那匹马，于是凯蒂小姐爬上了马车，双手抱在胸前，要求托比带我们回家。

比阿特丽丝小姐开怀大笑，像是从没见过凯蒂小姐这样的人。"孩子，你确定你是个女孩吗？你比我家的儿子们都更像个男孩!"

"我是个女孩。"凯蒂小姐趾高气扬地说,又把比阿特丽丝小姐笑弯了腰。

"奇了怪了,"比阿特丽丝小姐说,"没见过这样的小姑娘!"

凯蒂小姐用冷静的目光上下打量着她。她说:"我爸爸向我保证你会教我骑马的。我非常失望。"

"好吧,"比阿特丽丝小姐说,"我不想让一个绿眼睛姑娘失望。比利,给'小东西'装上马鞍,还有短一点的马镫。"

那匹马又老又严肃,它之前也见过小孩子。我几乎能看到它在想,又来!但当凯蒂小姐踏上比阿特丽丝小姐的手爬上马时,它只是安静地站在那里。

凯蒂小姐坐在马背上,都高过了我们的头顶。她四处张望,好像世界都变得不一样了。我能看出她正这么想。马打了个响鼻,低下头让比利揉了揉鼻子。凯蒂小姐不喜欢这样,她拉了拉缰绳,小东西抬起头摇了摇,缰绳叮当作响。它又喷了喷鼻子,踢了踢后蹄。

"凯蒂小姐,"比阿特丽丝小姐说,"你不能让小东西变成个小姑娘,自然你也不能试图成为一匹马。你要让小东西做它自己,然后,只要不和你的意愿相违背,你得允许它自娱自乐。作为骑手,你们是一体的,并非只有你自己。"她对自己的话很满意,又说了一遍:"你们是一体的,并非只有你自己。"

她在缰绳上绑了一截绳子,小东西绕起了圈,宽大的马蹄扬起尘土。

好吧，马不会杀了她，这是我期盼的最好的结果。我们回家后，凯蒂小姐的妈妈问她骑马课怎么样，小姐说道："我和马是一体的，并非只有我自己。"好像这句话是什么名言警句一样。

我和马一向看不对眼。我觉得马是一种"无法避免的邪恶"。那些黑人骑手和马厩男仆每天拴好马，给马洗澡，喂他们吃的，却不能拥有他们。马和种植园是一样的：只有白人才能拥有。

当我意识到马杀不死凯蒂小姐的时候，我就不再跟着她去上课了。比起她，卡琳和苏埃伦更需要嬷嬷的照顾，于是凯蒂小姐只能一个人去费尔黑尔，很快她就开始在那里待上一整天了。

圣诞节前夕，苏埃伦小姐染上了水痘，她妹妹自然也被传染了。卡琳小姐不停地挠着自己，直到我们用棉胎把她的手绑住。她非常沮丧，把眼睛都哭肿了。杰拉尔德老爷去亚特兰大给女儿们买了橙子当礼物。我自从离开萨凡纳后还没见到过橙子呢。

到了二月，休·卡尔弗特老爷非常愤怒，因为南方的绅士们在华盛顿见过泰勒总统后，总统告诉他们如果他们的州想退出联邦，他就会亲自率领军队攻打他们。休老爷气得浑身发烫，连喝了三杯威士忌才冷静下来。

春天，埃伦小姐到了分娩期。迪尔茜、比阿特丽丝小姐和我都来照顾她。我们对这次分娩有种不祥的预感，于是我们谈论起了别的事情。比阿特丽丝小姐讲着凯蒂小姐和她的马。

羊水破后二十分钟，孩子就出生了，像油脂一样滑溜溜地钻了出来。但他是个死胎。他有一头红发。我把他洗干净准备装进棺材时，发现他小小的手指和脚趾有点不对劲，但我什么也没说。

我不知道为什么杰拉尔德老爷给这个孩子取名叫杰拉尔德。对我来说,这第二个儿子永远都叫莱德[1]。

孩子被埋在他哥哥旁边一个树荫遮蔽的角落里。塔拉的一切还在继续。莱德出生后没多久,泰勒总统就去世了。棉价涨起来了。我们在哀悼。

后一个冬天,埃伦小姐又怀孕了,但没人敢说什么,好像说出口的话会变成诅咒一样。

九月,杰拉尔德·奥哈拉在一个明媚的周六早晨出生了。天气还没转冷。埃伦小姐分娩了一个小时,然后孩子就出来了。我剪断脐带,但没把它埋到厨房门外,因为这孩子有着和莱德一样的手指和脚趾,身边还环绕着和第一位杰拉尔德小老爷一样的雾。埃伦小姐虽然很累,但还是笑着。我不能告诉她雾的事情,于是假装开心得像个傻子一样。迪尔茜看我的眼神像是她也看见雾气了一样。她是彻罗基族人。说不准迪尔茜看到了什么。

杰拉尔德出生的第二天早晨,我们收到了尼希米的信,信里说皮埃尔·罗比拉德老爷过世了。他在弥留之际祝福了埃伦小姐。

杰拉尔德老爷把这封信送进埃伦小姐的房间,关上了门。一小时过后,他走出来说埃伦小姐正在休息,于是我给她送了茶、茶壶还有索朗热的蓝色茶杯。

这么多年过去了,埃伦小姐的眼神仍然和她年轻时一样。我们抹着眼泪。我放下托盘,怕自己哭得太厉害,失手把它摔碎。

---

[1] 英文为red,意为红色。

"噢。"埃伦小姐说。

"亲爱的……"

"他……"

"是的,罗比拉德老爷,他……"

"嬷嬷,他走了。我真希望……"

于是我说:"皮埃尔老爷很高兴看到你又生了孩子,小姐。他非常高兴。"说这话很难,因为雾气正从躺在埃伦小姐身边的小杰拉尔德身上升腾起来。我恨那团雾。我想把它打散!

埃伦小姐累得快睁不开眼睛了,但她还是说着等到小杰拉尔德能出行了,我们就要尽快回萨凡纳。我附和着她。我还能说些什么呢?

埃伦小姐让我告诉孩子们他们要去萨凡纳了,但我好像忘记了这件事。

比阿特丽丝小姐把自己的一匹小马送给了凯蒂小姐,于是凯蒂小姐就没时间关心她弟弟的事情了。苏埃伦和卡琳想见见这个孩子,但我没有允许。

白人正在克里米亚打仗,这是个欧洲的什么地方。孩子们吃晚餐时,杰拉尔德老爷向他们解释了一通克里米亚的事情,因为他不想谈论第三位小杰拉尔德。这个孩子出生还不到一周就死了。埃伦小姐什么也做不了。年轻的方丹医生同样如此。迪尔茜的草药也没有用。我把硫黄和猪油混在一起涂在手指上,让孩子吮吸,可孩子实在是太孱弱了。

孩子去世时,埃伦小姐正睡着。小杰拉尔德张着小嘴,躺在她的臂弯里。我合上了他那双蓝色的眼睛，但当我准备把孩子抱出来时，埃伦小姐猛地直起身子，一把抢过了孩子。她比我更清楚发生了什么，她的手像秋天的落叶一样垂了下来。她说："再也不生孩子了，嬷嬷。再也不要了。"

我把孩子洗干净，他活在世上的时间还没有久到能把自己弄脏。我对着那些温柔的神灵们唱起一首老歌，叫他们关爱孩子们和弱小而无助的生灵。我不想叫这个孩子"三"，但这个名字一直在我脑海里挥之不去。

那一晚，杰拉尔德老爷带着他的酒瓶坐在休息室里。没人敢进去。

大山姆在两兄弟的坟旁又挖了一座坟，伊莱贾用雪松做了棺材。杰拉尔德和埃伦没有请神父，我觉得他们承受不了这种打击了。我们聚到一起，晨雾在树林间翻腾。棉花收割停下了，马和马车停下了，麻袋放下了，男人们站着，脱下的帽子拿在手里，女人们戴上最好的方巾。波克无比庄严地把棺材搬到坟边。杰拉尔德老爷挽着埃伦小姐的手臂，大山姆站在他们身后，以免埃伦小姐昏倒。波克穿着他最好的裤子，跪在地上把棺材推入墓穴。卡琳快要尖叫出声了，但凯蒂小姐紧紧地捏住了她的手。随后，杰拉尔德老爷去监督轧棉工作，埃伦小姐回到办公室整理种植园账目，我把女孩们送到楼上的育婴房里。到了门口，凯蒂小姐转身告诉我："嬷嬷，我想给我的小马取名叫别西卜[1]。"

---

[1] 《圣经》中鬼王的名字。

我愣住了，像死一般，好像只要我静止着不动，她说出口的话就能这么溜走一样。凯蒂小姐像狂风中的一片树叶一样颤抖着。她的肩膀颤抖着，不敢看我的眼睛。这可怜的孩子一下子手足无措了。我伸出手臂抱住她，说："别西卜是个好名字，亲爱的。一个很好的名字。"

威尔克斯老爷是怎么回到家的

于是我们没有去萨凡纳。埃伦的姐姐宝琳在信中写道,皮埃尔老爷把他的财产平均分给了女儿们,只把"旧制度"咖啡馆留给了尼希米。老爷还让尼希米重回了自由身。我不知道没了皮埃尔,尼希米现在过得怎么样。在主人手下假装自己能当家做主和真正的自力更生,那是两回事。

十二月,一个板条箱被运到了琼斯博罗的收发处,大山姆和普罗菲特过去取。箱子里是原本挂在粉红屋壁炉架上的索朗热小姐的画像。宝琳小姐说这幅画是赠给埃伦小姐的遗产。

埃伦小姐把奥哈拉老爷的爱尔兰画搬上台阶,放到他们的卧室里,把索朗热小姐的画像挂到原来的位置上。奥哈拉老爷有些顾虑。他双手背在身后说:"我不知道,奥哈拉太太。我晚上坐在这里的时候,难道不会感到她的眼睛正盯着我,好像她是贵妇人,而我只是她的马厩男孩一样吗?"

"奥哈拉先生,"埃伦小姐说,"每一个伟大的种植园主都需要在壁炉架上挂一位法国贵族的画像。"

可杰拉尔德老爷心里还是不舒坦。于是埃伦小姐说:"亲爱的奥哈拉先生,索朗热·罗比拉德死了,这才有了我。"

这事情就这么解决了。有时,当老爷觉得四下无人时,他会举杯向索朗热小姐致敬。杰拉尔德老爷对他所拥有的一切心怀感激。

当卡琳第一次见到她外婆的画像挂在那儿时,她倒吸一口凉气,仿佛看见了鬼。凯蒂小姐出神地看着那画像,随后问我:"我也会像外婆这样吗,嬷嬷?"

有什么东西在我眼前一闪而过,仿佛我在清醒着做梦。我看到我站在一个巨大的岔路口上,身边环绕着无数条道路。我可以沿着其中的任何一条路走下去,但我选择了凯蒂小姐那条,于是现在她正站在我面前,穿着和她眼睛颜色相配的绿裙子,头发用梳子梳起。她是个大姑娘了。但凯蒂小姐还不满足。我知道她还不满足。

我揉揉眼睛,从那个梦中脱离出来,抓住身边老旧的马革沙发。只要我紧紧地抓着,我就不会晕过去。我说:"不,亲爱的。你还不会。"一阵寒意爬上我的身体,凯蒂小姐问我怎么了,我说:"有人踩在我的坟墓上了。没事,亲爱的。你继续。"

我不知道这是为什么。我想看到的事都看不到,我不想看到的事却悉数出现在眼前。

年轻的凯蒂·奥哈拉小姐不想做女人。如果她能成为一匹马,她肯定会这么做的。她总是和别西卜待在一起,三句话离不开它。埃伦小姐担心女儿的礼仪，因为女孩本该仰慕那些男骑手，而不是成为一个骑手。凯蒂小姐对罗莎为她做的漂亮裙子不感兴趣，她的姨妈们在圣诞节寄来的那些用钩针编织的衣领和袖口都被她塞进了衣柜，一次也没穿过。凯蒂小姐穿着男孩穿的长裤、灯芯绒衬衫和马靴。有时候她会忘记脱下她的马刺和沙发脚套，这东西长得像个巨大但没有脚趾和爪子的狮掌。

她一天到晚待在马上，直到骑不动了为止。我简直没法让她待在家里。

苏埃伦和卡琳平平稳稳地长大了。她们懂礼仪，而显然凯蒂小姐不懂。想让凯蒂小姐懂礼仪就好比揉面团的时候不加酵母。无论你怎么用力揉面，最后只能得到干巴巴的一长条面粉。

凯蒂小姐认为自己已经懂得了所有她需要的礼仪。比阿特丽丝太太也没有对她多加管教，而是由着她的性子来。

杰拉尔德老爷和凯蒂小姐一样，也不太懂礼仪。所以他总会原谅她做的所有那些女孩不该做的事情。

连生了三个名叫杰拉尔德的孩子后，埃伦小姐身上似乎有什么东西消失了。她仍然会操持家务，拜访病人，尽心尽力地照顾需要帮助的人。每天她都会带着全家人一起祈祷，有时候她会坐火车去亚特兰大的天主教堂。但她的心已经离我们而去了。她的心在杰拉尔德们那里。

八月，埃莉诺·威尔克斯小姐去世了。母亲去世时，年轻的阿什利老爷还在欧洲。埃莉诺小姐躺在十二橡树的会客厅里，女人们围着棺材坐下，男人们站在阳台上喝着威士忌，小声说话。

埃莉诺小姐的女儿哈妮·威尔克斯小姐昏了过去，于是茵迪娅小姐就成了十二橡树的女主人。看得出来，威尔克斯家的孩子们从来都没有嬷嬷照顾。

他妻子下葬几天后的一个晚上，威尔克斯老爷骑马来了塔拉，和杰拉尔德老爷一起坐在前门廊上。他们谈话到很晚，酒壶在约翰老爷骑马回家之前就空了。杰拉尔德老爷满脸忧伤地回了家，一把抱住埃伦小姐，像是害怕她会消失一样。

不久后的一天，我从教堂回家，还穿着礼拜的衣服，凯蒂小姐裹着一条马鞍座毯走进厨房，对我点点头，像是在说"嬷嬷，我需要你"。随后她迅速上了楼。在卧室里，她扯下毯子，马裤后面沾满了血。我倒吸了一口气，但凯蒂小姐非常冷静，好像这没什么大不了的。

她脱下马裤扔到地上，又脱下了内衣，说："别站在那看着。给我拿块毛巾来。"

"这是老朋友来了，宝贝。"我把毛巾放到脸盆里沾湿，帮她清洗。

"我知道这是什么。"比起害怕，她更像是烦躁，"我不是帮比阿特丽丝给爸爸的马配过种吗？"

我惊叫出声："你干了什么？"

她摇摇头，像是很累了："好了，嬷嬷……"

"没有一个年轻的姑娘会做这种事情！我要告诉你妈妈！"凯蒂小姐的爸爸随便听她使唤。但她妈妈可不是这样——凯蒂可尊敬埃伦小姐了!

"嬷嬷!这很正常的!"

"不行。年轻的姑娘们不能去了解这种事情。"我擦着她的大腿和下身,拿来一条干净的毛巾叠好塞在底下。我们互相看了看,凯蒂从女孩长成女人了,露丝也是个女人。我不由得笑了起来。

"你在笑我吗?"

"不,小姐,凯蒂·斯嘉丽·奥哈拉小姐。嘲笑你可需要勇气啊。"

凯蒂小姐就这么长成了一个女人。她对此并不在意,一点也不在意。

新长出的草高过了三座小墓。花朵吐蕊、绽放随后凋零。埃伦小姐又开始邀请女士们来喝茶,她的蓝色茶杯一个接一个地被打碎了。费尔黑尔、十二橡树、塔拉、卡尔弗特家和门罗家会举办烤肉宴,每个月一次到三次。我不知道这是怎么办成的。十二橡树的马车夫金西小提琴拉得特别好,于是他从整个六月到九月都不用驾马车了!

哈妮·威尔克斯还在服丧,但你觉得这会阻碍她继续调情吗?绝不可能!哈妮一会儿喜欢这个男孩,一会儿喜欢那个男孩,对所有人喊着"哈妮"[1],这就是她名字的由来。在卡尔弗特家的烤肉宴上,哈妮说:"哦,布伦特,我必须承认我从没见过比你还帅气的骑手。"凯蒂小姐不小心听到了,后来骑马赶回塔

---

[1] "哈妮"也有宝贝、甜心的意思。

拉后,一直在一遍又一遍地讲着这件事,直到我感觉苏埃伦小姐要打她了。"哦,布伦特!好你个骑手!"

埃伦小姐说:"凯蒂,夸赞一位绅士的成就是很礼貌的。"

"哦,妈妈,可这些都不是成就。塔尔顿家的双胞胎还算会骑马。可布伦特呢?比阿特丽丝一直说要给他买头骡子,因为布伦特骑在骡子上的样子看上去更好。哈妮为什么要骗人呢?"

"哈妮没有骗人。不完全是。那叫奉承。哈妮在奉承布伦特。让男人自我感觉良好是淑女的特殊天赋。"

"布伦特·塔尔顿骑在马上的样子就像一袋面粉。"

"我确信布伦特知道自己的缺点,亲爱的。谁不是呢?"

我不确定凯蒂小姐知不知道自己有任何缺点,于是我笑了笑,凯蒂小姐把话头转向了我。

"嬷嬷,《圣经》上难道没说过我们不能撒谎吗?"

"我不知道,宝贝。我们不能平白无故假借上帝的名义,但那是一种特殊的谎言,并不是司空见惯的那种。很多时候,撒谎并不是什么罪大恶极的事。"

"哦,嬷嬷!"

依照她的性子,凯蒂小姐不愿去任何烤肉宴,但她并不能得偿所愿。当埃伦小姐告诉她"奥哈拉一家都会去"的时候,她的意思是所有家人和家仆都会去,因为我们都是奥哈拉家的人,即便是肤色最黑的那些。

当凯蒂小姐顺着自己的心意做事时,她就会去骑她那匹红色恶魔别西卜。这马和别的骑手都不熟,除了凯蒂小姐之外没有任何人骑过它。凯蒂小姐走上草坪时，天刚破晓，四周还环绕着雾气。别西卜跑了出来，嘶嘶地叫着，像是为自己还活着、还能当凯蒂小姐的坐骑而感到高兴。凯蒂对那匹马比对自己的家人还亲。她不怎么在意苏埃伦和卡琳，除非她们挡了她的道。

她是爸爸的宝贝，许多个下午，我都能看见杰拉尔德老爷和凯蒂小姐一起骑马出门，像父亲和儿子。

埃莉诺小姐去世了，阿什利又不在家，约翰·威尔克斯老爷不知道自己该做点什么了。许多晚上，当杰拉尔德老爷不去十二橡树的时候，约翰老爷就会来塔拉，两人聊着棉花、赛马，还有所谓的"大妥协"，好像是关于堪萨斯州的奴隶制度——堪萨斯州有奴隶吗？

据说末日四骑士要来了，但没有人想对此评论点什么。那些米勒派的人说世界末日要来了的时候，所有人都从早讨论到晚，说着耶稣会降临，世界会终结。但真的到了那一天，耶稣并没有来，世界也没有终结。于是所有人都把米勒神父和他的寓言抛在了脑后。

可战争来得声势浩大、猝不及防。我几乎能听见战鼓在敲！但没有人谈论什么战争。就像谈论战争就会带来战争一样，赶快闭嘴吧！相反，人们谈起了皮尔斯总统[1]的政策，斯蒂芬·道格拉斯[2]和亨利·克雷[3]的政策。他们喝着威士忌，直到酒杯空荡荡。

阿什利·威尔克斯老爷离开家快三年了。他去了英国和法

---

[1] 富兰克林·皮尔斯，美国第14任总统。

[2] 美国政治家，辩论家。

[3] 美国政治家，擅长调节南北方矛盾。

国还有其他地方。他一直在给约翰老爷写信记录他的所见所闻。

杰拉尔德老爷对阿什利老爷终于回家感到非常高兴。埃伦小姐同样如此,因为她希望这样一来,约翰老爷就不会这么孤单了。所有奥哈拉家的人,除了凯蒂小姐,在阿什利老爷回家时都聚到了十二橡树。凯蒂小姐扭伤了脚踝,只能待在家里。

金西去接阿什利老爷了,于是我们站在十二橡树的阳台上等着,喝着甜茶。埃伦小姐和威尔克斯家的女孩们都在扇扇子。蜜蜂嗡嗡地飞过威尔克斯小姐种下的玫瑰丛,自从她去世之后,花都没那么漂亮了。威尔克斯老爷白得像一团棉花球,但脸上露出了一个几年不见的微笑。他和杰拉尔德老爷喝着波克做的冰镇薄荷酒,波克做这个可拿手了。他们讨论着天有多热,以及昨晚休·卡尔弗特老爷如何喝得烂醉,从马背上摔了下来,好像还打翻了什么东西。这两个狡猾的人笑得像他们自己从来没喝醉过一样。十二橡树的黑奴四处闲逛着,哪怕哈妮小姐对他们发出嘘声,他们也无动于衷。

当金西驾着马车从小路上出现的时候,我们停下了交谈。年轻的老爷离开了这么久,我们都在想他是否还是那个生长在十二橡树的男孩。他现在变成什么样了?

马车还没停下,年轻的阿什利老爷就跳下车抓住了父亲的手臂,像是从没见过他一样。他们长得很像,但约翰·威尔克斯面露倦色,像一张破旧的纸,而阿什利·威尔克斯容光焕发,棱角分明,像一枚崭新的铜便士。

阿什利变了。他曾经是个安静的男孩,有一双灰色的眼睛,好像他只是刚到这儿，下一刻就会离开一样。阿什利老爷变了。他肯定认识了些女人，再也不是个小男孩了。

他身上那种敏锐的目光还没有消失，但他不再像从前那样离群索居了。他的笑容甜美、随性又悲伤。

约翰老爷问起罗马和希腊，而杰拉尔德老爷问起爱尔兰的事。阿什利老爷去过这些两位老爷都关心的地方。他没去过海地和非洲。

我们都聚在一起闲聊着。金西把一个包裹放到了十二橡树的前门旁边。

"我在巴黎发现的。"阿什利老爷说。

约翰老爷抬了抬眉毛。

"我觉得你会喜欢的。它有些感伤。"

约翰老爷大笑起来，很快我们也都笑了，虽然我们不知道这话好笑在哪儿。

包裹里是一幅画，画着几位战场上的士兵。他们并没有在战斗，而是在照顾一只受伤的小狗。

"韦尔内[1]的画。"阿什利老爷告诉父亲，神情庄严得像个法官。

约翰老爷也严肃了起来，尽管他的嘴唇还颤抖着："挂在大厅里，还是会客厅？"

只有威尔克斯家的人笑了。我们这些人欣赏着韦尔内老爷

---

[1] 18世纪时的法国画家。

画的这幅士兵在战争中照顾小狗的画。他们为什么不带着这条狗逃命呢,我想。

约翰老爷用舌头抵着脸颊:"非常崇高。"

"相比狗来说,人显得那么没有人性。"阿什利老爷说。

约翰老爷眼中有什么东西变了,因为这玩笑不再有趣了。"人注定要经受忧伤。"阿什利·威尔克斯的爸爸不再说起这幅画了。

"妈妈痛苦吗?"

约翰老爷快要崩溃了,但他不想在我们面前崩溃。他说:"死亡很仁慈。埃莉诺现在在她救世主的怀里了。"

"哦,阿什利。亲爱的阿什利!"哈妮和茵迪娅·威尔克斯打破了悲伤的气氛。她们用力拥抱着阿什利。他设法保持平衡,随后说:"拜托,拜托!别把我这个疲惫的旅人撞倒了!"

哈妮吐了吐舌头。

一切又恢复如常。杰拉尔德老爷问起爱尔兰的事,怎么也不满足,直到阿什利老爷一遍遍告诉他,他是怎么从都柏林去到科克的,那里每天都下雨,不怎么看得到日落,因为太阳总会潜入一片雾茫茫之中。

"哦,气候总是很潮湿。"杰拉尔德老爷得意地一拍大腿,好像那些雨是他下的。

"我们亲爱的祖国怎么样了?我们该选弗里蒙特还是布坎南当总统?"

他爸爸说选布坎南,于是阿什利老爷继续说道,欧洲人觉得我们要开战了。我感觉心上被捅了一刀,找了把椅子坐下,是那把埃莉诺小姐最喜欢的摇椅。我扇着扇子，倒吸着气，眼前的人脸模糊了。我耳边传来埃伦小姐的声音。她把一只茶杯塞到我手上。

"我没事，"我说，"我只是不想看到战争。"

"理智的声音会胜利的，嬷嬷。"约翰老爷说。

但阿什利老爷抬起他悲伤的眼睛说："会吗？那些傻子并不以理智为荣。他们总是沉浸在自己的世界里。"

"就是会。"约翰老爷不耐烦地说。

我呢？我和阿什利老爷想到一块去了。

一辆六匹马拉的马车驶上了十二橡树的车道，车上用绳子绑着一个大木箱。

阿什利老爷让摩西带一帮人到妈妈的玫瑰园去，叫他们带上滑道、砖块、滑轮还有撬杆之类的东西。

我们一行人朝着花园走去，埃莉诺小姐在这里种了太多玫瑰，需要两个黑人每天里里外外地照料它们。这些玫瑰被养得比某些孩子都好。农场工人们把木箱用滑轨推下马车，摩西拿出撬棒打开箱子，里面装着一个铁质马雕像。一匹绿色的马挥舞着蹄子。我见过更好看的马。

约翰老爷擦去眼中的泪水。

"埃特鲁斯坎[1]。"阿什利老爷宣布，好像这个埃特鲁斯坎老爷是制作绿色铜马雕像的一把好手。

---

[1] 埃特鲁斯坎人是意大利埃特鲁斯坎地区的古代民族，在美术方面成就杰出。

"埃莉诺……她……她会很高兴的。"

"这是我给妈妈买的。她可爱的花园非常需要一座喷泉。"

"她经常说起……"

好吧,现在所有人都觉得我们不该站在这里了,这变成了一个私人场合。威尔克斯家的人经常让别人这么觉得。

那个巨大的雕像并不是箱子里唯一的东西。阿什利老爷给杰拉尔德老爷从爱尔兰带回了一个银质杯子。我不知道它为什么叫"马镫杯"——杯口连小孩的脚都伸不进去。杰拉尔德老爷兴奋不已。他想知道这杯子是阿什利老爷从哪里买来的。当阿什利老爷说出地点时,杰拉尔德老爷微笑着,因为他太熟悉当地的银器店了,曾经路过许多次。

阿什利老爷给埃伦小姐带了一件精致的蕾丝披肩,给自己的姐姐带了蕾丝衣领和手套。我猜他买那披肩本来是送给他母亲的,最后却给了埃伦小姐。

当阿什利老爷问起凯蒂小姐时,埃伦小姐告诉他:"她昨天摔了一跤,受了点轻伤。我让她待在家里休息了。"

阿什利老爷露出和埃伦小姐一样的笑,他知道些别人不知道的事:"凯蒂小姐……摔了一跤?她可比一般的小姑娘坚强多了啊。"

"她不再是个'小姑娘'了,阿什利。"埃伦小姐说。

"啊。"

那天晚上,我陪着凯蒂小姐坐在塔拉的门廊上。阿什利老爷骑马过来了。这人总是衣着得体。即便是在小时候,我也从没看到他衣冠不整过。他已经换下了旅行的衣服，脚下一双靴子闪着血红色的光。他穿着一条非常贴身的灰裤子，一件好像从没穿过的白衬衫，戴着金色的领带夹和一顶跟他衬衫一样白的帽子。

他朝凯蒂小姐脱帽致意，笑了一下。凯蒂小姐一下就坐直了身子，像被闪电击中了一样。他走上楼梯，像一个法国人一样吻着她的手，说她真是长大了。凯蒂小姐一个字也没说。她大概什么也说不出。

他说："很抱歉听到你摔伤了。"

凯蒂小姐想要解释，但一时间说不出话来，只挤出了"树枝"两个字。

"啊，好吧，飞驰着冲过树林是会遇到这种事。"他把手伸进口袋，摸出一个蓝色的丝质小袋。

有一秒我觉得他在口袋里藏了枚戒指，但他最后只拿出了一片磨损了的黄铜马饰。

"把它放在马具上，别西卜就会避开低处的树枝了。"

凯蒂小姐不知道该怎么感谢他。她脸红了。他说："这个黄铜马饰两千年前被装在一位罗马人的缰绳上。"

"我知道罗马人生活在什么时候。"凯蒂小姐说，语气比自己想象的更加尖锐。

"是啊，你肯定知道的。"阿什利老爷说着，露出温柔的微笑。凯蒂小姐不知道该做点什么，于是像个小姑娘一样点着头。当她意识到自己看上去有多傻时，她又挺直了身子，认真地说："谢谢你，威尔克斯先生。别西卜会一直珍惜它的。"

为什么绅士们都喜欢侧坐马鞍

那朴素的黄铜马饰上刻着一张我辨认不出的脸,我猜是某个国王的脸。但凯蒂小姐非常珍惜它,让托比把它缠在别西卜的缰绳上,还特意缠了两圈,这样它就不会掉下来了。她告诉别西卜,现在它是一匹罗马战马了。马饶有兴致地看着她,好像它真是罗马战马一样,但实际上它什么也不懂。凯蒂小姐绕着别西卜走了一圈又一圈,这样她就能一遍遍欣赏那片黄铜,像从没见过它一样。小姐说:"呀,别西卜。这是谁送你的?是一个仰慕者的礼物吗?"

她在这件事上非常自信。

小姐不是在和她爸爸一起骑马,就是在和比阿特丽丝小姐一起骑马。她和她的马每天都会去费尔黑尔。她汗流浃背地出门在外时,郡里年轻的绅士们正像蜜蜂一样围着哈妮小姐和苏埃伦小姐转呢。这两个姑娘就像春天的花蜜——湿润,却如此甜美可口!

她们,还有卡琳小姐以及茵迪娅·威尔克斯小姐都是懂礼仪的姑娘。她们过起日子来轻巧得不会发出一点动静。但凯蒂小姐活像一条在水塘里扑腾的鲶鱼！甚至你还没看见她，就能知道她来了！

绝大多数小姐们并不能随心所欲，这点和我、波克以及任何一个黑人区别都不大。她们必须穿裙撑，必须不晒太阳光以保持洁白的肤色，必须奉承每一位男人，称他们是地球上最有风度的绅士。这可不是凯蒂·奥哈拉小姐！

其他女人们会向埃伦小姐倾诉她们的烦恼。她们肯把自己的秘密和困惑告诉埃伦小姐，因为埃伦小姐像她小时候读到的那些圣人一样耐心。女人们从来不找凯蒂小姐。即便凯蒂小姐已经长大，也没有女人会向她敞开心扉。凯蒂小姐可不是埃伦小姐那样的圣人。一丁点也不像。埃伦小姐看到处在痛苦之中的人时，一定会出手相助。但凯蒂小姐感受不到别人的痛苦和煎熬。她只在乎她自己！

我问我自己，我为什么爱她？为什么想知道她生活的一点一滴？为什么愿意和她如影随形？她一点也不像我。她也一点都不像大多数人！

因为她就是她！和卡琳小姐，甚至阿什利老爷相比，凯蒂小姐都展现出了更加真实的自我。她就像落下的太阳和升起的月亮一样。除了为她的出现感到高兴以外，你完全无法干涉她的行动。

礼仪是隔在你和恶魔之间的唯一一样东西。只有礼仪和微笑才能把撒旦赶走。如果你懂礼仪、生活愉快，那么老恶魔就会从你身边走开，去祸害别的家伙。

比阿特丽丝小姐不懂礼仪，但凯蒂小姐一直向我提起她。"比阿特丽丝这个""比阿特丽丝那个"，好像比阿特丽丝·塔尔顿小姐和她的马该被奉为典范一样。"比阿特丽丝小姐不关心她的皮肤是不是'像珍珠一样白'，嬷嬷，"凯蒂小姐说，"比阿特丽丝觉得大多数'绅士'都是傻子。"

我太讨厌这女人了，感觉喉咙都要打结了。

我不敢告诉凯蒂小姐，其实比阿特丽丝小姐什么都不懂。我对她是这么说的：

"没错，比阿特丽丝小姐工作很认真，是的，她做了一个女主人应该做的事，很不错，她非常勇敢，不允许自己做蠢事，还比大多数男人都懂马。但比阿特丽丝小姐的丈夫吉姆老爷有几千亩地，还有花不完的钱。吉姆老爷偶尔还会去佐治亚的立法机关制定几条大家都必须遵守的法律。即便是显赫的白人老爷都要听比阿特丽丝小姐的话，无论她说了什么蠢话，人家都会像个傻子一样笑脸相迎！

"但这些都是因为她嫁了一个好人家！如果比阿特丽丝小姐是个垃圾白人，像斯莱特利太太一样，或者是个像蒂娜一样的黑人，那她最好闭上嘴，在脸上挤出一个大大的微笑！

"比阿特丽丝小姐能拥有这么多东西，都是因为她嫁给了吉姆老爷。这就是为什么你妈妈和我对你的婚事这么操心。如果你嫁给了错的人，你就谁也不是了。你可能会是个酒鬼、赌徒或者穷鬼的妻子。但如果你不嫁人，你也只会是个坐在桌角的老处女，什么话都不敢说，怕惹你的亲戚不高兴。哦，凯蒂小姐那时会成为一个说话拐弯抹角的人了！不嫁人的女人还有嫁给蠢货的女人，她们的生活会黯淡无光！"

八年前，凯蒂小姐爬上了她的第一匹马。她总是像个男孩子一样跨在马背上骑马。但她现在已经长大了，于是埃伦小姐让琼斯博罗的一位马具制造商做了一个红色的侧坐马鞍，和别西卜的毛色一样。

现在，凯蒂小姐有些怕妈妈了，于是她没有顶嘴，没有表示不满。她谢过了妈妈，但一周之后，大山姆就问我为什么烟草房里会挂着一个女用马鞍，以及为什么每次凯蒂小姐骑马出去的时候，托比的马鞍都会被拆下又重装一遍。

我去问凯蒂小姐，她说她"更喜欢"像之前一样骑马，像她爸爸杰拉尔德一样。

于是我告诉她："宝贝，淑女不会像男人一样骑马。"

她回答了我。比阿特丽丝小姐告诉凯蒂小姐"叶卡捷琳娜大帝"就骑的是男用马鞍，"宫廷侍女"们也是如此。我告诉凯蒂小姐，如果那些"宫廷侍女"们想找个丈夫，那她们可得等上好一会儿了。

凯蒂小姐要到下个秋天才去费耶特维尔女子学院读书，但她已经什么都懂了。她告诉我"宫廷侍女"指的是朝廷里非常重要的女人，那些和叶卡捷琳娜大帝一起骑男用马鞍的女人都是老爷们的女儿。

"叶卡捷琳娜大帝可不是佐治亚的女子。"我说，"可能那些

'宫廷侍女'们不需要丈夫，因为她们已经结婚了。"

凯蒂皱起了眉头："为什么会有丈夫关心我骑的是不是侧坐马鞍？"

我没继续说下去。有些事是嬷嬷们都没法解释的。

夏天来了，威尔克斯家的表亲查尔斯和梅兰妮·汉密尔顿来十二橡树拜访，还参加了所有的烤肉宴。汉密尔顿兄妹的父母都去世了，他们在亚特兰大跟着皮蒂帕特姑妈生活。查尔斯不像塔尔顿兄弟那么莽撞。梅兰妮有点害羞，但她很懂礼仪。

查尔斯与梅兰妮和威尔克斯家的姑娘们以及苏埃伦成了朋友，但凯蒂小姐一点也不关心他们。

有时凯蒂小姐会和阿什利老爷一起骑马出去。他们并不疾驰，而是会聊天。阿什利老爷觉得凯蒂小姐还是个孩子，因为她骑马的姿势像个男孩子。他们一起骑马出行这件事虽然不是个秘密，但他们也不会大肆张扬。

阿什利老爷很让人安心。他不会占人便宜。塔尔顿兄弟以及卡尔弗特兄弟就不是这样了。但凯蒂小姐宁愿不见他们，也不愿和一群男孩坐在一个阴凉的地方，亲密地了解了解他们。

双胞胎的贴身仆人吉姆斯和他们一起长大，知道他们以及其他所有人都在干什么！吉姆斯在任何时候都可以来塔拉的厨房坐坐！厨子给吉姆斯倒了茶，吉姆斯讲起了故事。

吉姆斯说，这真是件顶好玩的事。"斯图尔特和布伦特·塔尔顿，这两个克莱顿县最好、最快的骑手居然比不上一个姑娘。"

吉姆斯拍着大腿。昨天早上，他俩在树林里追在凯蒂小姐身后，斯图尔特领先，布伦特稍稍落后。他们跑过犁过的地，随后变成了布伦特领先，斯图尔特落后，两人涉水穿过浅滩，最后他们的马已经气喘吁吁，而凯蒂小姐的身影越来越小，直到这两人都看不见她了。"恶魔的孩子，"吉姆斯告诉我们，"他们就是这么叫别西卜的：恶魔的孩子。"

我没告诉埃伦小姐女用马鞍正躺在烟草仓里积灰的事，大山姆也没说。但埃伦小姐还是发现了她的女儿骑马的样子像个男孩，不像女孩。埃伦小姐告诉凯蒂小姐，她撒了谎。无论发生什么，淑女永远不能撒谎。她告诉凯蒂小姐，男用马鞍非常不淑女，骑马不淑女的女孩是找不到丈夫的。

现在凯蒂小姐假装露出一副想改过自新的样子，但她在这念头过去之前早就故态复萌了！她抿了抿嘴唇，想着该用什么别的方法跨在马背上骑马，像个男孩一样。

我不喜欢比阿特丽丝小姐做的事情，她在试图把凯蒂小姐变成和她一样的人。凯蒂小姐没有豪华的房子，没有种植园也没有钱。她再这么蠢下去，就真的找不到丈夫了！

于是我告诉凯蒂小姐，她妈妈说的对。如果她继续像个男孩一样骑马，就会让未来的丈夫非常失望的。

但现在凯蒂小姐不怎么关心她以后能不能结婚。除了那个梦幻般的阿什利之外，她没空去想别的男孩。

但她也不希望有人告诉她怎么做。听从命令可不是她会干的事。

凯蒂小姐问我为什么像男孩一样骑马就会让她未来的丈夫

失望，我冒出了一个非常恶劣的念头。我在天主教堂受洗，在非洲卫理公会教堂结婚，每周日都会坐在琼斯博罗浸会教堂的阁楼里。我知道撒旦恶作剧时是什么样的。和我脑子里想的差不多！

杰拉尔德老爷在不动声色地纵容凯蒂小姐做蠢事。一个晚上，杰拉尔德老爷和凯蒂小姐骑马出去，在自以为没人看见的时候跳起了栅栏。杰拉尔德老爷一直在提起比阿特丽丝小姐：比阿特丽丝小姐这，比阿特丽丝小姐那。埃伦小姐虽然笑了，但这笑容却慢慢消失了。我呢，我觉得杰拉尔德老爷得自己去还自己欠下的债。于是我态度非常温和地告诉凯蒂小姐："你得问问你爸爸，亲爱的。你得问问一个丈夫，才能知道丈夫想要什么。"

这就是撒旦的恶作剧了。我知道它是。我祈求宽恕。

全家人吃完晚餐后，凯蒂小姐等着找她爸爸谈谈。埃伦小姐带着鼻塞的卡琳先上楼了。

杰拉尔德老爷坐在埃伦小姐买的那张椅子上，她把旧椅子给了大山姆。这么多年过去了，新椅子已经破得和旧椅子差不多了。在我们还没意识到的时候，所有东西都变旧了。

那个晚上，杰拉尔德老爷心满意足。棉价很好，下了几场及时雨，棉铃又密，长势又好。杰拉尔德咬掉雪茄头，给自己倒了杯威士忌，并不知道一颗炸弹即将爆炸。我拿着我的缝纫篮坐在了旁边一张椅子上。我拿出针线，把破袜子举高，老爷忍不住一直用余光朝这边瞟。我嘴里嘟囔着："有些绅士在穿上袜子之前都不知道怎么把袜子卷开。"我音量不大，但刚好足够让杰拉尔德老爷注意到。如果我嘴里不说点什么，杰拉尔德老爷可能都不知道我还活着。

凯蒂小姐进来了，坐到了他身边的地上，看着他。她跳起来为他点燃了雪茄，问他想不想要点水兑着威士忌喝。

他们谈起马来。凯蒂小姐觉得除了她爸爸之外，没人能驾驭得了别西卜，就连比阿特丽丝小姐也不行。她告诉他，有一天在琼斯博罗，肯尼迪商店的店主说："你父亲杰拉尔德，虽然个子不高，还是个爱尔兰人，但他简直无所不能！"杰拉尔德老爷喜欢这番话，面露喜色，但他不傻。凯蒂小姐也不是第一个想套他话的人。他说："恭维话啊，姑娘。恭维话害了很多好男人啊。"但他听见恭维话倒也高兴，不介意多听点这种害了很多好男人的东西。他谈起布坎南总统[1]和种植园主们站在一起反抗那些北方佬。凯蒂小姐大张着嘴，似乎对父亲知道总统在干什么感到十分震惊。杰拉尔德老爷重复着布坎南总统的话："正确的事和可行的事是两种不一样的东西。"

凯蒂小姐想知道什么叫"可行"。

杰拉尔德老爷说："'可行'，姑娘，就是能被完成的意思。我自己总是更偏向于那些'可行'的事。"

凯蒂小姐脸上闪着光芒，深深惊叹于她父亲的智慧。杰拉尔德老爷抽了口雪茄，我看向一筐没补好的袜子，控制着自己不笑出声来。

---

[1] 詹姆斯·布坎南，美国第15任总统，其就任期间，正值美国南北方就奴隶制问题激烈斗争之际。

凯蒂小姐完全知道我在想什么，她投来了一个凌厉的眼神，活像只陷阱里的浣熊。这眼神让我像果冻一样发起抖来。我移开目光，不敢再看。

凯蒂小姐感觉她应该在我笑出声之前提起那件事，于是她在自己那张困惑的小脸蛋上摆出一副甜美动人的表情："爸爸，我能问你个问题吗？"

杰拉尔德老爷极其严肃地说："不行，凯蒂小姐。杰拉尔德·奥哈拉先生可不是随随便便就能问的！"随后他咯咯地笑起来，拍了拍她的肩："你知道我没法拒绝一个漂亮姑娘。"

她做了个鬼脸，我看见了，但老爷没有。凯蒂小姐用最轻柔、最甜美的声音说："爸爸，有些傻家伙说我必须骑侧坐马鞍——而不是你和比阿特丽丝小姐骑的那种。我问他们为什么，他们要么不回答我，要么闪烁其辞。好像，如果我跨在马背上骑马的话，我结婚的时候就会让我的丈夫很失望。我可能不会结婚。我可能永远都不会结婚。但如果我要结婚，我真的不想让我的丈夫失望。这些人是什么意思？我到底为什么会让我的丈夫失望呢？"

杰拉尔德老爷把嘴里的威士忌喷了出来，就像他刚咽下的是肥皂水一样。他被威士忌呛到了，赶紧熄灭雪茄，大声咳嗽。凯蒂小姐急忙跳起来给他拍背。杰拉尔德老爷的脸红得像个熟透了的苹果。

当他平静下来后，他又喝了一口威士忌。凯蒂小姐靠在椅子的扶手上说："你对马简直无所不知，亲爱的爸爸。为什么跨在马背上骑马就会让我的丈夫失望呢？"

杰拉尔德老爷看向我，想要求助，但他立刻知道了是谁让凯蒂小姐来问这事的。我对他笑了笑，让他知道嬷嬷可不会帮他。老爷用手帕擦了擦嘴，又咳了几声——只是用来拖延时间："凯蒂，凯蒂，我想我得喝点水了。"

凯蒂小姐一出去倒水，杰拉尔德老爷就对我怒目而视，目光都快把我熔化了！

她把水拿进来后，老爷抿了一口，露出一个想装成小孩的成年男人的微弱微笑。他告诉凯蒂小姐，妈妈会解释侧坐马鞍的事的。他说："也许，她已经注意到了。"

我隔着手帕嗤了一声，但假装只是在擤鼻涕。

凯蒂小姐哭喊着："为什么？如果我像个鞍囊一样挂在马背上，还怎么骑马啊？"她冲了出去，跌跌撞撞地跑上楼。杰拉尔德老爷对我摆了摆手指，但什么也没说。

我不知道凯蒂后来有没有问过她妈妈，横跨着骑马会不会毁了处女之身。反正凯蒂小姐从没放弃这么做过。

我是如何成了叛徒的

　　塔拉的棉花单价卖到了十二美分,这是那个秋天唯一的好消息。小麦的价格跌了一半,白人们的银行和铁路也开始亏损了。在堪萨斯,废奴主义者们和奴隶商人们互相射杀着对方。我想,别再来了!魂灵们在昏暗的角落一刻不停地游荡着。他们四处旋转,像是在造房子。

　　迪尔茜带着他的傻女儿普利茜来塔拉看我们。我们坐在厨房门口的门廊上。一切都寂静无声,像是风暴前夕。

　　"杰克逊上校在马蹄湾杀死了外公。外公是个红棍[1]。那是他们的领土。这片土地,"迪尔茜说,她四处看了看,好像塔拉的每一处树丛后面都藏着一个红棍,"是克里克的土地。就在脚下!"

　　我说:"人们总是互相杀来杀去。好像他们控制不住自己似的。"

　　她说:"这事还会再发生的。"

　　魂灵们飘荡在我们周围,像飞蛾扑向窗前的灯火。我发起抖

---

[1] 指印第安人。

来。我说:"我们什么也做不了。"

迪尔茜说:"那些红棍知道该怎么死。老爷们知道吗?"

塔拉一如既往地运转着。晚餐后,波克在奥哈拉夫妇的卧室里放了些花。埃伦小姐在县里闲逛,看看有没有需要帮助的人。威尔克森监工没那么刻薄了。大山姆告诉我监工有了个女人。

每到周六,山姆和杰拉尔德老爷都会去琼斯博罗买棉花,随后在那里看看马和奴隶。山姆说,卖奴隶的老爷比买奴隶的老爷多。老爷们开始害怕了,黑奴们就该伤心了。

杰拉尔德老爷卖完棉花之后,会把钱存在弗兰克·肯尼迪的保险箱里。时不时地,他和大山姆会带着上膛的枪乘火车去亚特兰大。他们把塔拉的钱都存在那里的佐治亚铁路银行里。

他们回家后,杰拉尔德老爷告诉埃伦小姐,佐治亚铁路银行就像岩石一样坚不可摧。佐治亚铁路银行不会像别的银行那样破产的。

埃伦小姐盯着她的丈夫看了好一会儿,什么也没说。"奥哈拉先生,我和我的三个女儿都非常相信你的判断。"

杰拉尔德老爷走出门,站在门廊上抽着雪茄。晚些时候,他不动声色地骑马去了十二橡树,问约翰老爷有没有听过关于佐治亚铁路银行的传闻。

周日是安宁而平静的。风轻轻穿过雪松,围绕着琼斯博罗浸会教堂。白人和黑人在这里祈祷情况能好起来,而不是继续恶化下去。牧师批判着琼斯博罗的赛马场。他说"赛马热"比水肿和黄热病都恶劣，但这丝毫减弱不了人们赌马的热情。好像老爷们身上的钱越少，他们就越乐意拿这钱去赌博。

塔尔顿家和卡尔弗特家赌，卡尔弗特家和威尔克斯家赌，威尔克斯家又和塔尔顿家赌。老爷们笑着，点着头，脸上看不到一点愠色，但手边都放着手枪。

十二橡树的棉花收成月来得比塔拉要晚。于是等到威尔克斯家的棉花收获的时候，恐慌已经蔓延，买棉花的人都像一缕烟一样消失了。迪尔茜说约翰老爷虽然大多数时候赌博都能赢，但有时他在周日早上"就像墓地一样沉默"。

大多数早上，当我来到厨房时，凯蒂小姐还有那匹红恶魔别西卜已经出门了。有时他们直到晚上才回家。凯蒂小姐害怕她妈妈。当妈妈批评她的时候，凯蒂小姐就低下头作悔恨状，但第二天早上还是会继续跑出去。

比阿特丽丝小姐来拜访杰拉尔德老爷，我去服侍他们。

比阿特丽丝小姐在那张硬质马革椅上坐得笔直。她穿着她的骑行服装，腿上搭着一双长长的皮手套。杰拉尔德老爷假装她每天都会来看他，假装这一切没什么不正常。

我把茶托放在侧边桌上，站到一个角落里。波克服侍的时候就站在这里。

比阿特丽丝小姐说："杰拉尔德，我必须告诉你一些不太好听的实话。我想喝点比茶更烈的东西。"

杰拉尔德老爷马上拿来了酒瓶。他的酒杯脏了，于是他叫我去拿一个洗好的来。但比阿特丽丝小姐说:"倒在我的茶杯里就好,杰拉尔德。"

他照做了。她把酒一饮而尽,然后又举起杯子。

他等着她,直到她摆摆手指让他坐下:"我想谈谈你女儿,杰拉尔德。"

"我的哪个女儿,比阿特丽丝?"

她看了他一眼:"如果你觉得凯蒂每天都在费尔黑尔和我一起骑马,那你就错了。我每天早上都等着她,但通常我都等不到。骑马这件事我不担心她,她比大多数男人骑得都好。毫无疑问,看她骑马,比看我儿子们骑马更让我放心。但我担心她的名声,杰拉尔德。而且,你肯定知道的,我算是县里最不注重名声的女人了。"

"可是……"

"你女儿性子野得像个彻洛基人。树林里的鹿和麦田里的农场工都会被她吓到。当威尔克斯、卡尔弗特还有(很遗憾说到这一点)塔尔顿家的人在琼斯博罗赛场上赌得热火朝天的时候,你女儿正和马夫还有骑手混在一起,有白人还有黑人,为赛马比赛备马。吉姆斯向我保证,那些人可喜欢凯蒂·奥哈拉了。"

于是,那个晚上,当凯蒂小姐到家时,杰拉尔德老爷正等着要给她一个措手不及。他在休息室里把小姐责骂了一通,不许我进去。凯蒂小姐出来时面色刷白,一言不发,我从没见过她这副模样。她再也不提比阿特丽丝小姐了,也再不去费尔黑尔了。

但她并未改邪归正。反正没有改多久。就在第二天早晨,她和那匹马又在所有人还没起床的时候就出门了。等她回家时,太阳都已经落山了。

老爷和小姐不知道怎么办了。他们感到自己胸中藏着条毒蛇!小姐不想打孩子——这一点好处都没有。杰拉尔德老爷也不想卖掉她的马。他们什么都做不了!

凯蒂小姐不愿告诉我她在想些什么。她和那匹该死的马讲的话都比我们多。别西卜可真是实至名归啊。

迪尔茜不经常去教堂,但那个周日她来了,只是为了在礼拜结束后过来找我。

牧师发表了一番不错的布道词,我感觉自己"被救赎"了。"威尔克斯家还在赌吗?"我问。

"是的,嬷嬷……"

我一点也不关心威尔克斯家的人在做什么。那是他们自己的事。我试着不去想为什么迪尔茜这周日会来教堂,为什么她站在这里等我。心总比头脑先预料到即将到来的事。

迪尔茜说,阿什利老爷的贴身仆人摩西昨天在赛马场。老爷们在围栏边下注时,摩西正和马夫以及骑师在一起。他看到了凯蒂小姐。凯蒂小姐把她美丽的头发盘起,塞在一顶男士帽子里,穿着男孩的骑马服,看上去完全像是一个黑发绿眼的男孩。农夫埃布尔·温德正和凯蒂小姐讲着话。农夫温德不知道她是谁,他想雇凯蒂小姐当马夫:"如果你能搞定那匹红色的野兽,小伙子,你就能搞定我的菲利。我会先付你一美元,你还能得到你一半的奖金。"

摩西告诉迪尔茜，凯蒂小姐说起话来一点也不像她平时的样子。她压低了声音，腔调非常成熟，就像个男孩一样。凯蒂小姐那天虽然没参加赛马，但她在考虑这件事！

好吧，我不想让迪尔茜压我一头，于是我假装这无关紧要："哦，她只是在开玩笑。杰拉尔德老爷对此一清二楚。"

迪尔茜露出一个"我知道你在撒谎"的笑，说："有时我希望自己被救赎，但现在我又后悔了。"

她觉得这话很好笑，可我不觉得。

之后的一整周，我都像只老鹰一样盯着凯蒂小姐。我比她起得更早，还帮她做早餐，因为厨子还没起床。不，她说她不饿。她也不想喝咖啡或是茶。"你起得真早，不是吗，嬷嬷？"

"得有人盯着你。"

她笑了，好一个漂亮姑娘。出门时，她在裤腿边"啪"的一声甩响了短鞭。

她疾驰而去时，太阳在高地的天际只露出一条粉色的线。厨子还穿着睡衣，打着哈欠。

"天哪，嬷嬷！"她说，"你没事吧！"

"我很高兴你终于起床了，"我说，"炉子已经烧好火了。"

我让大山姆和农场工人都好好看着凯蒂小姐，于是每晚她回家前，我都能知道她去了哪些地方。我知道她跳了栅栏，我还知道她骑马越过那些被拔出来但还没被烧掉的树桩。

埃伦小姐绝望了。她想把凯蒂小姐送到萨凡纳的宝琳小姐那里去。我一想到她们俩共处一室就怕得发抖，我猜杰拉尔德老爷也会发抖。他对他妻子说:"姑娘会长大的。"我猜他讲这话的时候自己都信了。

一周结束了。周六我起了床,干着活,凯蒂小姐走到了厨房里。不,她什么也不想吃,而且她想骑马去哪里也不是我该管的事情。凯蒂小姐带着一副无比倔强的表情。为什么她的头发被塞到了帽子里?她什么也不说。

她走后,我把波克和托比叫醒。我叫托比赶紧起床,准备执行我们的计划。随后我一路上楼来到老爷的卧室,没敲门就溜了进去。杰拉尔德老爷从纠缠的被子里伸出一条腿,埃伦小姐则睡得十分安静,像躺在棺材里一样。

我摇了摇杰拉尔德老爷的肩,他很快就醒了。他坐起身,看了看埃伦小姐,但我把一根手指举到嘴边,用头指了指大厅的方向。我们出来后,我说:"杰拉尔德老爷,你的大女儿需要你。"

他脸上掠过一丝痛苦,但还是穿好了衣服。

波克站在前门外,拿着杰拉尔德老爷最好的夹克衫和帽子,还有兑了威士忌的咖啡。杰拉尔德老爷看了他一眼,问道:"你也是一伙的?"但波克严肃得像一座教堂一样。

托比驾着马车,杰拉尔德老爷坐在他身边。我坐在马车后面,脚搁在后挡板上摇摇晃晃。

我以为我们会直接到赛马场去,但我们到琼斯博罗的时候,先停在了弗兰克·肯尼迪的商店后面。杰拉尔德老爷进去买了点我喜欢的苦薄荷糖。

商店里有很多农民和监工。他们已经卖完了猪崽、马驹还有黑人，正买着口嚼烟叶、威士忌、修蹄器还有治疗动物的松节油——各种各样的货物。

弗兰克老爷住在商店楼上，每天起早贪黑。弗兰克·肯尼迪朴素得像只沼泽地里的鸟，但我们都知道他总有一天会发财的。他已经买了一些因为大恐慌而降价的地，而且现在大多数人都没钱。

"早啊，弗兰克。"

"杰拉尔德。你能经过这儿真好。"弗兰克老爷没问杰拉尔德老爷他为什么在镇上，而不在拍卖会上，因为弗兰克先生从来不问杰拉尔德老爷不想被问到的事。弗兰克先生问起苏埃伦是否身体健康。他对苏埃伦很好。杰拉尔德老爷说苏埃伦正在女子学校学法语、舞蹈、刺绣，诸如此类的东西。

杰拉尔德老爷回忆起弗兰克的父亲，老爷来高地之前就认识他了。"伟大的家伙。"他说，"你父亲是个伟大的家伙。"弗兰克·肯尼迪的父亲是个爱尔兰人。

他们的交谈被一个农民打断了。他想要用压槽锤锻造过的八号马蹄铁。

"照顾好这家伙，弗兰克！他干活可勤恳了！"农民对弗兰克大大地眨了眨眼。杰拉尔德老爷拿出手表。中午盛大的赛马比赛过后，在农民们的场次开始之前还要比三四轮，任何人以及任何马都可以参加。

杰拉尔德老爷坐在一个钉桶上，拿出烟斗。我走了出去，给了托比几颗苦薄荷糖。

到处都是人、马还有马车。我没看见凯蒂小姐。

于是我和杰拉尔德老爷坐在一起，织着宝宝的袜子。我的针线活其实一般，但我从来没遇到过不喜欢这些袜子的宝宝，也没遇到过不高兴收到这些袜子的妈妈。

弗兰克·肯尼迪拿来了《梅肯电讯报》，杰拉尔德老爷读着它消磨时间。

农民们过来互相问好，讲着小话。杰拉尔德老爷和安古斯·麦金托什互相简单地点头致意。很久以前，杰拉尔德老爷的亲属和安古斯老爷的亲属之间发生了一些过节，几年后他俩把这过节跨越大洋带到了这里。人们总能记得自己受过的伤害，并把这份痛一直怀揣在心中。

杰拉尔德老爷对阿莫斯·崔佩特很友好。阿莫斯并不是个绅士，但他养着最好的奥萨波猪和多米尼各鸡。阿莫斯保证会送四头杀好的猪到塔拉来。杰拉尔德老爷拍拍报纸对他说："你有没有听过这种话：'我没有，从来都没有赞成过黑人和白人应该在社会和政治地位上获得平等。我没有，从来都没有赞同过让黑人投票或参加陪审团，也不同意他们担任公职或和白人通婚。除此之外，我还想说，白人和黑人的生理构造不同，如果两个种族生活在一起，社会和政治平等均难以实现。'你觉得林肯先生[1]讲得怎么样，阿莫斯？"

"我觉得他想选上参议员。"老阿莫斯说。他有着一头红发

---

[1] 亚伯拉罕·林肯，1860年当选美国第16任总统，并颁布《解放黑奴宣言》。

和瘦骨嶙峋的脖子，就像他养的多米尼各公鸡一样。"你觉得这人怎么样，嬷嬷？"

"我不认识什么林肯。我没听说过克莱顿县里有谁叫林肯的。"

"别惹嬷嬷，阿莫斯。你和她对着干的话，你最好的猪就要得霍乱，你的骡子就会全部变瘸。"

两个男人都笑了，以表示他们只是在开玩笑，并没有要针锋相对的意思。一点也没有。

我怎么想呢？我觉得某个伊利诺伊州的老爷为了让自己赢得选举而说的话对我来说完全无关紧要。

好吧，阿莫斯和杰拉尔德老爷继续谈论着政治，直到两个人都想不出什么话好说了。阿莫斯要去干他自己的活了，杰拉尔德老爷则在商店里闲逛，好像他可能会发现一些他没想到，但的确需要的东西。商店闻起来像是糖浆混着硫黄还有马蹄油的味道。

我们准备一直等到凯蒂小姐泥足深陷的时候，再抓她个现行。

杰拉尔德老爷和来肯尼迪商店的每一位顾客交谈，好像他才是店主一样。弗兰克老爷哪怕感到不快也没法反对，毕竟他是他，杰拉尔德是杰拉尔德。

我把漏掉的针脚拔出来，再重新织回去。当中午的教堂铃声响起时，杰拉尔德老爷把托比叫醒。我和托比坐在马车的后面，杰拉尔德老爷驾着马车。我们驶过了一群骑着或是牵着他们买的牛、羊和猪的农民。一对年轻的黑人男孩脖子上套着缰绳，正被牵着走。

我们碰见了威尔克斯家的父亲和儿子。约翰老爷满面红光,说:"我从来没见过这种场面,杰拉尔德。我们的马超过了别人这么多!"

年轻的阿什利老爷说:"我不觉得杰拉尔德和我们一样对这种不应得的好运气感兴趣。"他拿出手表:"我们还坐不坐去亚特兰大的火车?去见我们的表兄们?"

约翰老爷肯定赢了一大笔钱。"杰拉尔德,我的朋友,你能相信梅兰妮和查尔斯·汉密尔顿更愿意待在城里,而不是我们富饶的乡下吗?"他挥了挥手,意思是说他指的是我们周围的所有地方。

"一定要带他们来塔拉啊,约翰。"杰拉尔德老爷轻触帽檐,笑了几声,随后便离开了。

准备上场的马已经排好了队。黑人骑手还有年轻的白人男骑手满脸严肃地告诉、叮嘱、请求甚至恳求他们的坐骑一定要好好发挥。杰拉尔德老爷一挥马鞭,我们便飞速朝着内场前进,快得我和托比都双手抓住了座位。我一下就看到了别西卜。

马匹腾跃着,摇晃着,还转着圈,兴奋不已。一个身材矮小、穿着红背心、戴着礼帽的男人把手枪举到空中。男人们纷纷为我们的马车让道。男人们对我们大吼大叫,男孩们先过来抢我们的缰绳,但我们成功穿过人群来到了赛道上,径直驶向起点线。

凯蒂小姐穿着男孩的衣服,用一顶大帽子遮住了头发。她正等着发令枪响,但发令员迟迟不扣扳机,因为我们的马车开到了赛道上。

人们高声大骂。骑手们四处看看,满脸疑惑。

凯蒂小姐看上去完全就是个男孩。她比任何一个淑女的肤色都深,骑在马上的样子就像她已经当了一辈子骑手了。她的手细腻得不像个男孩,但皮肤已经显出棕色。

我知道她在想什么。她想猛抽别西卜一鞭,让它跑上赛道。但缺了竞争对手,比赛不能开始。

杰拉尔德老爷对凯蒂小姐怒目而视,一把抓住别西卜的缰绳。

"爸爸!求你了!我们能赢。"她喊着,别西卜弯下脖子抖动着,等待着冲出去,"我们能赢!"

"凯蒂,你是个女孩。"她父亲说,"你试都不能试。"

凯蒂小姐是怎么成为斯嘉丽小姐的

嬷嬷们不会精心打扮自己。她们看见她们该看的东西,知道她们该知道的东西。有时候她们知无不言,但大多数时候她们不会这么做。大多数时候,人们告诉她们的东西,她们早就知道了。嬷嬷们只是点头、微笑。点头、微笑。

厨子在做饼干。厨子讲起凯蒂小姐和塔尔顿家的男孩们的事,我用一只耳朵听着,脑海里则在回想自己在凯蒂小姐昨晚骑马回家时看到的事。

厨子觉得这是个天大的玩笑。"总之,凯蒂小姐骑在那匹大红马上,骑到了苏埃伦和茵迪娅·威尔克斯正野餐的地方。凯德·卡尔弗特和塔尔顿家的双胞胎正从食篮里帮姑娘们拿着点心,尽管她们完全能够自己起身够到。'我能帮你拿杯水吗,茵迪娅小姐?''你想来一块姜饼吗?'"厨子大笑道,"她们可是北佐治亚最高贵显赫的姑娘!"

"吉姆斯是这么说的?"

"他和双胞胎在一起,不是吗?就像你打断我之前我说的那样：从天亮开始就骑着马的凯蒂小姐远远地来了。凯蒂小姐身上全是红土，她的马也脏兮兮的。她疾驰而来，卷起一大片尘土，那些姑娘们咳个不停，拍着身上的土。啊呀，她们可生气了！"

我对厨子说："把饼干给我。你拍面团的时候得用力点。"

从她爸爸让她退出那个愚蠢的赛马比赛开始，精力旺盛的凯蒂小姐就一直在骑着马四处转悠。她每时每刻都在骑马。也许她感到困惑，而骑马能帮助她思考。

杰拉尔德老爷对在琼斯博罗比赛日那天发生的事情只字不提，凯蒂小姐和我也一样。虽然大多数你想隐藏的事情最终都会公布于众，但至少不能多嘴。嬷嬷们可不会多嘴。

那个周六，半个克莱顿县的人都来到了赛马场，没来的人也从别人那里听说了这事。但杰拉尔德老爷和埃伦小姐还是像往常一样处理着公务，假装什么都没发生。

埃伦小姐告诉凯蒂小姐，如果再发生一次这样的事，她就要被送回萨凡纳，和浸会教徒待在一起，每天祈祷四次，周日还要听一整天的布道。

但凯蒂小姐感到困惑。那天，有什么东西改变了，但她自己还不能理解。

厨子告诉我凯蒂小姐打断了女孩们的野餐："凯蒂小姐丝毫不关心苏埃伦小姐和茵迪娅小姐。她想让那些男孩们装上马鞍，和她比赛骑马，一直骑到河边。"

我叹了口气："可怜的孩子啊。"

"'可怜的孩子'，我的天哪！年轻的小姐应该压压自己的威风了。我就是这么说的！茵迪娅小姐和苏埃伦小姐很生气。她们本来正享受这次出行，男孩们都宠着她们。但现在她们的帽子都被凯蒂小姐弄脏了。茵迪娅小姐倒空了她的茶杯说：'布伦特，请拿点新鲜的茶水来。看样子我们被卷入了一场阿拉伯沙尘暴。'"厨子用手背抵着额头，茵迪娅小姐苦恼时也会这么做。

现在我知道了茵迪娅小姐丝毫不关心凯蒂小姐。她不喜欢凯蒂小姐和阿什利老爷一起骑马出门，不管他们是否像婴儿般天真纯洁。茵迪娅小姐觉得没有哪个爱尔兰人的女儿能优秀到和自己的哥哥一起骑马出门。

厨子说："凯蒂小姐完全忽略了茵迪娅小姐和苏埃伦小姐，好像她们不存在一样。她想去骑马，还想让男孩们在她身后追她，但年轻的老爷们并没有满口答应她的要求，一点不像他们过去的模样。"

"可能他们已经输累了吧。"我说。

厨子说："凯蒂小姐的马绕着他们转圈，女孩们面露怨色，男孩们用靴尖碾着土，一言不发。"她咯咯地笑起来。

我说："凯蒂小姐爱死那匹马了。"

"就是啊！就是啊！凯蒂小姐说：'布伦特，我会比你先到浅滩的。'"

"'我今天不想骑马，凯蒂。'那个男孩说。"

"凯蒂小姐终于听懂了。噢，她完全懂了！世界天翻地覆了！那些男孩——总是偏爱她的男孩——再也不偏爱她了。"

我想着凯蒂小姐的小脑袋里装着什么。她周六没能参加赛马。现在男孩们也不会追在她的马后面了。这样的追逐再也不会有了。

"吉姆斯说凯蒂小姐面色苍白得像鬼一样。但她没有放弃。这不是我们的凯蒂小姐。她说:'两块钱赌我先到浅滩。'

"年轻的布伦特老爷挠了挠头说:'唉呀,凯蒂小姐。今天太热了,不适合骑马。把你的马系好,来坐一会儿吧。'

"凯蒂小姐安静了。思绪在她脑海里号角一般地嗡嗡作响。吉姆斯一直躲在一棵树后面,生怕凯蒂小姐直接骑马碾过女孩们的野餐布。但她没有。凯蒂小姐说:'布伦特,我从来不知道你会拒绝别人的挑战。'随后,这孩子一个人骑着马离开了。"

凯蒂小姐到家时,天已经黑了。老爷和小姐不知道发生了什么事,但黑奴们知道。波克没精打采的,杰拉尔德老爷都问他是不是病了。波克和我一样都喜欢凯蒂小姐。

透过灯笼的光,我看到她站在马厩的门边,于是走上前想帮她。她用力地给别西卜梳理着毛发,像是想把梳子从它身上一穿而过一样。

马已经累坏了。它的头低垂着。可怜的东西已经累了个半死。

假装自己一无所知一点用都没有。我说:"没事的,宝贝。没事的。很快,你就会开始做淑女们都会做的事情。所有佐治亚的淑女都这么做。淑女们并不都一样,就像你妈妈和塔尔顿家的小姐那样不同,但她们都会成为淑女。这并不可怕。你会有个家,有吃不完的东西,有一个丈夫,还有孩子要照料。从亚当和夏娃那时候起就是这样了。亲爱的,你不是什么男孩,也不想成为男孩。男孩能参加赛马、担任公职,但男孩也会在战争中牺牲,或者被吊死。"

凯蒂小姐什么也没说。她不需要我或者其他任何人的意见。她没来吃晚餐。

在凯蒂小姐找不到男孩来追她的那顿野餐的第二天早上,厨子还在笑这件事,而我做着饼干。我抬头时,埃伦小姐走进了厨房说:"先别打鸡蛋。凯蒂还没下楼。"

我说:"凯蒂小姐从来没起这么晚过。她总是会早早骑马出去。"

埃伦小姐笑了,像个知道任何人都不知道的秘密的圣人。

厨子把香肠放在浅盘上,把盘子推进预热好了的烤箱。

现在怎么办?我想着。

一小时过后,埃伦小姐兴高采烈地回来了,说:"嬷嬷,你能上菜吗?"

上早饭的总是罗莎或者厨子。波克负责上晚饭,以及绅士们喝的酒。嬷嬷们不会在餐桌旁服侍的。我吃了一惊。

埃伦小姐拍了一下手:"嬷嬷,今天是禧年!"

禧年就是我们获得自由的日子。《圣经》里是这么说的。几个月来,我从没见过埃伦小姐这么高兴,但我也没听说有谁获得了自由。

"好的,小姐。"我说。厨子迅速炒了一盘杰拉尔德老爷爱吃的蛋，再把香肠和饼干放在盘子上。"埃伦小姐想让我上菜。"我说。

"这不合适吧。"厨子说。

"埃伦小姐是女主人，除非发生了什么大事。"我把盘子放到托盘上。

"你最好别把东西摔了。"厨子说。

"就算摔了，你的香肠也不会受伤的。"我说。我不想去想今天为什么是禧年。

餐厅里，凯蒂小姐坐在和往常一样的椅子上。她的手交叠着放在腿上。

杰拉尔德老爷没有看他的女儿。他没在看任何东西。他把手指伸到衣领下面拽了拽。当埃伦小姐念着祷告词时，他很高兴能埋下头来。"天父啊……"

我呢，我已经咬牙切齿了。我想大喊："我是你的嬷嬷！你要是来找我帮忙，我一定会帮你的！"

但凯蒂小姐不是任何人嘲笑的对象。我觉得她会杀了所有嘲笑她的人。我闭紧了嘴。

她发卷的温度太高，一头美丽的黑发被卷得干枯邋遢、参差不齐。她那双绿眼睛里布满了疲惫的血丝，睫毛上还挂着几片烧焦的软木。她把粉像车油一样抹在了自己脸上。

"……以基督的名义。阿门。"埃伦小姐拿起了她的叉子。

凯蒂小姐的胸部被胸衣推得高高的，腰也被挤得只剩纤细的一点。她穿着她妈妈的那双绿舞鞋。

凯蒂小姐挑着她的食物。

"凯蒂姐姐，"苏埃伦没有笑她，只是说，"你看上去真可爱。"

"我最亲爱的凯蒂，"埃伦小姐打断了她的话，"明早，罗莎会帮你穿衣打扮。"

"我也能帮忙。"苏埃伦最喜欢帮忙了，没错。凯蒂小姐的脸色冷淡得能把盐水冻住。

凯蒂小姐用餐巾按了按嘴唇，环视着所有人。"从今天开始，请叫我斯嘉丽。"她转向她父亲，"为了纪念我亲爱的父亲的母亲。"

杰拉尔德老爷吓了一跳："为什么，呃……姑娘……斯嘉丽……这可是件大事。"

"最亲爱的奶奶……"斯嘉丽低下头，像是在想着这位她从不认识的老太太。

杰拉尔德老爷几乎不知道该说点什么了。

我看不得这场面，但又无法挪开眼睛。我那小鸟似的凯蒂宝贝啊，她受了伤，羽毛都被飓风扯断了。但她却这么骄傲。这是种带着愤怒的骄傲。我照例微笑着，拿起咖啡壶倒了点咖啡。

卡琳小姐知道发生了一些事，但不清楚究竟是什么事。"但……斯嘉丽，"她说，"凯蒂？……"

"亲爱的妹妹，别叫我凯蒂了。爸爸，你今早安静得出奇。"

"我在想一些事情，亲爱的。只是在想……一些事情。"

埃伦小姐得到了她想要的结果。大概，我也是。凯——斯嘉丽小姐终于懂了礼仪,我希望自己能更高兴一点。

"你今早准备骑马去哪里,亲爱的?"

斯嘉丽卷起餐巾,把它推回餐巾套环里。餐巾松松垮垮的,但她把餐巾的一半都塞了回去,于是餐巾摊在她的盘子边上,看上去傻里傻气的。"我今早不会骑马。"她说。

"哦?"

"我今天都不会骑马。"

"哦。"

"爸爸,也许你可以带它出去。"

"但是,我……"

"最好可以让马出去锻炼一下。"她轻轻笑了笑,但其实没有什么好笑的东西。"它已经习惯了,"她的声音快要绷不住了,可还是控制住了自己,"每天……大量地锻炼。"

我想着,你不也是吗?但我什么也没说。我不该在这时候说话。

"爸爸,你不喜欢那匹马吗?"

"我当然喜欢,姑娘,但是……"

事情可能走向不同的方向。斯嘉丽小姐说这话的时候好像站在刀锋上,就像这只是个他们俩之间的笑话:"没有比杰拉尔德·奥哈拉更好的骑手了。"

杰拉尔德老爷很高兴,就像她预料的那样。他脸上带着那种男人听到一个漂亮女孩奉承自己时的愚蠢表情。杰拉尔德老爷已经是个成年男人了!那些邻居家的男孩:塔尔顿、卡尔弗特还有方丹——拿下他们简直轻而易举。

我不再看她了,因为我不想看见斯嘉丽小姐强忍泪水的样子。

我想着,可怜的孩子啊。

我想着,可怜的别西卜啊。

我想着,可怜的年轻老爷们啊。

斯嘉丽小姐是如何伤别人的心的

如果克莱顿县里有哪个男孩没有心碎过，那他一定是没遇上斯嘉丽小姐。

这孩子一点不傻，没用多久就明白了男孩们的心思。斯嘉丽不是个漂亮姑娘——哦，我的意思是，她的相貌虽然没有茵迪娅小姐那样平凡，但也不至于让人转头驻足。她研究着男孩们，没过多久，就把自己变成了男孩们争先恐后想得到的一件玩意儿，一件刚好能让他们求之不得的珍品。

她很得意。你觉得斯嘉丽不知道，当女孩们把一个男孩——赞许地把一个男孩——和安德鲁·杰克逊或者约书亚或者——潜台词里——和牧场里最好的牛作比较时，他们脸上会露出多么高兴的神情？

这能力并不是天生的。斯嘉丽小姐花了点功夫才让自己展现出一副无助的样子。但如果年轻的淑女总得摆出一副无助的样子的话……"请扶我下马。我的马镫离地面好远！"这对她来说并不容易。她其实比那些她求着帮忙的男孩更有能力一点。

上帝保佑——这个曾经能跳过最高的栅栏，还能骑上几英里的孩子，现在得挽着一个男孩的胳膊才能从垫脚台上到马车里，还得说着"请别骑这么快"。天哪，这不行。斯嘉丽小姐脆弱的胃会"上下翻腾，如果你这么勇猛地骑马的话"。

不，这不容易。早些时候，有个可怜的男孩犹豫不决，不知道接下来该做什么。斯嘉丽小姐最后实在失去了耐心，自己干了那事。但当她认清男孩们的真面目后，她就表现得越来越弱势，一缕风吹过都能把她吓得半死！

但她最拿手的把戏却是天生的。斯嘉丽小姐总能对一件事情全神贯注，丝毫不在意其他任何事情。当她骑马跳栅栏时，跳栅栏就是她眼前唯一的事情，她不会去想自己的衬衣有没有松，会不会在跳栅栏的时候走光，也不会去想自己有没有做完家务，自己在今晚的家庭祷告上该说些什么。当斯嘉丽小姐专注于她想做的事、想思考的事或想得到的东西的时候，她只会专注于这一件事，从不会同时想两件事，一件半也不会。当斯嘉丽小姐用她绿色的双眼看着某个刚脱下短裤不久的男孩的时候，这男孩逃脱的机会简直比佐治亚七月飞雪的概率都小！不论他正思考着什么——如果他还有精力思考的话——他都无法逃离那双正打量着他的绿眼睛，从左看到右，从脚趾看到头顶。除了小时候照料他的妈妈外，他绝对从没被谁这么打量过。那男孩从来不知道太阳和月亮都围着他转的感觉是什么样的！他从不知道他居然这么该死的聪明！他从不知道自己就像牧场上的牛一样强壮，虽然没有女士这么仔细地看过它，但每一位女士都清楚自己结婚后需要一个像那头牛一样的男人。那男孩也许会红了耳朵，也许会结结巴巴，但从来没有一个男孩能躲开斯嘉丽小姐的凝视，直到她移开眼神不再看他，像是把他当成一件没用的玩意儿。这凝视是斯嘉丽从娘胎里带来的。这是她最好的武器。

没过多久，男孩们就争相来到塔拉，像一群蜜蜂扑向洒了的蜂蜜一样。早晨，男孩们坐在门廊上；到了黄昏，灯亮起来的时候，他们还流连忘返。埃伦小姐把斯嘉丽小姐送进了费耶特维尔女子学院。趁现在还来得及，斯嘉丽小姐需要学点礼仪。

斯嘉丽小姐不想去。她想念烤肉宴、野餐还有舞会，可她不得不去学校。斯嘉丽小姐在这个世界上害怕的唯一一样东西就是她的妈妈。

杰拉尔德老爷第一次骑上别西卜的时候，这马就把他给甩了下来。第二次也是一样。杰拉尔德老爷是个优秀的骑手，但他骑不了别西卜。斯嘉丽小姐去费耶特维尔学院之后的那个周六，杰拉尔德老爷把马带到琼斯博罗卖了。

比阿特丽丝小姐听说后，暴跳如雷。她不赞成任何人买下别西卜，如果斯嘉丽小姐不准备骑它的话。杰拉尔德老爷最好把马还到费尔黑尔来。比阿特丽丝小姐态度非常坚决，坚决得塔拉的人都不去费尔黑尔的下一次烤肉宴了。比阿特丽丝小姐的儿子们不关心他们母亲的怒火。他们在费耶特维尔和在塔拉一样，都能继续浪费时间，做自己想做的事。

斯嘉丽小姐回家后，阿什利老爷陪着她骑马、聊天、野餐，就像斯嘉丽小姐还是个莽撞孩子时那样。他俩在十二橡树的花园里野餐完后,斯嘉丽小姐回家告诉我:"波旁玫瑰从波旁国王那会儿就有了。"

斯嘉丽问阿什利老爷,红棕色的马真的比暗褐色的马跑得快吗?白头马真的更容易瞎吗?如果阿什利老爷注意到她现在已经改骑侧坐马鞍的话,就不会回答她了。

阿什利老爷自信十足,太过绅士,但他对斯嘉丽小姐很好,他俩之间也没闹过矛盾。这两个人从不需要别人看着。

杰拉尔德老爷很喜欢阿什利老爷,但他心知肚明,也许阿什利老爷应该把头从书里抬起来,去关心关心棉花种植、犁地以及收获的事。

斯嘉丽小姐听到别西卜被卖掉后,问杰拉尔德老爷有没有把那个旧黄铜马片和缰绳一起卖了。老爷说缰绳和马一起卖了。比起马,斯嘉丽小姐更对那个黄铜马片感到伤心。就像我告诉过你的一样,斯嘉丽小姐一次只会专注于一件事。

她不关心什么女子学院,还问她妈妈法语和修辞对一个将要嫁人、养小孩、管理家仆的淑女来说有什么用。埃伦小姐说年轻的女孩们比起过去来说有了更多的机会,她应该心怀感激。

斯嘉丽小姐想,这世道变得有这么快吗?难道男人不是男人,女人不是女人了?

埃伦小姐说男人和女人总体上是差不多的,但每个年代的绅士和淑女们都有所不同。"我们总在改变,亲爱的。你也许不这么想,但我们确实在变。"

"学校里的一个女孩说,没有一个爱尔兰人当得了绅士。"

"亲爱的，亲爱的斯嘉丽，"她妈妈笑了，因为她从没听过比这更傻的话，"有些人什么都信。"

我嘛，我可不想当那个冒犯了杰拉尔德老爷的女孩。斯嘉丽小姐爱她的妈妈和爸爸，还有塔拉。我觉得她也有点爱我。

斯嘉丽小姐对和别的年轻小姐一起坐在教室里上课不怎么上心。在男孩们开始找上门后，她就更不关心女子学院了。斯嘉丽小姐和她的女教师坐在会客厅里喝茶，身边坐着一个不知道该说点什么的年轻男孩，而斯嘉丽小姐也不准备帮他解围。一个下午，托比载我过去，我带了点小姐需要的裙子。于是我待在房间里，听着布伦特·塔尔顿谈论政治还有不会变好的棉价和经济。斯嘉丽小姐对此非常感兴趣，而且对布伦特了解这些重要的事情感到非常感激，因为这样女孩们就不用为这些事情想破头了！

别西卜被杀死了。那个买下它的人骑不了它，第二个买家也不行。于是它就被杀死了。我什么也没对斯嘉丽小姐说，但我觉得她应该知道。比阿特丽丝小姐开始把斯嘉丽称作"绿眼睛的小两面派"。

战争的阴云开始聚拢起来，埃伦小姐开始频繁地祈祷。塔拉不太忙的时候，她会坐早上的火车去亚特兰大参加天主教弥撒。

夏天过去了，大多数塔拉的棉花都被摘完之后，约翰·布朗[1]老爷的消息传来。威尔克森监工跑到塔拉宅邸，皮带上插着

---

[1] 美国废奴主义者，1859年率领二十一名白人和黑人起义。

一大一小两把手枪。老爷、小姐和苏埃伦正在门廊上。监工径直问斯嘉丽小姐和卡琳小姐在哪里。

杰拉尔德老爷说卡琳小姐在她的房间里,而斯嘉丽小姐在费耶特维尔,如果你一定要知道的话。老爷不太高兴,因为监工在他和埃伦小姐说着话的时候就闯了进来。

但埃伦小姐注意到了他问话时的语气:"怎么了,威尔克森?"

波克正浇着窗台上花盆里的花,我歇息着。监工看了看我们说:"别待在这儿。"

波克皱起了眉。他可是杰拉尔德老爷的仆人。我连皱眉都懒得皱。

监工把手放在大手枪上,用一种有人将会受伤的语气说:"你们听到我的命令了。"

杰拉尔德老爷站了起来,嘴唇紧闭,面色通红。但埃伦小姐抓住了他的胳膊,说:"别这样,杰拉尔德。波克,嬷嬷,就让我们几个独自待一会儿吧。"

波克和我嘴里嘟囔着,但我们还是离开了。

我们回到院子里就明白了这场骚动是怎么回事。

原来如此:黎明时,大山姆和监工在肯尼迪商店买犁头铁,结果一份电报传来,把老爷们都激怒了。电报里说弗吉尼亚的奴隶们在一个白人约翰·布朗的带领下起义了。大山姆说:"威尔克森搜了我的身,拿走了我的折刀,回家路上一路拿枪抵着我。"

在厨房的后院里,这些事情环绕着我,我喘着气,感觉快要晕过去了。大山姆和波克安抚我坐下来,罗莎拿来了水和湿布。

我想闭上眼睛，却又不敢，因为魂灵们就在我的眼皮里跳着舞。这些我再也不想见到的魂灵啊。

琼斯博罗的老爷们把他们的黑奴关在棚屋和肉房里，在所有的地方都装上结实的门和锁。大山姆说佐治亚的民兵正在集结，年轻的老爷们骑着马，带着他们的剑和枪。没被关起来的黑人也都躲起来了。

没有人知道到底发生了什么，也没有人知道应该怎么办。老爷们不知道，黑人们也一样。

后来，我们听说威尔克森监工全力支持封锁塔拉。监工告诉杰拉尔德老爷，他对黑人们太好了，这就是为什么黑人会起义。埃伦小姐说杰拉尔德老爷才是老爷，如果监工不同意杰拉尔德老爷的话，那他也许可以找个更合他意的种植园。

杰拉尔德老爷派大山姆去警告约翰·威尔克斯老爷。阿什利老爷疾驰到费耶特维尔把斯嘉丽小姐接了回来。斯嘉丽小姐是坐在他的马背上回来的。

我们在那天或者那晚都没被关起来。但杰拉尔德老爷和小姐，以及女孩们的卧室里都摆上了手枪。波克拿着散弹枪，搬了把椅子坐在门外。那晚，在波克打起呼噜之前，谁都不愿走楼梯上楼！

年轻的老爷们都出了门，在路上巡逻。我可不想成为他们经过时被抓到的黑人。

第二天早上，埃伦小姐在厨子做早饭时就来到了厨房里，紧紧盯着厨子。厨子紧张不安，把一个浅盘摔成了三瓣。我说："埃伦小姐，我第一次把你抱在怀里的时候，你只是一个小小的、皱巴巴的孩子。你的孩子们——斯嘉丽、苏埃伦还有卡琳——她们的脐带都是我用这双手亲自剪的。"

于是埃伦小姐说："对不起，嬷嬷。布朗这桩可怕的事……"她回到了餐厅里，她本就应该待在那儿。

琼斯博罗的电报声整天响个不停。约翰·布朗的起义结束了，他被包围了。几天后，士兵们长驱直入。又过了几天后，他就被捕了。

布朗这是得了失心疯！那傻子是不是想着我应该杀了斯嘉丽小姐？大山姆应该把卡琳小姐按倒，再由波克割了她的喉咙？任何一个奴隶投机商都比约翰·布朗更清楚黑奴是什么样的。布朗只是在自言自语，觉得流血就能解决问题。但流血就是流血！流血就是流血！

布朗老爷起义七天后，斯嘉丽小姐的生日到了。

我们不想举行任何庆祝活动，于是埃伦小姐请来了威尔克斯一家一起喝茶，而没有举办烤肉宴。查尔斯和梅兰妮·汉密尔顿以及皮蒂姑妈也一起来了。皮蒂小姐满口说着什么白人会在他们的床上被谋杀。她说："就像查尔斯顿的丹麦·维西一样。几百个无辜的人都死在了他们自己的床上。"

我没有纠正皮蒂小姐。这不是个黑人纠正白人的好时机。

白人老爷们说他们不能待在能让约翰·布朗起义的联邦里。杰拉尔德老爷和约翰老爷对吉姆·塔尔顿老爷非常生气，因为他赞成联邦政府。埃伦小姐让他们到外面去谈论政治，坐到门廊上去。于是他们带着威士忌酒瓶走了。

阿什利老爷称赞着某本书,而斯嘉丽小姐点着头,像是自己读过这本书,以及许多别的书一样。

我在厨房里摆着三明治和蛋糕的时候,梅兰妮小姐过来帮忙了。我谢过她,表示自己不需要帮忙。她说:"多双手帮忙就能少干点活,不是吗?"

"白人的手不行。"我说。她怔住了,随后笑了起来。对于她这样一个身形娇小的女孩来说,这笑声可够大的。

"好吧,嬷嬷,"她说,"我会努力达到你的期望的。"

"我可没期望什么。"我告诉她,"我很久之前就不再期望什么了。"

她的小脸上挂着思索的神情:"你在开玩笑吗?"

一定程度上是的。但我不准备承认这点。

"要是没有这最高的期望,我肯定会过得很不开心。我们就不能至少乐观一点吗?"

她是这么真诚,我不得不告诉她真话:"大多数时候,事情都不会朝着我们期望的方向发展。"

"是这样没错,"她说,"可就像圣保罗写的那样,'我们遭受到的最轻微的苦难,哪怕只用承受一瞬,都将会给我们带来更加长久甚至永恒的荣耀;我们不再看向那些看得到的东西,而是看向那些看不到的东西:因为看得到的东西只是暂时的,但看不到的东西却是永恒的'。"

"嗯,"我说,"我们肯定是'暂时的'。"

梅兰妮小姐的微笑像洒进门里的阳光一样照亮了厨房。我也笑了——我情不自禁。厨子也咧了咧嘴。

"要对永恒抱以希望。"梅兰妮小姐拿走了我的曲奇托盘,"那时我们将再次和我们所爱的人重聚。"

梅兰妮小姐已经失去了她的妈妈和爸爸。她和她哥哥查尔斯是孤儿。孤儿都知道什么是"暂时"。

梅兰妮小姐先把盘子端向埃伦小姐,再端给皮蒂小姐。随后她走向那些年轻男子。她拿着饼干走到门廊上,先给了几位绅士,再给她哥哥查尔斯。她只给自己拿了一块曲奇。

梅兰妮·汉密尔顿小姐真懂礼仪!

不论有没有约翰·布朗这档子事,我们都得收获棉花。露水一从棉铃上落下,塔拉的农场工人就开始摘起棉花来了。杰拉尔德老爷从田地里一直骑马到报社再返回,确保一切都在有序进行。人手不够的时候,他甚至会亲自下马去摘棉花。

仆人房里多了三个新生儿,于是埃伦小姐和我都把其他事情放在一边,先来照顾他们。托比每天早上都把卡琳和苏埃伦小姐载到十二橡树,她们和茵迪娅小姐以及哈妮小姐一起接受家教辅导。阿什利老爷把书房改造成了一间教室。

埃伦小姐收到宝琳小姐寄来的信,信里说尼希米去世了。埃伦小姐颤抖着双手哭了。《萨凡纳公报》上写着尼希米是城里最好的自由黑人商人。

尼希米去世之前没和任何人跳扫帚。我不高兴想这件事,于是就不去想了。我不知道他有没有兄弟姐妹。他从没说过。

斯嘉丽小姐从女子学院回来了，那里的男孩们可真讨厌。

十二月的第二天，约翰·布朗老爷被吊死了。斯嘉丽小姐说："真好，布朗毁了我的生日；我真感谢他没毁了圣诞节。"

那年，塔拉的休息室里摆了一棵最新式的圣诞树。我不明白雪松和小耶稣有什么关系，但白人很喜欢它。十二橡树先举行了一场舞会，塔拉和费尔黑尔紧接其后。但有些人没去费尔黑尔，因为吉姆老爷赞成联邦政府。斯嘉丽小姐也没去，因为比阿特丽丝小姐仍然对她卖了别西卜而气愤不已。

我们要脱离联邦

绝大多数我爱的人都离开了我,我真是受够了。而且他们之中很多人都死得很惨。

战争像一只怒狮一般席卷了塔拉,我必须记住这一刻。我无法控制自己!我不想闭上眼睛。一夜又一夜,我不断回忆起那只编织篮,它用来装木薯有点大了,但我们已经没有别的篮子了。我躲在里面,假装没人看得见我,我猜事实也的确如此,因为他们来的时候从来都发现不了我。

我躲在那个篮子里面,"Ki kote pitit-la?——哦,孩子在哪里?"妈妈会这么唱着,而我捂住嘴巴,控制自己不笑出声来。

种植园主们几乎不怎么讨论天气了,也不讨论哪种棉花卖得最好。他们现在谈论的是谁想当总统,国会又在做什么,诸如此类的事情。当种植园主们不谈论天气和庄稼的价格的时候,事情就非常不对劲了。

他们一辈子都在种庄稼、犁地,整天照料田地、提心吊胆。他们的生活是如此缓慢,你几乎看不到什么变化。但这种状态再不会有了。所有事情都在飞速发生着，比亚特兰大的火车都快！那年春天，民主党分裂成了两派，立宪联邦党取得优势，领导着国会。有些老爷支持这一派，有些支持另一派。

七月四号[1]，所有人都去了琼斯博罗听斯蒂芬斯议员的演讲。埃伦小姐不想去，但杰拉尔德老爷说约翰·威尔克斯老爷会和斯蒂芬斯一起站在台上。垃圾白人可能会闹事，所以约翰老爷需要他所有的朋友都到场支持他。

波克告诉我，杰拉尔德老爷在外套里放了两把手枪。但我不愿告诉埃伦小姐或者姑娘们。波克没有来。波克说黑人在老爷们的争论当中是没有发言权的。

琼斯博罗四处都挂满了红色、白色还有蓝色的横幅和彩旗。铁道对面的树荫下有一个讲台，四周也插着很多彩旗。约翰·威尔克斯老爷和吉姆·塔尔顿老爷在那里和谁讲着话，那人身影小得就像个穿着爸爸西装的小男孩。那个小个子男人脸色苍白，像是从昨天开始就奄奄一息了一样，但他聊得热火朝天，紧紧攥着吉姆老爷的胳膊，把他的外衣都抓皱了。这人应该就是斯蒂芬斯老爷了。

脱离派的白人和他们的朋友们坐在车站东面，而支持联邦的人坐在西面。塔尔顿家大一些的孩子们和他们的爸爸坐在一起。博伊德拿着那种铅做的手杖，而汤姆则把手插在口袋里。雷福德和凯德·卡尔弗特坐在不到四尺远处。卡尔弗特家男孩

---

[1] 即美国独立日。

们的妈妈是个北方佬。

埃伦小姐和卡尔弗特太太说着话,因为其他人都不会找卡尔弗特小姐说话。

七月的天气炎热无比。女士们撑着丝质阳伞纳凉,手里还摇着蒲葵扇。

塔尔顿家的双胞胎斯图尔特和布伦特一点也不关心政治。他们离开人群,在树荫下和茵迪娅·威尔克斯说笑。

快到中午了,男人们开始嘟囔,但当威士忌酒箱运来的时候,大家都安静了。我觉得他们这计划实在不太聪明。白人和威士忌在一起准没好事。

我坐在车站的平台上,远离人群。约翰老爷的贴身仆人摩西是除我之外在场的唯一一个黑人。

"你觉得这是在干什么,嬷嬷?"

"我觉得我们不应该待在这里。"

我们听够了男人们对着威士忌桶大喊大叫,溜进了车站里,在这里能透过窗户看到外面,但不容易被发现。

发车时间表贴在售票口的旁边。摩西认一点字,他告诉我琼斯博罗除了周日之外,每天都有六班火车向南边开,八班火车从北边来。我说我不用识字都知道这个。摩西说开往北边的火车比从南边来的火车多两班,所以总有一天南方会没有火车的。我不懂关于火车的事情。"看看斯嘉丽小姐吧,"我说,"看她围着塔尔顿双胞胎闲逛的样子,像是脑海里什么也没在想一样。今天这天气倒是挺适合闲逛的。'啊呀,你好,斯图尔特!你好,布伦特！在这里见到你们很高兴！'"

摩西说:"比阿特丽丝小姐说斯嘉丽小姐是个——"

"我知道比阿特丽丝小姐说了些什么。"我说,"谁都知道。"

虽然约翰·威尔克斯老爷支持佐治亚州留在联邦,但没人对他感到愤怒,因为约翰老爷无时无刻不在看书和种棉花。但大家不喜欢支持留在联邦的吉姆·塔尔顿老爷,因为他很有钱,整天打猎、赌博、骑着马四处逛、喝酒,而且他的棉花还能卖出最高的价格。既然吉姆老爷支持留在联邦,那些有钱人会不会也一个接一个地支持,就像孩子一个接一个地被传染麻疹一样?

这个集会意在鼓吹让佐治亚州留在联邦,但来这儿的所有人几乎都支持佐治亚州脱离联邦。这也是为什么威士忌正慢慢地发挥着作用。吉姆老爷高高地举起手,所有人都安静了下来,除了那些吵着要灌满他们酒杯的人。

他向大家介绍了这个瘦弱的男人,此人和我想的一样,正是斯蒂芬斯议员。吉姆老爷说斯蒂芬斯老爷是个非常了不起的佐治亚白人,因为他的身份以及他的成就。

我能从茵迪娅·威尔克斯那张平平无奇的脸上看出,斯嘉丽小姐已经对塔尔顿家的双胞胎展开了攻势。那两个男孩目瞪口呆,就像没了奶嘴的小孩。

观众中传来掌声以及嘘声。斯蒂芬斯老爷的声音听上去很大。尽管我们离他那么远,我还是能听见几个字。

"哦耶路撒冷,耶路撒冷,你是怎么杀死那些先知,又用石头砸死那些被送来的人……"话没说完,斯蒂芬斯老爷就被嘘声打断了。因为他说得像是如果别人诅咒他，就是在诅咒上帝一样。但他并没在《圣经》上停留多久，就直接讲起了所有人都关心的问题："如果林肯先生选上了美国总统，佐治亚的人民应不应该脱离联邦政府？我的同胞们，我坦率、坦诚而诚挚地告诉你们，这不是我们应该做的事。"

这下无论他提没提上帝，观众都嘘了起来。坐在运威士忌的马车旁边的男人们嘘声尤其响亮。

斯蒂芬斯老爷说，"虽然有中央政府颁布的那些政策"，种植园主们的生意也变好了。但他又说，现在政府没有以前做得那么好了。他算过，因为政府，佐治亚的资产比十年前翻了一倍。我在想，我和摩西也被算进资产里了吗？

观众恭敬地听着斯蒂芬斯老爷的演讲。在他最后说如果佐治亚真的分裂出去了，他就会和佐治亚共同进退时，观众们发出一阵欢呼。"他们的事业就是我的事业，他们的命运就是我的命运；我相信这就是我们最终的道路。"每个人都鼓起掌来，直到手被拍得通红。塔尔顿和卡尔弗特家的男孩们也拍着手。这些男孩们从没见过血渗透木薯篮的场面。

美好的秋天慢悠悠地来了。树叶变成了明亮的血红色和金黄色，提醒着我们将要失去的东西。林肯当选了，那些赞成佐治亚留在联邦的人开始谈论分裂的可能，而那些立场坚定的联合派人则比往常还要安静。

斯嘉丽小姐完成在女子学院的学业后，回到了塔拉。天好的时候，斯嘉丽小姐会和阿什利老爷一起骑马出去。天冷或刮风的时候，他们就一起待在十二橡树的图书馆里。斯嘉丽小姐不懂绘画，也不懂欧洲的城市，更不愿意读书，所以我猜她大多数时候只是听着阿什利老爷讲话。大概阿什利老爷的礼仪也感染了她。

高地的圣诞舞会没法和萨凡纳的相提并论，但今年的舞会却空前地盛大。所有种植园的宅邸里都摆上了新式的圣诞树。门罗家的树着火了，但火最后被扑灭了。海蒂·塔尔顿站得离火炉太近，裙子被点着了，但她爸爸吉姆老爷把海蒂小姐按在地上翻滚，赶在火把她烧着之前灭了火。阿什利·威尔克斯告诉埃伦小姐，塔拉的舞会和他在欧洲参加的那些一样盛大。我猜连欧洲也没有萨凡纳那么繁华。

斯嘉丽小姐从年轻的绅士当中走过时，他们都像熟透的麦子一样，纷纷为她让出一条道。凯德·卡尔弗特过于害羞，和斯嘉丽小姐讲话的时候总爱结巴，于是他只好骑马去采一朵花，放到斯嘉丽小姐门廊上的椅子上。绝大多数时候，当他留下他的花的时候，昨天放下的那枝也还留在那里，于是他就用新花把旧的换走。当鲜花不再盛开的时候，他会留下一束冬青、唐棣还有稠李。

北卡罗来纳州已经脱离了联邦政府，于是佐治亚州也想脱离，人民呼吁立法机关找出脱离联邦的办法。吉姆·塔尔顿老爷去了立法机关，塔尔顿家的长子博伊德和汤姆也和他一起去了。吉姆老爷说他们"见证了历史"。

立法机关投票给脱离联邦后，县里的种植园主们开始集结民兵了。他们想给自己的民兵部队起个响亮的名字，比如"克莱顿灰人""内陆来复枪"或者"蓄势待发的硬汉"。卡尔弗特小姐缝了一面旗帜，上面绣着一个棉花球，写着"克莱顿县志愿军"。但有些民兵不种棉花，而且卡尔弗特小姐自己是个北方佬，于是他们只是谢过她，并把自己的军队直接命名为"军队"，他们一直都是这么叫的。阿什利·威尔克斯担任指挥，雷福德·卡尔弗特担任副手。他们还没招到足够的骑兵，绅士的数量就已经不够了，于是他们给那些不是绅士也买不起马的人配了马。当比阿特丽丝小姐把自己的马捐出去的时候，她说她想要它们安然无恙地回家。每个人都想着，只用打一场仗，北方佬就会落荒而逃，佐治亚就能脱离联邦了。

当军队在琼斯博罗赛马场上演习，军人们笑着挥舞着他们的剑的时候，我看到浓厚的雾环绕着他们，我都分不清他们是这个世界的人，还是已经一只脚踏进了另一个世界。不论是笑着的男孩、伤心的男孩、兴致高昂的男孩、失望的男孩、勇敢的男孩还是害怕的男孩，雾都笼罩着他们。

上周，迪尔茜坐着约翰老爷的马车从斯莱特利家回了家，她刚帮斯莱特利小姐接生完孩子。风暴隆隆作响，一道闪电劈过后，倾盆大雨落了下来。迪尔茜看向马车窗外时，看到了一旁的马腿。马到底有多大，它们的腿居然有马车车窗那么高？迪尔茜闭上了眼睛。当她问金西的时候，金西说他什么也没看到。

有些夜里,四骑士[1]离塔拉是那么近,我都能听到他们的马蹄声。

失去一切的感觉是什么样的?没有塔拉,没有十二橡树,没有琼斯博罗,没有亚特兰大,没有铁路,没有棉花地,没有奶牛,没有鸡,没有猪,什么都没有了?当所有高地的男孩都葬在杰拉尔德家三兄弟旁边时又会是怎么样的?

我坐起来补着衣服,一直到凌晨时分。埃伦小姐说做缝补的活太委屈我了,可以让罗莎来做。我没告诉她我晚上一直无法入睡,总是想着那个木薯篮还有我亲爱的玛蒂娜,以及因为想要昂起头而被吊死的耶胡。

每个人看到男孩们挥舞着剑的场面都很高兴。男人们对女人们鞠着躬,塔尔顿家的双胞胎在赛马场里来回奔驰,参加过墨西哥战争的老麦克雷先生正和从没见过战争的男孩们讲述着看似光辉的战争背后的惨痛。对他们来说,肯定不会太惨!阿什利老爷正在研究一本关于训练的书。他对军队一下命令,士兵们就塞好手中的剑,肩并肩地排好队。当威尔克斯上尉朝他们大喊一声后,他们又猛然拔出剑,剑刃寒光闪烁,发出刺耳的声音,我从没听到过这样的声音,以后也再也不想听到。

只要斯嘉丽小姐愿意,她可以让任何一个男孩爱上她。

女孩们嫉妒不已。哈妮和茵迪娅·威尔克斯,贝琪·塔尔顿,

---

[1] 指《圣经》中的天启四骑士,分别代表瘟疫、战争、饥荒和死亡。

萨莉·门罗——甚至斯嘉丽小姐自己的妹妹们都嫉妒了。斯嘉丽小姐会为此感到苦恼吗？不会。只要她愿意，她能让所有男孩为她着迷，又在他们的骄傲劲还没过之前就甩手走人。

斯嘉丽小姐就像一只画眉鸟，她那么专注于唱歌，根本不关心是谁在听。也许比起男孩们，她更愿意在自己喜欢的事情上花时间。

当斯图尔特·塔尔顿从学院被退学的时候，他告诉斯嘉丽小姐他退学是为了和她在一起。斯嘉丽小姐假装相信了他！她告诉年轻的斯图尔特老爷，他"一定不能为了她而放弃自己的未来"。

斯图尔特说也许他没有未来。他这话并不是认真的，男孩子一向都不认真。他只是想让自己的形象在斯嘉丽小姐的眼里更加耀眼。

男孩们不喜欢听到"稍等"还有"等一会儿"这样的话。他们想立刻就得到想要的东西。懂礼仪的女孩们会避开他们。不懂礼仪的女孩则会对他们许下模棱两可的承诺，对他们眨着眼睛，直到自己认清现实，而他们也冷静了下来。我不想知道男孩们晚上做梦会梦见什么。

军队每周训练两次。他们挥完剑之后，就去罗伯森的酒馆喝酒。爱国主义总让人口渴。

吉姆斯一如既往地跟着塔尔顿家的双胞胎。吉姆斯是个流氓。他在门罗家有个女人，还把塔尔顿家的一个姑娘的肚子搞大了。军队在罗伯森酒馆里庆祝着他们的成就，他们自吹自擂，把酒言欢，碰到有北方佬在场时还会故意恐吓他们。吉姆斯是其中唯一一个黑人。吉姆斯知道如何不引人注目。只要他想，别人就发现不了他。

男孩们喝着酒，吹嘘着他们会对北方佬做些什么，直到凯德·卡尔弗特说："北方佬并不都是坏人。有些北方佬很高兴看到我们脱离联邦。"

"北方佬里没有好人。"斯图尔特·塔尔顿说。

凯德的北方佬继母和斯图尔特·塔尔顿的爸爸都投了脱离联邦的反对票。这意味着这两个孩子都有很大的空间来改过自新。

凯德·卡尔弗特从小就总听到有人嚼他继母舌根。斯图尔特则接连被两个学院退学，很快就要被踢出第三所学校了。"希望那些北方佬见到我们走了会高兴吧，"凯德·卡尔弗特说，"走得好。"

"你什么意思？"斯图尔特·塔尔顿说。

"什么叫'我什么意思'？"凯德·卡尔弗特说。他又加了一句："你个红头发的狗娘养的。"他把手伸进了口袋。最后大家才发现他的口袋里什么也没有，除了一只他准备点燃用来表达他对斯图尔特·塔尔顿的蔑视的烟斗。但斯图尔特以为他会掏出一把手枪，于是他也掏出了自己的枪，还没瞄准就扣下了扳机。子弹射中了凯德·卡尔弗特的腿。凯德大叫道："该死！"随后撞倒了一张桌子，倒在了地板上。

年轻的方丹医生赶了过来，把凯德的裤腿剪断查看他的伤势。凯德愤怒得活像一只湿答答的母鸡,因为那是他的制服马裤。

子弹直接穿了过去,但没有伤到骨头。凯德·卡尔弗特并未因失血过多而死,所以大家都拿这件事开玩笑。

白人老爷们感到害怕的时候,就喜欢开玩笑。

斯嘉丽小姐听说这件事以后,便仔细打听这件事的每一个细节,直到她意识到这两个人其实是在争论政治,而不是在争抢她。

我是怎么遇到刽子手的儿子的

高地是上帝创造出的最美丽的地方。这里不是天堂，但已经是我们这些罪人能到的离天堂最近的地方了。杰拉尔德老爷心胸宽阔，而埃伦小姐总是容易分心，但她一直都在努力做对的事。斯嘉丽小姐，她……就是她。我认识的每个女孩在小的时候都有一些斯嘉丽小姐的特质。但她们都不是斯嘉丽小姐。只有斯嘉丽小姐才是她自己！

威尔克斯家举办烤肉宴的那个早上，所有的阴云都散去了，每个人都兴高采烈！大山姆、蒂娜、罗莎、迪尔茜还有厨子早就去十二橡树帮忙了。我准备待在塔拉和埃伦小姐一起，但天气实在太好了！杰拉尔德老爷一如往常地驾着马车。年轻人都非常活泼。我从没见过他们这么活泼过。哦，他们又美丽，又美好。年轻的姑娘们喜欢去爱。她们就像音乐盒，音乐盒不能指定自己演奏什么曲子，年轻姑娘们也同样。

山胡椒、紫荆、海棠、月桂和野李子盛放着。我们沿着路行驶，一路穿过了山胡椒和海棠的香气，随后传来野李子的气味，那感觉就像我们不小心偷听到了法国人、克里奥尔人、英国人最后是彻罗基族人的窃窃私语一样。

杰拉尔德老爷把迪尔茜和她的傻瓜女儿普利茜带来了。我觉得自己是高兴的。我觉得迪尔茜和我曾经闹过一些小矛盾，但最终我们都解决了这些不愉快。杰拉尔德老爷终于开除了威尔克森监工。早该这样了。

我忘记了我的忧愁，在上帝洒下的令人感激的阳光下感到欢愉而活泼。无论我做什么，该来的还是会来。

我们到十二橡树后，受到了接连不断的问候。威尔克斯家的马夫们让我们稍等，让奥哈拉家的人先下车参加盛会。弗兰克·肯尼迪喜欢苏埃伦，于是他扶苏埃伦走下马车，在她气还没喘匀的时候就问她需不需要自己帮忙拿点什么喝的。杰拉尔德老爷问候着约翰老爷和哈妮。哈妮站在爸爸身边，摆出一副十二橡树女主人的架势。奥哈拉家的姑娘们一如既往地叽叽喳喳地讲着话，除了矜持的斯嘉丽小姐，因为她可是斯嘉丽小姐。

十二橡树的宅邸是县里最豪华的房子。它甚至造了石柱。尽管没有塔拉那样的前门廊，但十二橡树有"游廊"。十二橡树甚至还有环形楼梯，尽管没有耶胡造的那么好。花园里玫瑰的香气混杂着后方烧烤的香味传来。

有个男人坐在阳台上，半边身子被阴影挡着。他单独坐着。不是本地人。这个黑发男人在想斯嘉丽小姐。他并没做出什么行动，只是在空想！根本不需要问他是不是个危险人物。你第一次听见响尾蛇摇动尾巴的声音时，就能知道它很危险！

就像太阳藏到云后一样,我们的欢愉也只是在作戏罢了。有人踩在了我的坟上。

够了!我回到黑人们烧烤和准备食物的地方。树荫下放着几张野餐桌,波克和摩西正摆着银餐具。大山姆在烧烤架前挥汗如雨。大山姆是出了名的烧烤能手。

不止老爷和小姐需要礼仪。烤肉宴也需要礼仪。烤肉宴必须露天举行,不能坐在闷热的餐厅里,否则烤肉的气味会钻进女士们的头里,让她们也散发出烧烤的味道。威士忌和酒必须藏在黄杨木树篱后面,这样浸会教徒们就能装作它们不存在。烤上来的肉要多,所以每个人都会吃得很撑。松脆饼干、蒲公英和蔬菜是给白人吃的;猪肠、猪蹄还有山药是给黑人吃的。黑人的餐桌离白人的餐桌足够远,这样黑人们就不会听到白人们讲话,但在白人们召唤的时候还是能及时听到。

连埃布尔·温德的火腿都讲礼仪。那些猪在森林里吃松子,直到秋天夜渐凉的时候。这些猪都被宰了以后,又被蒸熟了刮干净。血和肝脏用来做香肠,猪肠则被擦洗干净,浸入盐水。火腿肉在烟熏之前要先腌制十天。到了烟熏的时候,则每天都要转一圈,这样肉就不会被熏得不均匀。火从来不会太大,不会热得你没法把手放到火和火腿之间。火腿得熏,而不是烤!两个月之后,肉就熏好了。它们被挂在凉爽避光的肉房里静置。我们正吃着的火腿是在上个秋天熏的,在林肯当选、南卡罗来纳州脱离联邦以及老爷们准备打仗之前。这些火腿承载了历史!就是这些火腿!

烤肉宴分生日、浸会教和葬礼三种场景。今天是阿什利·威尔克斯的生日宴以及他的订婚宴。梅兰妮·汉密尔顿和阿什利·威尔克斯订婚了。他们稍稍分开地坐着。他坐在她脚下的挤奶凳上。他们微笑着，就像他们是亚当和夏娃，是这世界上仅有的两个人一样。

有时候我能记起来这种感觉，但大多数时候我都想不起来。有些事是只能给年轻人体验，让老家伙们遗憾的。我想着我怎么就来到了这里。有时候我觉得自己应该在别的地方。

白人们心满意足后，黑人们终于能坐下了。罗莎和托比给我在黑人餐桌的尽头摆了张扶手椅。摩西坐在我右手边，波克坐在我左手边，大山姆坐在他旁边。吉姆斯坐在我们脚下的草坪上。我们聊这聊那，我问起那个吃完东西、正和约翰老爷一起抽雪茄的黑发男人是谁。

摩西说那人是和弗兰克·肯尼迪一起来的。黑发男人和弗兰克老爷做生意，买下了弗兰克老爷准备要卖的每一捆棉花。"巴特勒老爷说我们要开战了。联邦军会封锁我们的城市。所以要趁早把棉花卖到英格兰去。"

"巴特勒？"我小声问。

"瑞特·巴特勒老爷。"波克说。

"他是哪里人？"

波克说："查尔斯顿。他家里在阿什利河上有个种植园。"

太阳又藏进了云里，这次再没出来。我愣了一下。波克和摩西没注意，但吉姆斯问我要不要喝点茶或者泉水。

波克和摩西高兴地聊着那个黑发男人，因为他简直丑闻缠身！他办公室的窗户里亮着一盏红灯，体面的先生们都从后方的台阶悄悄走上楼做买卖。黑发男人经常去新英格兰，好像他自己就是个北方佬一样。他在新奥尔良还有个私生子……

我放下叉子，艰难地吞了点泉水。那个黑发男人，他曾经整晚都和一个年轻姑娘待在外面。那姑娘的哥哥找他决斗的时候，这男人直接枪杀了他。

世界天旋地转。吉姆斯问我有没有事。

"当然没事！"

弗兰克·肯尼迪知道这桩丑闻，还和这人做生意？

"肯尼迪老爷给银行发了电报，巴特勒的信誉不错。"波克说，他顿了一下，"他可能也是个绅士，但他肯定不是个萨凡纳的绅士。"

吉姆斯说烤肉宴上的食物是他吃过的最好吃的东西。

摩西说："一向如此。"

听说瑞特·巴特勒出生时，拳头里攥着自己的胎膜。一阵浓郁的烤肉味传来，把我呛着了。我突然起身，波克问我怎么了。我径直走到厕所，把刚吃的东西都吐了出来。

我出来以后，迪尔茜给了我一块湿布，我擦了擦汗津津的额头。迪尔茜和我会相处愉快的。我喝了点水漱口，又擦了擦嘴。

回到餐桌上后，我调整了一下椅子的角度，这样就能看到正在看着斯嘉丽小姐的巴特勒了。斯嘉丽小姐活像只蜂群里的蜂后！所有的男人和男孩都围着她团团转。我看着巴特勒，而他看着斯嘉丽小姐——我绝对弄错了！绝对！——她不能看着阿什利老爷！但她在看！

我感到天旋地转。所有的悲伤都浮现在我的眼前，在我的脑海里缠绕着。斯嘉丽小姐偷看着阿什利老爷，我这点也弄错了。嬷嬷不能弄错事情！除了我和那个巴特勒，没有人注意到斯嘉丽小姐想干什么。阿什利老爷可能也知道，但他无动于衷，只是把注意力全心全意放在梅兰妮小姐身上。哦，他真是爱她！斯嘉丽小姐呢，她正在宣示阿什利老爷爱的人应该是她，因为，看啊，多少男人都拜倒在她的石榴裙下！

我从来不知道这事。我以为他们只是亲如兄妹，从没想过斯嘉丽小姐想得到阿什利老爷。他们是两个截然不同的人！就像高地和法国巴黎那样不同！

巴特勒发觉我在看他，于是转过身来抬起一条眉毛，像是说我们在同一条战线上了，只有我们两个知道发生什么事了。他并不是全知全能的，不是；他眼里带着笑意。我移开了眼睛。

过了一会儿，白人们吃完了东西，男人们开始抽起雪茄。威尔克斯老爷收走了梅兰妮小姐的盘子。梅兰妮小姐发觉我在看她，于是对我微笑起来，仿佛我们是亲戚一样，但我们不是。黑人们也忙起来了，他们收着盘子，给绅士们送着葡萄酒和威士忌，也为还有胃口的客人们送上第二道甜品。

有人一本正经地谈论起了政治。女士们抱怨起来，加快脚步走开了。男人们则聚集在一起，像一群想打架的狗。波克不断告诉我我想知道的关于瑞特·巴特勒的事。他爸爸是个大人物，但他爸爸不认他这个儿子。哦，波克，我已经知道我该知道的关于巴特勒家的一切了！

吉姆斯说道："斯图尔特老爷瞧不上瑞特老爷。斯图尔特说瑞特老爷太高看自己了。斯图尔特想挑衅他！"

我真是烦透了男人，他们趾高气扬，只会炫耀和吹牛！谁家大业大！谁更有钱！谁有大房子！谁更受人尊敬！我烦死男人了！

瑞特·巴特勒开始讲话了，我觉得这可能是斯图尔特挑衅他的好机会。克莱顿县的男人对这场战争的看法一致：他们必须出战，而且他们必须胜利。心生疑虑的人早就把疑虑抛到了脑后。在这个问题上可不允许有任何疑虑！

但这个瑞特·巴特勒，这个名声不好，没有朋友，在高地也没有亲戚的人，正说着他们会被北方佬打得落花流水，但他们实在是太无知了，都认识不到这一点！

斯图尔特并不是唯一一个听到这话就立刻挺起身板的人。男人们嘟囔着窃窃私语，啐着嘴里的烟草汁，像是要把它往巴特勒眼睛里吐一样。

只需要再说一个字。他们期待着巴特勒再说一个字，这就会是件关乎荣誉的事。他们渴望听到它。

但巴特勒没再说下去，一个字也没再说下去。那是他那天做的最残忍的一件事。约翰老爷向他走去，两人小声交谈起来，像是丝毫感觉不到周围还有一打怒气冲天、杀气腾腾的男人一样。他们俩走回了房里，就像两个最好的朋友一样！这件事就是这样了。没有人会在约翰老爷儿子的订婚派对上惹怒他。斯图尔特用所有人都能听到的声音大声说："我希望我们某天能再见到巴特勒先生。"大家点头同意。

于是男人们纷纷离场，黑奴们开始打扫。女人们待在房子里休息，为晚些时候的舞会作准备。

尽管我应该起来干活了，但我实在没法从我的椅子上站起来。黑人们安静地四处走动，河草闪烁着，像是点缀着燧石河的阳光。在那条亮晶晶的河边，我看到斯嘉丽小姐和瑞特·巴特勒在一起。他们站在一个棺材边，棺材很小，肯定是个孩子的。他们肩并肩站着，但没有靠在一起，也没有牵手。阳光把河水照得波光粼粼，而他们两人驾着马车穿过街道，周围的房子、建筑和所有的一切都在燃烧。迪尔茜说："嬷嬷？……"

我说："我没事。"我用力挤着眼睛，像是要把魂灵都赶出来一样。我不想知道！我不想。上帝快帮帮我！

迪尔茜轻轻哼着小曲，抚摸着我的额头，就像妈妈抚摸孩子一样。我几乎就要让她继续下去了，我已经太久没有……

我睁开眼睛。"我想喝点水。"我说。她给我拿了点水。

长椅堆在一起。椅子层层叠叠地摆着。大水壶、大浅盘和长长的火钳被洗好放在草地上晾干。没了我们，白人们该怎么办啊？没了黑人，他们该怎么播种、犁地、采摘作物、做饭、办烤肉宴？

大家都在休息。奥哈拉一家在哈妮·威尔克斯的卧室里，女孩们的舞会礼服挂在衣橱门上，卡琳和苏埃伦睡在地上，杰拉尔德老爷睡在雪橇床上。我探头看向他时，他对我露出了一个带点疑问的微笑，但我点了点头，像是有重要的事情要办，于是他又陷进了枕头里。

斯嘉丽小姐不在院子里，也不在游廊上。厨房里也没有别人，只有威尔克斯家的厨子坐在椅子里打鼾。我想起凯蒂小姐骑在那匹别西卜上的场景，她那时把她那女孩的头发塞到帽子底下，满怀渴望地想赛马，想打败所有的男人。我现在对她的担心和当时无异。我是斯嘉丽小姐的嬷嬷啊！我是她嬷嬷！

我下楼走到大厅里时，听到斯嘉丽小姐愤怒而痛苦的叫喊。我汗毛倒竖。

阿什利老爷从藏书室冲了出来，像个越狱的逃犯。他没看见我。他仍在他刚才待的地方。

空气安静得震耳欲聋，我都能听到阳光轻抚尘埃的声音。随后，一声巨响从藏书室传来，像是什么东西被摔碎了。我心都要跳出来了。恶魔今天很忙啊。我听到两个人在讲话，但听不清他们在说什么。

随后，斯嘉丽和阿什利老爷一样冲了出来，面色苍白，怒气冲冲。在她身后，一个男人的嘲笑声紧追在她身后，就像一只追着兔子的狗。斯嘉丽小姐气得没对我示意就从我身边走了过去，尽管只要我想，我就能碰到她。一切又重回了寂静。大厅里的钟摆动着，走过一秒、一分钟、一年。

我听到了火柴摩擦的声音。有个男人哼着歌。我闻到了雪茄的味道。

我走进了那个房间。

每面墙上都是书。窗台上堆着书,窗底下放着书。红色、黑色、绿色、蓝色的书。沙发旁边的桌子上和椅子上也放着书。瑞特·巴特勒坐在椅子上,抽着雪茄。见过路西法的人都会觉得他长相俊美。他的头发像无月的黑夜一样漆黑,眼里带着笑意,嘴上却没有微笑。他就像猫一样,轻手轻脚、狡猾诡谲。他和别西卜一样,你还没骑上他,他就会杀了你。

我跪下来捡起摔碎的盘子。瑞特·巴特勒自顾自地思考着。我对他来说一无是处:只是个又老又胖、捡着垃圾的黑奴而已。

我捡起角落里、椅子后还有踢脚板边上的碎片。这盘子是粘不上了。它永远也不会完好了。索朗热小姐的蓝色茶杯现在也碎得只剩一只了。

我用我的围裙收起碎片,站起身来等着,直到他注意到我。

他困惑地笑了笑,但这笑并非不友善。

"巴特勒老爷,"我对他说,"你爸爸吊死了我的丈夫。"

这话让他一下从沉思中回到了现实。他的眼神变得凌厉,看着我的样子就像我是个什么不同寻常的东西。

他一直看着我,但我说的是事实。于是过了一会儿,他吐出一口烟说:"我爸爸比大多数人更不懂愧疚。"

不管愧疚指的是什么,我敢肯定兰斯顿·巴特勒肯定一点也不愧疚。

我想说的话太多,一时不知道怎么说出口。"我见过你。"

巴特勒老爷说:"我不能说我很高兴。我不能露面太多,这是规矩。你也许知道,一个人只有被别人低估才能飞黄腾达。"

我一想明白这话后，马上点了点头。我见过他，他也见过我。上帝啊，我真想抹眼泪！我对这个男人做不了什么，对斯嘉丽小姐也做不了什么。

"我很遗憾你失去了丈夫。"他说这话的样子像是真心的。

他对我笑了笑，像是在说，虽然他和斯嘉丽小姐将因为相爱而犯下大错，但他并不是有意的。我没告诉他我知道以后会发生什么事。

我把打碎的陶瓷餐具从约翰老爷的藏书室里拿到院子里扔掉。随后我慢慢悠悠地上了楼，我已经是个又老又胖的黑鬼了。

孩子在哪儿

飓风完成了它的使命后,呼啸着朝海面刮去了。想结婚的男孩和女孩都结婚了,想打仗的男孩也都上了战场。

命运的车轮开始转动了!

十二橡树的烤肉宴过后,查尔斯·汉密尔顿老爷觉得自己比起哈妮·威尔克斯小姐来说,更爱斯嘉丽·奥哈拉小姐。这不是什么大新闻,但斯嘉丽小姐居然答应了他的求婚,这可把大家惊得下巴都要掉了。

绝大多数人认为她愿意嫁给汉密尔顿老爷,是因为年轻的绅士们都要去当兵了,于是年轻姑娘们想赶快嫁给他们。

但我不这么觉得。斯嘉丽小姐可不会装作自己关心什么战争、勇敢的年轻绅士以及诸如此类的东西。她从来不会做自己不想做的事!

就在烤肉宴那天,也是我见到瑞特·巴特勒老爷的那天,林肯总统宣布,他没有脱离联邦的南方各州必须派兵攻打那些脱离了联邦的州。高地的人们的亲戚遍布整个南方,哪怕之前他们还没决定好要不要打仗的话，现在也该决定好了。

战争找上了我们。曾经，路边开满了鲜艳的紫荆花，蝗虫嗡嗡飞过，牛吃着草，猪吃着泔水，该挤奶的奶牛哞哞叫着，老家伙们抱怨着，年轻的小伙和姑娘们坠入爱河。但现在一切都不一样了。战争找上了我们。

整个塔拉都为了斯嘉丽小姐的婚礼手忙脚乱。连埃伦小姐都不知道该做什么了。她困惑得忘了自己该说什么，还开始丢三落四了。斯嘉丽小姐穿着埃伦小姐的婚纱。当她挽着她爸爸的手走下楼时，我落泪了。我不再是凯蒂·斯嘉丽·奥哈拉的嬷嬷了。

那晚，我帮她脱下礼服，在查尔斯进来之前剪好烛花。我下楼时，感觉就像斯嘉丽被献祭给了我不知道的什么人或者什么东西。

不难看出，查尔斯老爷对自己的新娘很是满意，但斯嘉丽小姐看上去茫然无措，不过这也不是第一次有新娘因为发现了姑娘为什么要用侧坐马鞍而茫然无措，所以我没想太多。

阿什利老爷和梅兰妮小姐也结婚了。

去当兵的男孩们估计自己能在夏天过去之前回到家。所有琼斯博罗的人都去了车站为他们送行。十二橡树的人、塔拉的人、费尔黑尔的人，所有人都去了。那些年轻人坐的火车周围围绕着一大团雾，让我不敢看向他们。

他们走后，斯嘉丽小姐连着几天都无精打采地绕着房子走来走去。埃伦小姐泡着黄樟茶，觉得斯嘉丽小姐是太想念查尔斯了。我问斯嘉丽小姐她会梦见什么。她说她会梦见鱼，这意味着她怀了查尔斯的孩子。

由于杰拉尔德老爷解雇了监工,他就开始自己监督塔拉的生产了。由杰拉尔德老爷监督的时候,农场工人们干活没那么累了,但效率却变高了。杰拉尔德老爷因为战争而闷闷不乐,每天都工作到太阳落山,再也不骑马去十二橡树了。苏埃伦、卡琳、哈妮和茵迪娅一起给士兵们织着袜子。

每个人都屏住了呼吸。旧世界一去不返,而新世界还未到来。看上去是个艰难的转变啊。初夏的空气炎热而潮湿,让人喘不过气来。鸟儿在露水从草上滴落之前就停止了歌唱,蜂鸟艰难地从一朵花飞到另一朵花。

我拿着一杯水坐在门廊上休息时,埃伦小姐走出来,说:"请别走,嬷嬷。求你了。"

于是我坐了回去。埃伦小姐问我姑娘们去哪儿了,我说她们去十二橡树了。斯嘉丽小姐也和她们一起去了。

"斯嘉丽愿意出门,真好。她看上去很不开心。"

"是的,夫人。"

埃伦小姐叹了口气:"可怜的孩子。才当了一周新娘,丈夫就因为不得不履行自己的职责而离开她。"

我没能再说点什么,因为罗莎用托盘端着一个白色茶壶和埃伦小姐的蓝色茶杯走了出来。埃伦小姐把这只蓝色的茶杯储藏在会客厅的玻璃柜里,除了她没人能用它喝茶。

"斯嘉丽是奥哈拉先生最喜欢的孩子。"埃伦小姐说。

"是的,夫人。"

"这是我妈妈留下的最后一只杯子，"她在灯光下举起杯子，"我真不想失去它。"

"这是你妈妈在圣多明戈用的杯子。是她和福尼耶上尉从法国带回来的。"

"你那时候几岁？"

"我不记得了。我在圣多明戈的时候没过过生日。"

"那你还记得其他的事吗？"

"Ki Kote Pitit-la?"

"法语？"

"克里奥尔语。是我妈妈和我玩的一个游戏。我现在已经不讲克里奥尔语了。"

"你妈妈……"

"我不记得她了。只记得和她玩过这个游戏。"

"确实……"

"福尼耶上尉找到我的时候，我还是个小孩呢，小姐。福尼耶上尉大概就是我最初的记忆。"我心里很难过，但脸上并没有表现得那么明显。我不想再回忆了，不想了。

"福尼耶上尉。那件事关名誉的事……"

"那只是白人绅士干出来的一堆愚蠢事情当中的一件！"

"露丝，名誉……"

"'必须要维护。'白人们一直这么说。你知道我怎么想吗？

我觉得荣誉就像六六六[1],那只《启示录》里的野兽,瞪着眼睛,龇牙咧嘴!"

"一位绅士的名誉……"

"那黑人为什么可以没有名誉地活下去?"

埃伦小姐的回答呼之欲出,但她没有说出口。她倒了杯茶,茶勺轻轻碰撞着她的蓝色茶杯。她说:"我在想,斯嘉丽会开心吗?"

我喝了口水。

"露丝,你最了解我的女儿了。"

"是的,夫人。我了解你母亲,我了解你,也了解凯蒂·斯嘉丽。而且,如果上帝愿意的话,我还可以继续了解斯嘉丽小姐的孩子们。"

"所以?"

嬷嬷们不会说出她们知道的东西。嬷嬷们从来不会说出口!但我还是说了。我不知道为什么要说,但我还是说了:"斯嘉丽根本不在乎查尔斯·汉密尔顿。她嫁给他只是为了气阿什利·威尔克斯。"

我听见埃伦小姐的茶杯撞在了茶碟上。"嬷嬷!"她说。

"是的,小姐。你想让我继续说下去的话,我就继续说。"

"除了真相,我还曾寻找过其他东西吗?"

我消化着这句话。我慢慢地消化着这句话。我用了太长时

---

[1] 六六六是魔鬼的数字。

间,埃伦小姐不耐烦了:"露丝……"

"我觉得你和大多数小姐都是一样的。你知道你想知道的东西,却让剩下的所有东西和你擦肩而过。"

"我女儿会幸福吗?"

"查尔斯·汉密尔顿懂礼仪还有钱,但他配不上斯嘉丽小姐。一眨眼的工夫,别西卜就能杀了他。反正查尔斯在这世上也活不了多久了。"她说。

就像我说过的那样,埃伦小姐知道了她想知道的东西,却忽略了剩下的事。而我讲的话她并不爱听。"啊,所以你早就知道这件事了。"

我心中涌起一股强烈而炙热的抗拒情绪,说:"我能看见一些事情,埃伦小姐。我不想看,但我看得见。"

"啊,"她说,"今年春天真美,不是吗,嬷嬷?我不记得还有比这更美的春天了。"

我觉得自己没办法放下那件事。"斯嘉丽和瑞特·巴特勒总有一天会在一起的,"我说,"他们是一类人。他们也许会起点争执,吵上几架,但他们就像一个盘子的两半一样。只有把他们粘在一起时,他们才是完整的。"

她笑了,像是觉得我老糊涂了一样:"巴特勒先生是个流氓,嬷嬷。"

我直视着她:"巴特勒老爷和菲利普老爷一模一样。一点该死的差别也没有。"

埃伦小姐的笑容消失了,反驳道:"菲利普是为了名誉而死。

至少他不是被吊死的。"

我张大了嘴。世界天旋地转,蓝色的天、绿色的地、灰色的门廊。"你是怎么……你是怎么知道……"

"菲利普和杰克·拉瓦内尔是朋友,露丝。很好的朋友。我觉得你不会想知道这事的。你不会想知道,菲利普其实非常仰慕你丈夫。"

我像只脱水的鱼一样喘着气。

"菲利普说如果他们的身份互换,他也会成为像耶胡·格伦那样的反叛者。'不自由……'"

"'毋宁死。'大多数时候得到的都是死亡。"我悲痛欲绝,已经不知道自己在说什么了。

埃伦小姐也沉浸在悲痛之中。她缓慢地说:"是的。"她的手在颤抖,于是她小心地放下了手里的杯子。"菲利普有一半的马斯科吉血统。在他爷爷那会儿,他本会在马蹄湾和我们对战。"

我点了点头。

"在他准备好之前,在他还只是个小孩的时候,他父亲就死了,他是他们家唯一一个男孩。"埃伦看向别处,"有时我会想起他;当我看见一片奇怪的影子、一场温暖的春雨,或是突然听见一阵孩子们的笑声的时候。当我想起我的菲利普的时候,我总是会感到惊讶以及……痛苦。"

"魂灵会待在他们爱的人附近。他们等不及让我们加入他们。"

"露丝,你觉得一个人有没有可能爱上不止一个人?一颗被分成两半的心还能是真诚的吗?"

"我只爱过一个人。耶胡,他……他有一双最美的手。"

"有时候菲利普会给我唱歌。唱一些幼稚的童谣。'这是我的埃伦,不过放荡生活……'"

"菲利普成熟后可能会是个不同的人。菲利普还不清楚自己是谁,就死了。"

"我们能为不能改变的事情祈愿吗?"

"有些男人非常难搞。但我们还是爱他们。那些男人没给女人留下什么空间。"该我停顿了,"菲利普和瑞特·巴特勒不懂礼仪。"

她笑了:"菲利普?礼仪?不。但是露丝,真正优雅的人不需要这个。优雅体现在他们行动的姿态上,而且,上帝知道,菲利普很优雅。"

"你有足够的钱和权力,而且你还是个白人,也许你也不需要礼仪。别的人——他们只有礼仪了。"

埃伦小姐起身走下门廊,拔出了花坛里的一根杂草。她把草根上的土甩掉,用手帕擦着手。"斯嘉丽……"

哦,我今天话可真多啊。这个又老又黑的女人甚至不会写自己的名字!但她却有那么多话!"斯嘉丽会一路走向成功。没有什么能阻挡她。我可不想做挡她路的傻瓜。"

埃伦越过塔拉的草地看向燧石河。河的水位变高了,河水因为正值春季而泛着棕色。

从她可怜的母亲过世后,我就抱着还是婴儿的埃伦小姐了。她可能记不起来了。我也不觉得她想记起。人不能回忆太多事。

回忆会刺痛你的心。

我说:"我能看见一些事情。"

她看着我,好像我们不是小姐和嬷嬷,而是两个在这世上开辟着生活道路的女人。"我知道,"埃伦说,"我一直都知道。"

我说:"我失去了他们所有人。"

她温柔地问:"他们?"

我说着"Ki kote pitit-la",但不知道为什么要这么说。在这一刻,埃伦小姐允许我说任何我想说的话。

我说:"耶胡·格伦,我的玛蒂娜……"

"嗯。"

"奥古斯丁上尉、弗朗西丝小姐、佩妮、索朗热小姐、皮埃尔老爷,尼希米。还有……那三个名叫杰拉尔德的孩子。"

"是的,"埃伦说,"是的。他们每一个人都很珍贵。"

我们几乎要拥抱彼此了。但我们要是真这么做了,一切就覆水难收了。所以我们没有拥抱。

我说:"战争来了,这战争比巴比伦进攻耶路撒冷[1]还要更可怕。我能看见火焰还有血。战争、火焰还有血。"

她说:"我们只能祈祷。有时我觉得这其实都是……"她抚摸着我,轻柔得像一只落地的麻雀。"我确实爱过菲利普。我爱过他。你觉得这有错吗?我们永远都在用一颗不完整的心去爱。我'看不到东西'。我庆幸我看不到。我只能用我的双手治愈那

---

[1] 指公元前587年,巴比伦攻破耶路撒冷,并对城内的犹太人进行报复性的屠杀。

些伤痕。我们没法保护他们,嬷嬷。我们必须尽力一试,但他们会按照自己的心意行事。无论我们怎么尝试,无论我们怎么祈祷,他们还是会按照自己的心意行事。"

她的手颤抖着抚上茶杯边缘。这只像蛋壳一样脆弱的茶杯一路从法国去到圣多明戈,再来到萨凡纳,最后到了塔拉。

我们已经说了太多。没什么好说的了,除非我们即将启程前往那无法再回头的地方。

埃伦小姐说:"维尔克森先生做的账简直是一团乱麻。"

我站起身来:"我该去看看蒂娜刚出生的孩子了。"

在塔拉,我们从未失去过任何一个新生儿。除了埃伦小姐的孩子之外。

Ki kote pitit-la？……哦,那孩子在哪里？

好啦,妈妈,我在这里。我在我应该待着的地方。

致谢

我想感谢这些人,是他们的学识、善良、信念和宽容创造出了嬷嬷这个角色:

老保罗·安德森先生,小保罗·安德森先生,彼得·波兰德先生,吉莉安·布朗女士,苏珊·布朗女士,米娅·科洛丽女士,克里斯·达尔女士,劳伦特·杜布瓦博士,道格拉斯·埃格顿博士,朱莉亚·加菲尔德女士,菲利普·吉拉德博士,琼·霍尔博士,安妮·麦凯格女士,杰里米·波普金博士,J.崔西·鲍尔博士,劳拉·斯塔拉特女士,科利·文森特先生,小约翰·威利先生。

亚特兰大历史中心,圣约翰大教堂,达文波特之家,佐治亚历史学会,埃尔米塔日博物馆,欧文斯-托马斯之家。

特别感谢:

玛格丽特·穆纳林·米切尔女士。